Arsène PAPAZIAN

LE PALIMPSESTE D'OR

Une enquête d'Adémar Praetorius

Les Editions
NordAvril

À Sylvie, Roxane, Caroline, Aëdan et Archibald

Que le vent de l'Histoire gonfle vos voiles et vous emporte vers des rivages enchantés...

Chapitre 1

Château de Péronne, Picardie
Nuit du 7 au 8 août 1472

Philippe ferma les yeux.

Depuis le début de la soirée, et jusqu'à une heure avancée de la nuit, il avait travaillé sans relâche. Par le plus grand des hasards il avait découvert ce vieux parchemin exhumé de l'oubli. Le texte lui en fut tout d'abord incompréhensible. À l'évidence, des mots avaient été effacés puis remplacés, ici par d'autres mots, là par des chiffres. Tout cela semblait n'avoir aucun sens.

Puis, peu à peu au fil de la nuit, il le déchiffra et ce fut une révélation.

Immense fut sa stupéfaction !

Il fut pris d'un vertige soudain. Les coudes appuyés sur la table de chêne encombrée de livres et de parchemins, il prit à deux mains son front brûlant et se ressaisit.

Philippe était jeune. Ses cheveux noirs et abondants étaient séparés par une raie médiane et retombaient sur ses épaules. Ses yeux brillaient d'intelligence. Son visage affichait les traits d'un homme volontaire. Il était revêtu d'une houppelande aux longues manches en drap de laine noire bordée de fourrure de zibeline, ouverte sur le devant et resserrée à la taille par une ceinture ornée d'orfèvrerie et doublée de satin. Elle recouvrait un pourpoint de soie écarlate aux manches fendues, laissant apparaître une chemise en fine toile de lin.

Son père, Colard de la Clyte, était bailli de Flandre. Le Duc de Bourgogne Philippe le Bon l'avait fait chevalier de l'Ordre de la Toison d'Or en remerciement de sa fidélité et de sa vaillance au combat.

Orphelin à l'âge de 6 ans, Philippe fut placé à 17 ans à la cour du Duc qui l'accueillit avec bienveillance et l'attacha à la personne de son propre fils, Charles.

Philippe, maintenant âgé de 25 ans, avait gravi progressivement les échelons de la confiance que lui accordait Charles et était devenu son conseiller. Il avait pensé souvent au collier de la Toison d'Or que portait son père. Ce prestigieux collier fut réalisé *en plusieurs pièces à façon de fusils touchant à pierres dont partent étincelles ardentes et au bout d'icellui pendant semblance d'une toison d'or*. Il avait rêvé de le porter un jour quand son jeune seigneur, Charles, deviendrait Duc de Bourgogne et le ferait chevalier en mérite des services rendus.

En attendant ce jour, Philippe avait été honoré de recevoir de Charles en remerciement de sa finesse politique un anneau d'or serti d'un rubis qu'il portait à l'index gauche. Il retira l'anneau et en fit jouer les feux de la pierre à la flamme de la chandelle éclairant le vieux parchemin. Il poussa un profond soupir et repassa l'anneau à son doigt. Il savait qu'après cette nuit il ne serait jamais chevalier de l'Ordre de la Toison d'Or…

Le château baignait dans un silence absolu. Le feu brûlant dans la cheminée réchauffait la pièce meublée sommairement : au centre une table de travail et une cathèdre, sur les murs latéraux des étagères chargées de livres et de parchemins. Le mur donnant sur l'extérieur était percé d'une fenêtre aux volets clos, recouverte d'une tenture en deux pans de velours grenat. Une vaste cheminée occupait le mur lui faisant face, avec sur le côté gauche une porte que Philippe avait condamnée par un double tour de clé lorsqu'il avait découvert le parchemin.

Ignorant alors sa renommée future, Philippe en avait décrypté le texte. Après mûre réflexion, il avait décidé de son choix. Il avait parfaitement conscience de la gravité de sa décision : il s'apprêtait à trahir son seigneur pour servir un nouveau maître, à cause du secret révélé par ce parchemin.

Il ne manquerait pas de surprendre, voire de choquer, ses contemporains au premier rang desquels Charles qui l'avait toujours honoré d'une confiance insigne. Il ignorait alors que les historiens des siècles à venir se perdraient en conjectures sur les raisons de ce choix. Certains parleraient de trahison. D'autres évoqueraient le sens politique, ou l'ambition, ou encore le goût de la fortune. Mais jamais on n'approcherait la vérité : le parchemin !

Ce vieux parchemin qui recelait un secret terrible et merveilleux justifiait pleinement à ses yeux son renversement d'alliance. Philippe n'avait cure de ce que l'on penserait de lui, ni aujourd'hui ni plus tard.

Philippe de Commynes se savait capable de surmonter la crainte légitime qu'inspirait le plus redoutable des seigneurs de son temps qu'il allait quitter : Charles dit *le Téméraire*, Duc de Bourgogne.

Il avait la certitude du caractère sacré de la mission qu'il s'était assignée auprès du nouveau maître qu'il allait rejoindre : Louis XI dit *le Prudent*, Roi de France.

Il allait apporter au Roi le pouvoir et la fortune grâce à ce secret venu de la nuit des temps !

Il n'imaginait pas qu'en reconnaissance des services rendus Louis XI le ferait chevalier de l'Ordre de Saint-

Michel quelques années plus tard en 1478, Ordre qu'il avait créé en 1469 pour éclipser l'Ordre de la Toison d'Or.

Philippe se remémora les origines du conflit entre Charles et Louis, qui remontaient à bien des années auparavant et prenaient leur source dans une querelle de succession. Le secret du parchemin confié au Roi de France mettrait, à n'en pas douter, un terme à cette guerre interminable que l'Histoire qualifierait plus tard de *Guerre de Cent Ans*.

Le Roi de France Jean le Bon avait eu pour fils aîné Charles V le Sage qui lui succéda et pour fils cadet Philippe le Hardi qui reçut en apanage le Duché de Bourgogne ainsi que les Comtés de Flandre, d'Artois et de Picardie puis ultérieurement de nombreux autres Duchés et Comtés.

Le Duc de Bourgogne eut pour fils Jean sans Peur et petit-fils Philippe le Bon : ils annexèrent plusieurs Duchés, Comtés et villes, en particulier les Villes de la Somme qui allaient jouer un rôle particulier. Ainsi Charles le Téméraire, fils de Philippe le Bon, hérita-t-il d'un vaste, puissant et riche territoire dont il rêvait de faire un royaume.

Le Roi de France Charles V eut pour fils Charles VI qui lui succéda et qui sur la fin de son règne souffrait de démence et ne gouvernait plus.

L'épouse de Charles VI, la Reine Isabeau de Bavière, accorda la main de leur fille Catherine au Roi d'Angleterre Henri V qui avait vaincu l'armée royale française à Azincourt en 1415. Par le traité de Troyes conclu le 21 mai 1420, elle s'engageait à reconnaître comme unique héritier du trône de France l'enfant mâle qui naîtrait de cette union, au détriment de son propre fils le Dauphin Charles déclaré illégitime. Après la mort de Charles VI et d'Henri V, le Duc de Bedford régent et tuteur du jeune Henri VI Roi d'Angleterre le fit proclamer Roi de France à Saint-Denis selon l'accord conclu.

Henri VI, Roi d'Angleterre, et Philippe le Bon, Duc de Bourgogne, nouèrent une alliance contre Charles VII que Jeanne d'Arc avait fait sacrer Roi à Reims alors que le Dauphin s'était réfugié en Touraine. Jeanne mena la guerre contre les Anglais et les Bourguignons. Ces derniers la capturèrent devant Compiègne et la livrèrent aux Anglais. Elle mourut sur le bûcher à Rouen.

C'est ainsi que Louis XI, fils de Charles VII, devint Roi de France.

L'antagonisme entre Charles le Téméraire et Louis XI avait connu son paroxysme lors de l'Entrevue de Péronne quelques années auparavant, en 1468. Philippe avait été le témoin direct et parfois le conseiller occulte de l'un et l'autre seigneur selon la circonstance du moment.

Charles le Téméraire, puissant seigneur descendant de Louis IX que l'Histoire qualifiera de « Saint-Louis », avait qualité de prince de sang et pair de France. Il devint Duc de Bourgogne en 1467. Son Duché, riche et puissant, rivalisait avec le Royaume de France contre lequel il prenait souvent fait et cause en faveur de l'Angleterre. Charles avait le goût du faste et l'esprit impétueux. Il acceptait le défi quel qu'en fut le danger, jamais ne cédant ni n'acceptant un revers. Il ne songeait qu'à la gloire et était habité des grands principes de la chevalerie.

Louis XI devint Roi de France en 1461. C'était un roi sans majesté. Se mêlant à la foule sans se faire remarquer, il n'en était que plus redoutable. Surnommé *l'universelle aragne*, il savait savamment tisser sa toile pour emprisonner ses ennemis. Il était rancunier, intrigant, tyrannique mais aussi très intelligent, courageux, fin politique et visionnaire de l'intérêt du Royaume qu'il fallait arracher aux prétentions anglaises et bourguignonnes. Champion des promesses non tenues et des traités rompus, il préférait la diplomatie aux armes car, comme il se plaisait à le dire, *tout vaut mieux que la guerre, rien n'est plus cher que la guerre.*

Pour Philippe de Commynes, il n'y avait plus de place au doute : c'était au Roi de France qu'il fallait révéler le secret du parchemin. Il jugeait Louis XI comme *le plus avisé pour se tirer d'un mauvais pas, le plus humble aussi en paroles et en habits.* Il en avait eu la démonstration lors de l'Entrevue qui s'était déroulée dans ce même château. Voyant Louis pris dans une impasse politique, il l'avait conseillé secrètement tout en ménageant l'intérêt de Charles, son maître d'alors. Il avait pu juger combien Louis n'était jamais si grand que dans la difficulté.

Mais que Dieu l'assiste dans sa mission : si Philippe voulait garder la vie sauve, il lui fallait être aussi *téméraire* que Charles et aussi *prudent* que Louis car personne ne pourrait lui venir en aide s'il se montrait maladroit.

En accordant à Louis XI le pouvoir que conférait le parchemin, Philippe de Commynes était assuré que son choix lui vaudrait pour les siècles à venir la reconnaissance éternelle du Royaume de France et une place méritée au Royaume de Dieu.

Il regarda longuement le vieux parchemin étalé devant lui et médita…

Chapitre 2

Quelque part en Picardie
21 décembre 2000

Gédéon avait longuement hésité avant de se décider à sortir cette nuit-là.

Il avait plu sans discontinuer depuis la fin de l'après-midi et la soirée s'annonçait triste et froide.

Gédéon Fauchère était le cantonnier du village de Berteaucourt-le-Temple.

Venant de Péronne, on trouvait sa maison à la sortie du village. C'était une petite maison modeste dont il se satisfaisait pleinement.

Une pièce unique constituait la totalité du rez-de-chaussée. Une fenêtre s'ouvrait sur la rue, située sur le côté gauche de la porte en entrant. La pièce était éclairée par une grosse ampoule vissée sous un abat-jour en fer, pendant du plafond. Une table en sapin et quatre chaises bancales occupaient le milieu de la pièce. Un buffet en merisier, don de la Commune pour services rendus, s'appuyait sur le mur de gauche. Passée la porte d'entrée, on trouvait sur le côté droit un escalier menant à l'étage. La chambre, là encore une pièce unique, était meublée d'un grand lit de fer, d'une armoire imposante et de deux chaises, l'une servant de table de nuit et l'autre pour y déposer les vêtements. Sous l'escalier au rez-de-chaussée étaient aménagées des étagères, masquées par un rideau de coton défraichi. En retrait de la première marche de l'escalier se trouvait une trappe donnant accès à la cave. Les marches du petit escalier en bois y descendant étaient encombrées : une boîte en fer contenant des médicaments sur la première, un grand plat rectangulaire en terre cuite empli de quelques fruits et légumes et d'un paquet de beurre sur la deuxième, une paire de sabots sur la troisième. Au fond de la pièce du rez-de-chaussée, à l'angle droit, trônait un grand poêle à bois sur lequel Gédéon laissait en permanence une bouilloire pour assurer l'humidification de l'air. Des bûches s'entassaient contre le mur à côté du poêle. Un évier assez large, située sous la fenêtre donnant sur le jardin, occupait le coin gauche de la pièce, prolongé par un plan de travail fait de planches mal dégrossies sur lequel s'accumulaient verres et assiettes sales attendant d'être lavés le lendemain. Un petit réchaud à gaz se trouvait également sur ce plan, avec une cartouche de rechange. Pour les sanitaires il y avait la cabane au fond du jardin et une pomme de douche installée à l'extérieur sous un auvent, contre le mur de la maison faisant face au jardin. Gédéon cultivait divers légumes : salades, pommes de terre, poireaux, navets, haricots verts, tomates, oignons selon les saisons.

Assis à sa table face au poêle qui chauffait bien, Gédéon finissait son troisième bol de vin chaud pour se donner du courage. Il remplissait toujours très généreusement son grand bol.

Du courage, il lui en faudrait pour sortir par ce sale temps relever ses collets. Sinon le lendemain matin ses prises seraient perdues. Cantonnier le jour, Gédéon était un braconnier accompli la nuit. Il savait où poser ses pièges. Les quelques lapins qu'il attrapait régulièrement amélioraient son ordinaire. Parfois il revendait une belle pièce à l'aubergiste du village qui se montrait peu regardant.

Gédéon se leva et enfila une grosse canadienne à la couleur passée sur laquelle il ajusta un ciré de toile noire. Il se couvrit d'un gros bonnet de laine et rabattit le capuchon du ciré. Il saisit son sac de toile accroché à un clou planté dans le mur près de la porte et le passa en bandoulière. Il prit sa grosse lampe torche posée sur le buffet et en vérifia le bon fonctionnement. Avant de sortir, il embrassa d'un regard las la pièce qui respirait la pauvreté, presque la misère.

Les sourcils broussailleux, les cheveux gris clairsemés, la haute taille voûtée par le fardeau de la vie, Gédéon faisait à cinquante ans plus vieux que son âge. Cependant il ne se sentait pas particulièrement malheureux, il n'avait pas de grandes envies et se satisfaisait de son sort, cantonnier le jour et braconnier la nuit. Cela lui suffisait. Tout le monde au village était au courant, mêmes les gendarmes, mais personne ne lui en tenait rigueur car c'était un brave homme toujours prêt à rendre service. Les gens l'aimaient bien.

Il laissa la table encombrée de son bol vide, d'une bouteille de vin rouge presque vide et d'une miche de pain. Il rangerait tout cela à son retour.

Il sortit.

La pluie avait cessé. La lumière de la lune avait du mal à percer les lourds nuages qui encombraient le ciel. La nuit était d'une noirceur profonde.

Gédéon n'avait que quelques mètres à parcourir sur la route qui traversait le village, avant de s'engager à gauche sur le chemin de terre qui démarrait peu après sa maison et qui menait à la forêt.

Il avançait à la lumière de sa lampe en prenant garde de ne pas glisser sur les pierres mouillées du chemin. Il ne pouvait éviter de marcher parfois dans des flaques de boue. Le chemin traversait une lande de broussailles basses, de champs d'orties et de fougères desséchées depuis longtemps. Toute cette végétation avait été couchée par les pluies incessantes de ces derniers jours. Au-delà de cette lande, il y avait de vastes champs, nus aujourd'hui, qui l'été se couvraient de blés dorés.

Après avoir ainsi parcouru environ 200 mètres, Gédéon aborda l'orée de la forêt.

N'ayant pour seule lumière pour avancer que sa lampe, il s'enfonça à travers cette forêt dense faite d'essences d'arbres variées, surtout des chênes. Beaucoup étaient dénudés et Gédéon devait prendre garde de ne pas glisser sur les feuilles jonchant le sol détrempé par la pluie. Il veillait également à ne pas se prendre les pieds dans des racines émergeant çà et là. La forêt était si dense que même dégarnies les ramures des arbres se rejoignant à leurs cimes formaient une voûte quasi impénétrable pour la faible clarté de la lune. Une obscurité totale régnait.

La destination de Gédéon était la clairière située au milieu de la forêt où il avait disposé ses collets.

Il avançait prudemment. Il connaissait son chemin, repérant dans le faisceau de sa lampe les arbres remarquables qui balisaient sa route. Il sut à un moment donné que la clairière n'était plus très éloignée. Il reconnut cet énorme chêne séculaire dont les branches basses avaient l'épaisseur d'un jeune tronc.

Alors qu'il lui restait une dizaine de mètres à parcourir, il vit subitement au loin dans la forêt, de l'autre côté de la clairière, des lueurs dansantes. Elles s'approchaient. Par réflexe il éteignit sa lampe et se coula derrière le large tronc de son chêne.

Il attendit, inquiet.

Son esprit était embrumé par les vapeurs d'alcool du vin chaud dont il avait abusé, mais il ne rêvait pas. Les lumières étaient bien réelles, et elles venaient dans sa direction. Il se tapit à l'abri de son chêne, se tint coi et attendit.

Alors qu'un silence absolu régnait jusqu'alors, Gédéon perçut le bruit du froissement des branches et des broussailles qui allait en s'amplifiant. Il se hasarda à risquer un œil…et sursauta d'effroi !

De l'autre côté de la clairière, sortant de la forêt, apparurent sous la pâle clarté de la lune des silhouettes fantomatiques !

Tremblant de tous ses membres Gédéon était glacé de peur. Des rumeurs circulaient à propos de cette forêt, que d'aucuns disaient hantée. Jusqu'à présent Gédéon n'y avait pas accordé crédit. Il la connaissait bien, sa forêt ! Il y circulait sans crainte depuis si longtemps. Mais c'était de jour, et là c'était la nuit du solstice d'hiver, la nuit où les sorcières dansent le sabbat !

Assurément des démons sortis de l'enfer s'avançant dans la clairière à sa rencontre !

S'ils le découvraient, il serait foudroyé sur place !

Il ne pouvait fuir sans donner l'alerte, au moindre bruit qu'il ferait si minime soit-il. Les démons fondraient sur lui ! Il devait rester sur place, ne faire qu'un avec le tronc du chêne protecteur, et espérer qu'ils passent leur chemin. Il s'arma de courage et s'efforça de respirer calmement sans céder à la panique. Il tenta un nouveau regard.

Les silhouettes apparurent plus nettement, traversant maintenant l'espace dégagé de la clairière. Elles étaient revêtues de longues robes noires descendant jusqu'aux pieds. De larges manches ne laissaient apparaître que les mains, d'une blancheur immaculée. Un long capuchon pointu percé de deux trous et rabattu sur la tête masquait le visage. Mais ces démons avaient-ils seulement un visage ? N'était-ce pas un squelette qu'habillait cette sinistre robe ?

Deux silhouettes ouvraient la marche de cette infernale procession. Elles tenaient dans la main droite une torche enflammée, suivies par quatre autres portant une sorte de civière.

Venaient ensuite deux silhouettes également munies de torches enflammées.

Enfin deux dernières, de plus haute taille, dont l'une gigantesque, fermaient la marche. Les flammes des torches vacillaient sous le vent et éclairaient d'une lumière irréelle cette sinistre scène.

Le groupe avança jusqu'au milieu de la clairière, où Gédéon savait se trouver une grande table de pierre. Les silhouettes s'arrêtèrent. Les quatre porteurs déposèrent leur fardeau au sol à côté de la table. Le dernier personnage, qui semblait être le chef, avait à ses côtés le géant. Il ordonna aux huit autres de se disposer autour de la table, les quatre porteurs de torches aux quatre coins de la pierre.

Le géant se pencha alors vers la civière, se saisit de quelque chose qu'il déposa sur la table. Il renouvela deux fois son geste. Il semblait peiner à soulever son fardeau.

Lorsqu'il eut fini, celui qui paraissait être le chef psalmodia dans une langue étrangère pour Gédéon des paroles incompréhensibles. Les autres silhouettes reprenaient parfois un mot, parfois une phrase. Puis le chef se tut.

Le silence régna quelques instants dans la clairière.

Puis, sur un signe du chef, les quatre porteurs de torches balayèrent l'espace de gauche à droite par trois fois. Le chef tendit alors le bras droit et lança un cri, mal perçu par Gédéon. Les neuf autres silhouettes imitèrent le geste et reprirent par trois fois le cri. Il sembla à Gédéon que le chef avait parlé de « cigale » …

Le groupe se reforma alors et, tournant le dos à la table de pierre, repartit vers l'endroit de la forêt d'où il était sorti. Les silhouettes s'estompèrent puis disparurent dans la nuit.

Gédéon était bouleversé.

Il ne comprenait rien à la scène dont il venait d'être le témoin. Bien que la nuit soit froide, il se sentait brûlant et son front était trempé de sueur. Le silence de la forêt était pesant. Nul bruit, nulle lumière. Il se força à se calmer, respirant lentement et profondément. Il attendit ainsi assez longtemps avant de se sentir ragaillardi. Sa curiosité le poussait à aller voir ce qui avait été déposé sur la table de pierre, mais la peur le tenaillait et lui disait de rester à l'abri de son chêne protecteur.

Il se résolut enfin à céder à la curiosité.

La lune dispensait une lumière blafarde, le ciel s'était dégagé de ses lourds nuages. Il avança ainsi jusqu'au centre de la clairière, gardant par précaution sa lampe éteinte. Arrivé au bord de la table de pierre, il s'enhardit à regarder ce qu'il y avait dessus…

Lui qui au village se voyait confier les travaux les plus pénibles, lui qu'on appelait pour habiller les morts, il fut glacé d'effroi à la vue de ce qu'il découvrit !

Était-ce le vent qui se leva à ce moment-là et fit gémir les branches ? Était-ce une plainte montée de l'enfer ? Un long gémissement s'éleva dans le silence de la nuit, semblant venir des ruines du château qui coiffait la colline au-delà de la forêt vers le nord.

Gédéon paniqua, une profonde nausée lui monta à la gorge, son cœur se mit à battre à tout rompre, le sang quittait sa tête qui se mit à tourner.

Gédéon s'effondra au pied de la table de pierre.

La pluie le réveilla. Incapable de savoir combien de temps il était resté inconscient, il s'ébroua, se releva, et sans se retourner s'enfuit, allumant par intermittences sa lampe pour ne pas trébucher. Il traversa ainsi en sens inverse la forêt d'un pas précipité et retrouva avec soulagement le chemin caillouteux et boueux qui le ramenait chez lui.

Un bruit attira son attention sur sa droite, à mi-chemin. Il tourna la tête et fut à nouveau saisi d'effroi : des géants battaient le ciel de leurs longs bras et leurs yeux lançaient régulièrement des éclairs !

Gédéon hurla !

Il finit sa route en courant, trébuchant sur les pierres à maintes reprises, glissant dans les flaques de boue. Il parvint enfin au village. Il se précipita vers sa maison, introduisit sa clé dans la serrure d'une main tremblante. Il dût s'y reprendre plusieurs fois. La porte s'ouvrit enfin. Gédéon s'engouffra dans la maison, claqua la porte et referma à clé. Il alla droit vers le buffet, en sortit une bouteille de cognac et s'en servit un grand verre !

Chapitre 3

Akhétaton, nouvelle capitale de l'Empire de Haute et Basse Égypte
Aujourd'hui Tell el Amarna, à 320 km au nord de Louqsor (ancienne Thèbes)
1.337 avant Jésus Christ

Les premiers rayons du soleil traversant les voiles de lin réveillèrent Pharaon. La veille, il avait ordonné à ses serviteurs de ne pas fermer les volets en bois de cèdre.

Allongé sur sa couche royale, il se souleva péniblement, appuyé sur les coudes, le souffle court. Usé par des années de luttes incessantes contre les Prêtres d'Amon résidant à Thèbes, il posa le regard sur la Reine, la Grande Épouse Royale, la Maîtresse des deux Égyptes.

Néfertiti avait veillé toute la nuit son époux, Akhénaton, que quittait doucement le souffle de la vie. Les médecins ne laissaient plus grand espoir, Pharaon rejoindrait bientôt son Créateur, Aton.

Aménhotep IV, fils d'Aménhotep III et de Tiyi, était monté sur le trône 17 ans auparavant. Pendant les premières années de son règne il s'était montré conciliant vis à vis de la tradition entretenue par ses prédécesseurs, mais rapidement il se détacha des Prêtres d'Amon qui détenaient le pouvoir à Thèbes. Au bout de 4 ans de règne il ruina la place prépondérante du clergé traditionnel en accomplissant une réforme religieuse révolutionnaire.

Il remplaça le polythéisme d'Amon par un monothéisme voué au dieu Aton, le disque solaire, symbole de pureté, de lumière et de paix.

En fermant les temples de la religion traditionnelle dont il dispersa les Prêtres et en faisant détruire les représentations des anciennes divinités, il abandonna Thèbes et fonda une nouvelle capitale en plein désert sur la rive orientale du Nil, Akhétaton, « l'*horizon d'Aton* ».

Il changea de nom et prit celui d'Akhénaton, « *celui qui plaît à Aton* ». Il se fit ainsi le seul intermédiaire entre ce dieu unique et le peuple.

Cependant, totalement investi dans sa réforme religieuse, il ignora les difficultés vécues par son peuple plongé dans une grave crise économique. En effet, il incombait aux Prêtres de gérer les stocks de blé, le blé qui nourrissait le peuple et lui servait de monnaie d'échange. Par son rejet des Prêtres, Akhénaton désorganisa le système économique établi depuis des siècles par ses prédécesseurs. La famine sévit. La peste frappa l'Égypte. Les Hittites menaçaient les frontières.

Pendant ce temps, Pharaon se consacrait à l'édification de sa capitale, où il faisait travailler des milliers d'ouvriers. Akhétaton fut créé en trois ans, là où l'édification des pyramides du plateau de Gizeh avait demandé plusieurs décennies. Une vaste voie royale s'étendait du nord au sud, longeant d'un côté le grand temple d'Aton, la résidence royale, le lac sacré, et de l'autre les harems, la cour des statues colossales, les entrepôts. Toute une ville fut créée autour de ce centre sacré.

Akhénaton y déplaça sa cour, ses fonctionnaires, ses artisans, tout un peuple qui dût quitter son lieu de vie habituel pour s'installer en plein désert. L'inauguration de la capitale fut l'occasion d'une fête grandiose à laquelle furent conviés les représentants des États amis, apportant à Pharaon des cadeaux somptueux en signe d'allégeance.

Mais Pharaon négligea progressivement ses alliés, réduisant ses attributions d'or dont ils étaient avides, ne répondant pas à leurs demandes de secours sur lequel il s'était pourtant engagé. Ainsi la Syrie, le pays de Canaan, le Mitanni, Sidon, Tyr, Jérusalem tombèrent aux mains des ennemis.

Les Prêtres du clergé d'Amon reprirent progressivement leur influence, s'appuyant sur les mécontentements du peuple et profitant de surcroît de la maladie d'Akhénaton.

Néfertiti, « *la belle est venue* », s'était endormie. Les rayons du soleil avaient percé depuis peu la pénombre de la chambre royale mais n'avaient pas encore réveillé la Reine.

La chambre s'ouvrait sur l'est par trois fenêtres. La couche royale faisait face à la fenêtre du milieu, ainsi Akhénaton pouvait-il voir chaque matin la renaissance de son Créateur.

Au-dessus du linteau de cette fenêtre centrale s'entremêlaient de savants entrelacs sculptés situés de part et d'autre d'une tête de cobra royal taillé d'une seule pièce dans un bloc de marbre noir. Les yeux du cobra étaient évidés, laissant passer finement les rayons du soleil et donnant ainsi au noble animal un regard de feu. Un voile de lin habillait l'intérieur des fenêtres dont l'ouverture pouvait être occultée par des panneaux de bois de cèdre.

Des coffres, en bois de cèdre également, s'alignaient le long des murs latéraux. Ils étaient recouverts de plaques d’or séparées par des bandes d’ébène incrustées de pierres précieuses. Certains coffres contenaient les parures de Pharaon, d’autres étaient remplis de rouleaux de papyrus sur lesquels étaient inscrits les actes politiques majeurs de son règne si tourmenté, les alliances avec les états vassaux, les droits de douane réglant le commerce transitant par le Nil et par les caravanes du désert, les titres de propriété de l’État. D’autres rouleaux plus personnels consignaient les poèmes rédigés par Akhénaton et ses prières à Aton.

À l’insu de tous, Pharaon avait retiré la veille au soir d’une cachette aménagée dans le mur faisant face aux fenêtres un coffret en bois d’acacia ne portant aucune ornementation. L’habile artisan qui avait conçu le mécanisme complexe permettant d’ouvrir la cachette avait emporté le secret de son invention dans les sables du désert où son corps se desséchait. Pharaon y avait veillé.

Avant de s’endormir, Pharaon avait placé sous son lit le coffret.

Des lampes à huile disposées dans des niches murales diffusaient une douce lumière. Ainsi Néfertiti pouvait-elle veiller son époux tout au long de la nuit après avoir congédié les serviteurs. Ceux-ci se tenaient à l’extérieur de la chambre royale, non loin, prêts à intervenir au moindre appel.

La veille au soir Akhénaton en état de grande agitation avait tenu des propos mystérieux à son épouse, lui parlant d’un secret que nul autre ne devait connaître et qu’il lui confierait avant d’accomplir le grand voyage. Il était alors brûlant de fièvre et Néfertiti avait pensé qu’il délirait.

Les rayons du soleil gagnaient en intensité et s’étendaient au sein de la chambre. Ils venaient illuminer la belle chevelure noire de Néfertiti, si noire qu’elle en paraissait bleue sous la lumière d’Aton. Cette lumière jouait de mille éclats sur les pierres précieuses de son pectoral et de ses bracelets posés sur une tablette à côté du lit : rubis, émeraudes, saphirs, lapis-lazulis rivalisaient de mille feux, noyés dans l'or qui les sertissait.

Sans mot dire, Akhénaton contempla sa royale épouse, l'esprit apaisé. Elle n'avait pas voulu troubler son sommeil et reposait au sol, sa tête posée sur ses bras repliés sur le lit. Le doux regard de Pharaon s'embua de larmes. Il sentait bien que l'heure du grand voyage approchait. Ce n'était qu'un passage marquant la fin de sa vie terrestre, pour lequel il n'avait aucune crainte. Ce qui l'attristait à l'instant, c'était de ne plus vivre avec Néfertiti au Royaume des Vivants, jusqu'au jour où elle le rejoindrait dans le Royaume des Morts. Pour l'heure il allait bientôt rejoindre ses ancêtres. Il retrouverait Thoutmosis, son frère aîné qui mourut peu après sa propre naissance, assassiné par les Prêtres d'Amon. Sa mère, Tiyi, n'était pas l'héritière légitime du trône laissé vacant à la mort de son père, Aménhotep III.

Toute sa vie durant Akhénaton eut à se méfier du clergé de Thèbes. Il sentait bien que les Prêtres ne lui avaient pas pardonné d'être ainsi écartés du pouvoir. Horemheb, son fidèle général, était loin de la capitale, combattant les Hittites. Les temps étaient difficiles, la révolte grondait à l'intérieur de l'Empire, de lourdes menaces pesaient sur toutes les frontières, mais surtout ses médecins ne parvenaient pas à vaincre la maladie qui inexorablement l'affaiblissait.

Il était donc temps de transmettre le secret.

Chapitre 4

Près de Péronne, Picardie
22 décembre 2000

Redoublant de violence, la pluie crépitait sur le toit de la voiture stationnée sur le bas-côté de la route, au pied d'un calvaire, à la croisée d'un chemin de traverse.

L'homme seul à l'intérieur, indifférent aux éléments, était plongé dans ses réflexions.

Les premières gouttes avaient zébré le pare-brise lorsque, moins d'une heure auparavant, il avait quitté le parking de l'Hôtel de l'Abbaye à Péronne.

Son portable avait sonné, le tirant de sa lecture alors qu'il était confortablement installé dans le fauteuil de sa chambre, feuilletant le livret des communications du Congrès qui avait débuté le matin-même à l'Historial. Cette sonnerie était particulière, le leitmotiv d'un film culte au succès jamais démenti, « *le Bon, la Brute et le Truand* ».

Il était 14 heures, ce jour du 22 décembre 2000.

Adémar Praetorius avait reconnu au téléphone la voix de son protégé, Jérôme Valadon. L'échange avait été bref, quelques mots avaient suffi pour tirer Praetorius de sa lecture. Il abandonna son livret sur la table basse, enfila son blouson de cuir, chaussa ses rangers et, quittant sa chambre située au premier étage, descendit rapidement au parking.

Praetorius était alors âgé de 50 ans.

De taille moyenne, il avait une allure svelte et sportive. Sa chevelure brune était parsemée de quelques fils d'argent. Son teint mat et son nez en bec d'aigle lui donnaient un air oriental. Ce qui frappait surtout dans sa personne, c'était l'éclat particulier de son regard. Ses yeux noirs brillaient en permanence d'une vive intelligence. Quiconque se trouvant en face de lui se sentait aussitôt pénétré au plus profond de lui-même par ce regard le sondant inexorablement. Praetorius comprenait vite et avait la répartie facile, le mot juste, le propos incisif. Il lui arrivait même de répondre à la question avant qu'elle ne soit posée !

Tout au long du trajet l'essuie-glace avait balayé d'un rythme rapide la pluie dense qui inondait le pare-brise. La lumière des phares transperçait la grisaille diffuse de ce jour d'hiver. Une heure à peine avait donc suffi pour rejoindre Valadon.

Praetorius ne s'était pas fait prier car son protégé avait éveillé sa curiosité.

« Pardonnez-moi de vous déranger, monsieur Praetorius. J'ai été appelé sur une affaire très particulière et j'ai tout de suite pensé qu'elle pourrait vous intéresser. Vous m'aviez dit être à Péronne pour le Congrès, c'est tout près et j'ai obtenu l'accord de la gendarmerie. Vous êtes connu en haut lieu et la hiérarchie se félicite par avance de votre coopération. »

Ce compliment, certes agréable à entendre et dont Praetorius était coutumier, pour autant n'aurait pas suffi à le motiver mais la brève description des faits que lui livra

Valadon au téléphone emporta rapidement son adhésion. Son instinct de chasseur avait été mis en éveil.

Lieutenant de police judiciaire, Jérôme Valadon avait l'esprit vif et le geste sûr. Âgé de 32 ans, il était un enquêteur doué alliant des qualités naturelles de curiosité et de courage à un instinct hors du commun. Praetorius l'avait remarqué lorsqu'il enseignait dans des domaines très particuliers à l'École Nationale de la Police de Saint-Cyr-au-Mont-d'Or. Il l'avait pris sous son aile au cours de sa carrière. Il ne se substituait pas à lui lors d'une enquête mais le conseillait utilement, lui faisant découvrir les difficultés du parcours sinueux qui mène à la vérité. Il le laissait surmonter seul les obstacles qu'il lui avait appris à reconnaître. Au-delà des enseignements formels de l'École, il lui avait enseigné comment dénouer les nœuds complexes d'une affaire.

Valadon avait appris de Praetorius que c'est dans la difficulté du chemin, plus que dans sa destination, que réside le perfectionnement individuel.

Praetorius coupa le contact mais ne descendit pas tout de suite de son véhicule. Il n'avait jamais tant aimé la pluie qu'à l'abri, au milieu d'une nature hostile. Ainsi protégé dans l'habitacle, il sentit remonter en lui les souvenirs de son enfance.

Dans la propriété familiale, sa pièce préférée en automne était la véranda. Elle s'ouvrait sur un parc arboré. Confortablement installé dans le vieux fauteuil au cuir craquelé de son père, il y passait de longues heures à s'évader par ses lectures. Parfois il levait la tête de ses livres et, quand le vent soufflait fort, il se délectait du spectacle du tourbillonnement des feuilles jaunies au gré des bourrasques. Lorsque la pluie battait le toit de la véranda son bonheur s'en trouvait redoublé. Dans ces moments si particuliers, il s'évadait bien au-delà des murs d'enceinte de la propriété. Immobile, il parcourait ainsi le monde.

La pluie avait cessé.

Le silence régnait dans l'habitacle de son 4x4 BMW X5, un véhicule qu'il jugeait abouti et qui lui donnait toute satisfaction. Il caressa le tableau de bord en merisier et s'ébroua.

Il constata alors que Valadon se tenait, silencieux, son imperméable trempé et les cheveux plaqués par la pluie, à côté de sa portière. Il apprécia la délicatesse de son protégé qui connaissait l'importance pour son maître de ces moments d'introspection.

Praetorius ouvrit la portière et descendit.

« Je vous remercie d'avoir répondu à mon appel, monsieur Praetorius. Je ne vous aurais pas dérangé pour une scène de crime ordinaire, mais dans le cas présent c'est si inhabituel, si intrigant, que je me suis dit que cette affaire allait vous intéresser. Vous m'aviez dit être à Péronne pour le Congrès à l'Historial.

— J'interviens effectivement lors de ce colloque intitulé *« étude comparative des techniques policières pendant la Grande Guerre »*

L'Historial de la Grande Guerre, installé au Château de Péronne, était internationalement connu pour ses collections et ses études comparatives entre France, Grande - Bretagne et Allemagne en rapport avec le premier conflit mondial du XXème siècle.

Jérôme Valadon, par les quelques informations données au téléphone, avait attisé la curiosité d'Adémar Praetorius.

Ce dernier menait une vie libre de tout carcan. Sa fortune personnelle le dispensait de toute contrainte matérielle et il pouvait à sa guise se consacrer à ses pôles d'intérêt. De formation très éclectique, littéraire, scientifique et historique, il était doté d'une vive intelligence, d'une grande mémoire, d'une profonde culture et d'une perspicacité sans faille. En dehors des circuits officiels de la police et de la gendarmerie, les instances supérieures faisaient volontiers appel à lui pour résoudre des problèmes complexes ou traiter des affaires délicates. D'aucuns le considéraient comme *le Sherlock Holmes des temps modernes* !

Valadon lui avait indiqué la route à suivre.

« En quittant Péronne par la départementale 6 en direction de Roisel, vous allez tout d'abord passer un carrefour qui sur la gauche vous emmènerait vers Templeux-la-Fosse. Vous poursuivez jusqu'à Roisel que vous traversez. Au-delà vous allez vers Templeux-le Guérard. Entre Roisel et Templeux-le Guérard vous verrez à un moment une pancarte sur la gauche indiquant le village de Berteaucourt-le Temple. Vous y allez. C'est un petit village qui réunit quelques maisons, quelques fermes, une charmante petite église romane, une auberge qui jouit d'une assez bonne réputation dans le coin. Vous traversez le village. Peu après la sortie se trouve un calvaire marquant l'entrée d'un chemin de traverse qui mène à la forêt. Je vous y attendrai. »

Praetorius fut heureux de retrouver Valadon. Il l'avait aidé l'année précédente à identifier et à arrêter le tueur en série qui avait défrayé la chronique et signait ses méfaits d'un sinistre surnom, *la Tarentule* !

« Nous allons suivre ce chemin, indiqua Valadon. Environ 200 mètres. La gendarmerie est sur place. Votre véhicule peut rester ici. Nous y allons à pied, prenez garde aux pierres et aux feuilles mortes, la pluie d'hier et d'aujourd'hui a détrempé le sol, c'est très glissant. Nous avancerons ensuite à travers la forêt jusqu'à une clairière où se trouve le cadavre. Vous verrez, c'est une scène de crime tout à fait inhabituelle… »

Chapitre 5

Akhétaton, nouvelle capitale de l'Empire de Haute et Basse Égypte
1.337 avant Jésus Christ

Akhénaton caressa délicatement du revers de sa main droite le visage de Néfertiti afin de la tirer doucement de son sommeil. La Reine sursauta et porta un regard angoissé sur son époux. Bien que pâle Akhénaton paraissait serein.

Pharaon parla.

« Que ma Royale Épouse écoute Pharaon.

J'ai un secret qu'il me faut te confier. Tu devras le conserver au plus profond de ton être, jusqu'au jour où tu devras le transmettre à mon fils, Toutânkhaton, lorsqu'il sera en âge d'exercer le pouvoir.

Il n'est pas ton fils mais je sais que tu le chéris comme tel, comme tu chéris notre fille Ânkhsénaton.

Ils devront un jour être unis pour procréer leur descendance, comme je le fus moi-même de l'union de mon père et de ma mère. C'est ainsi que notre lignée garde la pureté de son sang pour régner sur l'Égypte.

Sois vigilante cependant, car je crains l'avidité des Prêtres de Thèbes que ma disparition va encourager à reprendre le pouvoir. Ces Prêtres avides et imbus de leur titre veulent retourner aux cultes anciens de leurs dieux factices.

Après mon départ pour le grand voyage, ils voudront contraindre mes enfants à se soumettre à leur volonté et revenir au culte d'Amon en me qualifiant d'*hérétique*. Ils changeront jusqu'à leurs noms, Toutânkhaton deviendra *Toutânkhamon* et Ânkhsénaton deviendra Â*nkhsénamon*. Ils effaceront mon nom et mon image des temples et des tombeaux pour me priver de la vie éternelle. Ce sera le reniement ultime de tout ce à quoi j'ai cru.

Ma foi est inébranlable, mais peut-être est-il trop tôt pour honorer un Dieu unique. Peut-être cela adviendra-t-il dans les siècles à venir. J'ai voulu le bien de l'Homme, mais était-il prêt à le recevoir ?

— Toutânkhaton n'est pas mon fils, répondit Néfertiti, mais je le chéris comme tel et je le protégerai.

— Je t'en connais la capacité. Mais seule tu serais en difficulté pour protéger mon fils et assurer la régence. Tu seras soutenue par mon général, Horemheb, à qui j'ai donné ordre de faire mouvement sur notre capitale pour assurer votre sécurité et garantir votre pouvoir. Nos soldats tiendront en respect les Prêtres et le peuple jusqu'au moment où mon fils pourra exercer pleinement le pouvoir de Pharaon des deux Égyptes.

— Suis-je assez digne pour porter ce si lourd secret que tu veux me confier ?

— Nul autre que toi ne mérite plus ma confiance pour le transmettre à mon fils le moment venu, la rassura Akhénaton.

Certes, ce secret est bien lourd à porter, car sa connaissance assure la puissance à celui qui le détient. Il me vient de mon père, qui lui-même le tenait du sien, et il en est ainsi du plus loin de mémoire de Pharaon tout au long des dynasties qui se succédèrent.

Ce secret vient de la nuit des temps, du temps des premiers Hommes.

— Le pouvoir de Pharaon rayonne sur la Terre, comme Aton notre Dieu, car tu en es le Représentant !

— Les Prêtres d'Amon ont des soupçons, c'est la raison essentielle en réalité pour laquelle ils m'ont combattu, donnant l'illusion au peuple qu'ils défendaient leurs croyances. Leur rébellion soi-disant fondée sur des motifs religieux n'est là que pour s'assurer la complicité du peuple en jouant sur sa crédulité. Leur seul objectif est de s'approprier ce secret.

Ce secret appartient à Pharaon et doit revenir à mon fils le jour où il accédera au le trône.

— Seigneur, demanda Néfertiti, n'est-il pas possible de s'entendre avec le clergé de Thèbes, de leur révéler les fondements de la foi en Aton et de gagner leur bienveillance ? Je pressens des temps troublés à venir.

— Je reconnais là ton sens politique du compromis, répondit en souriant Akhénaton.

J'ai cru cela possible, mais ce fut en vain. Les Prêtres de Thèbes défendent le culte d'une religion polythéiste à laquelle je ne crois pas. Osiris, Isis, Seth, Anubis, Thot et toutes les divinités de leur panthéon ne sont que des mythes et des créations humaines transposant en forces de l'esprit les craintes et les espoirs des Hommes.

Quant à moi, je crois en un principe créateur unique qui a fait toutes choses sur cette terre : les hommes et les animaux, les mers et les montagnes, les arbres et les fleurs, tout ce qui vit et tout ce qui ne vit pas. Il a donné à l'Égypte le Nil nourricier. Tout vient d'Aton, le Dieu Soleil, qui nous éclaire et qui nous réchauffe, qui insuffle la vie.

Chaque soir les ombres malfaisantes de la nuit veulent le soumettre, et chaque matin il sort victorieux de son combat et nous apporte ses bienfaits.

C'est pourquoi, né Aménhotep, j'ai pris pour nom *Akhénaton*, car je suis *l'esprit d'Aton* sur cette terre.

C'est pourquoi j'ai quitté Thèbes, où les Prêtres vouent un culte à ces dieux usurpateurs, pour fonder ici, dans la pureté du désert, ma capitale *Akhétaton* afin d'honorer le Dieu Soleil en un lieu indemne de la corruption des hommes.

— Ordonne, Seigneur, et j'obéirai, dit humblement Néfertiti en inclinant la tête et en portant à son front la main de Pharaon en signe de respectueuse allégeance.

— Je suis plein d'interrogations à cet instant, alors que la barque du destin m'attend et que ma vie terrestre va bientôt prendre fin.

J'ai confiance en Horemheb, mais résistera-t-il longtemps aux Prêtres ? Ne se soumettra-t-il pas, ne serait-ce que pour assurer sa propre survie et la solde de ses troupes ? Ma capitale ne sera-t-elle pas abandonnée aux sables du désert ? mon image ne sera-t-elle pas effacée de la mémoire des hommes ?

J'ai cependant une certitude, Néfertiti. Celui qui détient le secret est assuré de détenir un pouvoir absolu. C'est pourquoi il doit revenir à mon fils et tu devras y veiller. »

Néfertiti était perplexe. Certes elle se vouait corps et âme à son Royal Époux et tiendrait sa promesse de protéger le fils d'Akhénaton. Mais sans l'aide d'Horemheb et de ses soldats pourrait-elle s'opposer longtemps aux Prêtres ?

Akhénaton reprit la parole :

« L'or, qui assure le pouvoir sur les hommes, est actuellement disponible à profusion en Égypte. Il est extrait cependant à grand-peine de nos mines situées en des contrées lointaines conquises par la force de nos armes. Il est acheminé jusqu'à nous sous la protection de notre armée.

Ces peuplades, soumises jusqu'à présent, peuvent un jour reprendre force et vigueur et combattre l'Empire. Les Hittites déjà s'agitent aux frontières. La pérennité de notre approvisionnement reste incertaine. Nous avons pourtant un besoin vital de l'or, pour honorer Dieu, pour décorer nos temples et nos tombeaux, pour acheter les alliances, pour payer nos soldats et nos fonctionnaires.

Qu'une révolte éclate parmi les mineurs, qu'une guerre nous prive de ces territoires, qu'une malédiction s'abatte sur nos récoltes et entraîne une grande famine, et l'Égypte sera affaiblie, voire réduite en esclavage par ses ennemis.

Ce qui nous préserve en dernière extrémité de ce sort funeste tient dans ce petit coffret d'acacia » dit Akhénaton en le désignant sur la tablette placée à son chevet. Ce coffret qu'il avait caché la veille au soir sous sa couche royale.

Néfertiti considéra avec surprise ce simple coffret de bois.

« Comment un si petit coffret peut-il contenir une arme si redoutable ? s'étonna Néfertiti.

— C'est effectivement une arme redoutable, lui confirma Akhénaton, une arme qui peut se retourner contre son détenteur s'il en fait un mauvais usage. C'est pourquoi elle doit être détenue exclusivement par Pharaon à qui est confiée la destinée de l'Empire et qui seul peut juger du moment opportun de son usage.

Ainsi pourra demeurer éternelle l'Égypte sous le règne bienveillant de Pharaon.

Le secret contenu dans ce coffret, cette arme redoutable, tient dans un simple rouleau de papyrus. Il y est consigné depuis la nuit des temps. Ce pouvoir absolu ne doit appartenir qu'à Pharaon. Je m'en remets à toi pour le transmettre à mon fils.

— Commande, et j'obéirai ! répéta Néfertiti, inclinant la tête avec humilité et baisant la main droite de Pharaon avant de la porter à nouveau à son front.

— Reçois la garde de ce pouvoir, répondit son époux en prenant ses deux mains dans les siennes. Je vais t'expliquer ce que contient le papyrus et te montrer ensuite sa cachette »

Pharaon prit le temps d'expliquer le secret du papyrus à Néfertiti qui faisait des yeux émerveillés en l'écoutant.

Puis il la conduisit près du mur qui faisait face à la fenêtre centrale. Il lui expliqua comment ouvrir la cachette, y replaça le coffret et referma le mécanisme.

Après avoir accompli sa tâche, il revint s'allonger sur la couche royale. Néfertiti s'installa à ses côtés.

Il reposa sa tête sur le coussin et, regardant le soleil qui resplendissait à l'horizon, il sourit à son Créateur et ferma les yeux.

Chapitre 6

Forêt de Berteaucourt-le-Temple
22 décembre 2000

« Vous m'emmenez voir une scène de crime *inhabituelle,* Jérôme ? demanda Praetorius, un petit sourire aux lèvres.

— *Inhabituelle,* c'est le moins qu'on puisse dire, vous jugerez par vous-même ! »

Valadon ouvrant la marche, tous deux s'engagèrent sur le chemin détrempé, veillant à ne pas glisser sur les pierres humides ou dans les flaques de boue. Le ciel était gris, les nuages étaient menaçants. Il faisait froid.

Ils abordèrent la lisière de la forêt.

Valadon guidait Praetorius à travers le dédale des arbres.

Ils parvinrent à la clairière. Une agitation fébrile y régnait. Scrutant le sol, plusieurs gendarmes quadrillaient de façon systématique le terrain. D'autres fouillaient les taillis avoisinants.

Au centre, un périmètre de sécurité était délimité autour d'une table de pierre par une rubalise de la police technique et scientifique, jaune avec écriture noire, rendant la zone interdite. A l'intérieur du périmètre trois hommes en combinaison blanche intégrale s'affairaient, photographiant sous tous les angles cet espace, multipliant les prélèvements au sol et sur la table de pierre.

À l'extérieur du périmètre de sécurité, tout près de la rubalise, un officier de gendarmerie dictait ses commentaires à un adjoint. Régulièrement des gendarmes scrutant le sol, d'autres fouillant les taillis, venaient lui rendre compte de leurs constatations. Un homme en civil revêtu d'une gabardine et coiffé d'un chapeau mou se tenait près de l'officier et refermait une grosse serviette de cuir, sans doute le médecin qui avait fait les premières constatations.

Valadon accompagné de Praetorius se dirigea vers l'officier et fit les présentations.

« Capitaine, je vous présente monsieur Adémar Praetorius, dont je vous ai parlé en fin de matinée. Je vous remercie d'avoir accepté sa présence, son aide nous sera précieuse pour résoudre cette affaire.

Monsieur Praetorius, je vous présente le capitaine Pierre de Mortemer, officier de gendarmerie responsable de l'unité de Péronne dont dépend le village de Berteaucourt-le-Temple sur le territoire duquel nous nous trouvons.

— Enchanté capitaine, dit Praetorius en tendant la main à l'officier.

— Moi de même, répondit ce dernier en lui serrant énergiquement la main. Ma hiérarchie m'a donné son accord à la suite de la demande du lieutenant Valadon. Apparemment elle s'est même félicitée de votre participation dans cette enquête qui démarre sur une base manifestement insolite. Vous semblez jouir en haut lieu d'une grande considération.

— J'ai en effet eu l'occasion de rendre quelques services, répondit non sans malice Praetorius.

Mortemer, c'est un nom inhabituel dans la région, vous n'êtes pas d'ici ?

— Ma famille est originaire d'Alsace. J'ai demandé mon affectation à Péronne, où je suis en poste depuis trois mois.

— Qu'est-ce qui vous a incité à venir à Péronne ?

— Étant alsaciens, deux arrière-grands-pères ont servi sous l'uniforme allemand pendant la Grande Guerre. Ils sont morts à la bataille de la Somme en 1916. Je profite de mon affectation pour parcourir la région où ils ont combattu et j'essaie de retrouver leurs tombes. Pour l'instant ma recherche a été vaine.

— Vous m'en voyez désolé, capitaine, je vous souhaite le succès dans votre entreprise.

Le capitaine est tout à fait à même de diriger une enquête dans sa juridiction, fit observer Praetorius. Qu'est-ce qui motive la présence d'un lieutenant de police judiciaire parisien ? ajouta-t-il en se tournant vers Valadon.

— Lorsque le capitaine a rendu compte de la situation à sa hiérarchie, celle-ci s'est mise en rapport avec le ministère de l'Intérieur. En haut lieu, on est inquiet des répercussions que pourrait avoir cette affaire. C'est une mauvaise publicité, mal venue alors qu'à l'Historial le Colloque réunit en ce moment des membres éminents de la police de différents pays européens. Il y a même quelques observateurs américains, australiens et néo-zélandais. La Somme a vu se dérouler de nombreuses batailles pendant la Grande Guerre et l'Historial attirent toujours beaucoup de monde venant des pays belligérants.

L'image de l'efficacité de la police française est en jeu.

Le ministre de l'Intérieur en personne a souhaité votre coopération avec les forces de l'ordre officielles. Il connait notre proximité et m'a chargé de la mission de collaborer avec la gendarmerie et de vous contacter.

— Ce cher Vincent Dercourt ! Il me connaît bien ! Depuis qu'il occupe cette fonction il n'hésite pas à bousculer l'ordre établi pour obtenir des résultats et il sait qu'en passant par Jérôme et sur une affaire hors du commun je serai doublement tenté d'accepter !

— Je n'ai pas l'honneur de fréquenter le ministre, intervint Mortemer, mais pour ma part je serai ravi de travailler avec vous, le lieutenant m'a fait une description élogieuse de vos compétences.

— Vous êtes bien bons tous les deux de m'honorer de vos compliments. Je n'ai pas l'intention d'empiéter sur votre enquête, capitaine, mais le fait est que *l'inhabituel*, voire *le surnaturel*, m'intéresse beaucoup et que par le passé j'y ai démontré quelques talents. Si je peux vous être de quelque utilité… »

Mortemer souleva la rubalise, permettant à Praetorius et Valadon de se rapprocher de la scène de crime, et les y rejoignit.

Une table de pierre occupait le centre de la clairière. Elle était de forme grossièrement rectangulaire, mesurant environ deux mètres sur trois, posée sur deux blocs de pierre massifs. Masquant une forme insolite, une bâche la recouvrait. Mortemer la retira et la déposa sur le sol, découvrant ainsi ce qui se trouvait dessus.

Praetorius n'esquissa pas le moindre geste de recul, ne fit pas la moindre grimace. Valadon, qui pourtant avait déjà vu la victime, détourna un bref instant la tête. Mortemer se couvrit le nez et la bouche d'un mouchoir.

Valadon remarqua la lueur d'excitation qui s'alluma dans les yeux de Praetorius. Il nota le pincement des narines, le léger retroussement des lèvres. Il connaissait le personnage : le chasseur tapi en Praetorius se révélait !

Le corps d'un homme reposait sur la table de pierre.

Le corps était nu…et démembré !

Les fragments étaient disposés de curieuse façon.

La tête était séparée du tronc, lui-même séparé du bassin. Les membres inférieurs rattachés au bassin étaient écartés l'un de l'autre. Le membre supérieur droit manquait. Le membre supérieur gauche était à angle droit avec le tronc. Tous ces fragments paraissaient entremêlés dans le plus grand désordre, la tête reposant au milieu de cet ignoble enchevêtrement. Les yeux grand-ouverts exprimaient l'effroi.

Les trois hommes demeurèrent silencieux plusieurs minutes. Les hommes en blanc de la police scientifique et les gendarmes s'étaient regroupés auprès d'eux, attendant un commentaire. Tous étaient choqués par la scène.

Valadon le premier rompit le silence.

« Cette effroyable boucherie ne peut être l'œuvre que d'un sadique psychopathe ! »

Praetorius ne releva pas la remarque. Se tournant vers le médecin qui jusqu'alors n'avait dit mot, il demanda :

« L'heure de ce carnage, docteur ?

— Cette nuit. La rigidité cadavérique a été accentuée par le froid mais la pluie a conservé aux tissus une relative souplesse. L'autopsie nous en dira plus. Il faut que j'analyse le contenu gastrique, mais à première vue je dirais entre 22 heures et minuit. Il y a une particularité remarquable, c'est…

— Je sais, j'ai vu. Et vous Jérôme, vous capitaine, vous l'avez remarqué ? »

Valadon et Mortemer restaient dubitatifs.

« Voyez l'évidence mes amis, il n'y a pas la moindre goutte de sang ! Cet homme a été vidé de son sang avant d'être dépecé ! »

Valadon et Mortemer sursautèrent. Valadon reprit :

« Un vrai psychopathe !

— Pas du tout, s'exclama Praetorius sans lever les yeux du cadavre., vous vous trompez Jérôme. C'est au contraire l'œuvre d'un être sensé, cultivé et méthodique. Quoiqu'il soit possible de réunir toutes ces qualités et d'être quand même un psychopathe. Mais dans le cas présent je ne le pense pas, à cause justement du dépeçage du corps.

— Vous pensez à un règlement de compte entre bandes rivales ? Cette mise en scène serait un avertissement ? interrogea Mortemer.

Il y a bien quelques bandes de petits délinquants dans la région, mais leur style c'est plutôt le vol de mobylettes ou des petits trafics sans envergure. Elles ne se risqueraient pas à ce genre d'action, elles sont connues et fichées.

— C'est un peu ça, capitaine, un avertissement, confirma Praetorius, mais ce n'est pas le fait de petits malfrats.

Dites-moi, il a plu cette nuit, ce cadavre n'est pas arrivé tout seul sur cette pierre, surtout en plusieurs morceaux ! Avez-vous relevé des empreintes ? Il y en a forcément, quoique j'ai vu vos hommes piétiner la clairière dans tous les sens… »

Mortemer apprécia peu l'humour de Praetorius en pareille circonstance, la situation ne s'y prêtait vraiment pas. Ni la petite pique concernant ses hommes. De là à dire qu'il avait manqué à la moindre des précautions concernant le relevé des empreintes !

Il s'abstint toutefois de formuler une quelconque remarque, sa hiérarchie lui avait recommandé de ménager le personnage. En fait, il n'était guère enthousiaste à l'idée de devoir collaborer avec ce Praetorius qui sortait du cadre établi, mais ses ordres avaient été formels : *toute l'aide nécessaire devait lui être apportée.*

« Des empreintes sur ce sol détrempé, il y en a à foison, ce d'autant qu'avec mon peloton nous y avons contribué...répondit-il pour désamorcer toute remarque supplémentaire déplaisante. J'ai donné à mes hommes la priorité à la recherche d'indices éventuels.

Nous avons quand même remarqué un paquet d'empreintes de pas regroupées dessinant un passage entre la forêt et la table de pierre, dit-il en désignant les traces. »

En silence Praetorius souleva la rubalise et s'éloigna pour les examiner.

Il les suivit jusqu'à la lisière de la forêt, s'y arrêta un long moment, essayant par le regard de pénétrer au cœur du massif dense des arbres. Puis il revint lentement vers la table de pierre, les yeux rivés au sol. Regardait-il les empreintes ou était-il plongé dans ses pensées ? se demanda Valadon.

Puis il repartit et fit un tour complet de la clairière, s'arrêtant par moments, considérant depuis sa position l'angle de vue avec la table sur laquelle reposait la victime.

Il revint finalement vers Valadon et Mortemer.

« Comment le corps a-t-il été découvert ? demanda Praetorius à Mortemer.

— Le poste de gendarmerie de Péronne a reçu ce matin un appel téléphonique de l'aubergiste du village de Beteaucourt-le-Temple. Le cantonnier du village, un certain Gédéon Fauchère que tout le monde connait ici, est arrivé en panique à l'auberge ce matin. Il a dit à l'aubergiste qu'il y avait un cadavre dans la clairière. Il n'a rien pu dire de plus. L'aubergiste nous a indiqué qu'il était encore sous le coup d'une vive émotion et qu'il avait du mal à s'exprimer. Il a fallu deux cognacs pour l'aider à se calmer…

— Et que faisait ce Gédéon dans cette clairière ?

— Le gendarme d'astreinte qui a reçu l'appel m'a aussitôt prévenu. Je suis arrivé rapidement à l'auberge avec mon groupe. Gédéon m'a expliqué qu'il était sorti ce matin pour aller chercher du bois mort dans la forêt et que ses pas l'ayant conduit jusqu'à la clairière il a vu de loin quelque chose de bizarre sur la table de pierre. Il s'est approché et il a paniqué à la vue de ce qu'il y a découvert.

Je me suis aussitôt rendu sur place avec mon groupe, j'ai demandé à la police scientifique et au docteur Verdier de nous y rejoindre, et j'ai prévenu ma hiérarchie.

— Hiérarchie qui a contacté la mienne qui m'a commandé de me joindre à l'enquête tout en vous sollicitant, ajouta Valadon.

— Voilà donc les protagonistes réunis ! s'amusa Praetorius. Il faut que j'interroge ce Gédéon.

Une question capitaine : qu'y a-t-il au-delà de cette forêt dans l'axe de ces traces que vous avez si judicieusement remarquées ?

— Au sortir de la forêt se trouve une colline au sommet de laquelle subsistent quelques ruines.

— Quel type de ruines ?

— Un vieux château médiéval, il n'en reste pas grand-chose…

— À quoi pensez-vous Monsieur Praetorius, demanda Valadon. Vous pensez comme moi que cette affaire sort de l'ordinaire, n'est-ce pas ?

— Assurément Jérôme, elle sort de l'ordinaire. Je dirais même qu'elle relève de l'extraordinaire ! Vous avez bien fait de m'appeler, cette affaire m'intéresse au plus haut point.

— Selon vous, il ne s'agit pas un crime crapuleux ? demanda Mortemer.

— Assurément pas, capitaine. Voyez-vous, il s'agit d'un crime rituel, l'œuvre d'une force occulte dont la motivation remonte à la nuit des temps !

Allons rendre visite à ce brave Gédéon… »

Le portable du capitaine de Mortemer sonna. L'officier décrocha, s'écarta, écouta en silence puis raccrocha. Il revint vers Praetorius et Valadon.

Il leur dit, laconique :

« Une deuxième victime… »

Chapitre 7

Berteaucourt-le-Temple
22 décembre 2000

S'appuyant vaillamment sur sa canne, Marthe Pottiez poussa la porte de l'église avec peine.

A 98 ans, Marthe éprouvait la plus grande difficulté à parcourir la dizaine de mètres qui séparaient sa maison de l'église du village. De tous les paroissiens de Berteaucourt-le-Temple, elle en était la plus proche voisine. Elle fournit son effort ultime en poussant la lourde porte en chêne qui gémit sur ses gonds.

Une fois par semaine, sauf grand mauvais temps, la *Veuve Marthe*, comme l'appelaient familièrement et affectueusement les gens du village, n'aurait manqué pour rien au monde sa rencontre hebdomadaire avec le curé. Ce dernier, bien sûr, l'avait depuis longtemps assurée qu'il pouvait venir la visiter à son domicile pour lui éviter ce pénible déplacement. Marthe avait catégoriquement refusé. Elle avait une volonté de fer et avait décrété que la seule fois où le curé serait autorisé à se rendre chez elle, ce serait pour lui administrer les derniers sacrements !

Et ce devait être le plus tard possible !

Marthe était une *veuve de guerre.*

Huit jours avant l'armistice de la Grande Guerre le 11 novembre 1918, elle avait épousé à 16 ans Firmin Pottiez âgé de 21 ans, le fils unique du maréchal-ferrant, à son retour du front en permission.

Permission de 48 heures accordée à titre exceptionnel pour son mariage.

Des rumeurs de paix prochaine circulaient, mais rien de certain.

Le père de Marthe était veuf, tout comme celui de Firmin. Ils étaient au village des gens connus pour être durs au travail, ne ménageant pas leur peine, élevant chacun seul son enfant, dignement. Le maire et le curé, habituellement plutôt opposés sur bien des questions car la République et l'Église ne voyaient pas les choses de la même façon, étaient dans ce cas précis rapidement tombés d'accord pour sceller cette union. La guerre avait fait tant de morts, causé tant de destructions que tout le monde voulait le bonheur de ces deux jeunes gens.

Avant- guerre, Firmin accompagnait son père lorsque ce dernier venait chaque mois ferrer les chevaux de trait du père de Marthe, un solide paysan sur qui le temps semblait ne pas avoir de prise et qui poussait souvent la charrue en sifflotant.

Une paire de chevaux boulonnais cohabitaient dans l'étable avec les vaches. Firmin ne se faisait jamais prier pour accompagner son père à la *Ferme du Hibou*.

La ferme s'appelait ainsi car, au temps de l'enfance de Marthe, un voisin jaloux avait cru jeter un sort en clouant un hibou sur la porte de leur étable. Le père de Marthe avait délicatement décroché le hibou et l'avait enterré. Marthe avait disposé sur la petite tombe quelques fleurs des champs et y avait planté une petite croix en bois faite de deux branchettes entrecroisées. Le père de Marthe l'avait regardée faire sans mot dire, appuyé sur le manche de sa pelle. C'était un *taiseux*. Il avait tranquillement déposé sa pelle dans la remise à outils et s'était rendu chez son voisin. Celui-ci était en train de traire ses vaches dans l'étable. Il ne vit pas arriver le père de Marthe qui le saisit au col de sa chemise et le traina à l'extérieur alors que le coupable se débattait et criait en vain. Il lui administra une correction bien méritée, tout cela sans prononcer la moindre parole. A la fin il relâcha le voisin fielleux qui s'effondra sur le sol. Le père de Marthe le foudroya du regard, levant au ciel l'index de sa main droite et lui montrant ostensiblement son poing gauche. Le voisin comprit l'avertissement. Il ne créa plus jamais de problème.

On était comme ça chez les Pottiez : on faisait face à l'adversité et on réglait ses problèmes soi-même !

Marthe avait hérité du caractère de son père.

Firmin était tombé amoureux de Marthe dès leur première rencontre.

La guerre avait fait des ravages depuis plusieurs années sur cette terre de Picardie. L'évolution du conflit avec les Empires Centraux sur la terre de France se révélait plus favorable depuis l'arrivée des Américains en 1917. Le général Pershing avait lancé à leur arrivée son fameux *La Fayette, nous voilà !* Bien sûr, il y avait eu des mutineries et des *fusillés pour l'exemple*, les soldats ne voulaient plus servir de chair à canon, mais le général Pétain avait remis de l'ordre, sachant épargner la vie des hommes qui depuis 4 ans souffraient et mouraient par compagnies entières.

Firmin partit à la guerre au début de l'année 18. Il se battit vaillamment. Il ramena dans la tranchée sous le feu de l'ennemi un compagnon blessé, ce qui lui valut une décoration. Il se maria et repartit au front le lendemain du mariage.

Un éclat d'obus le décapita le 10 novembre 1918.

Le 11 novembre en fin d'après-midi, alors que les cloches avaient sonné à la volée l'Armistice à 11 heures du matin, le facteur vint en fin de journée, juché sur sa bicyclette, jusqu'au bord du champ que labourait le père Pottiez.

Marthe, qui jetait des graines aux poules dans la cour de la ferme, comprit immédiatement lorsque les deux hommes tournèrent leurs regards vers elle. Son père tenait en main la lettre dépliée que lui avait remise le facteur.

Marthe finit de jeter ses dernières graines aux poules qui picoraient à ses pieds, releva un coin de son tablier pour s'essuyer les yeux et rentra. Son père la rejoignit dans sa chambre où, agenouillée au pied de son lit, les yeux relevés vers le crucifix accroché au mur au-dessus de son oreiller, elle priait. Lorsque son père entra, ses yeux rouges et secs se tournèrent vers lui. Pour cet homme dur, au cuir et au cœur tannés par le soleil et le labeur, trois mots étaient un discours. En lui ouvrant les bras, il lui dit « ma chérie… ». Marthe se réfugia silencieusement contre lui et l'étreignit très fort. Des larmes coulèrent de ses beaux yeux bleus, mais son père ne les vit pas…

Marthe ne se remaria jamais. Elle resta une *veuve de guerre*.

En 1937 un nouveau curé arriva au village. Le père Athanase avait la taille haute, le regard vif et pénétrant. Une courte barbe noire rehaussait ses traits. Pour tout dire, au village on le trouvait bel homme. Il ne laissait pas insensibles certaines paroissiennes qui se pressaient à confesse ! Le père Athanase rompait avec son prédécesseur, le père Anselme. Ce dernier, petit et ventripotent, menait sa messe mécaniquement, sans passion. Les prêches du père Athanase, au contraire, étaient intelligents, enflammés, pénétrés de la vérité de Dieu en qui il croyait avec ferveur.

Il était le fils d'un Russe Blanc émigré en France après la Révolution de 1917 qui avait porté les Bolcheviks au pouvoir. Son père avait été en Russie un grand propriétaire terrien. Il avait des idées progressistes et entretenait avec ses paysans des relations de confiance. Les moujiks le respectaient. Comme le voulait la tradition, son père avait été chauffeur de taxi à Paris car, n'ayant jamais eu à travailler, la seule chose qu'il maîtrisait était de savoir conduire une automobile. Peu nombreux étaient à l'époque en Russie ceux qui savaient conduire une automobile, et qui avaient les moyens d'en acheter une. Son père était doué d'une mémoire phénoménale et en peu de temps il avait assimilé le plan de la capitale. Il faisait le bonheur de ses clients en racontant pendant le temps des courses des anecdotes sur la vie à Saint-Pétersbourg, dans un français correct, roulant d'une voix rocailleuse les « r » à n'en plus finir.

Le dimanche l'église ne désemplissait pas, et cela depuis les premiers jours de l'arrivée du père Athanase. Il se disait qu'il avait accompagné à Paris les ouvriers pendant les grandes grèves du Front Populaire en 1936.

Marthe n'était pas insensible au charme du père Athanase. Elle venait se confesser tous les samedis. Non pas qu'elle se sentit coupable de fautes qui lui vaudraient l'Enfer, mais elle aimait ce prêtre, confondant sa ferveur chrétienne et son attirance pour lui.

Jamais il n'y eut la moindre équivoque entre le prêtre et sa paroissienne. Nul mot, nul geste déplacé ni de l'un ni de l'autre.

Le père Athanase connaissait l'histoire de Marthe. Elle avait enterré son père en 1928, dix ans après la disparition de Firmin, et elle entretenait la ferme avec l'aide d'un ouvrier agricole. Quand elle ne fut plus en état de gérer sa ferme, elle la revendit à un couple de jeunes agriculteurs et acheta la petite maison à côté de l'église. Elle vivait de peu, ses économies et quelques petits placements.

Le père Athanase venait de la ville où il avait côtoyé la misère ouvrière. Il avait vécu les émeutes de 1934 et le Front Populaire de 1936. Las des combats sociaux et politiques, il eut envie de se retirer au calme de la campagne, loin de l'agitation des villes.

Marthe n'avait jamais quitté Berteaucourt-le Temple.

A son arrivée dans le village, le père Athanase s'inquiétait des bruits de bottes de l'autre côté du Rhin. Le parti national-socialiste avait accédé au pouvoir en janvier 1933 et Adolf Hitler était Chancelier du Reich. Une population allemande affamée et appauvrie par la crise de 1929, revancharde après le traité de Versailles de 1919 qui rendait l'Allemagne exsangue du fait des réparations de guerre, un complexe militaro-industriel avide de puissance et d'enrichissement, tout concourait au succès des nazis. Marthe ignorait tout cela. L'histoire du conflit entre la France et l'Allemagne se résumait pour elle à la mort de Firmin. Le père Athanase, lui, était attentif aux bouleversements de l'Histoire.

La Seconde Guerre mondiale passa et ainsi s'écoulèrent les années, le temps rythmé pour Marthe chaque semaine par le rituel de la confession. Le samedi n'était plus depuis longtemps le jour de référence. Cela variait en fonction de l'état de Marthe, mais elle s'astreignait à sa visite hebdomadaire.

Noël approchait, cette année 2000. On était le 22 décembre et l'année s'était écoulée si rapidement, on allait bientôt changer de millénaire !

Ce jour-là, en fin de matinée, Marthe s'engagea dans l'allée centrale après s'être signée comme elle le faisait depuis tant d'années, avançant à petits pas entre les travées en s'appuyant sur sa canne. Les rangées de chaises se succédaient, à gauche et à droite, des colonnades de pierre en rompant régulièrement leurs vagues successives.

Après avoir dépassé la chaire, située sur le côté gauche, elle se dirigea vers le confessionnal situé au bras gauche du transept. Une imposante statue de la vierge occupait l'extrémité du bras droit. Des tableaux représentant la crucifixion, la descente de croix et la résurrection ornaient le front du chœur.

Marthe entra dans le confessionnal et fut surprise de ne pas y trouver le père Athanase. Cela n'était pas normal, le prêtre était fidèle au rendez-vous. Peu de personnes venaient se confesser depuis plusieurs années, c'était passé de mode. Mais s'il ne devait en rester qu'une ce serait assurément Marthe, fidèle d'entre les fidèles. Une fois le père Athanase avait failli au rendez-vous. Il était ce jour-là au bloc opératoire de l'hôpital de Péronne, opéré d'une appendicite aiguë.

Marthe s'inquiéta de cette absence.

La veille encore son amie Germaine lui rapportant ses courses lui avait dit avoir bavardé avec le prêtre chez l'épicier, il paraissait en pleine forme.

Marthe sortit du confessionnal et dans le silence de l'église appela doucement le père Athanase. Elle n'obtint aucune réponse. Elle se dirigea vers le chœur. Elle regarda autour d'elle. Personne. La statue de la Vierge, au fond du bras droit du transept, était plongée dans la pénombre. Sa silhouette paraissait inhabituelle aux yeux fatigués de Marthe. Mue par un mauvais pressentiment, Marthe s'avança vers Marie. La statue était impressionnante, plus grande que taille humaine. Marthe en s'approchant fut horrifiée par ce qu'elle découvrit dans la lueur blême de la lumière du jour filtrant à travers un vitrail.

Une corde enserrait le cou de Marie, une flaque de sang brunie séchait à ses pieds. Marthe porta la main à sa bouche, un cri d'effroi s'étrangla dans sa gorge : elle s'effondra au pied de la statue !

Ce n'est qu'en début d'après-midi que deux touristes anglais de passage venus visiter une église romane signalée par leur guide de voyage se précipitèrent à l'auberge voisine et, par la force du geste plus que par la parole, obtinrent de l'aubergiste qu'il les suive dans l'église. Ce dernier arriva sur leurs talons en maugréant, manifestement mécontent d'avoir été dérangé par ces deux anglais lui paraissant bien surexcités. Il changea du tout au tout quand il découvrit la scène et se précipita dans son auberge pour téléphoner à la gendarmerie.

Il revint à l'église, accompagnant l'escouade de gendarmes qui s'était aussitôt déplacée.

Ceux-ci firent les premières constatations.

La *veuve Marthe* était étendue sur le ventre au pied de la statue de la Vierge, face tournée vers le visage du père Athanase. Son cœur s'était arrêté de battre lorsqu'elle découvrit son curé bien-aimé.

Le prêtre était pendu par les pieds attachés au cou de la Vierge Marie, tête en bas et bras en croix, tel l'apôtre Pierre crucifié à Rome tête en bas parce que, disait-il aux Romains, *il ne pouvait quitter ce monde comme son Seigneur Jésus Christ*.

Sa barbe, autrefois noire et depuis si longtemps devenue blanche, était rouge de sang. Une large plaie ouvrait la gorge d'une oreille à l'autre. Une flaque de sang séchait sur le sol.

Curieusement, les yeux de Marthe et d'Athanase étaient restés grand ouverts. Ceux de Marthe exprimaient un indicible effroi alors que ceux du prêtre paraissaient sereins. Il sembla aux gendarmes que Marthe et Athanase se regardaient par-delà la mort.

Chapitre 8

Berteaucourt-le-Temple.
22 décembre 2000.

Praetorius, Valadon et le capitaine de Mortemer arrivèrent à l'église en fin d'après-midi. Les gendarmes dépêchés sur place avaient circonscrit les abords de l'église à l'aide de la rubalise de la police scientifique et technique, interdisant toute entrée non autorisée.

Des habitants du village s'étaient massés à proximité. L'information avait fuité et s'était répandue comme une traînée de poudre.

« *Le curé a été assassiné, la veuve Marthe est morte !* »

Un silence pesant régnait sur la foule. Elle s'écarta pour laisser passage au véhicule de la gendarmerie qui arrivait gyrophare allumé. Trois personnes en sortirent, les portières claquèrent. Le chauffeur resta au volant. Les habitants connaissaient le capitaine de Mortemer, les deux autres personnes en sa compagnie leur étaient inconnues.

Une voix dans la foule dit :

« *Ce sont des policiers de Paris, il paraît que le brun costaud est une grosse légume…* »

Un gendarme en faction à l'entrée de l'église salua son officier et souleva la rubalise, permettant aux trois hommes d'entrer. À l'intérieur la police scientifique s'activait. Les hommes en tenue blanche intégrale photographiaient sous tous les angles les victimes et les lieux, multipliaient les prélèvements à la recherche systématique d'empreintes…

Le docteur Verdier, toujours sanglé dans sa gabardine, avait néanmoins déposé son chapeau sur une chaise de l'allée voisine. Il était arrivé peu avant la voiture de gendarmerie. Il avait examiné les deux corps. S'adressant directement à Praetorius il crut bon de préciser :

« Le prêtre a été égorgé. La vieille dame était très âgée, décès par crise cardiaque, très probablement le choc. L'autopsie nous confirmera tout cela. »

Praetorius, un rien agacé par cette plate affirmation télégraphique, eut un simple geste d'acquiescement et se détourna du médecin. Il avait fait dire par Mortemer téléphonant depuis la clairière à ses hommes présents dans l'église de ne toucher surtout à rien avant son arrivée.

Il tourna autour de la statue de la Vierge, considérant le prêtre toujours pendu par les pieds, s'attardant sur la flaque de sang séché au sol, regardant depuis cette position tout l'environnement. Il eut un regard plein de compassion pour le corps de la pauvre Marthe. Il prit le temps de faire le tour de l'église, s'arrêtant ici et là, repartant vers l'entrée par les côtés, revenant au chœur par l'allée centrale, se dirigeant vers le confessionnal, y pénétrant, pour revenir finalement à la statue de Marie. Tout cela sans un mot.

Pendant toutes ses allées et venues, les gendarmes présents dans l'église avaient suspendu leurs activités et regardaient le manège de cet enquêteur dont on leur avait vanté les compétences. L'un d'eux, chasseur invétéré, se fit en lui-même la comparaison avec son chien qu'il affectionnait, un Pointer noir et blanc très performant. Il ne manquait plus que l'enquêteur se mette à quatre pattes, pensa-t-il, la truffe au sol…Il chassa vite cette pensée iconoclaste lorsqu'il eut l'impression que Praetorius le dévisageait curieusement…

Mortemer et Valadon le regardaient également faire, en silence.

Au bout d'un long moment de réflexion, Praetorius revint vers ses deux compagnons avec un air entendu et leur dit :

« Un prêtre assassiné dans son église, en position de crucifié tête en bas comme Saint Pierre, nous voici à nouveau en présence d'une mise en scène originale ! Nous avons affaire à des artistes !

— Vous pensez que les auteurs de ces deux assassinats sont les mêmes personnes ? » demanda Mortemer d'un air pincé.

L'humour de ce Praetorius commençait sérieusement à l'irriter.

Il poursuivit froidement après avoir consulté une note que lui avait tendue l'un de ses hommes :

« Rien n'a disparu, ni l'argenterie de l'office religieux, ni les tableaux qui ornent les murs. Même le tronc est intact !

— Cela ne m'étonne guère, répondit laconiquement Praetorius. Tout comme pour la précédente victime, cette mise en scène répond à un rituel particulier. Elle est destinée à frapper les esprits. À l'évidence la cible de l'assassin était le prêtre, cette pauvre vieille femme est une victime collatérale. Reste à savoir le motif des assassinats de ces deux hommes.

— Il s'agit de la veuve Marthe Pottiez, tint à préciser Mortemer. Elle a perdu son jeune époux dans les derniers jours de la Grande Guerre et ne s'est jamais remariée. Son histoire est connue dans tout le village et tout le monde l'aimait bien. Elle et le curé avaient une grande affection l'un pour l'autre. Elle avait l'habitude de le rencontrer une fois par semaine à confesse.

— C'est manifestement elle qui a découvert le corps, le choc a été trop violent pour son vieux cœur, intervint Valadon.

— Assurément, confirma Praetorius.

Se tournant vers le médecin, il lui demanda : à quand estimez-vous que remonte l'heure de la mort ?

— Encore une fois l'autopsie permettra d'être plus précis. Compte-tenu de la rigidité cadavérique et de la flaque de sang séché au sol, je dirais fin de la nuit ou au petit matin au plus tard.

— C'est ce que je pense également, affirma Praetorius, ce qui veut dire *après* la victime de la clairière.

Cela étant, les deux crimes se suivent de peu. Il doit y avoir une signification. Il faudra vérifier si ces deux hommes se connaissaient.

Je suppose que l'église est fermée la nuit, capitaine.

Il fallait que la porte soit ouverte dans la nuit pour que l'assassin puisse entrer dès lors qu'il n'y a pas eu d'effraction, et qu'elle soit ouverte ce matin pour que la veuve Marthe puisse entrer à son tour. Qui a ouvert cette porte ?

— Seul le père Athanase a les clés de l'église, répondit Mortemer. Effectivement il la ferme à clé tous les jours en fin d'après-midi et l'ouvre le lendemain matin à 6 heures.

— Ce qui signifie que c'est le curé qui a ouvert à son assassin, donc qu'il devait le connaître ! en conclut Praetorius.

— Et l'assassin est reparti en claquant simplement la porte une fois son forfait accompli, ce qui a permis à Marthe Pottiez d'entrer facilement, conclut Mortemer.

— Je dirais plutôt *les assassins*, précisa Valadon. Je vois mal un homme seul suspendre le prêtre par les pieds au cou de cette statue à cette hauteur. Vous avez vu le gabarit du prêtre ? Il doit bien peser son quintal et la statue mesure plus de 2 mètres !

— Très judicieux ! le complimenta Praetorius. C'est une évidence, je me demandais lequel de vous deux en ferait le premier la remarque !

— Je l'avais pensé également, se renfrogna Mortemer, le lieutenant Valadon l'a simplement dit avant moi…

— Allons, capitaine, pas de souci ! Votre connaissance du terrain et de la population nous est indispensable dans cette affaire, nous formons une équipe !

Il est temps de décrocher ce pauvre curé et d'évacuer les corps » ajouta-t-il à l'adresse de Mortemer.

Le capitaine donna ses ordres en conséquence et ses hommes s'activèrent. Le corps du prêtre fut déposé au sol. Les deux victimes furent placées dans des housses mortuaires et installées sur des brancards. Deux ambulances attendaient à la porte de l'église, elles emportèrent les corps en direction de la morgue de l'hôpital de Péronne où seraient réalisées les autopsies.

Les équipes de la gendarmerie et de la police scientifique quittèrent les lieux, il ne restait plus dans l'église que Praetorius, Valadon et Mortemer.

Praetorius fit à nouveau lentement le tour de l'église. Il essaya d'ouvrir la porte du presbytère, en vain. Elle était fermée à clé. Il revint lentement vers le chœur. Négligeant les tableaux, il s'attarda sur les vitraux, dont les couleurs étaient flamboyantes, mariant avec bonheur le rouge, le bleu, le jaune, le vert, le blanc et le noir.

« Ils sont magnifiques ces vitraux ! s'extasia-t-il.

— Ce sont des copies, précisa Mortemer. Les originaux ont été retirés au début de la dernière guerre et mis en sécurité. Ils sont conservés dans la crypte de la cathédrale d'Amiens.

Ceux-ci ont été réalisés en 1935 par un maître-verrier renommé à l'époque dans la région. Ils sont copie conforme des originaux et ont été installés par crainte des bombardements début 40. Finalement ils ont été laissés en place après la guerre. Les originaux sont très précieux et conservés comme un véritable trésor.

— La plus belle cathédrale gothique du monde, cette cathédrale d'Amiens ! s'exclama Praetorius. Savez-vous pourquoi elle a été miraculeusement préservée lors des bombardements qui ont détruit une grande partie de la ville lors de la dernière guerre ?

— Aucune idée, répondit Mortemer.

— L'Évêque était intervenu auprès des autorités allemandes ? suggéra Valadon.

— Je ne le pense pas. En fait, deux explications possibles ont été avancées, qui ne sont d'ailleurs pas contradictoires.

La première dit qu'avant la guerre un officier allemand visitant la cathédrale y admira le labyrinthe et y vit le dessin de la croix gammée. Pendant la campagne de France l'armée allemande eut ordre de préserver la cathédrale des bombardements car sa destruction aurait été un mauvais présage.

La seconde concerne le camp adverse. Lorsque les avions anglais et américains partaient de Grande-Bretagne pour bombarder l'Allemagne et les points de concentration des forces allemandes en France, comme la gare de Longueau à côté d'Amiens qui était à l'époque un nœud ferroviaire très important d'où la destruction d'une grande partie de la ville, la cathédrale servait de balise de repère aux pilotes sur la route de l'Allemagne. »

Poursuivant son exploration, Praetorius s'arrêta devant un vitrail en particulier, celui situé près du confessionnal. Il resta en contemplation un long moment.

Mortemer manifesta son humeur.

« Que diable vous intéressez-vous aux vitraux de cette église alors que nous avons deux assassinats sur les bras, sans parler de cette pauvre Marthe ?

— Ne vous insurgez pas, capitaine, répondit placidement Praetorius. Précisément ce vitrail nous apporte un éclairage intéressant sur ces assassinats.

Qu'avez-vous remarqué sur le visage du prêtre ?

— Le pauvre a été sauvagement égorgé, sa barbe est souillée de sang ! fit Mortemer en considérant Praetorius avec suspicion.

— Ce n'est pas la barbe qui nous intéresse, ce sont les yeux. Qu'avaient-ils de particulier ces yeux ?

— Eh bien, ils étaient grand ouverts, comme ceux de Marthe. Cela arrive de garder les yeux ouverts après la mort, vous savez cela tout de même !

— Ils avaient l'air d'avoir un regard serein... intervint Valadon

— Nous y sommes, encore une fois bien observé, Jérôme !

Cela ne vous étonne pas, capitaine, qu'un homme qu'on pend par les pieds et qu'on égorge garde un regard serein ? Je dis bien *qu'on égorge après l'avoir suspendu* ! Pas de trace de sang sur sa soutane, tout a coulé vers le bas, sa barbe, son visage et le sol.

— Qu'en déduisez-vous ?

— Capitaine, demandez que des analyses toxicologiques poussées soient réalisées lors de l'autopsie, pour les deux victimes. Je suis certain qu'elles seront très instructives.

Revenons à ce vitrail, qu'y voyez-vous ? »

Secoué par les observations de Praetorius, Mortemer accorda cette fois plus d'intérêt à sa question.

« Je vois un château-fort avec ses murailles, des soldats au pied des murailles et des chevaliers.

— Voyez-vous autre chose ?

— À la base du vitrail, des outils sont alignés.

— Lesquels ?

— Une truelle, un niveau, une équerre, un levier, un compas, un marteau : ce sont des outils de bâtisseurs.

— C'est un bon début, capitaine. Précisez la scène. Vous voyez des cavaliers, dont l'un tient un drapeau, comment est-il ce drapeau ?

— Il flotte au vent.

— Quelle couleur ?

— Blanc et noir, avec une croix rouge.

— Bien, nous avançons !

Quelle particularité pour deux de ces cavaliers ? »

Mortemer se concentra sur le vitrail.

Valadon eut une illumination et s'exclama :

« Deux cavaliers sur une seule monture, c'est le symbole des Chevaliers du Temple, les Templiers ! Et le drapeau, c'est leur bannière, le baucent, blanc et noir frappé d'une croix pattée rouge !

— Exact, répondit Praetorius. Et ces murailles ne sont pas celles d'un château-fort quelconque, ce sont celles de Jérusalem ! Le vitrail associe les Templiers, la prise de

Jérusalem par les Croisés en 1099 et l'allégorie de la Jérusalem céleste !

Cependant ce vitrail décrit une scène anachronique. L'Ordre du Temple a été créé *après* la prise de Jérusalem en 1099. Faire cohabiter la victoire des Croisés et le Temple a donc une signification symbolique, surtout avec la représentation des outils au bas du vitrail. Nous y reviendrons.

Rappelez-moi le nom de ce village, capitaine ?

— Berteaucourt-le-Temple… répondit, dépité, Mortemer.

— Nous y voilà, asséna avec force Praetorius.

Depuis Péronne nous avons *Templeux*-la-Fosse, *Templeux*-le-Guérard. Nous sommes ici à Berteaucourt-le-*Temple.*

Nous sommes en pleine région templière !

Il faut creuser ce sujet. Il faut aussi rechercher dans les antécédents des deux victimes un point commun.

Mais auparavant, je veux rencontrer Gédéon, il ne vous a pas tout dit, capitaine. Je le ferai parler…

Demain matin à la première heure !

Chapitre 9

Berteaucourt-le-Temple
23 décembre 2000

Le lendemain matin à 8 heures on frappa à la porte de Gédéon Fauchère. Il était réveillé depuis 7 heures, avait fait sa vaisselle et un peu de ménage. Il s'apprêtait à sortir. La pluie avait enfin cessé et le ciel était dégagé.

Écartant le rideau de la fenêtre, Gédéon eut un mouvement de recul à la vue de l'uniforme. Il connaissait le capitaine de Mortemer, mais pas les deux personnes qui l'accompagnaient. Gédéon était méfiant, il n'avait jamais beaucoup apprécié la gendarmerie qui parfois l'avait surpris dans ses activités clandestines.

Il ouvrit sa porte en grognant. Il apparut mal rasé, les cheveux ébouriffés, revêtu d'un pull-over à la couleur passée. Un pantalon de velours usé jusqu'à la trame tombait sur des charentaises flambant neuves. Gédéon suivit le regard du gendarme se portant sur ses pantoufles.

« Je ne les ai pas volées, s'écria-t-il, c'est un cadeau de monsieur Germain !

— L'aubergiste, précisa Mortemer à l'intention de ses deux compagnons. Je suppose en échange d'un beau lapin ! lança-t-il à l'intention de Gédéon en clignant de l'œil.

Rassurez-vous, nous ne sommes pas venus pour parler de votre passe-temps favori. Ces deux messieurs souhaitent vous poser quelques questions à la suite de vos déclarations concernant votre découverte dans la clairière.

Permettez-nous d'entrer »

Gédéon s'effaça, à moitié rassuré, et invita les trois hommes à entrer. Il s'assit à sa table face à la porte et convia d'un geste auguste ses trois visiteurs à prendre place.

Mortemer fit les présentations.

« Monsieur Praetorius est un enquêteur privé et le lieutenant Valadon est officier de police judiciaire à Paris. Ils sont là pour nous aider à résoudre le mystère du cadavre que vous avez découvert dans la clairière.

— N'ayez aucune inquiétude, mon ami, le rassura Praetorius. J'ai simplement besoin de quelques précisions pour mieux comprendre la situation afin de pouvoir coincer le meurtrier.

Nous sommes bien d'accord que ce n'était pas au petit matin pour aller chercher du bois que vous êtes sorti et que vous avez découvert le cadavre, mais bien la nuit sous la pluie pour aller lever vos collets. Ce n'est pas un problème et l'on ne vous en tiendra pas rigueur.

Vous avez vécu une situation dramatique dans la clairière, c'est normal d'en avoir été choqué. Dans ces cas-là les souvenirs reviennent progressivement et certains détails enfouis au fond de la mémoire refont surface secondairement. »

Le ton rassurant de Praetorius et son regard bienveillant eurent le don d'apaiser Gédéon.

« Pour sûr, c'que j'ai vu sort de l'ordinaire. Jamais rien vu d'pareil, une vraie boucherie ! J'ai vu des fantômes, à vous fiche une sacrée frousse ! et ces géants qui me poursuivaient en battant des bras, avec des yeux qui lançaient des éclairs, j'n' ai pas inventé, j'les ai bien vus, comme j'vous vois !

— Nous reparlerons du cadavre plus tard. Ce qui m'intéresse dans l'immédiat, ce sont ces silhouettes que vous avez prises au départ pour des fantômes. Vous avez bien fini par vous rendre compte que c'étaient des hommes comme vous et moi.

— On m'l'a bien dit que des fantômes ça n'existe pas. N'empêche, *des hommes comme vous et moi*, vous dites, j''en sais rien, j'n'ai pas vu leur visage…

— Vous les avez entendu parler ?

— C'était comme un murmure, j'sais pas s'ils parlaient. Juste à la fin celui qui avait l'air d'être le chef a crié *cigale,* les autres ont repris. C'est drôle, y'a pas de cigale en décembre, pas même en été, pas dans nos régions !

— C'est très important que vous ayez entendu *cigale*, ça m'ouvre des perspectives…

Il faudrait qu'on aille voir sur place, je veux vérifier quelques détails. Vous voulez bien nous accompagner Gédéon ? J'ai besoin que vous me montriez sur place d'où ces silhouettes sont apparues dans la clairière. »

Gédéon frissonna. L'idée de retourner dans la forêt ne l'enchantait guère.

« Elle est maudite cette clairière, c'est *la clairière du pendu* !

— Il y a eu un pendu à la fin de la dernière guerre, précisa Mortemer. Depuis on l'appelle *la clairière du pendu*, c'est resté.

— C'n'est pas tout, rajouta Gédéon. Au bout de la forêt, y a les ruines du château, avec des fantômes qui chantent les nuits de pleine lune. Et maintenant ce type coupé en morceaux ! Pas vraiment envie d'y retourner…

— Rassurez-vous, Gédéon, nous irons en plein jour. Le capitaine de Mortemer, le lieutenant Valadon et moi, nous sommes armés et nous serons sur nos gardes. Je vous assure que les fantômes n'existent pas et que ce que vous avez vu, ce sont bien des hommes en chair et en os habillés de façon à impressionner les importuns. Votre témoignage est pour moi capital et j'ai beaucoup de respect pour le courage dont vous avez fait preuve l'autre nuit. »

Plus que l'uniforme du capitaine de gendarmerie ou les armes dont ce monsieur Praetorius avait fait état, c'est son ton bienveillant et sa façon si rassurante de parler qui décidèrent Gédéon.

« Allons-y, s'exclama-t-il en se levant saisi d'une volonté soudaine, mais promettez-moi que nous serons rentrés avant la nuit ! »

Praetorius acquiesça d'un signe de tête et se leva, suivi par Valadon et Mortemer.

Gédéon endossa sa canadienne et saisit sa lampe torche. Mortemer marqua à ce geste son étonnement.

« Il fait jour et nous serons rentrés avant la nuit, dit-il.

— Vous verrez qu'on en aura besoin, répondit Gédéon en ouvrant la porte. Après vous, messieurs, attendez-vous à une surprise ! »

Une fourgonnette de la gendarmerie était garée devant la maison. Mortemer fit monter Praetorius à l'avant, Valadon et Gédéon à l'arrière.

« On y va à pied, s'étonna Gédéon, la voiture ne passera pas, il faut prendre à pied le chemin tout à côté !

— Je fais un détour par la gendarmerie de Péronne, répondit Mortemer. Je les informe de notre expédition de vive voix, mon portable passe mal. En outre j'ai des ordres à donner pour qu'on me communique les premiers résultats des autopsies de la veuve Pottiez et des deux victimes.

— Qu'est-ce qui lui est arrivé à la veuve Pottiez ? et pourquoi *deux* victimes ?

— On l'a retrouvée morte hier dans l'église à côté du curé, mort lui aussi, se contenta de répondre Mortemer sans plus de précision.

— Mince, c'était une brave femme et un brave curé, regretta Gédéon. Qu'est-ce qui leur est arrivé ?

— Deuxième assassinat pour le curé, crise cardiaque pour la veuve Pottiez » répondit sobrement Praetorius.

Gédéon blêmit et s'enfonça dans son siège. Personne ne parla durant le trajet.

De retour à Péronne, Mortemer se gara dans la cour de la gendarmerie et entra dans le bâtiment. Il ressortit dix minutes plus tard, un dossier en main. Remontant au volant de la fourgonnette, il tendit le dossier à Praetorius et démarra, reprenant la route de Berteaucourt-le-Temple.

« Voici les rapports des premières constatations, les autopsies sont en cours »

Praetorius parcourut les documents en silence puis passa le dossier à Valadon qui fit de même, sans commentaire.

Praetorius rompit le silence.

« Allons voir cette clairière, il est grand temps. Nous ferons le point plus tard ! Les morceaux du puzzle sont encore dispersés.

Dites-moi, Gédéon, fit-il en se retournant vers le cantonnier avec un air malicieux, je parie que c'est la première fois que vous vous retrouvez dans un véhicule de gendarmerie sans qu'on vous demande vos papiers ! »

Mortemer et Valadon esquissèrent un sourire, tandis que Gédéon prenait un air digne.

« C'est parce que vous êtes là, monsieur l'enquêteur, que j'suis monté sans crainte. Parce qu'avec le capitaine, c'n'est pas pareil ! Il n'est pas là depuis longtemps mais il fait peur ! Même qu'une fois il m'a arrêté avec une belle paire de lapins dans ma sacoche et il s'est fâché tout rouge quand je lui ai proposé d'en rester là contre ma plus belle pièce. Avec celui d'avant, c'était plus simple. Il n'est pas accessible au dialogue le capitaine, c'est moi qui vous le dis ! »

Valadon explosa de rire tandis que Mortemer poussa un profond soupir.

La route se poursuivit ainsi, Gédéon très digne, Praetorius et Valadon souriant sous cape, Mortemer mi contrarié-mi amusé. La fourgonnette arriva à destination et l'officier se gara au pied du calvaire.

Les quatre hommes descendirent du véhicule et s'engagèrent dans le chemin, Gédéon ouvrant la marche. Il ne pleuvait pas, mais la terre était lourde des pluies des jours précédents et collait aux semelles des chaussures.

Ils parvinrent à la lisière de la forêt.

Gédéon marqua le pas, répugnant à s'engager davantage. Praetorius l'encouragea d'une tape dans le dos et, s'ébrouant, le cantonnier avança. Les hommes marchaient en file indienne avec précaution dans le labyrinthe des arbres. La clairière fut bientôt en vue. Gédéon reconnut son chêne protecteur.

Les quatre hommes abordèrent la clairière. Pas un bruit, pas un chant d'oiseau, pas un bruissement de branches dans les arbres voisins. Un silence inquiétant régnait, glacial, sépulcral.

Ils se regroupèrent autour de la table de pierre. Il ne restait nulle trace des événements dramatiques récents. Praetorius balaya longuement du regard tout l'espace environnant. Il ne fit aucun commentaire. Ses trois compagnons l'observaient en silence, espérant ses premiers mots d'explication. Leur attente fut vaine, l'enquêteur restait muet.

Puis soudain il fit signe à Gédéon de l'accompagner. Praetorius fit lentement le tour de la clairière, suivi de près par Gédéon. Valadon et Mortemer marchaient en retrait de quelques pas, impatients d'entendre l'enquêteur.

Praetorius s'arrêta à l'endroit qu'il avait repéré la première fois, là d'où semblaient émerger les traces de pas.

« Allons Gédéon, montrez-moi l'entrée du tunnel ! s'exclama-t-il.

— Quel tunnel ? Comment savez-vous qu'il y a un tunnel ? s'étonna Valadon. Mortemer ne disait mot.

— Pour différentes raisons, répondit Praetorius, et en particulier parce que Gédéon s'est muni d'une grosse lampe, ajouta-t-il en clignant de l'œil au cantonnier.

— Pour sûr, vous êtes un malin monsieur l'enquêteur ! C'est vrai qu'il y a un trou là-bas dans les grandes broussailles, comme une entrée de tunnel, mais je ne sais pas jusqu'où il va. C'est en relevant mes collets qu'un jour j'ai vu un lapin m'échapper et filer vers ces broussailles. J'ai essayé de le rattraper, c'est comme ça que j'ai vu le trou par lequel il s'était sauvé.

— Une *entrée*, ou plutôt en ce qui nous concerne une *sortie* de tunnel, mon brave Gédéon ! »

Prenant la tête du petit groupe, Gédéon s'engagea dans la forêt sur une vingtaine de mètres. Il s'arrêta à hauteur d'un talus. Un enchevêtrement de broussailles et de branchages masquait l'entrée du tunnel. Dégageant l'ouverture, Gédéon s'y engagea en allumant sa lampe, suivi par Praetorius. Ce dernier demanda à Valadon et Mortemer de rester en faction à l'extérieur.

Les deux hommes avancèrent sur un terrain en pente légèrement descendante, en terre battue. Le faisceau de la lampe éclairait sur 3 ou 4 mètres. Le passage était suffisamment haut et large pour se tenir debout à deux de front. Ils avancèrent ainsi sur une dizaine de mètres, le sol semblant devenir progressivement horizontal. Interrompant sa marche, Gédéon s'adressa à Praetorius.

« On s'arrête là, monsieur, parce que plus loin c'est dangereux. Une fois j'ai voulu aller plus avant, j'ai failli tout prendre sur la tête. Ces jours-ci il a beaucoup plu, les eaux ravinent le sol. J'n'ai pas envie de mourir étouffé sous une tonne de boue si tout s'effondre !

— D'accord, répondit Praetorius, j'en sais assez pour aujourd'hui. Retournons rejoindre nos amis. »

Lorsque les deux hommes réapparurent à l'air libre, Mortemer et Valadon les interrogèrent du regard. Mortemer rompit le silence.

« Qu'avez-vous trouvé là-dedans ?

— Rien d'intéressant, répondit laconiquement Praetorius. Le tunnel semble se terminer en cul-de-sac et c'est dangereux de s'aventurer plus avant.

Il est midi. Le ciel s'obscurcit de lourds nuages noirs, il ne va pas tarder à pleuvoir. En outre j'ai un rendez-vous. Rentrons ! »

Sortant de la forêt et de retour dans la clairière, Praetorius se retourna en direction de l'entrée du tunnel et demanda, en levant le bras vers la forêt :

« Dites-moi, Gédéon, les ruines du château, c'est bien dans cette direction-là ? »

Chapitre 10

Péronne
23 décembre 2000

A 19 heures précises, Praetorius sonna à la porte du docteur Jacques Perdinot.

Le matin-même, avant de se rendre chez Gédéon, Il avait téléphoné au médecin pour solliciter un rendez-vous en fin de journée.

Il avait pris ses renseignements et le médecin lui avait été décrit comme une référence incontournable sur l'Histoire de la région, la petite et la grande Histoire. Aussi Praetorius était-il intéressé de le rencontrer car il devinait un arrière-plan historique au premier assassinat. La survenue du deuxième, le prêtre dans cette église au vitrail si particulier, le conforta dans cette hypothèse.

Lorsqu'au téléphone Praetorius se présenta et exposa en quelques mots l'objet de sa visite, le médecin lui proposa un rendez-vous le jour-même, à la fin de ses consultations.

Son cabinet était installé à Péronne depuis plusieurs années.

Il avait commencé sa carrière en s'installant à Berteaucourt-le-Temple après ses études de médecine à Paris, et avait ainsi soigné au cours de sa carrière plusieurs générations de patients. Il connaissait tout le monde.

Il avait été le seul médecin de campagne de la région à la fin des années cinquante. Il avait même doublé au début de sa carrière son cabinet d'une pro-pharmacie, à une époque où les pharmacies étaient rares dans le monde rural.

Son épouse faisait fonction d'infirmière, passant à domicile faire les prises de sang qu'elle portait ensuite au laboratoire d'analyses de Péronne, ou apportant les médicaments aux personnes âgées qui ne pouvaient se déplacer, ou encore venant faire les pansements.

Sa belle-mère, institutrice retraitée, trônait à la caisse de la pro-pharmacie. Elle servait les ordonnances établies par son gendre lors des consultations et des visites. Lorsqu'un antibiotique prescrit venait à manquer, elle n'avait aucun scrupule à le remplacer par un autre disponible sur ses étagères en surchargeant l'ordonnance. C'était la grande époque ! C'était une époque où la diffusion des antibiotiques n'était pas aussi large que maintenant, et donc les résistances actuelles aux antibiotiques n'étaient pas monnaie courante : on ne parlait pas si souvent des bactéries multi-résistantes.

Son beau-père, garagiste agricole retraité, était le bricoleur universel. Il avait conçu dans le box du cheval de son gendre une mangeoire automatique qui permettait à l'animal de boire et de s'alimenter à volonté de façon dosée. Il avait conservé de la période de la dernière guerre une collection hétéroclite d'armes diverses en grand secret et qu'il entretenait soigneusement, dont une mitrailleuse allemande MG 42. Un jour, l'ayant remise en état, il essaya une bande de cartouches dans le jardin. Deux gendarmes passaient non loin du cabinet et vinrent sonner, alertés par le bruit de la rafale. Le beau-père, qu'ils connaissaient bien, vint leur ouvrir. Ils lui demandèrent s'il avait entendu le bruit d'une fusillade. Avec beaucoup d'aplomb il leur répondit qu'effectivement il l'avait entendu et qu'il lui semblait qu'il venait de l'autre côté du champ bordant le village. Les gendarmes le remercièrent et partir rapidement dans la direction désignée…

Au fil du temps le nombre de médecins dans la région avait régulièrement augmenté. La pro-pharmacie avait dû cesser son activité car des officines se créaient.

Puis le docteur Perdinot déplaça son cabinet à Péronne où il avait déjà depuis longtemps une importante patientèle. Il continuait à être appelé en campagne où il jouissait d'une excellente réputation. Ses premiers patients lui étaient restés fidèles. Il les soigna, puis leurs enfants et leurs petits-enfants.

Il avait perdu tout d'abord sa belle-mère. Son beau-père ne s'était jamais remis du chagrin et l'avait suivie de peu. Son épouse hélas le laissa veuf après cinquante ans de mariage l'année dernière.

Le docteur Perdinot vivait maintenant seul dans une grande maison. La demeure était majestueuse, sur cinq niveaux, elle datait de 1870.

À l'arrivée, un jardin ouvert sur la rue, sans clôture ni muret, s'offrait au visiteur. Des réserves végétales cernées de petites pierres blanches étaient dispersées sur la pelouse et accueillaient en saison de multiples fleurs vivaces aux couleurs variées. Le docteur Perdinot prenait soin de son jardin. En cette fin de décembre, dans le noir et sous une fine pluie, même l'herbe était triste !

La porte d'entrée, en chêne sombre, était munie d'un judas entrecoupé en son milieu d'une croix de fer. La plaque de cuivre vissée sur le côté droit dans une pierre grise indiquait la fonction de l'occupant. Le bouton de sonnette était situé au milieu d'un rond de marbre, juste au-dessous de la plaque.

Le cabinet médical occupait tout le rez-de-chaussée.

Le docteur Perdinot avait terminé depuis peu sa consultation et feuilletait les pages de la dernière livraison du *Concours Médical* en attendant Praetorius.

Comme il était profond ce fossé, pensait-il, entre cette médecine qu'il qualifiait *de papier* et celle qu'il pratiquait au quotidien. A 70 ans, le docteur Perdinot avait une patientèle encore confortable. Il assurait allègrement une quarantaine d'actes par jour.

Certes ces dernières années une partie de sa patientèle de Péronne avait préféré se tourner vers les jeunes générations de médecins. Cela ne le dérangeait pas car il avait toujours respecté le principe fondamental du libre choix du médecin par le patient. Les jeunes médecins orientaient davantage leurs pratiques vers les investigations complémentaires alors que pour lui l'art médical devait reposer avant tout sur la *clinique.*

La *clinique* : écouter le patient en dissociant dans son discours l'essentiel de l'accessoire, puis l'examiner *de la tête aux pieds* comme le disait lors de ses études son vieux maître, le professeur Foriaux. L'interrogatoire et l'examen clinique, l'alpha et l'oméga de l'acte médical !

Bien sûr il ne négligeait pas l'intérêt des examens complémentaires, parfois d'un haut niveau technologique et donc très coûteux, mais qu'il utilisait avec discernement, d'autant plus qu'en milieu rural les plateaux techniques sophistiqués auxquels il fallait recourir étaient éloignés et nécessitaient d'emporter l'adhésion de patients parfois récalcitrants.

À la campagne, on ne dérangeait pas le médecin pour rien ! Mais quand on l'appelait, c'était toujours pour un motif sérieux : le grand-père s'entêtant à conduire le tracteur du haut duquel il était tombé, fracture du col du fémur ; le paysan encorné par son taureau ; celui qui depuis trois jours frissonnait avec une fièvre à 39° mais voulait terminer sa moisson avant d'appeler…

Le docteur Perdinot affectionnait tout particulièrement ces patients du monde rural qui avaient conservé le respect du *docteur.* Il avait aimé cette phrase prononcée lors d'un colloque sur l'éthique médicale : *la relation médecin-malade, la rencontre d'une confiance et d'une conscience…*

Tout au long de sa carrière il avait observé bien des cas dits *atypiques*, alors que sur les bancs de la faculté on lui avait enseigné les cas *typiques*…

Le docteur Perdinot n'était pas que le soignant du corps. Il laissait les âmes au curé mais il n'était pas rare qu'on le consultât pour une affaire de famille. Il était toujours de bon conseil.

Outre sa patientèle de Péronne, celle des villages et des fermes isolées de la région l'obligeait lors des visites à domicile à parcourir de nombreux kilomètres au volant de sa vieille Lada, ce qui devenait fatigant à son âge.

Il en était là de ses réflexions lorsqu'on sonna à la porte. Le docteur Perdinot se leva et alla accueillir le visiteur. Celui-ci se présenta.

« Bonsoir docteur, je suis Adémar Praetorius.

— Bonsoir monsieur Praetorius, je vous attendais. »

Ademar Praetorius fut d'emblée séduit par le personnage. Le docteur Perdinot était de haute taille, le cheveu blanc abondant coiffé court, le menton volontaire, le regard direct. Ses yeux gris pétillaient à travers ses lunettes à monture d'acier.

Le médecin s'effaça et fit entrer son visiteur.

Le hall d'entrée se présentait en demi-cercle. Sur le côté gauche partait un escalier montant aux étages. Face à l'entrée se trouvait un long et large couloir traversant qui se terminait par une porte donnant sur le jardin principal, derrière la maison. Le long de ce couloir plusieurs portes s'ouvraient des deux côtés. La première sur la droite était celle du cabinet de consultation. Lui faisait face à gauche celle de la salle d'attente. La deuxième à droite donnait accès à une salle de soins, communiquant avec le cabinet. La troisième à droite s'ouvrait sur la bibliothèque qui contenait toute la vie professionnelle de Jacques Perdinot, depuis ses premières questions d'externat jusqu'aux dernières livraisons de différentes revues médicales. Un mur entier était habillé d'étagères accueillant de nombreux livres de médecine. La deuxième porte à gauche dans le couloir donnait accès à une réserve de médicaments variés. La troisième porte était celle d'un petit bureau administratif où autrefois son épouse gérait les papiers du cabinet. Depuis sa disparition, c'était Jacques Perdinot qui devait s'en charger. Il avait cette tâche en horreur tant les procédures administratives étaient devenues pesantes, fastidieuses, parfois ubuesques ! La mort dans l'âme parce qu'il n'avait pas choisi la médecine pour remplir des papiers, il s'en acquittait de mauvaise grâce.

Le docteur Perdinot introduisit Praetorius dans son cabinet, prit place derrière son bureau et désigna à son visiteur un fauteuil face à lui.

« Docteur, avant tout, je vous remercie de me recevoir à l'issue d'une journée de travail dont j'imagine qu'elle fut chargée à l'approche de Noël.

— Monsieur Praetorius, vous me faites offense si vous voulez dire par là que je suis fatigué ! Il n'en est rien et j'avoue que votre propos au téléphone a attisé ma curiosité et m'a inquiété. Aussi suis-je impatient de vous entendre m'en dire plus.

— Le capitaine de Mortemer m'avait bien dit que vous étiez une force de la nature, cher docteur ! À voir votre vitalité je n'en doute pas un instant. Vous abordez manifestement les situations de front, sans vous embarrasser de préliminaires inutiles !

— Bien, les formalités d'usage étant satisfaites, dites-moi plus précisément l'objet de votre visite, cher monsieur. »

Praetorius apprécia le caractère direct du médecin, allant droit au but. Il lui résuma les deux scènes de crime de façon détaillée.

« Comment le cadavre de la clairière a-t-il été découvert ? demanda Perdinot.

— Hier matin, très tôt, le cantonnier de Berteaucourt-le-Temple a fait sa déposition auprès des gendarmes. Il a dans un premier temps expliqué qu'il était allé chercher du bois au petit matin dans la forêt, et que ses pas l'amenant dans la clairière il avait découvert la victime. En fait, il a fini par reconnaître qu'il était sorti la veille au soir pour relever ses collets. C'est dans ces conditions qu'il a vécu une scène qui l'a effrayé. Il a vu des lumières, il s'est caché derrière un arbre en bordure de la clairière et a assisté à une procession de *silhouettes fantomatiques*, selon ses propres termes. Après leur départ, il s'est aventuré jusqu'à une table de pierre où gisait un corps démembré. Il s'est exprimé de façon confuse au début, il a fallu attendre qu'il se calme pour distinguer dans son discours ce qui relevait de la réalité de ce qui pouvait résulter d'une hallucination sous l'effet de la peur.

— Ah, ce brave Gédéon ! Je le connais bien, c'est un brave homme, un peu porté sur la bouteille et parfois à la limite de la légalité. Sa sortie nocturne, c'était assurément plus pour relever ses collets que pour aller chercher du bois. Il avait fort plu avant- hier, aller la nuit chercher du bois mouillé me paraît peu crédible. Il braconne, mais il ne ferait pas de mal à une mouche.

— Je lui ai rendu visite ce matin et c'est bien ce que je lui ai dit, n'étant pas dupe du motif de sa sortie nocturne. J'avais lu au préalable le rapport de gendarmerie sur son témoignage. J'ai réussi à convaincre notre homme de m'accompagner sur place pour que je me rende compte par moi-même et j'ai compris comment interpréter son discours parfois incohérent.

Ces *silhouettes fantomatiques* correspondaient à des hommes de chair et de sang revêtus de longues robes à capuche et gantés de blanc, à la fois relevant probablement d'un rituel et destinées également à frapper les esprits. Les *géants aux longs bras battant le ciel et aux yeux lançant des éclairs* qui l'ont tant effrayé dans sa fuite au sortir de la forêt sont le fruit de son imagination sous l'effet la panique. Il a tout simplement vu dans la nuit des éoliennes dont les hélices étaient en mouvement et dont les deux phares au sommet du mât clignotaient pour signaler la présence de ces installations. Elles sont parfaitement identifiables en plein jour et je les lui ai montrées aujourd'hui lors de notre expédition. Rétrospectivement il en a bien ri ! »

Praetorius décrivit minutieusement la disposition du corps démembré déposé sur la table de pierre. Il remarqua un battement de paupières chez le médecin et comprit qu'il en avait perçu la signification. Il avait tout de suite noté en s'installant dans le fauteuil la présence sur le bureau, outre d'un sous-main, d'un ordonnancier et de plusieurs stylos, d'un presse-papier en cristal sur lequel étaient gravés deux outils entrecroisés.

Praetorius décida de ne rien cacher au médecin avec lequel il avait compris qu'il partageait les mêmes valeurs.

« La première victime s'appelait Léon Dampierre, un assureur retraité, il n'avait pas de famille.

Je le connaissais, répondit laconiquement Perdinot.

— Le capitaine de Mortemer m'a dit que vous étiez un spécialiste féru d'Histoire, et que l'histoire locale n'avait pas de secret pour vous. Parlez-moi de cette clairière, Gédéon l'a appelée *la clairière du pendu.*

— C'est ainsi qu'on la désigne. C'est en relation avec une vilaine affaire qui remonte à la dernière guerre.

Un notable de Péronne, un notaire, avait honteusement collaboré avec l'Occupant. J'avais 15 ans à l'époque. Je l'avais vu une fois chez mes parents pour la vente d'une maison dont mon père voulait se défaire. Il ne m'était pas apparu très sympathique, un peu obséquieux, jetant sans cesse un regard sur les meubles du salon où mon père l'avait reçu, comme s'il en appréciait discrètement leur valeur. Après son départ mon père m'a raconté qu'il circulait sur lui des rumeurs assez nauséabondes. On le soupçonnait de dénoncer aux Allemands des soi-disant Résistants pour se voir attribuer en contrepartie certains de leurs biens en guise de rétribution après leur arrestation.

Plus tard je suis parti à Paris poursuivre mes études de médecine, et à mon retour j'ai appris que les Résistants, les vrais, lui avaient réglé son compte peu avant le départ de Péronne des Allemands en 1944, après le Débarquement en Normandie.

On l'a retrouvé un matin pendu à la branche d'un grand chêne en bordure de la clairière. La justice en ce temps-là était expéditive ! Depuis cette époque on a nommé cette clairière *la clairière du pendu*.

— Comment s'appelait ce notaire ?

— Maître Saint-Servin. C'était un vieux célibataire. Il n'avait pas de famille. Il ne reste plus rien de lui. Tous ses biens, honnêtement et malhonnêtement acquis, ont été saisis à la Libération par la Commune.

— Dans cette *clairière du pendu* le corps de Léon Dampierre gisait sur une grande pierre plate reposant sur deux blocs de pierre, comme un meurtre rituel.

— Cette grande pierre plate, on l'appelle ici *la table des sacrifices*.

— J'imaginais bien quelque chose de ce genre, dit Praetorius en hochant la tête.

— La clairière est située au milieu d'une forêt composée surtout de chênes, c'était autrefois un haut lieu druidique.

— Je pensais qu'on trouvait des vestiges druidiques surtout en Bretagne et entre Chartres et Orléans, dans la célèbre forêt des Carnutes ?

— On retrouve une culture druidique dans bon nombre de pays, en Angleterre, en Irlande, en Allemagne, en Autriche, en Europe centrale, et pas seulement en France. Et en France pas seulement dans les régions que vous évoquez. Ici en terre picarde leur présence a été attestée, en fait partout où s'est développée une tribu gauloise.

— Et quelle était la fonction du druide ?

— Le druide était un personnage haut en couleur et passionnant. Nous le connaissons grâce à sa description par Jules César dans *la Guerre des Gaules*. Le mot *druide* signifie *le très voyant*, ou *le très savant*. C'était un personnage important dans la société gauloise. Il était tout à la fois prêtre, médecin et juriste. A côté du Roi, il représentait le Spirituel à côté du Temporel. Il parlait *avant* le Roi, marquant ainsi sa prééminence. Les druides célébraient des cérémonies en plein cœur des forêts, dans une clairière appelée le *nemeton*, mot qui signifie *bois sacré*. C'est un endroit symbolique où convergent les forces telluriques et cosmiques.

Vous connaissez le rituel de la cueillette du gui, qui se déroule en général au solstice d'hiver, c'est-à-dire le 21 décembre…Vous m'avez bien dit que la scène à laquelle a assisté Gédéon s'est déroulée la nuit du 21 décembre ? A mon avis ce n'est pas une coïncidence.

Dans notre région, c'est précisément dans cette clairière que se réunissaient les druides des tribus locales.

— La *table des sacrifices* parce que les druides y pratiquaient des sacrifices rituels ?

— Ah, les sacrifices dans la Gaule antique ! Il y en eut, vraisemblablement, mais on en a sans doute exagéré l'importance. On a cru longtemps que les dolmens étaient des autels sur lesquels les druides immolaient des victimes humaines en l'honneur de leurs dieux. En fait, les dolmens et les menhirs, qu'on trouve en abondance en Bretagne, ont été édifiés bien avant les Gaulois. Ces derniers avaient probablement repris l'usage de sites considérés comme sacrés par leurs prédécesseurs.

— Ce corps démembré de si curieuse façon, ces *silhouettes fantomatiques* qui ont terrorisé Gédéon, cette table des sacrifices, c'est bien l'idée d'un crime rituel qui m'est tout de suite venue à l'esprit.

— Vous n'avez rien contre un whisky ? questionna à brûle- pourpoint le docteur Perdinot. Parler me donne soif !

— Bien volontiers ! » fit en écho Praetorius.

Le médecin se leva et se dirigea vers l'armoire située à côté de la banquette d'examen. La partie supérieure vitrée laissait apparaître divers instruments et matériels médicaux : stéthoscope, tensiomètre, otoscope, boîtes de seringues et d'aiguilles, flacon d'antiseptique, paquets de compresses, bandes de pansement. La partie inférieure était fermée par deux portes pleines. Perdinot les ouvrit et retira de l'armoire une bouteille et deux verres.

« Une petite cachette pour votre cordial personnel ! s'amusa Praetorius.

— Un remontant n'est jamais mal venu, mon cher, surtout cet excellent Lindrum !

— Mon écossais pur malt préféré ! » apprécia Praetorius.

Le docteur Perdinot se rassit et servit largement les verres. Les deux hommes trinquèrent et dégustèrent en silence le merveilleux breuvage. Praetorius déposa son verre et reprit.

« On a assassiné, hier certainement au petit matin, le curé de Berteaucourt-le-Temple, avec là encore une mise en scène qui se voulait spectaculaire.

— J'ai appris cela en début d'après-midi par un patient du village, et aussi la mort de cette pauvre Marthe.

— Vous connaissiez bien le curé, je suppose ?

— Le père Athanase était très aimé de ses paroissiens. C'était un catholique fervent, très impliqué dans l'aide aux plus démunis. Je le connaissais bien. Nous ne partagions pas le même courant de pensée mais nous aimions bien discuter ensemble.

— Vous pensez que les deux victimes se connaissaient ?

— Je n’en sais rien, peut-être…Vous savez, nous sommes dans une région de campagne où tout le monde finit par se connaître.

— Dites-moi, ces ruines d’un château-fort dont on m’a parlé, situé au-delà de la forêt, ne serait-ce pas une Commanderie templière ?

— Effectivement, confirma le médecin. Comment l’avez-vous deviné ?

— Je ne devine jamais, cher docteur, je raisonne et je conclus. Pas bien difficile ! le nom du village, Berteaucourt-le-Temple, ce fameux vitrail dans l’église représentant en particulier deux cavaliers sur une même monture et le baucent : ce sont des signes forts !

— Notre petit coin de Picardie fut effectivement un haut lieu druidique et quelques siècles plus tard un haut lieu templier.

— Sans oublier le Château de Péronne et sa fameuse Entrevue ! compléta Praetorius. La région est riche d’Histoire ! Parlez-moi de cette Commanderie templière.

— Ce fut une Commanderie très importante dans la région au Moyen Âge, à la fois une place forte dominant les environs du haut de la colline où elle fut édifiée et un important établissement agricole concentrant les cultures céréalières de ses champs et les laines de ses nombreux troupeaux de moutons.

Quand l’Ordre du Temple connut sa chute, ce château fut abandonné et tomba progressivement en ruine. La chronique locale indiquait qu’il y avait un important réseau de souterrains, avec de grandes salles servant d’entrepôts permettant aux Templiers de stocker leurs biens et de protéger les personnes. Pendant la dernière guerre, certains de ces souterrains servirent de cachette aux Résistants mais les Allemands en furent informés et il s'y déroula de terribles combats. Peu en réchappèrent. Les Allemands ont dynamité les souterrains et plus personne ne s'est hasardé à y aller.

— Finalement, les histoires vraies et les légendes s'entremêlent, conclut Praetorius.

— Effectivement, c'est très souvent le cas.

C'est demain veille de Noël. J'ai invité à déjeuner un très cher ami avec qui je partage des valeurs communes. Nous sommes tous deux de vieux veufs qui ont de belles histoires à raconter. Si vous n'avez rien de prévu, je serais ravi que vous vous joigniez à nous. Vous verrez, c'est quelqu'un de très intéressant, il a bien connu cette époque de la fin de la guerre. Il aura peut-être des choses à vous apprendre.

— J'accepte avec grand plaisir, dit Praetorius en se levant. Je vous remercie pour toutes ces informations qui me sont très précieuses.

Je ne veux pas vous retenir plus longtemps et vous remercie pour la chaleur de votre accueil.

Donc à demain !»

Le docteur Perdinot se leva également et, souriant, raccompagna Praetorius jusqu'à la porte. Ils se quittèrent sur une poignée de mains prolongée d'un air entendu.

Chapitre 11

Péronne
24 décembre 2000

Le lendemain à midi Praetorius sonna à la porte du docteur Perdinot. Il tenait sous son bras gauche une boîte cylindrique emballée dans un papier de couleur rouge frappé de fleurs de lys de couleur argent.

Le médecin vint lui ouvrir et s'effaça pour le laisser entrer. Ils échangèrent une franche poignée de main, chacun reconnaissant l'autre.

« Je pense que nous pouvons nous tutoyer, dit le médecin. Viens, je vais te présenter à un ami très cher. Il aura des choses intéressantes à t'apprendre.

— Voici pour te remercier de ce déjeuner qui s'annonce sous d'heureux auspices » dit Praetorius en lui tendant son cadeau.

Le docteur Perdinot le déballa et en sortit une bouteille. Un large sourire éclaira son visage.

« Lindrum ! s'exclama-t-il, comme s'il lançait un mot de passe.

— Une valeur commune supplémentaire ! lui rétorqua Praetorius avec un grand sourire.

— Comment as-tu fait pour trouver ce nectar des dieux ? On ne le trouve pas à Péronne.

— Un excellent caviste d'Amiens m'a été recommandé et me l'a fait livrer ce matin à l'hôtel par porteur spécial, j'ai mes réseaux ! » répondit Praetorius en prenant un air faussement mystérieux.

Tout à son enchantement, le docteur Perdinot lui donna une tape sur l'épaule et l'invita à monter à l'étage.

Ils gagnèrent le salon, auquel était attenante la salle à manger, elle-même séparée d'une cuisine ouverte par un plateau de bar. Un parfum subtil prit Praetorius aux narines, laissant augurer d'un excellent repas. Le docteur Perdinot était, outre sa compétence médicale et sa vaste culture historique, un cuisinier raffiné qui savait recevoir.

Le salon était meublé de six fauteuils et d'un divan *art déco*, dont le tissu aux motifs géométriques associait le gris, le mauve, le fuchsia et le noir. Les fauteuils entouraient une table basse en verre très *design* laissant voir par transparence un tapis persan ancien *kashan* associant des motifs floraux et des arabesques où dominaient le rouge et le bleu.

Une console, placée entre les deux fenêtres qui donnaient sur le jardin principal située à l'arrière de la maison, supportait plusieurs carafes en cristal contenant des liquides aux couleurs variées depuis le jaune citrin jusqu'au rouille très prononcé en passant par toutes les nuances orangées de ces liqueurs. Il devait y avoir quelques grands whyskies dans ces flacons !

Au mur le plus large était tendu transversalement un tapis caucasien ancien *kouba*, caractéristique avec ses deux cartouches rouge dentelés situés aux extrémités.

Sur le mur adjacent à la porte d'entrée était accroché un tableau de style impressionniste, de bonne facture, représentant un segment de rivière dont les berges étaient ombragées par la retombée de saules pleureurs, avec au loin noyée dans la brume la silhouette d'une cathédrale.

Un homme âgé à l'allure digne était assis sur le divan. Une abondante chevelure blanche coiffée en arrière dégageait un large front barré de profondes rides. Des sourcils broussailleux couleur de neige accentuaient l'intensité du regard vif que lançaient ses yeux noirs. La sévérité de son visage était accentuée par des lunettes à monture d'écaille.

Confortablement installé les jambes croisées, il se leva à l'arrivée des deux hommes. Le docteur Perdinot fit les présentations.

« Isaac, je te présente Adémar Praetorius, dont je t'ai parlé. Adémar, je te présente Isaac Lévi, un sage parmi les sages ! »

Très sobrement vêtu d'un costume gris, chemise blanche et cravate noire, Isaac Lévi tendit la main à Praetorius.

« Jacques m'a parlé de toi après votre rencontre d'hier soir. Il ne m'a rien dit de spécifique car c'est la règle, mais j'ai compris à la description qu'il m'a faite de toi que nous pouvions nous tutoyer. Je suis heureux de faire ta connaissance. Je pense que nous pouvons nous aider mutuellement, dit Isaac en lui serrant la main de façon convenue.

— Je l'espère, répondit Praetorius, car ce qui vient de se passer est annonciateur de grands malheurs. Nous devons réunir nos informations et nos efforts pour arrêter ce processus infernal en marche.

— C'est bien pourquoi je nous ai réunis aujourd'hui, intervint Perdinot, car ce que tu m'as raconté hier m'a inquiété. Asseyons-nous. »

Des coupes étaient disposées dans un grand plateau rond laqué de noir agrémenté de fleurs stylisées de couleur or. Une bouteille de champagne Deutz brut classic rafraichissait dans un seau à glace. Le médecin servit les trois coupes, et levant la sienne porta un toast.

« À la chaîne qui nous unit et que soit la lumière !

— Ainsi soit-il ! fit Lévi.

— Surtout dans cette affaire ! renchérit Praetorius.

— Adémar, reprit Perdinot, avant tout il faut comprendre la signification du rituel qui a présidé à la mise en scène pour la première victime.

Je peux t'apporter sur ce point un éclairage intéressant.

L'assassin, ou plutôt les assassins car Gédéon a décrit la présence de plusieurs silhouettes, ont repris le rituel druidique.

Selon ce rituel, la cueillette du gui se faisait selon les phases de la lune dans un lieu consacré car c'était un geste sacré. Le solstice d'hiver est une date importante de l'année pour le rituel. Or la première victime est morte le 21 décembre, jour du solstice d'hiver.

Je t'expliquais hier soir que cette clairière, le *nemeton*, est l'endroit symbolique où convergent les forces telluriques et cosmiques, où se réalise l'union du Visible et de l'Invisible. En latin, *nemus* signifie *bois sacré*. Dans toutes les langues celtiques les termes *science*, *sagesse*, *connaissance*, viennent de la même racine que le terme qui désigne le bois. Par ailleurs le mot *druide* est étymologiquement construit sur des racines qui aboutissent à sa signification : le druide, c'était le *très voyant*, le *très savant*. Le personnage du druide était très important dans le monde celtique et faisait référence à une autorité incontestée par la tribu.

Ce personnage a été beaucoup dévoyé dans nos temps modernes, que ce soit par exemple par les adeptes du *New Age, ou* pas si loin de nous par les adeptes du culte nazi se revendiquant de la mythologie germanique. Il y a encore aujourd'hui à Stonehenge des manifestations du culte druidique à certaines périodes de l'année. On y trouve le plus grand ensemble mégalithique d'Angleterre, formé de plusieurs rangs de menhirs disposés en cercle, érigés probablement à l'âge du bronze. On prête à cet ensemble des vertus magiques.

La mise en scène de l'assassinat de Léon Dampierre le jour du solstice d'hiver sur la table des sacrifices dans le *nemeton* réunit tous les critères d'un culte païen.

— Gédéon a fait la description vestimentaire des silhouettes qui l'ont effrayé, dit Praetorius. Cette description a évoqué pour moi la tenue des prêtres du Moyen Âge lors de certains rituels, ou comme dans les processions des Pénitents, surtout les Pénitents Noirs très impressionnants avec leurs longues cagoules pointues. Ces tenues ont été reprises dans le sud des États-Unis par le Ku Klux Klan pour terroriser les esclaves noirs.

L'une de ces silhouettes se tenait à la tête de la table des sacrifices et présidait la cérémonie. Leur druide, en quelque sorte.

— Cette mise en scène relève du symbole, intervint Lévi. Tu sais bien que pour différents courants de pensée tout n'est que symbole.

La façon dont a été traitée la victime, Léon Dampierre, témoigne de la volonté des assassins de l'avilir : il fut une victime expiatoire…

— J'ai vu la disposition du corps démembré sur la table des sacrifices, dit Praetorius, j'ai tout de suite compris que ce n'était pas l'œuvre d'un fou sadique mais que cette mise en scène avait un sens symbolique profond, une mise en garde… »

Praetorius décrivit à nouveau pour Isaac Lévi comment étaient disposés les membres de la victime. Lévi et Perdinot acquiescèrent, montrant par là qu'ils en avaient compris la signification.

« La mise en scène pour la deuxième victime est tout aussi symbolique, ajouta Praetorius.

— Évidemment, fit Perdinot, tête en bas comme saint-Pierre qui ne voulait pas quitter ce monde comme le Christ, c'est un geste d'humiliation vis-à-vis de l'Église.

— Là encore tout est symbole, intervint Lévi, à deux niveaux : les assassins veulent frapper les esprits pour affoler les gens du commun, et délivrer un message de combat à ceux capables de le recevoir.

— Je suis d'accord, confirma Praetorius. Je suppose que vous connaissez tous deux l'histoire personnelle des deux victimes, et le lien qui les unit ? Il faut chercher dans le passé, n'est-ce pas ?

Le regard de Praetorius se tourna vers Lévi.

— Effectivement, confirma ce dernier, et pour cause : nous appartenions tous trois à un groupe de Résistants pendant la dernière guerre. J'avais alors 15 ans. C'est ce groupe qui a exécuté le notaire collabo, Maître Saint-Servin… »

Le silence se fit.

Le docteur Perdinot ne dit mot.

Praetorius regarda longuement Lévi, qui les yeux fermés se remémorait manifestement la scène. Praetorius s'abstint de lui poser la moindre question, lui laissant le temps nécessaire à la remontée des souvenirs.

Après un long moment, Lévi rouvrit les yeux et parla.

« Notre groupe, avec d'autres, s'employait à perturber et désorganiser les mouvements des troupes allemandes vers l'ouest. Les Alliés venaient de débarquer en Normandie et il nous fallait retarder le plus longtemps possible par nos actions de sabotage l'arrivée de troupes allemandes fraîches et aguerries sur ce nouveau front.

Malgré une lutte acharnée des nazis, les Alliés avançaient inexorablement. Les Allemands s'apprêtaient à quitter Péronne pour se replier vers l'Allemagne défendre leur territoire.

Je me souviens bien de ce qui est arrivé ce matin-là.

C'était le jour où les Allemands pliaient bagage précipitamment. Ils avaient brûlé dans la cour du château des monceaux de documents et chargé à la hâte leurs camions bâchés de caisses d'armes et de matériels.

Ce jour-là au petit matin, le groupe a mis la main sur ce notaire, un collaborateur notoire qui avait livré à l'ennemi plusieurs de nos compagnons, et même des gens totalement innocents qu'il désignait comme suspects. Ceux-là n'avaient aucun lien avec la Résistance mais le notaire lorgnait tout simplement sur leurs biens. Ces pauvres gens étaient embarqués sur une simple dénonciation, fondée ou non. Les nazis ne faisaient pas le détail. Saint-Servin recevait en rémunération de ses services une partie des biens de ses victimes.

Quand nous l'avons capturé, nous l'avons amené, ligoté et les yeux bandés, dans la clairière. Notre chef, André, nous a réunis autour de la table des sacrifices pour former un tribunal alors que Saint-Servin était assis par terre tout gémissant.

Aucune circonstance atténuante ne fut retenue et il a été condamné à mort par pendaison à l'unanimité moins une voix, celle du père Athanase qui s'est abstenu.

Dieu, disait-il, ne nous a pas donné le droit de retirer une vie. Athanase a toujours été en accord avec ses principes car, dans son action au sein de la Résistance, il n'a jamais tué personne. Son activité était non violente. Il se limitait à communiquer des informations à Londres à partir d'une radio installée dans la crypte de l'église et à cacher, toujours dans la crypte, des pilotes abattus ou des gens en fuite. Il n'avait pas moins de courage que les combattants car son activité lui faisait courir autant de risques. Et même probablement davantage car, ayant su se concilier les bonnes grâces des Allemands en visitant avec le même dévouement les soldats blessés soignés à l'hôpital de Péronne, il aurait été considéré comme espion s'il avait été démasqué, et donc torturé et fusillé. Il n'a jamais été inquiété.

— Comment le notaire a-t-il réagi à l'annonce du verdict ? demanda Praetorius.

— Il était tremblant de peur et larmoyant. Il a voulu négocier la vie sauve contre un document qu'il disait précieux, un vieux parchemin qu'il avait découvert par hasard dans le Château de Péronne. André n'en avait cure et l'affaire fut rapidement expédiée. Le notaire a été pendu à la grosse branche d'un chêne tout proche.

— Rien d'autre ? demanda Praetorius.

— Si, répondit Lévi. Un officier allemand était caché dans les fourrés à proximité. Le veilleur l'a surpris après que le notaire eut été pendu et l'a amené dans la clairière.

— Que faisait-il là ?

— Aucune idée. André l'a interrogé mais il a refusé de parler.

Cela faisait un moment que l'étau se resserrait autour de notre groupe. Des compagnons avaient été capturés lors d'une action de sabotage quelques jours auparavant et l'un d'eux a dû malheureusement parler sous la torture.

L'officier en poste à Péronne avait établi son quartier général au château. Il était sans pitié, un nazi convaincu, sans aucun scrupule pour torturer ses prisonniers dans les caves afin d'obtenir des aveux.

Je suppose que cet Allemand caché dans les fourrés était en reconnaissance et avait suivi notre groupe. Il avait vu notre visage à tous, son sort était arrêté. André ne s'est pas embarrassé. Il travaillait aux abattoirs de Péronne, il l'a égorgé !

— Radical, cet André ! Qu'est-il devenu ?

— Quelques jours après, il y a eu un engagement sévère avec une arrière-garde allemande restée en couverture après le repli de l'essentiel de la troupe.

Nous étions cachés dans les ruines du château sur la colline. Nous y avions aménagé dans les souterrains une cache d'armes et de vivres et une planque.

Les Allemands nous ont surpris.

Le combat fut acharné. André a été coupé en deux par une rafale de mitrailleuse. Beaucoup de camarades sont tombés. Nous n'étions plus que cinq survivants dans le groupe : Georges, Michel, Léon, Athanase et moi.

Nous nous sommes réfugiés dans les souterrains.

Les Allemands n'ont pas voulu s'y aventurer trop loin car ils ne les connaissaient pas aussi bien que nous. Ils ne voulaient pas courir le risque d'une embuscade. Il y a eu au début quelques échanges de tirs mais très rapidement ils ont lancé plein de grenades. Ça explosait de partout, des parois et des plafonds s'effondraient. Georges et Michel ont été tués. Léon, Athanase et moi nous nous sommes réfugiés le plus loin possible dans les souterrains, ils sont vastes et labyrinthiques. Nous avons observé un silence total et attendu la suite.

Les Allemands ont dû penser que nous étions tous morts. Ils n'avaient peut-être pas spécialement envie de s'aventurer davantage dans ce vaste réseau souterrain à leurs risques et périls pour vérifier. Ils avaient probablement plus envie de rejoindre sains et saufs leurs compagnons en route vers l'Allemagne.

Nous sommes restés 24 heures sans donner signe de vie, au cas où ils auraient laissé des sentinelles. Puis nous sommes ressortis prudemment.

— Par la forêt je suppose, dit Praetorius.

— Exact, répondit Lévi. Personne. Nous sommes tout simplement rentrés chez nous. Les Allemands étaient partis, Péronne et ses environs n'étaient plus une zone prioritaire pour eux.

— Ces événements funestes appartiennent au passé, conclut le docteur Perdinot, mais ce qui arrive en ce moment me semble raviver des plaies jamais totalement refermées.

Il semblerait qu'il y ait au moins un lien commun qui unit les deux victimes, leur passé de Résistants. Pour autant est-ce la cause de leur assassinat ?

— Voilà effectivement un point commun, peut-être d'autres à découvrir, ajouta Praetorius. Il faudra creuser davantage dans leurs passés respectifs.

Maintenant, Isaac, je t'engage à être très prudent car ce même lien t'unit à tes anciens compagnons. Si tu le souhaites, je peux organiser une garde rapprochée jusqu'à ce que cette affaire soit résolue. Ce serait plus prudent.

— Je te remercie de ta sollicitude, mais je saurai me défendre seul, s'il le faut. Depuis ce que j'ai vécu une certaine nuit dans mon enfance, j'ai su être toujours sur mes gardes.

Lorsque j'ai appris la mort violente de mes vieux compagnons, je me suis senti concerné. J'ai exhumé mon vieux browning, je l'ai huilé et je l'ai essayé à la campagne. Il fonctionne encore très bien et j'ai trois boîtes de balles en réserve. Trois, un chiffre symbolique. Je suis très attaché aux symboles et à mon vieux browning !

Ne vous inquiétez pas pour moi.

Je te laisse avancer dans ton enquête, Adémar. Tiens-moi au courant de ce que tu pourras découvrir. En fonction de faits nouveaux, je pourrais peut-être t'apporter des informations complémentaires, si cela me paraît nécessaire.

Maintenant j'ai faim !

Passons à table, Jacques, si tu le veux bien. Tu es le maître des lieux et notre hôte. Que tout cela ne nous coupe pas l'appétit !

— Je vous ai préparé des coquilles Saint-Jacques flambées à l'armagnac sur leur lit de petits poireaux, accompagnés d'un blanc sec d'Alsace. Vous allez déguster ensuite un plat que, je pense, vous ne connaissez pas. Il me vient d'un ami arménien qui me l'a fait découvrir. Il s'appelle *Imam bayeldi* en turc. C'est une surprise ! Nous finirons par un fromage stilton au porto avant une tarte aux myrtilles. Ces dernières viennent du congélateur mais la recette est des Pyrénées !

— *Imam bayeldi, l'imam qui s'est évanouit de plaisir*, après avoir mangé ce plat ! s'exclama Praetorius. Bien sûr que je le connais, il est très célèbre en Orient, avec des variantes selon les cuisines : turque, grecque ou arménienne. Des aubergines farcies avec raisins secs, tomates, oignons, ail, coriandre, thym, laurier, huile d'olive.

Mon plat végétarien préféré ! »

Chapitre 12

Historial de la Grande Guerre, Péronne
26 décembre 2000

La journée de Noël s'était déroulée sans événement nouveau.

Praetorius avait passé la matinée aux Archives Départementales. Il s'était fait ouvrir les portes très tôt grâce à son sauf-conduit. Le directeur avait été honoré de recevoir cette personnalité dont le Ministère, à qui il en avait référé, l'avait enjoint de satisfaire à toutes ses demandes. Il lui avait ouvert les cadastres et les archives historiques de la Région Picardie, mis à sa disposition la photocopieuse à grand débit et proposé son propre bureau afin qu'il puisse s'installer à son aise.

Praetorius avait travaillé intensément, compulsant de vieux grimoires, consultant les comptes rendus des sociétés d'histoire régionale, photocopiant les plans cadastraux de Péronne et de sa proche périphérie, noircissant son carnet d'annotations.

Il avait regagné sa chambre en début d'après-midi la serviette remplie de documents. Assis dans le fauteuil qu'il avait poussé près de la fenêtre, il avait étalé à même le sol les documents collectés et relisait régulièrement dans son carnet ses observations et commentaires, les complétant ou les modifiant au fil de sa réflexion. Il s'interrompait parfois pour passer un coup de fil, son interlocuteur du moment n'étant en rien gêné en ce jour de Noël d'avoir à répondre à ses questions. Praetorius était connu pour savoir appeler à toute heure du jour ou de la nuit quand il avait besoin d'une information. Il poursuivait ses annotations à l'issue de chaque appel téléphonique. Plus de la moitié de son carnet était surchargée de son écriture serrée.

Valadon s'était installé dans les locaux de la gendarmerie. Le capitaine de Mortemer avait obligeamment mis son bureau à sa disposition. Valadon s'inquiétait des résultats des autopsies et préparait le rapport qu'il devait présenter à Praetorius le lendemain. Il lui manquait le résultat des analyses toxicologiques, qui lui fut promis par le Laboratoire pour le lendemain en principe, le surlendemain au plus tard.

Le capitaine de Mortemer et son équipe poursuivait les enquêtes de proximité, interrogeant tout le voisinage de l'église sur les allées et venues suspectes qui auraient pu être remarquées la veille et la nuit précédant la découverte des corps du père Athanase et de Marthe Pottiez. Ils n'avaient recueilli pour l'instant aucun témoignage probant.

Le docteur Perdinot avait assuré la garde de Noël et, comme à l'accoutumée, avait géré toute la journée les toxi-infections alimentaires habituelles, les blessures accidentelles par couteau à huître, l'état de mal asthmatique d'un enfant de 12 ans et les douze points de suture au cuir chevelu d'un homme en état d'ébriété qui avait eu l'heureuse idée de tomber de vélo devant son cabinet. Son alcoolémie devait être telle qu'il supporta allègrement les sutures sans anesthésie locale. Le médecin avait simplement dû faire appel au voisin pour maintenir le patient sur la table de soins pendant son intervention car *il se sentait bien et voulait rentrer chez lui* alors que le sang avait largement maculé ses cheveux et coulé sur son visage. *Ce genre de plaie saigne beaucoup*, avait expliqué le médecin au patient qui n'en paraissait pas plus inquiet. Le docteur Perdinot le connaissait bien et à force de persuasion obtint de lui qu'il soit raccompagné à son domicile.

Isaac Lévi avait passé quasiment toute la journée dans son fauteuil. Noël était pour lui un jour comme un autre. Il n'avait rien fait de particulier et n'en était en rien affecté, déjeunant d'une tranche de pain aillé et d'olives. Il était pensif, son esprit était resté en éveil permanent. La discussion de la veille avec son ami Perdinot et ce Praetorius qu'il avait apprécié l'avait ramené plus de cinquante ans en arrière, et il revivait dans sa tête les événements de l'époque, le devenir de sa famille, son engagement dans la Résistance, la capture du notaire et ce qui s'en suivit.

Il n'avait pas tout dit à Praetorius.

Presque tous passèrent une excellente nuit de sommeil, seul Isaac Lévi resta hanté par ses souvenirs.

Le 26 décembre, la table ronde de cette journée du Congrès International se déroulant à l'Historial de la Grande Guerre avait été très attendue. Elle prit fin à 13 heures.

Elle avait réuni des délégations des trois pays belligérants et avait attiré une assistance nombreuse. Les communications avaient été de qualité et avaient suscité de nombreuses questions.

Ce Congrès, consacré à l'étude comparative des techniques policières en France, Grande-Bretagne et

Allemagne au cours de la Première Guerre Mondiale, était l'événement marquant de cette fin d'année 2000 pour l'Historial.

L'Histoire autrement était la marque de l'Historial de la Grande Guerre lors de son ouverture en 1992. Ce musée reconnu internationalement fut établi à Péronne en son Château, au cœur de la Région Picardie largement ravagée pendant la Première Guerre mondiale. La bataille de la Somme fut pour la Grande-Bretagne ce que fut la bataille de Verdun pour la France.

À l'issue de la table ronde, les congressistes se levaient et, tout en devisant, se dirigeaient par petits groupes vers les sorties de la salle de conférence.

« Outre sa fonction de musée exposant matériels et uniformes militaires, expliquait Praetorius à Valadon, l'Historial a l'originalité de présenter sans parti pris tout ce qui touche à la Grande Guerre de façon comparative entre les trois belligérants.

— Il est intéressant de constater, à l'issue des exposés et des débats de ce matin, qu'en matière de police les méthodes d'investigation sont très comparables entre les pays à cette époque, fit observer Valadon.

— Certes, Jérôme. Dans la vie des nations, la guerre est un événement dramatique qui, comme l'a dit Clausewitz, « *n'est rien d'autre que la continuation des rapports politiques avec l'appui d'autres moyens* ».

Force est de constater que même au plus fort des conflits le Droit et la Justice restent des valeurs primordiales, en tous les cas dans les démocraties. La police, à ce titre, a un rôle fondamental à jouer, sauf à être dévoyée dans les états totalitaires. »

Tout en échangeant ainsi sur les interventions de la matinée, Praetorius et Valadon arrivèrent dans le hall principal.

Un homme les aborda très cérémonieusement.

Il était de haute stature, les cheveux blancs coupés en brosse, la mâchoire volontaire. Une grande balafre striait sa joue gauche. Vêtu d'un costume noir de bonne coupe, il arborait sur une chemise blanche une cravate grise en soie siglée d'une croix noire aux extrémités évasées et dont les bords étaient liserés de blanc. Ses yeux d'un bleu glacial accentuaient la dureté de son visage. Il émanait de lui force et autorité.

« Excusez-moi de vous aborder de façon si cavalière, messieurs, dit-il en regardant plus particulièrement Praetorius, êtes-vous bien monsieur Adémar Praetorius ? L'homme s'exprimait parfaitement en français avec un léger accent germanique.

— Effectivement, répondit ce dernier, à qui avons-nous l'honneur ?

— Je me présente, professeur Klaus von Hagenbach, de l'université de Heidelberg. J'ai beaucoup entendu parler de vous, monsieur Praetorius, par des personnes qui vous tiennent en haute estime. Mon ami, le ministre de l'Intérieur de la République Fédérale d'Allemagne, m'a recommandé auprès de son homologue français qui en particulier ne tarit pas d'éloges sur vous !

J'ai appris votre présence au Congrès en consultant la liste des participants et quelle ne fut pas ma joie car je tenais absolument à vous rencontrer.

— Et dans quelle discipline enseignez-vous ? interrogea Praetorius, alors que Valadon se tenait silencieusement un peu en retrait, détaillant le personnage.

— Je suis professeur d'Histoire Médiévale et j'avoue avoir dans ma discipline une certaine réputation. Outre mes cours à l'université de Heidelberg, j'ai publié plusieurs ouvrages et j'ai donné plusieurs conférences en Allemagne, mais également ici en France à la Sorbonne, en Grande-Bretagne à Cambridge, ou encore aux États-Unis dans différentes universités : Harvard, Stanford, Yale, Columbia…

— Belle carte de visite, apprécia Praetorius. Quoique votre spécialité me paraît bien éloignée du thème de ces Journées ?

— Oui, je comprends votre surprise. En fait pas si éloignée que cela. J'étudie en ce moment la question de la prévôté au Moyen Âge. J'ai pensé intéressant de confronter les états respectifs des fonctions de police entre l'époque médiévale et l'époque moderne.

— Et donc qu'attendez-vous de moi ?

— Oui, bien sûr, je m'égare.

Il m'a été recommandé de m'adresser à vous car vous m'avez été présenté comme une référence en matière d'enquête dans les situations d'exception. C'est une vieille histoire non résolue que j'ai vécue il y a bien longtemps, justement ici à Péronne. Je serais ravi que vous puissiez m'aider à la conclure.

Puis-je vous offrir un rafraîchissement à tous deux au bar de l'Hôtel de l'Abbaye ? Je pourrai vous exposer mon problème, dit von Hagenbach semblant découvrir la présence de Valadon. Je sais que c'est votre hôtel, il se trouve que c'est également le mien.

— Pourquoi pas, répondit Praetorius dont les sens avaient mis en éveil, mais pas dans l'immédiat. Nous avons une affaire importante à traiter avec le lieutenant

Valadon pendant le déjeuner. Disons en fin d'après-midi, 18 heures, au salon de l'hôtel.

— C'est parfait, répondit von Hagenbach qui, se tournant vers Valadon à qui il n'avait jusqu'alors accordé aucune attention, ajouta : vous aussi lieutenant, vous êtes mon invité bien sûr.

— Sans préjuger de la suite, quel est le problème ? demanda Praetorius sans laisser à Valadon le temps de répondre.

— L'assassinat de l'un de mes amis, qui remonte à la dernière guerre, ici à Péronne, répondit von Hagenbach dont le visage se durcit et le sourire s'effaça. Un assassinat lié à une énigme de l'Histoire…

— Je vous remercie de votre invitation mais je dois décliner, intervint Valadon, j'ai une enquête en cours.

— Je comprends, fit von Hagenbach, sans doute ces deux crimes sordides qui défraient la chronique en ce moment. On parle d'un tueur en série. C'est affreux, la population est inquiète. Le devoir avant tout, lieutenant. J'espère que nous aurons le plaisir de nous revoir.

Eh bien, messieurs, je vous ai trop retenus. Je suis ravi, je vous laisse. A tout à l'heure, monsieur Praetorius ! »

Von Hagenbach salua les deux hommes d'une brève inclinaison de la tête et d'un discret claquement des talons. Il s'éloigna, Praetorius le suivit du regard.

« Curieux personnage, ce von Hagenbach, ne pensez-vous pas Jérôme ?

— Trop poli pour être honnête ! En fait un homme froid, sec, martial. Ce claquement des talons ne m'a pas plu du tout.

— Vous avez remarqué le sigle sur sa cravate ?

— Une croix noire bordée de blanc, le symbole d'un club quelconque ! Il est bardé de titres, il doit bien appartenir à un club ou une confrérie…

— Pas tout à fait ça, Jérôme, ou alors un club très particulier !

Ce sigle, c'est la reproduction de la croix de fer, la décoration militaire allemande pour héroïsme au combat lors de la dernière guerre !

A l'évidence c'est un ancien officier, et sûrement d'un grade élevé, ça crève les yeux. Le Prussien typique. Son français est parfait, sa diction un peu précieuse. Il s'est montré très policé, mais ne doutons pas qu'il peut se montrer sous un jour plus rugueux. On voit qu'il a l'habitude d'ordonner et d'être obéi.

Spécialiste en Histoire Médiévale, sa présence à Péronne, haut lieu du Moyen Âge, peut paraître légitime.

Il a connu Péronne autrefois, je suis bien convaincu que ce fut en qualité de troupe d'occupation pendant la dernière guerre.

Qu'il s'intéresse aux affaires policières et que justement il veuille m'entretenir d'un crime non résolu concernant l'un de ses amis pendant la guerre, c'est troublant…

Tout cela mérite que je fasse quelques recherches sur ce professeur avant notre rendez-vous. »

Praetorius et Valadon se dirigèrent vers la cafétéria de l'Historial où ils prirent une rapide collation. Ils récapitulèrent les faits relatifs aux deux victimes principales, Marthe Pottiez étant une malheureuse victime collatérale.

Praetorius rapporta les informations recueillies lors de son déjeuner avec le docteur Perdinot et Isaac Lévi, passant sous silence la proximité qu'il s'était découverte avec les deux hommes.

Valadon résuma les rapports d'autopsie, les analyses toxicologiques étant toujours en attente. Les deux suppliciés étaient morts de choc hémorragique. Praetorius continuait à prendre des notes dans son carnet noir, où il avait ouvert un nouveau chapitre intitulé *Klaus von Hagenbach.*

Ils se séparèrent en début d'après-midi.

Valadon rejoignit le capitaine de Mortemer à la gendarmerie pour faire le point sur l'enquête de proximité.

Praetorius regagna l'Hôtel de l'Abbaye. Il s'installa confortablement dans sa chambre et passa quelques coups de téléphone. Au fil de ses différents entretiens il consignait ses notes dans son incontournable carnet noir. Les pages noircies s'accumulaient, chargées d'informations et de commentaires.

Praetorius avait une grande capacité d'analyse et de synthèse. Il savait retenir dans la foule d'indices potentiels et d'informations parasites l'essentiel et savait ensuite structurer une pensée logique nourrie de cet essentiel. Il disposait d'un réseau étendu de sources d'informations, ce qui lui permettait d'obtenir rapidement les renseignements désirés dans un grand nombre de domaines.

Il quitta sa chambre située au premier étage à 17 heures 50 et descendit tranquillement par l'escalier au salon où von Hagenbach, assis dans un fauteuil club, lisait la presse locale. Il se leva à l'entrée de Praetorius et, reposant le journal sur la table basse, salua chaleureusement son invité.

« Vous n'imaginez pas comme je suis heureux de vous avoir rencontré, monsieur Praetorius. J'ai appris combien vous étiez, ici en France, apprécié en haut lieu pour vos connaissances étendues et vos compétences très éclectiques qui ont fait de vous un enquêteur hors pair à même de résoudre des affaires délicates en dehors des circuits classiques. Certains vous ont même surnommé *le Sherlock Holmes français* !

C'est précisément une affaire complexe qui m'obsède depuis de nombreuses années. Elle reste non résolue et c'est la raison pour laquelle je sollicite votre aide. »

Sur un signe de von Hagenbach le garçon s'approcha.

« Un thé pour moi, fit Praetorius, un thé vert *Sencha.*

— Même chose pour moi. » ajouta von Hagenbach.

Les deux hommes attendirent d'être servis. Lorsque le garçon s'éloigna, Praetorius invita von Hagenbach à prendre la parole.

« Tout d'abord, je dois vous remercier d'avoir accepté cette rencontre. Avant tout, pour que vous compreniez bien le contexte de cette affaire, je dois vous préciser qui je suis et quel fut mon parcours.

Je suis né à Berlin en 1915, mon père était officier de cavalerie, un hussard noir. Il a fait la Grande Guerre en Russie, jusqu'au traité de paix de Brest-Litovsk, puis en France. Ma mère était professeur de français et adorait votre langue. Elle eut à cœur de me l'apprendre. Elle avait une admiration sans borne pour vos grands écrivains.

Je suis donc aujourd'hui âgé de 85 ans. J'ai fait mes études supérieures à Heidelberg où, avant-guerre, je me destinais à un doctorat d'Histoire. La guerre a interrompu le cours de mes études, que j'ai reprises ensuite, et je me suis spécialisé en Histoire Médiévale. Enfant, l'épopée des Chevaliers Teutoniques me fascinait.

Pendant la guerre, pétri d'un idéal patriotique, j'ai voulu suivre l'exemple des Chevaliers Teutoniques qui avaient guerroyé à l'Est et j'ai été admis dans la branche combattante de la SS, la Waffen-SS.

Je voulais combattre le bolchévisme. J'ai connu des moments difficiles sur le front russe et quand mon unité a été rapatriée en France pour se reconstituer, j'en ai été détaché et j'ai été affecté ici à Péronne. J'avais pour mission de démanteler les réseaux de la Résistance dans cette région. Les Résistants s'employaient à retarder l'avancée de nos troupes blindées vers la Normandie après le Débarquement.

— Vous avez combattu des Français sans état d'âme, fit observer Praetorius. La Waffen-SS est connue pour avoir été une troupe d'élite sans pitié et qui s'est rendue coupable d'exactions.

— C'était la guerre, et nous étions ennemis, répondit von Hagenbach en guise de justification. Aujourd'hui la France et l'Allemagne forme le couple destiné à conduire l'Europe. Le livre de l'Histoire est fait de pages destinées à être tournées.

— Certaines pages sont plus lourdes et plus difficiles à tourner que d'autres ! fit observer Praetorius.

Mais nous ne sommes pas là pour parler politique, commenter l'Histoire et philosopher sur l'évolution de l'Humanité. Quelle est cette affaire pour laquelle vous me sollicitez ?

— Dans les derniers mois de 44 j'étais en poste à Péronne, où j'avais installé mon quartier général au château. J'étais responsable du maintien de l'ordre, particulièrement de la traque des Résistants. Leurs actions faisaient obstacle à l'avancée de nos troupes vers la Normandie. Malgré une lutte acharnée de nos soldats, les Alliés avançaient et il nous fallait nous replier pour la sauvegarde de la mère patrie.

Peu avant notre rapatriement, j'ai reçu la visite d'un notaire de Péronne qui m'a raconté une bien curieuse histoire. Il collaborait avec nous, en nous signalant des personnes suspectes d'appartenir à la Résistance. Sa charge lui permettait de connaître tout le monde et de pénétrer bien des secrets de famille.

Je dois reconnaître qu'il nous a été bien utile car la fin de la guerre approchait, et elle ne tournait pas à notre avantage. La Résistance nous infligeait des pertes sévères par des coups de main audacieux, et il me fallait des résultats. J'avoue que je fermais les yeux sur la façon dont il récupérait les biens des gens qu'il nous dénonçait. Mais que voulez-vous, c'était la guerre…

— Je suppose que vous n'avez pas arrêté que des Résistants ou des malheureux désignés comme tel, l'interrompit Praetorius. Le seul fait d'être juif ou franc-maçon valait à l'époque arrestation et déportation.

— C'est vrai, reconnut von Hagenbach, je ne chercherai pas d'excuses en disant que j'avais des ordres mais à la vérité ces gens que vous citez faisaient l'objet du rejet de la très grande majorité du peuple allemand et même de beaucoup de *bons Français* qui se considéraient comme tels. Vous n'imaginez pas le nombre de lettres anonymes de dénonciation que j'ai pu recevoir. Voyez les bandes d'actualités cinématographiques de l'époque montrant en Allemagne des foules extatiques le bras tendu et totalement enthousiasmées par les discours du Führer et à Paris la foule en liesse acclamant le maréchal Pétain quelques mois avant la Libération.

— Ne me dites pas que vous avez fait une guerre *propre*, monsieur, il n'y a pas de guerre *propre* !

— Je n'ai jamais dit cela ! s'offusqua von Hagenbach. Quand il y a un devoir à accomplir, une mission à exécuter, les ordres pour un soldat ne se discutent pas, d'autant plus pour un officier : ni ceux que l'on reçoit, ni ceux que l'on donne !

— Ça reste à voir ! Mais, à nouveau, nous n'allons pas philosopher, en l'occurrence sur le droit et le devoir de tout homme de refuser d'exécuter un ordre inique. Revenons à ce notaire…

— Vous avez raison. J'y reviens. Fin 44, nous nous apprêtions donc à regagner l'Allemagne pour défendre notre territoire. Les Rouges culbutaient nos lignes à l'est, les Anglo-Américains avançaient à l'ouest, ainsi que les Forces Françaises Libres du général Leclerc, un natif de cette Région de Picardie.

Nous chargions dans les camions nos archives et nos matériels pour un départ le lendemain, quand ce notaire a demandé à me voir. Il a demandé à me parler confidentiellement. Je l'ai reçu. Il tremblait de peur, il se doutait de ce qui l'attendait après notre départ. Il voulait que nous l'embarquions avec nous.

Il m'a expliqué qu'avant la guerre, en furetant dans le Château de Péronne, il avait découvert par hasard caché sous le manteau d'une cheminée un tube de plomb. Le tube était scellé de cire rouge sans aucune marque distinctive.

Il avait brisé le bouchon de cire et avait extrait du tube un parchemin. Apparemment rédigé en vieux français, le texte était pour lui totalement incompréhensible. Il me rapporta qu'il avait remarqué que des parties du texte avaient été grattées et surchargées d'autres mots et de chiffres. Il connaissait mon intérêt pour le Moyen Âge, il était convaincu que ce devait être un document précieux et il voulait le négocier contre une place dans le convoi de retour en Allemagne.

— A l'évidence un palimpseste, dit Praetorius.

— Je vois que votre réputation n'est pas usurpée !

Effectivement ce devait être un palimpseste. Il m'a raconté que le Château de Péronne était célèbre pour avoir vu se dérouler l'Entrevue entre Louis XI et Charles le Téméraire, ce que je savais déjà, et que le parchemin remontait peut-être à cette époque.

— Je suppose que son histoire ne vous a pas laissé indifférent ?

— Je n'ai pas cillé à l'écoute de son histoire, mais mon cœur battait à tout rompre !

Je connaissais dans le détail le déroulement de l'Entrevue de Péronne décrite par Philippe de Commynes dans ses Mémoires.

A Heidelberg, comme je vous le disais, je me suis spécialisé en Histoire Médiévale et le rôle de Conseiller que Philippe de Commynes a joué successivement auprès de Charles le Téméraire puis de Louis XI est bien décrit par lui dans ses Mémoires. Or son revirement en faveur du Roi de France n'a reçu aucune explication et m'a toujours intrigué. Qu'un parchemin secret soit mis à jour dans ce même château apporterait peut-être la réponse à cette question, non résolue à ce jour !

Sans manifester un intérêt excessif alors qu'en réalité j'étais très excité par sa découverte, je lui ai proposé de me rapporter dès le lendemain ce parchemin que bien sûr il n'avait pas avec lui. Je lui ai signifié que je jugerai par moi-même s'il en valait la peine.

— Et vous l'avez laissé repartir comme çà ?

— Évidemment non !

J'ai chargé mon aide de camp de le suivre discrètement et de le surveiller étroitement jusqu'à son retour le lendemain matin.

— Qu'est-il advenu ensuite ?

— Le lendemain matin une patrouille qui pistait des Résistants a découvert le notaire pendu à un arbre dans une forêt non loin d'ici et mon aide de camp égorgé, étendu au pied de l'arbre…

— C'est une histoire assez macabre, mais comme vous le disiez tout à l'heure, *c'était la guerre…*

Qu'attendez-vous de moi ?

— Que vous m'aidiez à retrouver ce parchemin, monsieur Praetorius. Il faudrait remonter dans le temps, enquêter sur ce notaire pour savoir où il pourrait l'avoir caché. Il en pressentait l'importance, sans nul doute.

Je suis certain que l'intérêt historique de ce parchemin est fondamental. Il nous permettrait de faire ensemble une publication retentissante !

De surcroît, je dois cela à l'officier qui a perdu la vie dans cette affaire, il était mon ami. Je dois cela à sa mémoire.

— Vous m'avez abordé au motif d'obtenir mon aide pour résoudre *une énigme de l'Histoire à laquelle vous semble rattaché l'assassinat de votre ami*, ce sont vos propres termes. Ce serait assurément une enquête passionnante, quoique complexe car les faits remontent à plus de cinquante ans. Beaucoup des acteurs de cette époque sont aujourd'hui disparus.

Mais je suis désolé de refuser pour l'instant car je suis totalement investi dans l'enquête relative à ces deux assassinats récents. Laissez-moi votre carte afin que je puisse vous joindre le cas échéant, quand l'enquête actuelle sera résolue.

— Je comprends l'ordre de vos priorités, répondit avec regret von Hagenbach en lui tendant sa carte. Je vous souhaite un succès rapide dans votre enquête mais je me permets d'insister : j'attends votre appel. Pour ma part, je suis encore pour quelque temps à Péronne et je vais de mon côté poursuivre mes recherches. »

Les deux hommes se levèrent, se saluèrent et se quittèrent en silence. Praetorius, dubitatif, regarda le professeur von Hagenbach s'éloigner de sa démarche raide, toute prussienne.

Chapitre 13

Restaurant Le Faisan et le Grill, Péronne
26 décembre 2000

Le dîner avait été succulent.

Praetorius avait invité Valadon et Mortemer à la table du restaurant *Le Faisan et le grill* dont on lui avait vanté les qualités et dont le nom original n'était pas sans lui rappeler des souvenirs.

Il avait composé lui-même auprès du chef le menu. Une cassolette de coquilles Saint-Jacques sur lit de petits poireaux, comme il l'avait apprécié chez le docteur Perdinot, suivie d'une sole royale à la crème accompagnée de girolles flambées au marc de champagne, le tout arrosé d'un Condrieu Prestige. Un régal ! Le plateau de fromages mettait en valeur roquefort et époisse, dont les saveurs étaient soulignées par un puissant châteauneuf du pape. Une délicieuse tarte aux pommes clôturait le repas. Praetorius félicita le chef venu à la fin du dîner saluer les convives. Il fit porter sur sa note de l'Hôtel de l'Abbaye, avec lequel le restaurant avait des accords, la somme due, laissant au garçon un large pourboire.

Tous trois prirent leurs vestiaires et sortirent.

Praetorius convia ses compagnons à se joindre à lui au salon de l'hôtel, leur proposant de déguster un cognac tout en faisant le point sur l'affaire. Ils firent le chemin à pied, par une nuit fraîche. Le restaurant était proche de l'hôtel. Les guirlandes de Noël, tendues en travers des rues, égayaient de leurs lumières multicolores leur marche tranquille. Pas âme qui vive rencontrée lorsqu'ils arrivèrent à l'hôtel.

Délaissant le grand salon, ils s'installèrent dans le petit salon voisin, où Praetorius avait pris ses habitudes. Il en avait fait son *quartier général* avec le plein assentiment du propriétaire. Il avait prévenu de leur venue tardive, un feu avait été préparé. De belles flammes illuminaient la cheminée et réchauffaient la pièce.

Une fois assis, Praetorius invita d'un geste auguste Valadon et Mortemer à prendre place dans de profonds fauteuils club au cuir assoupli par le temps. Un verre d'un excellent Cognac XO à la main, il s'adressa les yeux pétillants à ses compagnons qui s'étaient vu proposer le même nectar.

« J'ai eu une conversation intéressante avec ce Médiéviste tout à l'heure, dit-il à l'intention de Valadon.

Un professeur d'Histoire Médiévale d'origine allemande qui a bien connu Péronne où il fut en poste pendant la dernière guerre et qui souhaite me confier une affaire personnelle, ajouta-t-il à l'intention du capitaine. Mais je lui ai dit que je n'avais pas le temps pour l'instant. Il s'est montré désappointé mais semble en avoir pris son parti.

Je vous parlerai plus tard de son histoire.

Tout d'abord, je souhaiterais revenir sur ce vitrail qui a retenu toute mon attention.

— Ce vitrail représente une allégorie templière, rappela Valadon.

— Exactement ! pouvez-vous m'en dire plus sur les Templiers, Jérôme ? La question vaut aussi pour vous, capitaine. »

Mortemer resta silencieux. Valadon reprit la parole.

« Les Templiers étaient des moines-soldats qui défendaient en Orient les pèlerins en Terre Sainte et qui prospéraient financièrement en Occident, autant que je me souvienne de mes lectures.

— C'est un bon résumé, quoiqu'un peu succinct. Laissez-moi étoffer vos connaissances.

Au début du XIème siècle Jérusalem était aux mains des Musulmans, des *Infidèles* disaient alors les Chrétiens. Notez que les adeptes des deux religions se traitaient mutuellement d'*Infidèle*s. Les Chrétiens étaient alors très maltraités à Jérusalem lorsqu'ils se rendaient sur les Lieux Saints.

A l'instigation du Pape Urbain II, Pierre l'Ermite, encore appelé Pierre d'Amiens, la ville est proche d'ici et il a sa statue à l'arrière de la Cathédrale place Saint-Michel, Pierre l'Ermite donc prêcha la croisade pour libérer les Lieux Saints. C'était en 1095, ce fut la première croisade. D'autres suivirent au fil des ans.

Cette première croisade, dite *populaire* car à l'origine elle drainait essentiellement de simples gens, s'étoffa de barons et de chevaliers aguerris aux combats. Elle traversa la France, la Germanie, la Hongrie et arriva finalement en 1097 à Byzance. L'Empereur de Byzance, grec orthodoxe, avait lancé des appels à l'aide désespérés au Pape, latin catholique, devant les menaces que faisaient peser les Turcs Seldjoukides.

Les Croisés passèrent le Bosphore, combattirent devant Nicée et Antioche assez durement pour prendre ces villes, et parvinrent finalement devant Jérusalem en janvier 1099.

Les combats s'engagèrent, ils furent âpres et sanglants. La ville fut prise finalement le 15 juillet 1099.

Ce fut un terrible massacre, les Croisés tuant et pillant au nom de Dieu. Ils furent d'une férocité inouïe en massacrant les Musulmans qui cherchèrent en vain refuge dans la mosquée Al Aqsa sur le mont dit *du Temple*, là où se dressait autrefois le Temple de Salomon.

Godefroy de Bouillon était le chef militaire de cette croisade. Après la prise de Jérusalem, ses hommes voulurent le faire roi, mais il refusa car *il ne voulait pas porter une couronne d'or dans ces lieux où le Christ avait porté une couronne d'épines.* Il accepta d'être nommé *défenseur du Saint-Sépulcre* et institua *l'Ordre du Saint-Sépulcre*, milice chargée de la garde du *Tombeau du Rédempteur*. Ce fut le frère de Godefroy, Beaudoin de Boulogne, qui fut couronné Roi de Jérusalem sous le nom de Beaudoin I er.

— Comment les Templiers sont-ils apparus à Jérusalem ? demanda Valadon, Mortemer restant silencieux et attentif.

— En 1115 deux chevaliers, Hugues de Payns d'origine champenoise et Godefroy de Saint-Omer d'origine flamande, eurent le projet de fonder un Ordre destiné à protéger les pèlerins qui se rendaient en Terre Sainte. Ils s'associèrent à sept chevaliers, parmi lesquels on compte Payen de Montdidier, qui les rejoignirent en 1119 pour défendre le Saint- Sépulcre.

Vous remarquerez combien sont voisines ces différentes villes d'origine : Boulogne, Saint-Omer, Amiens, Montdidier. Péronne et Picquigny rejoindront bientôt cette liste.

Ces chevaliers se dénommèrent *Pauvres Chevaliers du Christ*. Beaudoin II, comte d'Édesse marié à une princesse arménienne, avait succédé à son cousin Beaudoin I er comme Roi de Jérusalem. Il accorda aux Chevaliers le droit de s'installer dans une partie de son palais situé dans la mosquée Al Aqsa.

Cette mosquée fait partie avec le *Dôme du Rocher* d'un ensemble religieux construit sur un vaste plateau dénommé *Esplanade des Mosquées* et aussi *Esplanade du Temple. Al Aqsa* signifie *la plus éloignée*, c'est-à-dire de Médine d'où est parti le Prophète Mahomet. *Dôme du Rocher* renvoie à l'endroit d'où se réalisa l'ascension du Prophète au paradis d'Allah. Pour la tradition juive, c'est le lieu où Abraham voulut offrir son fils Isaac en sacrifice à Dieu.

Selon la tradition, la mosquée Al Aqsa fut édifiée sur l'emplacement du Temple de Salomon.

En fait, il y eut successivement trois Temples.

Le premier fut construit par Salomon en 960 avant Jésus Christ et détruit par Nabuchodonosor en 687 avant Jésus Christ. Les Juifs furent condamnés à l'exil à Babylone. Sur le même emplacement fut reconstruit un deuxième Temple par Zorobabel au retour d'exil des Juifs autorisé par Cyrus le Grand, Roi de Perse qui avait conquis Babylone. À nouveau détruit, il sera reconstruit par Hérode à l'époque romaine puis détruit par Titus en 70 après Jésus Christ.

Ultérieurement fut construite sur cet emplacement une église, qui fut ensuite détruite par les Arabes pour y édifier la mosquée Al Aqsa.

Dès lors qu'ils occupèrent le palais, ces chevaliers se désignèrent comme *Pauvres Compagnons de combat du Christ et du Temple de Salomon.* Leur tâche fut définie par Gormond de Picquigny, patriarche latin de Jérusalem.

Au concile de Troyes en 1129 le Temple fut définitivement légitimé par Bernard de Clairvaux qui élabora la règle d'un Ordre monastico-militaire, directement rattaché au Pape en 1139. C'est ainsi que ces chevaliers seront désignés comme *Templiers*. Ils firent vœux de chasteté, pauvreté et obéissance. Ils portaient une cape blanche, symbole de pureté, ornée d'une croix rouge, symbole de martyre.

— Comment cet Ordre s'est-il ensuite développé ? demanda Mortemer sortant de son silence.

— Hugues de Payns et Godefroy de Saint-Omer ont parcouru toute l'Europe, mobilisant des chevaliers et engrangeant des richesses avec la motivation de défendre la Terre Sainte contre les Musulmans, Turcs Seldjoukides et Arabes.

En définitive, l'Ordre agissait comme puissance militaire en Orient et puissance financière en Occident. A travers l'Europe et l'Orient, l'Ordre était divisé en Provinces, chacune dirigée par un Commandeur désigné par le Grand Maître. Les Templiers avaient une telle puissance et inspiraient une telle confiance que par exemple le Roi de France Louis VII confia au Temple de Paris la garde et la gestion du Trésor Royal.

Ils étaient terribles au combat, toujours en première ligne dans les batailles contre les Infidèles. Ils inspiraient terreur et respect à leurs adversaires. Mais ils étaient aussi intelligents et gestionnaires, pratiquant la lettre de change et le prêt à intérêt. Les Templiers étaient donc une force militaire, politique et financière en principe destinée à la défense des États Latins d'Orient, mais qui s'étendait globalement en Occident à travers 9000 Commanderies.

Les Templiers, évidemment, finirent par susciter suspicion et jalousie…

Trois hommes conduiront les Templiers à leur perte : le Roi de France Philippe le Bel s'appuiera juridiquement sur son Garde des Sceaux Guillaume de Nogaret et manipulera le Pape Clément V.

Le vendredi 13 octobre 1307 une vaste opération policière coordonnée dans tout le Royaume assura l'arrestation d'un grand nombre de Templiers. Ils furent accusés de tous les maux : hérésie, idolâtrie, sodomie, magie noire…

Cependant l'histoire ne s'arrête pas là… »

Chapitre 14

Péronne
26 décembre 2000

Alors que Praetorius, Valadon et Mortemer dînaient au restaurant *le Faisan et le Grill*, un homme sonna à la porte du docteur Perdinot.

Le médecin se demanda qui cela pouvait-il bien être, il était près de 21 heures. Une urgence ? Un importun ?

Dans son salon, installé dans son fauteuil favori face à la fenêtre et dans une douce lumière d'ambiance, il lisait *Guerre et Paix* de Tolstoï. Il en était à l'entrée de Napoléon dans Moscou en flammes.

En maugréant, il reposa le livre sur la table basse à côté du verre de Lindrum, son whisky favori : une bouteille dans l'armoire médicale du cabinet, celle offerte par Praetorius sur la console du salon. Il descendit et ouvrit le volet du judas de la porte d'entrée. Le visage de l'homme s'encadrant dans l'ouverture ne lui était pas inconnu, mais son souvenir était imprécis…

« Pardonnez mon intrusion à cette heure tardive sans prise de rendez-vous préalable, s'excusa l'homme. Je me présente, je suis le professeur Klaus von Hagenbach et vous m'avez été chaudement recommandé par Pierre Verdun, le directeur de l'Historial.

J'ai quitté il y a peu de temps monsieur Praetorius qui malheureusement ne peut rien pour moi pour l'instant et, de désespoir, j'ai pensé que vous pourriez peut-être m'apporter un quelconque secours. Pierre vous a décrit comme un spécialiste de l'histoire régionale et je vous consulte en quelque sorte pour une urgence historique ! »

Bien que la démarche semblât incongrue, le médecin avait en la personne de Pierre Verdun un ami très cher. Que ce dernier se porte par sa recommandation en quelque sorte garant de ce professeur von Hagenbach fut de nature à le rassurer. De plus, il évoquait une rencontre récente avec Adémar Praetorius et cela lui parut un élément supplémentaire propre à lever le moindre doute. Il déverrouilla donc sa porte et fit entrer le visiteur.

D'une personnalité accueillante par nature et sans plus de méfiance, le docteur Perdinot introduisit von Hagenbach dans son bureau avec des mots bienveillants.

« Nous serons installés plus confortablement dans mon bureau que debout dans l'entrée par cette froide nuit d'hiver.

— Merci de me recevoir ainsi sans appréhension à cette heure tardive, alors que ma démarche peut vous paraître pour le moins cavalière et que vous ne me connaissez pas, docteur.

Mon nom est Klaus von Hagenbach et je suis professeur d'Histoire Médiévale à l'université de Heidelberg, dit l'homme en déposant sa carte sur le bureau.

— Je vous rencontre pour la première fois mais votre nom ne m'est pas inconnu, répondit le médecin. N'est-ce pas vous qui avez écrit un important ouvrage sur les Chevaliers Teutoniques il y a quelques années et qui fait autorité ?

— Vous me voyez flatté, docteur, j'en suis effectivement l'auteur. Il a été tout d'abord édité en Allemagne par l'université de Heidelberg puis secondairement repris par différentes maisons d'édition en Europe pour les traductions en français, en anglais, en italien et en espagnol. Je serais heureux de vous dédicacer votre exemplaire à la fin de notre entretien si vous le souhaitez.

— Je vous ai ouvert ma porte en raison de la recommandation de mon ami Verdun, le directeur de l'Historial. Également parce qu'à l'énoncé de votre nom, quand vous avez sonné, il évoquait un souvenir imprécis qui s'est confirmé lorsque votre publication sur les Chevaliers Teutoniques m'est revenue en mémoire.

Mais maintenant que vous êtes face à moi, je suis troublé car votre visage ne m'est pas inconnu…

— Votre remarque ne me surprend pas, docteur, je dois même dire que je m'y attendais. Voyez-vous, je ne suis pas à Péronne pour la première fois de ma vie. C'est maintenant un souvenir lointain. Je suis plus âgé que vous, vous deviez être adolescent à l'époque.

A la fin de la guerre j'étais l'officier responsable du secteur de Péronne et mon quartier général était installé au Château.

— J'y suis ! s'exclama le médecin. J'avais 14 ou 15 ans à l'époque et je vous ai vu circulant dans les rues de Péronne à l'arrière d'une *kübelwagen.*

— Ah, la *kübelwagen*, la *voiture baquet* ! notre Jeep à nous autres Allemands…

— La France et l'Allemagne sont certes aujourd'hui réconciliées, mais les Anciens encore de ce monde ne vous pardonneront jamais les actions de représailles dont vous vous êtes rendu responsable lors de la dernière guerre. Il s'en trouve encore quelques-uns, et qui nous sauteraient au visage s'ils nous voyaient conversant ensemble.

Vous n'avez pas été inquiété à la fin de la guerre ?

— J'étais dans la Waffen-SS, c'était une unité combattante d'élite, toujours au premier rang sur les champs de bataille. J'ai été fait prisonnier par les Américains en 45. Je suis resté incarcéré 2 ans dans la prison de Landsberg en Bavière.

Vous savez peut-être que c'est dans cette prison que le Führer fut incarcéré après sa tentative manquée de putsch à Munich en 1923. Ses conditions de détention à l'époque ne furent pas très rigoureuses, il mit à profit son séjour pour dicter à son secrétaire Rudolf Hess son livre *Mein Kampf.* Il se trouve que j'ai occupé la même cellule.

En prison, ma vie fut relativement confortable car les Américains se montrèrent très intéressés par ce que je pouvais leur apprendre de ma connaissance des Russes. Je leur ai fourni beaucoup d'informations sur leurs stratégies au combat, l'organisation de leur police politique, leurs services d'espionnage et de contre-espionnage, leur fameux et redoutable NKVD. Les commissaires du NKVD n'hésitaient pas à faire tirer à la mitrailleuse dans le dos de leurs soldats s'ils jugeaient qu'ils n'avançaient pas assez vite au combat, pire encore s'ils reculaient.

Le *rideau de fer*, comme l'a nommé Churchill, s'abattait sur l'Europe et la guerre froide s'installait. Ma connaissance de l'Union Soviétique a été profitable aux Américains et ils se sont montrés reconnaissants. Ils m'ont finalement relâché et ont même aidé à ma réinsertion dans la vie civile en Allemagne de l'Ouest. J'ai ainsi terminé mes études interrompues par la guerre et j'ai obtenu un poste à l'université de Heidelberg.

— Historien Médiéviste après vos combats sur le front de l'Est, les Chevaliers Teutoniques se sont penchés sur votre berceau !

— On peut le dire comme ça ! répondit en souriant von Hagenbach

— Bien, si nous en venions à l'objet de votre visite ?

— Bien sûr. Excusez-moi de vous avoir déroulé un bref résumé de ma vie passée.

Le sujet de mes recherches concerne votre beau château de Péronne.

Il y a eu cette célèbre Entrevue entre Louis XI et Charles le Téméraire, rapportée par Philippe de Commynes dans ses Mémoires. Il fut certainement le meilleur témoin de l'événement. Or, Commynes qui était au service du Duc de Bourgogne est passé quelques années après cette Entrevue à celui du Roi de France. La raison de ce revirement n'a jamais été élucidée : c'est l'objet de mes recherches.

Il y eut assurément une raison majeure, mais laquelle ?

J'avais déjà marqué de l'intérêt pour cette question lors de mes études avant-guerre. Puis la guerre est arrivée et mes préoccupations furent tout autres.

Lorsque j'ai été affecté à Péronne en 44, mon intérêt pour cette question a été ravivé à la faveur d'une curieuse rencontre.

Peu avant notre retour en Allemagne j'ai reçu la visite d'un notaire qui me dit avoir découvert un vieux parchemin dans le château avant-guerre. Il connaissait mon intérêt pour le Moyen Âge et voulait le négocier contre une place dans nos convois car il tremblait pour sa vie après notre départ. Il avait été ce que vous autres Français appeliez *un collaborateur*. Il devait me rapporter le parchemin le lendemain mais il n'en eut pas l'occasion :

les Résistants l'avaient capturé dans l'intervalle et pendu. Je me suis toujours demandé si ce parchemin pouvait avoir un lien avec Commynes.

— Je connaissais la fin de votre histoire, mais pas son début. Elle a valu à la clairière où le corps a été retrouvé son surnom dans la chronique locale, *la clairière du pendu.*

— Cette histoire de parchemin me hante depuis cette époque. Il existe, il est quelque part, mais où ?

— Je n'ai jamais entendu parler d'un quelconque parchemin, répondit le médecin se montrant volontairement circonspect sur ce point, ni dans les histoires rapportées au coin du feu dans les chaumières par les Anciens, aujourd'hui pour la plupart disparus, ni dans les documents conservés aux Archives Départementales.

Par contre, l'histoire du notaire collabo est bien connue des gens qui ont vécu à cette époque. Mais ils disparaitront au fil du temps et la dénomination de *clairière du pendu* restera le dernier vestige d'un passé oublié.

Pour le reste, ce notaire s'est comporté de façon ignoble et je pense qu'il a mérité son sort.

— Chaque nation a ses traîtres, concéda von Hagenbach, et ils sont toujours traités de la même façon. En Allemagne, j'aurais agi de même vis-à-vis d'un traître.

C'était la guerre, la France a été vaincue en 40, je fus l'Occupant. Aujourd'hui les deux pays sont en paix et je viens en visiteur de façon amicale.

— Je vous l'accorde, ne réveillons pas les morts.

Mais pour en revenir à votre quête, cher monsieur, je ne peux vous être d'aucune aide.

— J'en suis désolé, regretta von Hagenbach.

Une dernière question, docteur. Non loin d'ici, au-delà de la forêt de Berteaucourt-le-Temple, se trouve au sommet d'une colline un château en ruines. Je suppose que ce devait être une Commanderie templière, compte-tenu du nom du village ?

— Effectivement, des ruines abandonnées depuis bien longtemps. D'ailleurs interdites de visite parce que dangereuses, surtout au niveau des souterrains. Il y a eu des combats entre Résistants et Allemands à la fin de la guerre. Il doit y avoir encore des explosifs plus ou moins enfouis çà et là. Dangereux et sans intérêt.

— Je sais pour les combats, je vous rappelle que j'étais l'officier en charge du secteur.

En fait je me demande s'il peut y avoir une relation entre cette Commanderie et le Château de Péronne ?

— Il n'y en a aucune à ma connaissance, répondit le docteur Perdinot en se levant, marquant ainsi la fin de l'entretien.

— Dommage, regretta von Hagenbach, c'eut été une belle chaîne reliant le Château et la Commanderie dans le temps et dans l'espace… »

Le docteur Perdinot ne marqua aucune réaction à la formule employée par l'Allemand. Il le raccompagna en silence et lui ouvrit la porte. Les deux hommes se saluèrent et le médecin regarda von Hagenbach s'éloigner dans la nuit.

Il se promit d'en parler à Praetorius car ce Médiéviste qui avait voulu lui soutirer des informations confidentielles ne lui disait rien qui vaille…

De surcroît, le docteur Perdinot gardait pour lui une information ignorée de tous, qu'il ne se sentait pas autorisé à dévoiler à Praetorius pour l'instant car elle était frappée du sceau de la confidentialité et de la parole donnée à la personne qui la lui avait confiée.

Chapitre 15

Hôtel de l'Abbaye, Péronne
26 décembre 2000

En indiquant à ses deux compagnons que *l'histoire ne s'arrêtait pas là*, Praetorius avait attisé leur curiosité.

C'était bien là son intention.

« Pourquoi dites-vous que la rapidité avec laquelle les Templiers ont édifié leur fortune reste un mystère non résolu ? demanda Mortemer.

Vous nous avez expliqué leur potentiel militaire en Orient, les nombreux dons reçus en Occident qu'ils ont su faire fructifier, leur dépendance exclusive du Pape qui les libérait ainsi de l'obligation des impôts du Pouvoir Temporel. Tout cela suffit amplement à expliquer leur immense fortune, me semble-t-il.

— Je constate que vous avez rapidement intégré l'essentiel de ce qu'il faut savoir des Templiers. Leur histoire ne vous est peut-être pas totalement étrangère ? observa Praetorius, une lueur étrange dans les yeux.

— Vos premières explications ont réveillé en moi de vieux souvenirs scolaires, comme pour le lieutenant Valadon, se justifia Mortemer.

— Passons sur les souvenirs scolaires. Vous avez bien résumé ce qui pourrait suffire à expliquer l'ascension de leur puissance et de leur fortune. Mais il y a une autre raison non rapportée par les Chroniques de l'Histoire officielle.

Pour approcher la vérité, il faut rappeler dans quelles circonstances leur chute fut si brutale et si rapide.

Le Roi de France, Philippe le Bel, voulait s'approprier leurs biens, cela tous les livres d'Histoire le rapportent.

C'était un roi ambitieux et centralisateur. Il sollicita tout d'abord son entrée dans l'Ordre du Temple en qualité de membre d'honneur. Elle lui fut refusée, vous imaginez sa réaction !

Jaloux de leur pouvoir et de leur fortune, il organisa leur chute. Il fut assisté dans cette tâche par son Garde des Sceaux, Guillaume de Nogaret, éminent juriste. Le Roi manipula le Pape Clément V dont relevaient les Templiers. Le Pape tergiversait, tantôt défenseur des Templiers contre le Roi, tantôt proche de ce dernier et abandonnant les moines-soldats. Finalement il trouva son compte à ne pas s'opposer au Roi.

Philippe le Bel commanda l'arrestation simultanée des Templiers dans tout le royaume. Le vendredi 13 octobre 1307, près de 2.000 Templiers furent arrêtés et emprisonnés. Tous n'étaient pas des combattants. Leurs rangs comptaient des artisans, des paysans, des moines, ceux-là n'étaient pas des hommes d'armes.

Le Roi prononça immédiatement la confiscation de leurs biens, ce qui n'était pas du goût du Pape qui voulait les conserver au bénéfice de l'Église. Le Roi entra en conflit avec le Pape sur ce sujet mais eut finalement gain de cause.

Les Templiers furent accusés de multiples crimes : actes impies, hérésie, reniement du Christ, sodomie, idolâtrie. Des aveux furent consignés sous la torture et à la faveur de faux témoignages.

Le Grand Maître d'alors, Jacques de Molay, avoua comme nombre de Templiers mais se rétracta en décembre. Relaps, il encourait la peine de mort.

— Tout ce qui leur fut reproché était donc totalement faux ? demanda Valadon.

— Les Templiers, qui avaient avoué ce qui leur était reproché, s'en défendaient en arguant qu'à leur initiation dans l'Ordre on leur faisait subir ce qu'ils auraient à vivre s'ils étaient faits prisonniers par les Infidèles.

Ils ont été accusés d'apostasie pour avoir en Orient renié le Christ et adoré Baphomet, une idole à tête de bouc sur un corps humain. Certains ont vu dans le mot *Baphomet* la déformation du nom de Mahomet dont les chevaliers francs voyant les Musulmans l'invoquer pensaient que c'était une idole. On a également évoqué la possibilité qu'à travers des transcriptions littérales de l'arabe en hébreu et en grec le mot signifie *sagesse* : dans cette hypothèse les Templiers rendraient hommage à la sagesse...Beaucoup d'hypothèses...

Quoiqu'il en soit, il leur fut reproché le crime d'apostasie.

Les Templiers *a contrario* attestaient de la pureté de leur foi en Jésus Christ.

Mais les intentions de Philippe le Bel étaient arrêtées. Lors des procès qui se déroulèrent de 1308 à 1311 tous les moyens juridiques furent employés pour détruire les Templiers.

En 1314, en la Cathédrale de Paris où s'instruisait le procès contre Jacques de Molay, ce dernier fut condamné à la prison à vie mais il se rétracta à nouveau et défendit l'honneur de ses compagnons. Dès lors relaps, sa condamnation à mort fut prononcée. Il fut brûlé vif, en compagnie de Geoffroy de Charnay, Commandeur de

Normandie, sur l'île de la Cité le 18 mars 1314. Sur le bûcher, il aurait lancé une malédiction contre le Roi et le Pape qui, de fait, moururent dans les mois qui suivirent.

— Pourquoi s'est-il écoulé plusieurs années entre l'arrestation du Grand Maître, Jacques de Molay, et son procès qui aboutit à son exécution ? demanda Valadon.

— Question pertinente ! C'est là le nœud du mystère.

Rappelez-vous les conditions d'installation des premiers Templiers à Jérusalem. Le Roi Beaudoin II leur avait accordé résidence en son palais, la mosquée Al Aqsa, édifiée sur l'emplacement du Temple de Salomon.

Il est établi qu'Hugues de Payns et Geoffroy de Saint-Omer ont exploré les souterrains du palais et réalisé des fouilles. Mon hypothèse est qu'ils y ont fait une découverte sensationnelle dont on peut penser qu'elle contribua à la rapide fortune de l'Ordre. Cette découverte fut tenue secrète. Seuls les Grands Maîtres successifs en eurent connaissance. C'est ce secret que le Roi Philippe le Bel, qui en avait eu vent, voulait faire avouer au Grand Maître Jacques de Molay lors de ce si long emprisonnement.

Les Rois de France successifs se sont transmis cette histoire de fouilles des premiers Templiers mais ne parvinrent jamais à en connaître le résultat.

Philippe le Bel voulut l'obtenir en détruisant l'Ordre, il n'y parvint pas. Il usa pourtant avec Jacques de Molay de tous les moyens : la persuasion, la corruption, la torture.

— A-t-il abouti ? demanda Mortemer.

— Non, il se résolut à admettre que Jacques de Molay avait emporté son secret dans les flammes du bûcher.

Mais l'histoire ne s'arrête pas là…

Avant de la poursuivre il me faut vous conter l'Entrevue de Péronne…

Chapitre 16

Hôtel de l'Abbaye, Péronne
26 décembre 2000

Praetorius adorait tenir son auditoire en haleine. Un deuxième verre de cognac en main et l'œil toujours aussi pétillant, il croisa ses jambes et se cala dans son fauteuil

Valadon connaissait ces moments particuliers, presqu'un rituel, où Praetorius aimait expliquer et clarifier une situation confuse, inintelligible au commun des mortels, ou encore apporter sa connaissance de faits historiques méconnus par la plupart de ses contemporains. Ses exposés ne manquaient ni de pédagogie, ni de pertinence. Ils étaient toujours appuyés sur une riche documentation dont il avait vérifié les sources.

Pour preuve, il sortit de la serviette placée à ses pieds son fameux carnet noir dans lequel il consignait, de façon ordonnée, tout ce qui de près ou de loin lui semblait pouvoir éclairer son enquête. Il en tourna les nombreuses pages déjà noircies d'une écriture serrée et commença son exposé.

« J'ai pu rafraîchir ma mémoire et enrichir mes connaissances en explorant les Archives Départementales de la Somme et en lisant une excellente publication de la Société Archéologique de la Région de Péronne ainsi qu'une très complète biographie de Louis XI.

L'Entrevue de Péronne, ainsi que l'Histoire l'a nommée, tient à mon avis une place capitale dans notre affaire.

— Qu'est-ce que cette *Entrevue* ? demanda Mortemer en fronçant les sourcils.

— C'est la fameuse rencontre entre Louis XI et Charles le Téméraire au Château de Péronne, répondit Valadon, mais quel rapport avec les deux assassinats ?

— Projetons-nous tout d'abord, avant de répondre à cette question, au XVème siècle, mes amis, précisément en 1468 dans cette bonne ville de Péronne.

En ce temps-là, le Duché de Bourgogne, dont les territoires s'étendaient bien au-delà de la Bourgogne actuelle puisqu'il comprenait des territoires et des villes jusqu'aux Pays-Bas, était chroniquement allié à l'Angleterre, dans ce que l'Histoire a appelé plus tard *la Guerre de Cent Ans*.

Il y avait entre le Duché de Bourgogne et le Royaume de France, beaucoup moins étendu que la France actuelle, des périodes de conflit alternant avec des périodes de paix relative au gré des pactes, des trahisons de la parole donnée, et surtout concernant Louis XI des sommes phénoménales qu'il payait à ses adversaires pour acheter ici une alliance, là une accalmie, parfois une retraite de l'ennemi.

En fait, ce qu'on appelait alors *les Villes de la Somme* comprenait en réalité non seulement les villes de l'actuel département de la Somme, mais également des villes des départements de l'Aisne et du Pas-de-Calais : Saint-Quentin, Ham, Péronne, Bray, Corbie, Amiens, Picquigny, Abbeville, Le Crotoy, Saint-Valéry, Roye, Montdidier, Doullens, Saint-Riquier, Rue, Montreuil. Elles définissaient, en suivant plus ou moins le cours du fleuve, la frontière séparant le Royaume de France du Duché de Bourgogne. Ces *Villes de la Somme* étaient d'une importance stratégique majeure : pour le Royaume de France, elles tenaient la Picardie et constituaient la frontière nord. Pour le Duché de Bourgogne, elles assuraient la défense de l'Artois.

Par le traité d'Arras en 1435 le Roi de France Charles VII avait cédé les *Villes de la Somme* au Duché de Bourgogne. C'était pour lui une forme de réparation après le meurtre en 1419 de Jean sans Peur, Duc de Bourgogne, par les amis du Roi au pont de Montereau, dans le contexte du conflit entre les Armagnacs et les Bourguignons.

Ce traité prévoyait la possibilité de leur rachat contre 400.000 écus d'or. Le Duc de Bourgogne Philippe le Bon, fils de Jean sans Peur, en avait accepté le principe, pensant que Louis XI, fils de Charles VII, mettrait plusieurs années à réunir cette somme.

La vente se fit cependant en 1463 entre Philippe le Bon et Louis XI au Château d'Hesdin, près de Saint-Omer, au grand dam du fils de Philippe le Bon, Charles le Téméraire. Louis a réuni la fabuleuse somme de 400.000 écus d'or, plus de 1.400 kg, le tiers du budget du royaume. En effet, pour Louis XI *tout vaut mieux que la guerre, rien n'est plus cher que la guerre*.

C'est ainsi que Péronne revint alors à Louis XI, mais pas pour longtemps car à la suite de la bataille de Montlhéry en 1465 où il fut mis en difficulté la ville revint à nouveau aux Bourguignons.

— C'est un exposé encyclopédique que vous nous faites là, assura Mortemer, mais je ne vois toujours pas le rapport avec notre affaire. Nous avons deux assassinats non résolus sur les bras !

— Vous allez bientôt savoir où je veux en venir, patience capitaine, je poursuis.

Péronne est donc à nouveau aux mains des Bourguignons.

En juillet 1468 les troupes du Duc de Bretagne François II, allié du Duc de Bourgogne, entrèrent en Normandie. Pris en tenaille par Charles le Téméraire qui venait de passer la Somme, Louis XI réussit à imposer la paix au Duc de Bretagne le 10 septembre. Charles le Téméraire, retiré à Péronne dès le 5 octobre, ne décolérait pas. Louis lui envoya plusieurs messagers afin d'organiser une rencontre et lui proposa même des sommes d'argent importantes en dédommagement des frais occasionnés par la mobilisation de ses troupes. Le Duc accepta l'entrevue et fit parvenir au Roi une lettre écrite de sa main ayant valeur de sauf-conduit. En voici le texte qui m'a été transmis par nos amis Historiens locaux. »

Praetorius sortit de la poche intérieure de sa veste une feuille de papier pliée en quatre. Il la déplia et en donna lecture :

« *Je vous jure et promets, par ma foi et sur mon honneur, que vous pourrez vous en retourner sans qu'aucun empêchement de ce faire vous soit donné et à nul de vos gens par moi ni par un autre, pour quelque cas que ce soit ou puisse advenir*.

— C'est un engagement fort, souligna Valadon.

— Effectivement. Cela signifie qu'il s'engage en personne à assurer sa sécurité.

Les Conseillers du Roi redoutaient un piège et tentaient de le retenir, mais confiant dans sa ruse et son habileté Louis persista dans son intention car il tenait à cette rencontre.

Le Roi quitta Noyon et se dirigea vers Ham où il résida le 8 octobre. Il était accompagné d'une centaine de personnes, serviteurs, secrétaires, seigneurs, gardes écossais. Louis était habillé banalement. Un groupe de Nobles se porta à sa rencontre pour le compte du Duc, qui arriva plus tard dans la journée. Charles était accompagné de plus de deux cents personnes, grands seigneurs, cavaliers, écuyers, tous habillés de la façon la plus riche qui soit, ce qui tranchait avec l'appareil très simple du Roi.

Louis et Charles se rencontrèrent ainsi le 9 octobre 1468 et arrivèrent à Péronne.

Le Roi fut installé dans la belle maison du Collecteur des Impôts, riche hôtel particulier situé à l'angle de la rue Saint-Nicolas et de la rue des Juifs, aujourd'hui rue Charles le Téméraire, face au Château.

Subitement, le Roi constata la présence de seigneurs dont l'hostilité lui était connue, car lui-même les avait précédemment châtiés ou bannis du fait de leur trahison. Il reconnut le Prince de Savoie, Philippe de Bresse, qu'il avait tenu trois ans en prison, le Maréchal de Bourgogne, sire de Neufchâtel, Du Lau, sire de Châteauneuf, pourtant ami du Roi en Dauphiné dans l'exil mais qui essaya de le vendre et pour lequel Louis dessina une cage de fer. Tous voulaient que le propre frère du Roi, Charles de France soutenu par Charles le Téméraire, lui succède au plus vite. Louis prit peur et demanda à être logé au Château malgré l'inconfort des lieux.

— Le Roi se livre à son ennemi, pour ainsi dire pieds et poings liés ! s'exclama Valadon.

— On pourrait le penser, fit Praetorius avec un sourire énigmatique.

— Comment leur rencontre s'est-elle ensuite passée ? demanda Mortemer.

— Le déroulement des événements lors de ces journées du 9 au 14 octobre à Péronne et de ceux qui suivirent à Liège jusqu'à la séparation du Roi et du Duc le 4 novembre nous est relaté par Philippe de Commynes dans ses Mémoires.

— Philippe de Commynes, confident de Louis XI, ne l'était-il pas auparavant de Charles le Téméraire ? s'étonna Valadon.

— Absolument ! Commynes était chambellan du Téméraire. Il couchait dans sa chambre et était témoin de ses colères.

Il a changé de camp dans la nuit du 7 au 8 août 1472. On a beaucoup glosé sur les raisons de cette volte-face. On a parlé de trahison, à tort à mon avis car Commynes avait une conscience lucide du service de l'État dirions-nous aujourd'hui.

— Que s'est-il passé au Château de Péronne pendant ces quelques jours d'octobre ? demanda Mortemer.

— Le Roi se pensait plus en sécurité au Château. En effet, autour de la maison où on l'avait logé tout d'abord, la colère grondait chez les seigneurs de l'entourage de Charles. Ils affichaient une hostilité manifeste. Cependant Charles s'était engagé dans la protection de la personne du Roi, il se devait de tenir son engagement.

Rappelons que Charles le Téméraire avait épousé Marguerite d'York, sœur d'Édouard IV Roi d'Angleterre le 3 juillet 1468 à Bruges.

Alors que les discussions portaient sur le pacte unissant Bourgogne et Angleterre que Louis XI voulait faire échouer, ainsi que sur l'apanage de la Champagne réclamé par Charles le Téméraire pour Charles de France, le propre frère du Roi allié du Duc de Bourgogne, Champagne qui faisait le lien entre les différents territoires du Duché, le drame éclata.

Arriva la nouvelle que les Liégeois s'étaient révoltés contre Charles le Téméraire aux cris de *Vive le Roi* ! En effet, la ville de Liège était dans les possessions du Duché et Charles soupçonna Louis d'avoir intrigué pour pousser les habitants à la révolte, ce qui n'était pas faux !

Fou de rage Charles proférait des menaces contre le Roi. Commynes s'employa à le calmer en lui rappelant qu'il avait rédigé de sa propre main un sauf-conduit et en lui conseillant tout simplement d'imposer au Roi ses conditions. Grande colère de Charles qui fit fermer les portes de la ville de Péronne ainsi que celles du château où la présence armée de sa troupe fut ostensiblement renforcée.

Le Roi se retrouva assigné à résidence alors qu'il était venu muni d'un sauf-conduit établi de la main-même du Duc ! Il avait tout lieu d'être inquiet car *il se voyait enfermé rasibus d'une grosse tour, où jadis un Comte de Vermandois avait fait mourir un Roi de France.*

Le 14 octobre, Charles contenant sa colère demanda à Louis s'il consentait à signer le traité qu'il lui proposait. Secrètement conseillé par Commynes le Roi accepta, protesta de sa bonne foi, et pour le prouver proposa d'accompagner Charles pour mâter la révolte des Liégeois.

La colère de Charles s'apaisa. Il avait délivré un sauf-conduit au Roi et, Grand Maître de l'Ordre de la Toison d'Or, il ne pouvait enfreindre le code chevaleresque et forfaire à l'honneur. Les négociations se poursuivirent, des accords furent conclus et serment fut prêté sur la Croix de Charlemagne.

Ils partirent ensemble le 15 octobre, arrivèrent devant Liège le 27. La ville fut prise, mise à sac et incendiée. Massacres et pillages durèrent trois jours. Les Liégeois périrent aux cris de *Vive le Roi,* ce Roi qui les avait poussés à la révolte et qui, aux côtés du Duc de Bourgogne, applaudissait à leur fin. Louis XI en fit grand compliment à Charles et dispersa l'armée royale pour le rassurer.

Le Roi et le Duc se séparèrent le 4 novembre, Louis XI étant raccompagné dans son royaume par une escorte de seigneurs bourguignons, sans atteinte à sa personne.

Le Roi et le Duc ne se reverront plus.

Ultérieurement en 1470 Louis XI fera annuler le traité de Péronne et les hostilités reprendront car il souhaitait récupérer les villes de Picardie. En novembre 1471, conformément à la clause de non-respect incluse dans le traité, Charles se déclarera affranchi de la suzeraineté du Roi de France.

Charles va alors connaître de nombreuses déconvenues dans son ambition d'étendre ses territoires.

En 1472 il échoua à prendre Beauvais, défendue avec courage par ses habitants dont Jeanne Hachette.

En 1473 l'Empereur du Saint-Empire Romain Germanique refusa de l'aider à devenir son successeur mais accepta l'établissement d'un Royaume de Bourgogne dans la souveraineté duquel entraient les Duchés de Lorraine, de Savoie, de Clèves et incluant l'ouest de la Suisse.

En 1474 l'Alsace se souleva contre Charles à cause de la mauvaise gestion de son bailli, un certain Pierre von Hagenbach qui se montra violent et cruel…ce qui lui valut d'être arrêté, jugé et décapité. Ce même von Hagenbach qui, le 3 octobre 1465, s'était introduit nuitamment à la tête de quelques centaines d'hommes dans la ville de Péronne et l'avait conquise. En apprenant sa mort Charles entra dans une de ses violentes colères dont il était coutumier.

— Ce Pierre von Hagenbach serait l'ancêtre de Klaus von Hagenbach, notre professeur d'Histoire Médiévale ? s'étonna Valadon.

— Possible…

En 1474 la Confédération des cantons suisses, encouragée par Louis XI, déclara la guerre à Charles le Téméraire et prit de nombreuses villes qui étaient sous son autorité.

En 1475 le Roi d'Angleterre Édouard IV débarqua à Calais car il souhaitait reprendre avec son beau-frère, Charles, les hostilités contre la France. Encore une fois subtil politique, Louis XI parvint à rompre l'alliance entre Anglais et Bourguignons en achetant avec une forte somme d'argent le 29 août 1475 la neutralité d'Édouard par le traité de Picquigny. Ce traité mit fin à ce que l'on appela plus tard *la Guerre de Cent Ans*. Charles se trouvait ainsi privé de son allié et ne pouvait engager seul la lutte contre Louis.

Il décida d'en finir avec les Suisses et quitta Nancy le 11 janvier 1476. Plusieurs batailles tournèrent en sa défaveur. En octobre 1476 il mit le siège devant Nancy, reprise par le Duc de Lorraine dans l'intervalle.

Le 5 janvier 1477 Charles le Téméraire trouva la mort lors de la bataille l'opposant aux troupes lorraines et suisses. Son armée, en déroute, fut massacrée. Son cadavre, nu et en partie déchiqueté par les loups, fut identifié par son fidèle compagnon Olivier de la Marche.

Le 31 janvier Péronne se donna définitivement à Louis XI qui récupéra finalement en 1482 la Picardie et le Duché de Bourgogne.

— Encore une fois, brillant exposé ! assura Mortemer, mais je ne vois toujours pas le rapport avec nos deux assassinats.

— Dans ses Mémoires Philippe de Commynes écrivit *il a plu au Roi me faire cet honneur de dire que j'avais bien servi à cette pacification*, à propos du rôle qu'il a joué lors de l'Entrevue en 1468. Or il a quitté en 1472 le service de Charles pour celui de Louis sans explication.

Ce choix, il se l'est imposé pour une raison impérieuse qu'il a gardée secrète, certainement liée aux enjeux politiques de l'époque. Époque à laquelle on achetait les villes, on achetait les alliances : souvenez-vous des 400.000 écus d'or pour le rachat des Villes de la Somme pourtant perdues quelques années plus tard, des fortes sommes versées à Édouard IV pour rompre son alliance avec le Téméraire.

Pour ces tractations il fallait de l'or, beaucoup d'or ! Souvenez-vous de la formule de Louis XI : *rien ne coûte plus cher que la guerre !*

Cette région, où viennent d'être commis deux assassinats rituels, baigne dans un mystère aux voiles épais mêlant divers éléments a priori disparates :

- l'or, qui fut à l'époque de Louis XI l'outil de toutes les négociations et de toutes les compromissions ;
- la raison ignorée de la volte-face de Commynes, qui joua un rôle important lors de l'Entrevue de Péronne ;
- le Château de Péronne où fut découvert un mystérieux parchemin, un palimpseste, ;
- la Commanderie templière qui joue un rôle important comme nous le verrons dans un moment ;
- un sinistre individu, ayant eu en sa possession ce palimpseste qu'il voulut successivement négocier avec

l'officier allemand revendiquant aujourd'hui sa qualité de Médiéviste puis avec le groupe de Résistants auquel appartenaient les deux victimes.

Tout cela me semble relié dans le temps et dans l'espace par le secret du palimpseste…

Il est lié au secret des Templiers.

Il nous faut approfondir notre recherche dans cette direction.

Pour comprendre le Présent, il est impératif de mieux connaître le Passé…

Chapitre 17

Jérusalem
960 avant Jésus-Christ

C'était le soir, Hiram-Abi contemplait l'œuvre accomplie.

Il se remémora le jour de son arrivée à Jérusalem, venant de Tyr en Phénicie, 7 ans et demi plus tôt.

Salomon, fils de David et de Bethsabée, Roi d'Israël, avait obtenu d'Hiram, Roi de Tyr, l'octroi de bois de cèdre, de cyprès et de genévrier ainsi que celui de son meilleur architecte, Hiram-Abi, fils d'une veuve de la tribu de Nephtali, afin de construire un Temple pour l'Éternel.

Le Roi de Tyr honorait l'engagement pris avec le Roi David qui avait voulu édifier la maison de Dieu. Cela ne fut pas permis à David car il était impur aux yeux de Dieu du fait des guerres qu'il avait menées. Peu avant de mourir, alors que l'un de ses fils, Adonias, revendiquait le trône, David fit de Salomon son successeur. Il appartiendrait à Salomon d'accomplir le vœu de son père.

David avait conquis Jérusalem lorsqu'il devint Roi. La cité se trouvait à mi-chemin entre les tribus du nord et du sud. Il avait entretenu les meilleures relations avec son voisin phénicien. Salomon honora également l'engagement pris avec le Roi de Tyr en lui assurant en contrepartie l'approvisionnement en blé et en huile.

Dans la quatrième année de son règne, 480 ans après la sortie d'Égypte des Hébreux, Salomon réalisa le vœu de son père et entreprit de bâtir le Temple dédié à Yahvé, son Dieu.

Les meilleurs maçons, charpentiers et tailleurs de pierres des royaumes de Phénicie et de Judée avaient travaillé sous les ordres d'Hiram-Abi.

L'architecte avait réparti les ouvriers en trois catégories : apprentis, compagnons et maîtres. Leurs mots de passe distinctifs étaient strictement et jalousement préservés. Seul Hiram-Abi pouvait accorder le passage au grade supérieur. Le nouveau promu était alors initié aux secrets de son grade, qu'il ne devait jamais transgresser sous peine de mort.

Les bois de cèdre, de genévrier et de cyprès venaient de Phénicie. Les pierres venaient de Judée. Elles étaient taillées là-même dans les carrières d'où elles étaient extraites. Nul bruit de fer ne se faisait entendre sur le chantier.

Hiram-Abi avait appris de son père l'art de travailler le bronze. Il possédait la science de l'architecture et la connaissance de tous les arts.

Sept ans et demi s'étaient écoulés et Hiram-Abi contemplait son œuvre.

Le Temple avait été édifié sur une colline rocailleuse. Ses fondations furent creusées très profondes.

À l'extérieur se trouvait l'autel des sacrifices, situé à l'est des portes du Temple. Le prêtre y tranchait la gorge de l'animal, répandait son sang, l'écorchait et le dépeçait, enfin y faisait brûler les morceaux. À proximité se trouvait un grand bassin, la mer de bronze, servant aux ablutions du prêtre. Deux rangées de bassins étaient disposées également, servant à laver les animaux destinés au sacrifice.

L'entrée du Temple était décorée de deux colonnes de bronze appelées *Yakin* et *Boaz*, fondues par Hiram-Abi lui-même, au pied desquelles apprentis et compagnons recevaient respectivement leurs salaires. Le sommet des colonnes était surmonté de chapiteaux portant volutes, entrelacs et grenades.

Le Temple mesurait 60 coudées de long, 20 de large et 30 de haut.

Trois espaces successifs avaient été définis : le vestibule (*oulam*), le sanctuaire (*heikhal*) et le Saint des Saints (*debir*).

Le Saint des Saints, où seul Salomon pouvait entrer le *jour du Grand Pardon* pour le pardon des péchés de tout le peuple, accueillait *l'Arche d'Alliance* contenant les *Tables de la Loi* dictées par Yahvé à Moïse. L'Arche était surmontée par deux chérubins aux ailes déployées représentant le trône de Dieu.

Toutes les faces internes des murs du Temple étaient lambrissées de bois de cèdre. Le sol était recouvert de planches de genévrier. Des coloquintes et des rosaces sculptées dans le cèdre décoraient le Temple. La lumière du jour y pénétrait par des fenêtres à claire-voie situées près du plafond. Des portes en bois de cyprès permettaient d'accéder au Saint des Saints, à l'intérieur tout était couvert d'or fin. Trois étages complétaient l'édifice sur son pourtour.

L'air chargé des parfums de l'Orient embaumait des senteurs du jasmin du royaume de Saba et des roses de la lointaine Bactriane.

Salomon devait inaugurer le Temple le lendemain, lors d'une grande fête religieuse à laquelle avaient été conviés le peuple et les rois amis et alliés.

Hiram-Abi avait donné congé ce soir-là aux ouvriers, leur ordonnant de se tenir éloignés du Temple. Il avait prétexté le souhait de déambuler seul dans le Temple afin de pouvoir en apprécier la finition, sans être importuné d'aucune façon. En réalité, il avait une raison bien plus impérieuse de vouloir s'y trouver seul. Il voulait vérifier le bon fonctionnement des mécanismes secrets qu'il avait installés.

Salomon lui avait commandé la réalisation d'une salle souterraine secrète au niveau des fondations du Temple afin d'y placer en particulier un coffret dont il lui avait indiqué les dimensions. C'est ainsi qu'Hiram-Abi avait conçu un passage secret partant du sanctuaire, juste avant les portes du Saint des Saints. Sous une dalle de pierre recouverte de planches de genévrier, dont l'ouverture était commandée par un jeu savant de traction sur les anneaux de bronze ancrés dans les murs et destinés à y placer des torches, descendait un escalier menant à une salle en sous-sol. Elle mesurait 20 coudées de long, 10 coudées de large et 10 coudées de haut.

Le sol était recouvert d'un pavé mosaïque en marbre, alternance de dalles carrées blanches et noires. Les murs de pierre étaient lambrissés de cèdre. De fines ouvertures à la partie haute des murs permettaient à l'air de circuler grâce à un ingénieux système de ventilation. Des anneaux de bronze fixés dans les murs permettaient d'y accrocher des torches. Cette salle souterraine, destinée à la conservation ultérieure des documents les plus secrets du Roi, dans l'immédiat devait accueillir le mystérieux coffret.

Salomon n'en avait pas révélé le contenu à Hiram-Abi, qui se gardait bien de toute curiosité déplacée.

L'architecte avait imaginé un mécanisme particulier pour déclencher l'ouverture dans le sol de sa cachette.

La veille au soir, alors que les ouvriers avaient été maintenus à distance par des gardes armés, Salomon et Hiram-Abi s'étaient rendus au Temple. Ils avaient pénétré seuls dans le sanctuaire et avaient descendu l'escalier menant à la salle souterraine.

L'architecte avait expliqué au roi comment découvrir la cachette creusée dans le sol.

Partant d'un point précis sur le pavé mosaïque, il avait porté ses pas selon une marche particulière sur les dalles, tantôt à droite, tantôt à gauche, pour revenir en ligne droite. C'est alors qu'une dalle basculait, démasquant la cachette.

Là ne s'arrêtait pas l'ingéniosité d'Hiram-Abi.

La cachette était fermée par une porte de bronze, condamnée par une serrure de forme particulière : une étoile à six branches, l'étoile de David. Une rotation de l'étoile alternativement vers la droite puis vers la gauche d'un certain nombre de crans choisi initialement par le Roi en déclenchait l'ouverture.

Salomon avait suivi les instructions de l'architecte et y avait déposé son coffret. Hiram-Abi se tenait à une distance respectueuse. Il manifestait ainsi sa volonté affichée de ne pas en savoir plus. Non pas qu'il eut à craindre pour sa vie, maints autres Rois n'auraient eu aucun scrupule à faire disparaître le génial concepteur d'un tel mécanisme. Mais par respect pour le Roi. Salomon était connu pour sa droiture et sa sagesse.

Lors des premiers travaux, la salle souterraine avait été considérée comme fondation, à l'instar d'autres salles souterraines situées sous le vestibule. Hiram-Abi avait aménagé lui-même cette salle particulière, tenant éloignés les ouvriers lorsqu'il avait installé la serrure de bronze à six branches. De même, il avait installé lui-même le système d'ouverture de l'entrée de l'escalier souterrain.

Ainsi informé par Hiram-Abi du fonctionnement de ces divers mécanismes, Salomon en quittant le Temple avait marqué sa reconnaissance en l'honorant entre les colonnes d'une triple accolade.

Au lendemain soir de cette visite royale secrète, Hiram-Abi déambulait donc lentement à l'intérieur du Temple lorsqu'un bruit attira son attention. Il se tourna vers la porte située à l'occident. Là se tenait un homme armé d'une règle.

« Que fais-tu ici ? s'exclama l'architecte, j'avais donné ordre que les ouvriers se tiennent éloignés. Je vois que tu es compagnon, rejoins tes semblables !

— Moi et mes deux frères, nous travaillons sur ce chantier depuis deux ans comme compagnon. Nous t'avons vu hier soir pénétrer dans le Temple avec le Roi, alors que tu nous avais tous fait éloigner. Le Roi portait un coffret en grand secret, ce devait être une partie du trésor royal, sans doute des pierres précieuses. Dis-nous comment accéder au souterrain !

— Hors d'ici ! s'écria Hiram-Abi. »

L'homme voulut frapper l'architecte à la tête mais ce dernier détourna le coup qui le frappa à l 'épaule. En titubant, il se dirigea vers la porte du nord où il se heurta à un deuxième homme qui, armé d'une équerre, lui barra le passage.

« Donne-nous ton secret et tu auras la vie sauve ! hurla le compagnon.

— Jamais, plutôt mourir ! répondit Hiram-Abi. »

Il reçut un violent coup sur le sein gauche. Il tenta de fuir par la porte d'orient, où l'attendait le troisième compagnon armé d'un maillet.

« C'est ta dernière chance, donne-nous le secret ! dit d'une voix ferme l'agresseur, son regard froid fixé dans les yeux vacillants de sa victime.

— Non, n'y compte pas ! répondit d'une voix faible Hiram-Abi. »

Le coup s'abattit sur sa tête et il s'effondra sans vie à la porte d'orient.

Les trois hommes, réunis autour du cadavre, se concertèrent. Le bruit pouvait avoir alerté les gardes. Il fallait prendre une décision rapide.

« Nous ne connaîtrons jamais son secret, déplora le premier compagnon.

— Il n'a eu que ce qu'il méritait ! fulmina le deuxième.

— Pensons maintenant à sauver nos vies et faisons disparaître le corps, conclut le troisième. »

Ils soulevèrent le corps sans vie de l'infortuné architecte et l'emportèrent pour l'enterrer au loin. Ils plantèrent sur sa tombe un rameau d'acacia.

Seules quelques taches de sang sur le sol du Temple témoignaient du forfait des trois mauvais compagnons…

Chapitre 18

Jérusalem
7 ans auparavant…

Au petit matin, Salomon, Roi d'Israël, s'éveilla. Sa nuit avait été hantée par un cauchemar…

Certes, il était satisfait de l'accord conclu avec Hiram, Roi de Tyr. L'engagement pris entre son père, le Roi David, et Hiram s'était concrétisé. Les bois de cèdre, de genévrier et de cyprès de Phénicie allaient lui être livrés à Jérusalem. En retour Salomon s'était engagé à livrer blé et huile aux Phéniciens, avec lesquels il avait également passé des accords pour des expéditions conjointes pour le commerce de haute mer. Surtout, il avait obtenu qu'un architecte renommé de Tyr, Hiram-Abi, lui soit octroyé pour réaliser le rêve de son père, David : la construction à Jérusalem de la maison de Dieu, un Temple dédié à Yahvé.

Cette mission divine avait été mise en œuvre, mais Salomon avait pour l'instant une autre préoccupation.

À la mort de David, le Pharaon d'Égypte avait profité de la mort du Roi d'Israël pour envahir la Palestine et prendre Gezer. Devant l'armée de Salomon il se résolut cependant à engager des pourparlers de paix et en gage accorda sa fille en mariage à Salomon. Un traité fut signé fixant définitivement avec l'Égypte la frontière méridionale.

Salomon s'était intéressé à l'Histoire de l'Égypte et avait appris auprès de ses prêtres érudits que bien des siècles auparavant il s'était trouvé un Pharaon nommé Akhénaton qui avait cru en un Dieu unique et avait essayé d'instaurer une nouvelle religion remplaçant le panthéon égyptien qui remontait à l'origine des temps.

Cette religion avait prévalu le temps de son règne mais une révolte menée par les prêtres du culte traditionnel avait eu raison de lui. Son nom avait été effacé des monuments et des temples, son image avait été martelée, ses statues avaient été abattues. Tout avait été fait pour supprimer le nom de ce Pharaon de la mémoire des hommes et condamner ce dernier à une errance éternelle. Il était devenu le *Pharaon maudit*.

Les prêtres hébreux avaient gardé en mémoire l'existence de ce Pharaon et ils avaient appris à Salomon qu'il avait créé une capitale en plein désert, abandonnée par les Égyptiens à sa mort et vouée depuis à la ruine du temps.

Salomon était curieux d'en savoir plus sur ce personnage dont la croyance en un Dieu unique rejoignait la sienne. Après la signature du traité de paix, il exprima auprès de Pharaon le désir de pouvoir se rendre sur le site de ces ruines. L'autorisation lui en fut accordée.

Il gagna Tyr d'où il embarqua avec une garde rapprochée pour rejoindre le delta du Nil. De là, il remonta le fleuve jusqu'au site de la capitale perdue dans le désert, accompagné de sa garde et d'un guide égyptien. Il visita les ruines des temples et des bâtiments. Il parcourut ensuite ce qu'il restait du palais. C'est en ce lieu qu'il y fit une découverte extraordinaire qui depuis son retour à Jérusalem l'obsédait.

Dans le cauchemar de cette nuit, les ennemis d'Israël tentaient de lui dérober le coffret dans lequel il avait enfermé le secret qu'il avait mis à jour dans les ruines du palais de ce *Pharaon maudit*.

Il se remémora les circonstances de cette découverte.

Après avoir parcouru l'ancienne voie royale, accompagné par sa garde et le guide, il parvint au palais. Il exigea d'en gravir seul les marches.

Déambulant dans les couloirs et les chambres dont les murs étaient en partie effondrés, il arriva dans une salle qui semblait préservée des outrages du temps. Ses dimensions en faisaient la plus vaste des pièces visitées. Des mosaïques aux murs témoignaient de l'importance du lieu. Salomon eut l'intuition qu'il devait s'agir de la chambre royale de ce Pharaon oublié de tous.

Trois fenêtres orientées à l'est ouvraient un mur resté intact. Face à la fenêtre centrale, la plus importante, une vaste mosaïque ornait le mur opposé. Elle représentait le Pharaon et son Épouse Royale tendant les mains vers le soleil dont les rayons touchaient l'extrémité de leurs doigts. Salomon savait que ce *Pharaon maudit* avait vénéré l'astre solaire comme son Dieu unique. Il eut la confirmation de son intuition, c'était bien la chambre d'Akhénaton. En face de la mosaïque se trouvait donc cette fenêtre principale dont Salomon admira l'entrelacs des sculptures ornant le haut du mur, en particulier le cobra royal de marbre noir coiffant le cintre.

Un étrange événement se produisit soudain, alors que Salomon était perdu dans ses pensées. Le phénomène le tira de sa rêverie.

Alors que le soleil brillait d'une lumière éclatante, deux rayons issus des yeux du cobra de marbre vinrent frapper le mur opposé, convergeant sur un point précis de la mosaïque.

Cette mosaïque, composée de petits carrés de faïence de couleur variée dont l'agencement des rouges, des bleus, des verts, des ocres et des noirs donnait vie à l'ensemble, était magnifique : Pharaon et son Épouse Royale tendaient les mains vers l'astre solaire qui les surplombait et dont les rayons venaient à eux, ces rayons se terminant par de petites mains venant toucher les doigts des deux personnages. Ainsi était symbolisée la communion des Hommes et de leur Dieu.

Déjà la course du soleil s'était déplacée. Le phénomène avait été fugace. Ne subsistaient plus que deux points lumineux, les yeux du cobra. La convergence éphémère des rayons avait frappé sur la mosaïque le milieu du disque solaire.

Cela devait avoir une signification.

Intrigué, Salomon s'approcha et caressa le disque. Rien ne se produisit. Il appuya avec plus de force, rien n'advint.

Pris d'une subite inspiration, il posa les doigts là où les rayons solaires touchaient les mains de Pharaon et de son Épouse. Il appuya fermement et simultanément sur tous les points du contact entre les personnages et leur Dieu. Un déclic se produisit alors et l'ensemble du disque solaire s'effaça dans l'épaisseur du mur., découvrant une niche plongée dans l'obscurité.

Que pouvait-elle contenir ?

L'ingéniosité du mécanisme laissait entrevoir la cachette d'un bien précieux. Ses prêtres à Jérusalem, qui avaient gardé dans leur savoir transmis de génération en génération la connaissance des civilisations disparues, lui avaient décrit ce Pharaon comme un homme d'une grande piété et d'une grande sagesse. Il devait avoir caché en ce lieu son bien le plus précieux, peut-être en rapport avec sa foi, ou peut-être avec sa charge.

Prudent, car il connaissait le goût des Égyptiens pour les pièges, Salomon se garda d'y engager la main mais, sortant sa dague du fourreau, en introduisit prudemment la lame.

Lorsqu'elle toucha le fond de l'excavation, il perçut du bout de sa lame un contact. Soudain une pique acérée de bronze s'enfonça brutalement dans la cavité, heurtant la lame de la dague. Malheur à celui, inconscient, qui aurait aventuré sa main sans précaution. Elle eut été transpercée et clouée à l'intérieur de la cachette !

Salomon recula d'un pas. Comment déjouer ce piège ? Il devait exister un mécanisme permettant à la pique de se rétracter…

Il eut l'idée de répéter la première manœuvre qui avait fait glisser le disque solaire. Il appuya à nouveau simultanément du bout des doigts sur les différents points de contact. La pique se rétracta dans le plafond de l'excavation.

Salomon avança à nouveau prudemment sa dague, rien ne se produisit. L'ayant retirée, il engagea avec anxiété sa main. La pique resta rétractée dans le plafond de la niche. Il sentit au fond le contact d'un objet. Il le retira délicatement de sa cachette. Il s'agissait d'un coffret en acacia, sans aucune inscription ni ornementation.

Il l'ouvrit.

Le coffret contenait un rouleau de papyrus.

Salomon le déroula.

Le papyrus était couvert d'écritures. Salomon lisait l'hiératique, l'écriture cursive des anciens Égyptiens. Au fil de sa lecture, la stupeur l'envahissait, ses doigts tenant le papyrus tremblaient. Il comprit alors à quoi les Pharaons d'Égypte devaient leur grandeur passée. Il sut sur quoi dorénavant il pourrait asseoir la sienne et celle de ses descendants.

Il enroula le papyrus et le glissa sous sa tunique. Il remit le coffret vide dans la niche et répéta à nouveau la même manœuvre. Le disque solaire reprit sa place initiale, obturant la cachette vidée maintenant de son secret.

Salomon reprit le chemin en sens inverse, le ramenant à la sortie du palais où, au pied des marches, l'attendaient sa garde personnelle et le guide égyptien. Sans mot dire il remonta sur son char de guerre, et d'un geste ordonna le départ. L'aurige claqua son fouet tandis que ses soldats et le guide remontaient à cheval. La troupe s'en retourna vers la rive du Nil où son bateau était amarré. Les hommes et les chevaux montèrent à bord. Les amarres furent larguées, la voile se gonfla et le vent et le courant ramenèrent l'expédition jusqu'au delta du Nil. Arrivé sur la côte, Salomon remercia le guide et les envoyés de Pharaon qui l'avaient accueilli. Il ne dit mot de sa découverte. Le bateau fit voile vers Tyr.

Pendant le voyage de retour en pleine mer, Salomon s'était retiré dans sa cabine et avait donné ordre de ne pas être dérangé.

Les deux hommes qui gardaient, lances croisées, la porte de la cabine n'échangeaient pas un mot mais avaient la même pensée. Le Roi devait avoir ressenti une vive émotion lors de la visite de ce palais perdu dans les sables du désert. Il n'avait pas le même visage à la sortie qu'à son entrée. Autant il affichait une assurance tranquille en toutes circonstances et se montra à l'arrivée sur le site heureux de pouvoir satisfaire son désir de visite, autant il parut crispé et tendu à la sortie du palais. Il n'avait adressé la parole à quiconque et avait d'un simple geste donné le signal du départ. Un profond trouble intérieur semblait l'habiter.

Les gardes se disaient que leur Roi avait été touché par l'âme sans repos du Pharaon qui hantait les lieux. Il n'était pas fréquent que Salomon se tienne ainsi enfermé dans sa cabine. Habituellement, lors des voyages en pleine mer et par beau temps, ce qui était le cas actuellement, il aimait se tenir à la proue du navire et rêver en contemplant l'horizon. Il aimait aussi, parfois, converser simplement avec ses soldats. Manifestement, quelque chose aujourd'hui le troublait. Les gardes avaient une affection profonde et une fidélité totale pour leur Roi. Il avait droit de vie et de mort sur ses sujets et ses ordres étaient d'inspiration divine.

Pendant que ses soldats se livraient en silence à leurs réflexions, Salomon lisait et relisait le papyrus qu'il avait déroulé sur sa table. Une joie mêlée de crainte l'envahissait. Le bonheur de son peuple et l'autorité de sa descendance seraient assurés par sa découverte. À n'en pas douter, Yahvé avait guidé ses pas vers ce palais et cette mosaïque, au jour et à l'heure qui convenaient. Dieu voulait par ce signe assurer la prospérité du peuple élu.

Akhénaton, dont il se sentait si proche, avait enfermé ce secret pour le protéger de la convoitise des prêtres qui avaient fini par l'abattre. Il avait confié au Dieu unique le soin de le révéler au Juste qu'Il reconnaîtrait. Peut-être ce secret était-il destiné au fils de ce Pharaon, mais les prêtres de Salomon lui avaient dit que ce successeur était mort jeune après être retombé sous l'influence des ennemis de son père.

Salomon saisit un stylet et des tablettes d'argile. Les prêtres et les conseillers, à l'instigation de Salomon, s'étaient inspirés des Phéniciens pour créer une écriture propre au peuple hébreu.

Salomon transcrivit en caractères hébraïques le texte égyptien rédigé en écriture hiératique, l'écriture cursive égyptienne des documents officiels. Il rendit le texte illisible au profane selon un code que lui avait transmis David, son père, sur son lit de mort, code que lui-même transmettrait le moment venu au fils qu'il choisirait comme successeur. Il plaça le papyrus dans un plat de bronze et le brûla. Salomon ouvrit la fenêtre de la cabine et en dispersa les cendres au vent du large.

Trois tablettes d'argile gravées de son écriture reposaient sur la table. Elles étaient maintenant seules détentrices du secret. Salomon les plaça dans un coffret en cèdre de Phénicie dont il condamna la serrure par une clé qu'il suspendit à son cou par un lacet de cuir. À son retour à Jérusalem il verrait avec Hiram-Abi comment mettre ce coffret en sécurité dans le Temple en construction.

Salomon s'endormit l'esprit apaisé.

Chapitre 19

Hôtel de l'Abbaye, Péronne
26 décembre 2000

Les flammes faiblissaient dans la cheminée. Praetorius se leva et remit une grosse bûche dans le foyer. Il tisonna les braises, les flammes repartirent de plus belle. Il se rassit avec un petit sourire malicieux, il voyait bien que Valadon et Mortemer étaient suspendus à ses lèvres.

Il reprit.

« Souvenez-vous de la double vocation des Templiers, religieuse et militaire. S'ils eurent à combattre les Turcs Seldjoukides, guerriers venus d'Asie centrale, leur présence en Orient les porta à vivre au contact de la civilisation arabo-musulmane, érudite et héritière des savoirs de l'Antiquité. Cette civilisation était très développée, elle avait préservé les textes anciens, araméens, égyptiens, grecs. Elle avait développé l'astronomie, la philosophie, la médecine, les mathématiques : invention de la notion du zéro, *algèbre* est un mot arabe…

Bref, les Templiers au contact de cette civilisation orientale avaient acquis des savoirs ignorés en Occident.

N'oubliez pas que Cléopâtre, qui régna sur l'Égypte au temps de Jules César, descendait de Ptolémée, l'un des généraux d'Alexandre le Grand qui reçut l'Égypte en partage à la mort de son souverain et y fonda une dynastie.

Il existe un continuum dans la transmission des savoirs.

De l'Égypte des Pharaons aux Royaumes Latins d'Orient nombre de connaissances ont été transmises par la civilisation arabo-musulmane. Bien que de nombreux textes de l'Antiquité aient à-jamais été perdus, d'autres nous sont heureusement parvenus et ils sont les fondements de la philosophie et de la science modernes.

Il a été établi que les Templiers installés à résidence dans la mosquée Al Aqsa édifiée sur les ruines du Temple de Salomon entreprirent des fouilles dans les souterrains de ce bâtiment. Assurément ils y firent une découverte qui assura leur expansion.

— Pure hypothèse, s'insurgea Mortemer, légende, phantasme de romancier ! Comment pouvez-vous être affirmatif ?

— J'y viens, répondit doucement Praetorius.

Quel est le bien matériel le plus précieux convoité de tous les temps par les Hommes, celui pour lequel des guerres furent déclenchées, des expéditions organisées, des populations massacrées ?

Quelle fut la recherche des alchimistes au Moyen Âge dans leur quête de la Pierre Philosophale ?

— L'or ? suggéra Valadon.

— Exact, confirma Praetorius.

Concentrons-nous sur le Moyen Âge parce que le sujet qui nous occupe concerne les Templiers.

Effectivement, de tous les temps, l'or a été convoité par les Hommes car il apporte fortune et pouvoir : par la fortune on peut acquérir le pouvoir, par le pouvoir on peut obtenir la fortune.

Or les Templiers ont maîtrisé les deux, fortune et pouvoir. Inévitablement ils suscitèrent jalousie et envie.

Comment 9 Pauvres Chevaliers du Christ ont-ils pu accéder ainsi, par l'Ordre qu'ils ont créé, à la richesse et à la puissance aussi rapidement ?

Lors des fouilles des souterrains du Temple, ils ont fait une découverte. Cette découverte, j'en suis convaincu, c'est le secret de la fabrication de l'or : La fameuse Pierre Philosophale !

— Comment cela, *fabriquer* de l'or ? s'exclama Mortemer. L'or, ça ne se fabrique pas, ça se trouve en creusant des mines, en filtrant l'eau des torrents qui dévalent des montagnes. C'est là toute l'histoire des chercheurs d'or, par exemple en Californie au XIXème siècle.

— Vous avez parfaitement raison, répondit Praetorius, c'est ainsi que les sociétés humaines ont accédé à l'or produit par la nature.

Mais quelle fut la quête perpétuelle des alchimistes au Moyen Âge dans la recherche de la Pierre Philosophale ? Ce fut bien le secret de la fabrication de l'or. Et à partir de quoi ? du plomb !

La transmutation du plomb en or !

— Du plomb transformé en or ? Comment cela se peut-il ? C'est une légende, ce n'est qu'une légende…

— Connaissez-vous la table de Mendeleiev ? demanda Praetorius.

— Nous apprenions cela au lycée, c'est une classification des éléments, autant que je me souvienne, se hasarda Valadon tandis que Mortemer restait silencieux.

— Mémoire vivace ! apprécia Praetorius.

C'est une classification dite *périodique* des éléments chimiques ordonnés par numéros atomiques croissants et organisés en fonction de leur configuration électronique, laquelle sous-tend leurs propriétés.

A l'origine, c'est un chimiste russe, Dimitri Mendeleiev, qui établit en 1869 une classification des éléments connus à l'époque afin de souligner la périodicité de leurs propriétés chimiques. À l'époque, l'atome était évidemment inconnu. Mais le principe de cette classification était là, et les scientifiques au cours des décennies suivantes ne purent que l'enrichir et en faire un référentiel universel.

Or que constate-t-on à la lecture de ce tableau ? Que l'or et le plomb sont très voisins, seulement séparés par le mercure.

— Vous n'allez pas nous donner la recette de la transmutation du plomb en or ? ironisa Mortemer.

— Je n'ai pas cette prétention, capitaine, j'essaie simplement d'apporter des arguments rationnels à cette possibilité, répondit assez sèchement Praetorius que les silences ou l'ironie de Mortemer commençaient à agacer.

Je reprends, et j'essaie d'être simple.

Un atome est constitué d'un noyau central agglomérant des protons et des neutrons, autour duquel gravitent des électrons. Ces électrons sont disposés dans une configuration orbitale particulière à laquelle est associée une énergie, selon les lois de la mécanique quantique.

Dans certaines conditions, les électrons peuvent passer d'une configuration à une autre, moyennant l'émission ou l'absorption d'un quantum d'énergie sous la forme d'un photon.

L'or a pour numéro atomique 79, c'est-à-dire 79 protons et 79 électrons. Le plomb a pour numéro atomique 82, c'est-à-dire 82 protons et 82 électrons. Vous voyez maintenant leur proximité ? »

Valadon et Mortemer, à ce moment des explications de Praetorius, marquèrent leur trouble.

Praetorius reprit.

« Les alchimistes au Moyen Âge furent pour la plupart de véritables savants et sont les précurseurs de la chimie moderne. Ils étaient les héritiers d'une science antique née en Égypte plus de 3.000 ans auparavant. Pour eux, le *Grand Œuvre* était la recherche de la Pierre Philosophale qui permettait dans l'Athanor la transmutation du plomb en or.

— Athanor ? interrogea Mortemer.

— C'est le four dans lequel devaient se réaliser les transformations des métaux, dont 7 seulement étaient connus, de l'Antiquité à la Renaissance, répondit Praetorius : l'or, le cuivre, l'argent, le plomb, l'étain, le fer et le mercure.

Nous allons entrer dans le monde des légendes, poursuivit Praetorius, mais les légendes reposent toujours sur un fond de réalité.

L'ancienne Égypte regorgeait d'or, voyez ce que les tombes des Pharaons nous ont révélé, à commencer par celle de Toutânkhamon. Or il n'a été découvert qu'un pour cent des tombes pharaoniques !

Au plus haut niveau de la société égyptienne, à savoir le Pharaon, était détenu le secret de la fabrication de l'or. Plus tard, c'est le Roi Salomon à Jérusalem qui est la figure la plus représentative de la puissance et de la fortune. Il est établi qu'il avait un esprit curieux et ouvert. Il s'intéressa beaucoup aux sciences et aux mystères développés sous le règne des Pharaons. Lui-même cultiva le secret de certaines connaissances. Sa foi en un Dieu unique rejoignait celle du Pharaon Akhénaton, *le Pharaon maudit,* ayant régné sur l'Égypte quelques siècles auparavant. On considère ce Pharaon comme le précurseur religieux du monothéisme.

Comment dès lors ne pas penser que les Templiers lors de leurs fouilles ont pu découvrir un secret fondamental préservé par Salomon dans les souterrains du Temple, la transmutation du plomb en or, découverte qui leur assura puissance et fortune. Secret que Salomon lui-même devait détenir de l'Égypte antique, je ne sais de quelle façon. Probablement s'était-il penché sur la personnalité d'Akhénaton dont il devait se sentir proche. Toujours ce même secret que Philippe le Bel essaya en vain d'arracher au Grand Maître Jacques de Molay.

— Vous pensez donc que les Templiers pouvaient produire de l'or à profusion ? demanda Valadon.

— Qu'ils le puissent est une chose, répondit Praetorius, *à profusion* en est une autre.

Ils étaient sages et prudents. Forts de ce savoir, ils ont dû en user avec parcimonie, selon le besoin du moment. Sans compter qu'une production massive en aurait fait baisser la valeur, et n'aurait pas manqué d'attirer l'attention sur eux. Ce qui d'ailleurs est arrivé avec Philippe le Bel !

Le roi a pensé que les prises de guerre en Orient, les fermages en Occident, les bénéfices sur prêts à gage constituaient certes une source de revenus conséquente, mais insuffisante cependant pour expliquer une pareille fortune en si peu de temps. Il avait eu vent des fouilles des premiers Templiers et se doutait que les Grands Maîtres se transmettaient au fil du temps la connaissance d'un secret. C'est la raison pour laquelle l'empisonnement de Jacques de Molay dura si longtemps, Philippe le Bel voulait le faire avouer par tous les moyens.

— Ce dernier Grand Maître n'a donc pas avoué ? demanda Mortemer.

— Il n'a pas avoué, vraisemblablement parce qu'il n'avait plus rien à avouer… »

L'incompréhension se lut dans le regard de Valadon et de Mortemer.

Praetorius reprit.

« Les Chroniques rapportent que peu avant le coup de filet du vendredi 13 octobre 1307 trois chariots chargés de coffres quittèrent Paris en grand secret sous le commandement de Gérard de Villiers, Maître du Temple de France, accompagné d'une quarantaine de frères.

Ces coffres contenaient des documents précieux concernant la comptabilité des dettes contractées auprès de l'Ordre par les grandes puissances d'Occident ainsi que de l'or bien sûr, mais aussi et surtout à mon avis le secret de la transmutation du plomb en or découvert par les premiers Templiers lors des fouilles des souterrains du Temple de Salomon. Ce n'est pas un savoir que l'on peut mémoriser, la technique de transmutation devait nécessairement être écrite, probablement de façon codée.

On se perd en conjectures sur la destination finale de ce convoi. Or l'on sait que des Chevaliers Templiers parvinrent en Écosse, en témoigne la chapelle de Rosslyn. La franc-maçonnerie, née en Écosse, serait pour certains l'héritière de l'Ordre du Temple transporté en terre gaëlique. En tous les cas certains francs-maçons s'en prévalent.

— Quel rapport avec le Château de Péronne ? demanda Valadon.

— Le convoi fit halte à Péronne, il y avait non loin une importante Commanderie. S'arrêter dans cette Commanderie pour prendre certaines dispositions était risqué, je vous rappelle que l'arrestation des Templiers fut extraordinairement bien organisée. Leurs Commanderies étaient les lieux de refuge les plus exposés, les premiers que la police du Roi pouvait investir, ce qu'elle a fait d'ailleurs. Un passage bref au Château était plus sûr pour y faire ce que les Templiers avaient à y faire.

— Qu'avaient-ils à y faire de si important pour s'autoriser une halte pendant leur fuite ? demanda Mortemer.

— Les Templiers devaient s'embarquer pour l'Écosse. Le risque d'un naufrage ne pouvant être écarté, ils ne pouvaient se résoudre à faire courir le moindre risque au document consignant leur précieux secret. Les coffres de documents comptables et les coffres d'or pouvaient supporter ce risque, mais pas le secret de la transmutation. En outre, il ne devait pas tomber entre les mains de qui que ce soit. C'est au Château de Péronne qu'ils l'ont caché.

— Vous pensez que toute cette histoire, qui repose certes sur quelques faits mais quand même sur beaucoup de suppositions de votre part, a un rapport avec l'entrevue entre Louis XI et Charles le Téméraire ? demanda Mortemer avec une moue dubitative.

— Le choc entre Louis XI et Charles le Téméraire nous est rapporté par l'Histoire officielle comme une tentative d'accord entre le Roi de France et le Duc de Bourgogne allié des Anglais au plus fort de la Guerre de Cent Ans.

Mais de façon sous-jacente il y eut confrontation entre les deux hommes à propos de questions d'argent. N'oubliez pas que Charles le Téméraire affichait ostensiblement sa richesse, dont Louis XI pouvait se demander d'où il la tenait et qu'il convoitait, alors que lui-même avait constamment besoin d'or pour acheter des alliances et rompre des pactes conclus entre ses ennemis.

Peut-être Charles le Téméraire eut il connaissance du document caché dans son château, peut-être pas, nous n'en savons rien.

Son fidèle Commynes a fait le choix de servir Louis XI, quelques années après l'Entrevue de Péronne. Est-ce lui qui aurait découvert le document ? Mais si c'est le cas, l'a-t-il finalement communiqué au Roi ? Là encore, nous n'en savons rien et nous sommes réduits à des hypothèses.

Il y a ce document que le sinistre notaire voulait négocier, successivement avec l'Occupant puis avec la Résistance.

Ce professeur von Hagenbach était l'officier que ce notaire avait contacté pour lui proposer un parchemin trouvé avant la guerre dans le château de Péronne et qu'il jugeait précieux. Il m'a dit lui-même que le notaire avait décrit un texte dont certaines parties avaient été grattées et surchargées d'autres mots et de chiffres, texte auquel il ne comprenait rien. Von Hagenbach a tout de suite pensé à un palimpseste.

Il me l'a dit, et c'est exact.

— Qu'est-ce qu'un palimpseste ? demanda Mortemer.

— Au Moyen Âge, l'écriture était dévolue aux moines copistes. Ils écrivaient, avant l'apparition du papier, sur du parchemin, une peau de mouton traitée à cet effet. Un parchemin coûtait cher et il pouvait être réutilisé en grattant le texte initial pour y inscrire un deuxième texte. Cela s'appelle un *palimpseste.*

On pouvait même coder un texte final en jouant sur la conservation de certains mots du premier texte et les mots qu'on substituait à ceux grattés pour un résultat intelligible uniquement à celui qui détenait la clé de lecture.

— Finalement, comment arrive-t-on de l'Égypte des Pharaons au Château de Péronne pour voir apparaître un parchemin contenant le secret de la Pierre Philosophale ? demanda Valadon.

— C'est un bon raccourci, apprécia Praetorius.

Je pense que les Templiers ont découvert lors des fouilles des souterrains de leur résidence, qui je vous le rappelle fut bâtie sur les ruines du Temple de Salomon, une trace écrite de la formule de transmutation que Salomon lui-même tenait de l'Égypte antique, probablement du Pharaon Akhénaton avec qui il se sentait en affinité religieuse.

Cette formule devait figurer sur des tablettes d'argile qui, pour les civilisations antiques du Proche et du Moyen Orient, étaient le support de leurs écrits. Voyez les Sumériens, les Babyloniens, les Phéniciens, Phéniciens qui ont inspiré l'écriture hébraïque.

Les premiers Templiers ont donc découvert ces tablettes d'argile et en ont transcrit le contenu sur un parchemin, parchemin qu'ils ont codé : un palimpseste.

Il s'est transmis de Grand Maître en Grand Maître, jusqu'à Jacques de Molay. Ce dernier, averti de la prochaine arrestation générale, l'a soustrait à la convoitise du Roi en le confiant au convoi qui a quitté Paris quelques jours avant le 13 octobre.

Dans sa fuite, le convoi fit étape au Château de Péronne où les Templiers jugèrent préférable de l'y cacher avant de poursuivre leur route vers l'Écosse. Il y est resté jusqu'au jour où ce notaire peu scrupuleux l'y a découvert.

Je pense cependant possible que quelqu'un ait pu le mettre à jour dans l'intervalle, mais l'y ait maintenu caché.

— À votre sourire, je vois que vous pensez à quelqu'un ! fit Valadon. Mortemer, toujours silencieux, semblait très attentif.

— Vous me connaissez bien, Jérôme !

Effectivement je pense à quelqu'un qui a marqué de sa personnalité ce Château : un érudit, fin diplomate.

Quelqu'un qui a joué un rôle important lors d'une rencontre conflictuelle entre deux seigneurs, quittant finalement le service de l'un pour celui de l'autre.

Quelqu'un qui a probablement eu en main ce palimpseste, mais ne l'a apparemment pas révélé.

Je pense à Philippe de Commynes, qui a pu découvrir ce palimpseste, que j'appellerai *le palimpseste d'or* ! »

Chapitre 20

Gendarmerie de Péronne
27 décembre 2000

La veille au soir, à l'hôtel de l'Abbaye, Praetorius avait laissé pantois Valadon et Mortemer au terme de son exposé sur l'hypothèse du palimpseste d'or.

Il les avait engagés à passer une bonne nuit de sommeil et leur avait proposé de se revoir le lendemain matin pour faire le point de l'enquête. Le capitaine de Mortemer les avait invités à se retrouver à 8 heures à la gendarmerie et offrait le café et les croissants.

Le 27 décembre à 7 heures 55 Praetorius et Valadon poussèrent la porte de la gendarmerie de Péronne.

Le planton, informé par son supérieur, les conduisit aussitôt en salle de réunion. Le capitaine était assis à la tête d'une grande table ovale sur laquelle reposaient devant lui plusieurs dossiers cartonnés. Au milieu de la table étaient disposés sur un grand plateau une cafetière fumante, des tasses, des petites cuillers, un sucrier et une grande corbeille de croissants. Mortemer convia ses invités à prendre place et servit lui-même le café.

Une grande baie vitrée ouverte sur un jardin intérieur faisait face à la porte d'entrée et diffusait la lumière blanche d'un froid matin de décembre. Le mur face au capitaine était couvert d'une grande carte d'état-major de la Région Picardie et d'une plus petite carte détaillée de Péronne et de ses environs dans un rayon de 50 kilomètres. Quelques photos des deux victimes, Léon Dampierre et le père Athanase, étaient collées au-dessus de la carte de Péronne : l'une de leur vivant, plusieurs autres prises sous différents angles de la disposition de leurs cadavres.

Le capitaine de Mortemer ouvrit les deux premiers dossiers et prit la parole.

« Voici les rapports complets d'autopsie de Léon Dampierre et du père Athanase.

Dans les deux cas, la mort est survenue par arrêt cardiaque consécutif à un choc hémorragique. Les morbidités associées étaient non létales : athérosclérose, fibrose parcellaire cardiaque post-infarctus du myocarde et hypertrophie prostatique pour Léon Dampierre ; arthrose diffuse, cicatrice d'un ulcère de l'estomac et hypertrophie prostatique pour le père Athanase.

La première victime a été vidée de son sang avant d'être démembrée, hors de l'endroit où le corps a été découvert dans la clairière, comme vous en avez fait la remarque monsieur Praetorius. La deuxième s'est vidée de son sang sur le lieu de son supplice dans l'église.

Un point commun : dans les deux cas les analyses toxicologiques ont montré la présence de deux substances chimiques, des traces de propofol et de scopolamine.

— De quoi s'agit-il ? demanda Valadon.

— Le propofol est un anesthésique général de courte durée, on l'utilise par exemple lors des endoscopies digestives. La scopolamine est un anticholinergique proche de l'atropine et qui a été utilisé dans le sérum de vérité depuis longtemps. On l'a surnommée *drogue du zombie*, *souffle du diable*, *drogue des voleurs* : c'est une substance exerçant un effet sédatif important permettant d'annihiler la volonté du sujet.

La combinaison des deux en fait un sérum de vérité efficace.

Toutes ces informations m'ont été données par le laboratoire de toxicologie, précisa Mortemer.

— Je ne serais pas surpris que les analyses aient révélé des concentrations différentes entre les deux victimes, fit Praetorius.

— C'est exact, répondit Mortemer, comment avez-vous deviné ?

— Je n'ai pas deviné, capitaine, je ne devine jamais, j'observe !

— Que voulez-vous dire ? Ils étaient morts tous les deux quand ils ont été découverts…

— Les yeux, capitaine, les yeux…

Ceux de Léon Dampierre étaient emplis d'effroi alors que ceux du Père Athanase étaient sereins.

Dans le premier cas, il ne devait subsister que quelques traces du mélange toxique ; dans le second des quantités plus importantes.

— C'est exact, en convint Mortemer.

— Donc on a voulu faire parler ces hommes avant de les exécuter, en déduisit Valadon.

— Bien sûr, confirma Praetorius, et de quoi pensez-vous qu'on ait voulu les faire parler ? N'oubliez pas leur point commun, l'appartenance au même réseau de Résistance.

— De la démarche du notaire pour échapper à la mort, du parchemin qu'il voulait négocier !

— Évidemment ! affirma Praetorius, les assassins sont à la recherche du palimpseste d'or ! »

À cet instant, on frappa à la porte. Le lieutenant de gendarmerie Bertin n'attendit pas d'y être convié pour l'ouvrir et entrer. Il se dirigea aussitôt vers son supérieur, qui le regarda d'un air réprobateur.

« Une jeune femme, une certaine Sylvie Verstraete, est à l'accueil, mon capitaine. Elle demande à parler à monsieur Praetorius. Elle dit s'être présentée à son hôtel, où on lui a indiqué sa présence dans nos locaux.

— Ce n'est ni le lieu ni l'heure des interviews, dit Mortemer passablement agacé, dites-lui de prendre rendez-vous à l'hôtel !

— Excusez-moi, capitaine, fit Praetorius, et se tournant ensuite vers le lieutenant : que me veut -elle ?

— Elle dit avoir des informations sur le professeur von Hagenbach qui vous intéresseront.

— Avec votre permission, capitaine, mais faites- la donc entrer ! »

Le lieutenant Bertin repartit et, quelques instants plus tard, la porte s'ouvrit à nouveau. Le lieutenant s'effaça devant une jeune femme.

A son arrivée les trois hommes se levèrent.

Elle dégageait un charme certain auquel les compagnons de Praetorius ne semblaient pas indifférents. Elle affichait sans ostentation une élégance naturelle : la trentaine, élancée, dans les 1 mètre 75, allure sportive dans son col roulé noir en cachemire sous un blouson de cuir de couleur fauve en harmonie avec sa chevelure frisée d'un roux flamboyant, jean noir serré sur des santiags de même couleur. Ses yeux retenaient tout particulièrement l'attention : d'un vert émeraude profond, un regard direct et franc. Un sourire lumineux découvrant des dents d'une blancheur éclatante.

Un charme indéniable à vous désarmer, pensa Praetorius dont le visage restait impassible.

Le capitaine de Mortemer se précipita pour avancer une chaise. Valadon déplaça la sienne de sorte que la jeune femme puisse s'asseoir entre lui et le capitaine. Elle s'installa avec grâce. Elle savait ne pas laisser indifférent son entourage masculin et en jouait, sauf ce Praetorius qui semblait rester de marbre.

« Je suis Adémar Praetorius, à qui avons-nous l'honneur mademoiselle ?

— Pardonnez mon intrusion, messieurs, je me nomme Sylvie Verstraete. Je suis grand reporter au journal belge L'Éveil.

— Qui vous envoie et que me voulez-vous ?

— J'ai appris votre présence à Péronne par le secrétariat de l'Historial.

Je suis dépêchée par mon journal officiellement pour un reportage sur ce Congrès. En réalité, je suis là essentiellement pour enquêter sur le professeur von Hagenbach dont j'y ai appris la présence.

J'ai eu connaissance par la presse locale de ces deux assassinats et je sais que vous enquêtez sur cette affaire.

Il m'a paru intéressant de vous rencontrer.

— Et en quoi ce professeur vous intéresse-t-il ?

— Je mène depuis plusieurs mois pour mon journal une enquête en profondeur sur la résurgence du nazisme, sa résurgence ou plutôt sa poursuite occulte sous d'autres formes d'extériorisation.

Les médias font régulièrement état d'exaltés *skin head* qui défraient la chronique en taguant les synagogues ou les cimetières juifs, ou en faisant le coup de poing lors de manifestations, que ce soit en France, en Allemagne, en Europe centrale ou même aux États-Unis.

Parfois un reportage occupe le *20 heures* à la télévision sur un nostalgique du passé aujourd'hui vieillard tremblotant retrouvé par les chasseurs de nazis. Ce n'est pas cela qui m'intéresse.

L'objet de mon travail est de mettre à jour les ramifications en profondeur que des nazis lucides et prévoyants ont établies à travers le monde à la fin de la Seconde Guerre mondiale, en infiltrant des sphères de pouvoir et d'influence.

— Sujet intéressant mais hautement dangereux, mademoiselle Verstraete, commenta Praetorius. Mais qu'attendez-vous de moi ?

— Bien que vous soyez une personnalité discrète sinon secrète monsieur Praetorius, votre réputation est bien établie auprès de certains gouvernements, dont le mien. Je sais qu'on fait appel à vous en haut lieu pour traiter des affaires complexes en marge des circuits officiels. On vous a même surnommé le *Sherlock Holmes français* !

— Décidément on n'arrête pas de me le répéter ces derniers jours !

N'attendez pas de moi d'en savoir plus, mademoiselle, je ne donne jamais d'interviews. Et je ne révèle jamais quoi que ce soit d'une affaire en cours !

— C'est peut-être moi qui vais vous apporter des informations, cher monsieur, plus que vous ne l'imaginez !

— Tiens donc ! Pourquoi pas ? Je suis toujours ouvert à toutes les options, dit Praetorius tout en pensant que cette jeune femme n'avait pas froid aux yeux pour lui parler ainsi.

Vous aviez donc des informations à me communiquer sur le professeur von Hagenbach ?

— J'ai constaté sa présence au Congrès.

Dans le cadre de mon enquête sur la résurgence du nazisme, cette personne est dans mon fonds documentaire. Or je vous ai vu en grande discussion avec lui l'autre jour à l'Historial.

— Et donc vous le connaissez ? Vous pensez que je fais partie d'un réseau nazi occulte ? fit Praetorius amusé.

— En aucune façon, monsieur Praetorius, en aucune façon !

Le professeur von Hagenbach est un Médiéviste réputé, connu internationalement, ce qui lui permet de voyager à son aise. C'est une bonne couverture.

— Effectivement, c'est ainsi qu'il s'est présenté. Vous suggérez donc que c'est en fait une couverture ? »

Sylvie Verstraete répondit à Praetorius par une question.

« Connaissez-vous le *Red House Report*, le *Rapport Maison Rouge*, monsieur Praetorius ? »

Intéressé, Praetorius sourit et répondit à la journaliste à son tour par une question.

« Que devrais-je avoir à en connaître, mademoiselle Verstraete ?

Cessons ce petit jeu de question – question et instruisez mes deux compagnons de ce dont ils sont probablement ignorants. Je serais curieux de vous entendre, et d'ailleurs c'est vous qui faites la démarche de venir me voir. Nous vous écoutons.

— Il y a à Strasbourg un hôtel nommé *Maison Rouge* où le 10 août 1944 s'est tenue une réunion secrète entre des officiels du régime nazi, des hauts gradés de la SS et des industriels allemands parmi les plus puissants.

À cette époque, en raison de l'avance des Alliés à l'Ouest, du rouleau compresseur soviétique à l'Est et du risque d'explosion sociale à l'intérieur des frontières de l'Allemagne, un certain nombre de responsables nazis pressentait la fin du IIIème Reich hitlérien. Ils estimaient que si l'Allemagne perdait la guerre par les armes, elle devrait gagner ultérieurement la paix par l'économie et assurer ainsi la suprématie d'un IVème Reich à bâtir en Europe.

Ils voulaient donc planifier le redressement après-guerre de l'Allemagne et pour ce faire le parti nazi devait entrer en clandestinité. Des sommes importantes allouées aux industriels devaient être placées par ces derniers à l'Étranger via des sociétés écrans. Un réseau dormant d'agents devait être positionné en Europe de l'Ouest et aux États-Unis afin de suivre les progrès de la recherche en matière militaire et scientifique.

La Suisse était la plaque tournante des mouvements financiers fondés sur l'or et les biens pillés dans les pays occupés.

Cette réunion s'est tenue sous la haute protection de la SS. Après le départ des industriels, elle s'est conclue en comité restreint entre hauts dignitaires nazis et hauts gradés SS. On ignore la nature de leurs échanges mais nul doute que des plans ont été établis et des missions définies.

Les nazis comptaient sur un retournement d'alliance des Anglo-Américains en leur faveur pour lutter ensemble contre l'Union Soviétique. Cette option pouvait recevoir un écho favorable chez les Occidentaux foncièrement anti-communistes, mais elle ne s'est pas réalisée. Eisenhower et Churchill sont restés fidèles à l'alliance avec Staline.

Cependant, après la défaite de l'Allemagne, de fait le *rideau de fer* comme l'a nommé Churchill est tombé entre les Puissances occidentales d'un côté et l'Union

Soviétique et ses satellites de l'autre. Ce fut la *guerre froide.*

— Comment cette réunion est-elle connue ? demanda Valadon.

— C'est l'objet d'un rapport codé EW-Pa 128 de l'US Military Intelligence qui en a fait le compte-rendu détaillé, à partir du travail d'un agent double du renseignement français qui avait pénétré les organisations nazies à Paris pendant l'Occupation. Ce *Red House Report* fut établi le 7 novembre 1944 et communiqué au Secrétaire d'État américain Cordell Hull. Il est aujourd'hui déclassifié et j'ai pu le consulter.

— Évitons de tomber dans le conspirationnisme selon lequel l'Europe économique s'est construite à la suite de ce projet, intervint Praetorius, mais je vous concède que ce rapport existe. J'en ai eu connaissance, et il a suscité bien des controverses.

Vous avez manifestement accompli un travail de recherche de qualité. Mais encore une fois qu'attendez-vous de moi, mademoiselle Verstraete ?

— Unir nos efforts !

Je voudrais me joindre à vous dans l'enquête que vous menez sur ces deux assassinats. Vous-même, vous pourriez m'aider dans mon enquête sur la résurgence du nazisme.

Je suis convaincue que la présence à Péronne du Professeur von Hagenbach n'est pas innocente. Il n'est d'ailleurs pas venu seul. Il est accompagné d'une dizaine de jeunes Allemands sous couvert d'un groupe d'études. Ils ont pris leurs quartiers à l'Hôtel Saint-Michel.

Si le professeur von Hagenbach est aujourd'hui un Médiéviste renommé, il faut savoir que durant la Guerre il fut un farouche combattant sur le front de l'Est au sein de la Waffen-SS dont il était un haut gradé.

J'ai fait des recherches sur lui. Il ne se cache pas de son passé militaire, dont il proclame qu'il ne fut *que militaire* au sein d'une troupe d'élite. Il n'a d'ailleurs pas été inquiété lors des campagnes de dénazification entre 1945 et 1948. La République Fédérale d'Allemagne l'a intégré sans aucune difficulté au sein de l'Université. C'est de fait un Médiéviste de valeur.

— En quoi votre enquête sur le nazisme et la nôtre sur ces assassinats seraient-elles liées, selon vous, pour que j'accède à votre demande de coopération ?

— Von Hagenbach vous a contacté, il connaît votre réputation, il veut indirectement savoir où vous en êtes. C'est donc qu'il se sent concerné. Il a un passé trouble dans cette région où il fut responsable de la lutte contre la Résistance.

Péronne est un haut lieu de l'Histoire Médiévale, la région a été ravagée par la Guerre de Cent Ans. Sous couvert de sa qualité de Médiéviste, il enquête de gauche et de droite à mon avis sur un autre sujet.

Il y a un lien entre tout cela.

Unissons nos forces, monsieur Praetorius !

— Vous me paraissez perspicace et volontaire dit Praetorius, impressionné par la précision des informations fournies par la journaliste, son assurance et son intuition. Ce que vous venez de nous rapporter est très intéressant.

Mais êtes-vous prête à jouer un jeu dangereux ? »

Chapitre 21

Gendarmerie de Péronne
27 décembre 2000

Praetorius se pencha en avant et ouvrit le dossier qu'il avait déposé sur la table en arrivant. Il en parcourut rapidement quelques feuillets couverts d'une écriture serrée. Il jeta un œil sur les photocopies des plans également contenues dans le dossier. Puis il le referma et plaqua ses deux mains sur la couverture.

« J'ai pu consulter sans difficulté les archives départementales ainsi que les registres cadastraux de Péronne et des villages environnants, déclara-t-il à Valadon, Mortemer et Verstraete. Le fait est que le sauf-conduit que m'a accordé le ministre de l'Intérieur m'ouvre toutes les portes.

— Notre hiérarchie commune, précisa Mortemer en prenant Valadon à témoin, est sous la pression de l'opinion publique et de la presse nationale. Les détails macabres de ces deux assassinats ont fuité et des résultats rapides sont attendus.

— Toutes les informations que j'ai recueillies et mes réflexions personnelles sont consignées dans ce dossier, dit Praetorius en pianotant sur la couverture. Elles m'ont permis d'y voir plus clair et de mieux appréhender cette affaire. La lumière commence à se faire jour…

— Vous nous en voyez ravis, répondit flegmatiquement Mortemer, car pour le lieutenant Valadon et pour moi c'est le noir absolu ! »

La journaliste s'abstint de tout commentaire. Elle était heureuse d'avoir été admise dans l'équipe par Praetorius. Elle avait été adoubée par le Maître et attendait de savoir quel rôle ce dernier voulait lui faire jouer. Elle se tenait silencieuse.

« Que la lumière soit ! s'exclama Praetorius. Allons, ne voyez-vous pas les liens qui se tissent entre tous ces éléments ?

— Pas vraiment, répondit avec dépit Valadon. Deux assassinats avec à chaque fois une mise en scène sordide. Rien qui permette de relier aujourd'hui vraiment les deux victimes, en dehors de leur appartenance dans le passé à la Résistance …

— Reprenons, fit doctement Praetorius. Capitaine, veuillez nous rappeler la personnalité des deux victimes.

— La première victime, retrouvée démembrée dans la *clairière du pendu*, s'appelait Léon Dampierre. Âgé de 75 ans, il était un célibataire endurci. Il a mené autrefois une carrière professionnelle comme assureur à Péronne. Il était connu pour être un homme honnête et consciencieux, casier judiciaire vierge. Pas de famille. Il avait acheté à sa retraite une fermette à Berteaucourt-le-Temple qu'il avait retapée lui-même. Il vivait sans histoire. Sa dernière apparition fut à l'auberge du village : il y a déjeuné le 21 décembre. Il a paru préoccupé à l'aubergiste, ne finissant pas son repas, commandant un café et oubliant de le boire quand il a demandé l'addition. L'aubergiste lui a demandé si tout allait bien, il répondit l'air absent qu'il n'y avait pas de problème. Il est reparti comme il était venu, à pied. L'aubergiste suppose qu'il est rentré chez lui. A l'autopsie, comme je vous l'avais indiqué, mort par choc hémorragique : il a été véritablement vidé de son sang, effectivement ailleurs que là où on l'a retrouvé. Les analyses toxicologiques ont montré la présence de traces de Propofol et de Scopolamine.

La deuxième victime, le père Athanase, retrouvé pendu par les pieds dans son église et égorgé. Âgé de 85 ans, il était très apprécié de ses paroissiens. Il était arrivé à Berteaucourt-le-Temple en 1937, venant de Paris où il avait été proche des ouvriers en grève à l'époque du Front Populaire. Depuis son installation dans le village, un curé sans histoire, il ne faisait pas de politique. La veille, il avait fait quelques courses à l'épicerie du village. Il avait bavardé un moment avec l'épicier et une cliente. Il ne leur était pas apparu spécialement soucieux au début. Dans le magasin son téléphone portable a sonné, il s'est éloigné un instant. Il est resté à l'écoute, en fait silencieux assez longtemps, et avant de raccrocher a dit « à ce soir ». L'épicier l'a nettement entendu. Il a payé ses achats en ayant l'air absent, pas aussi détendu qu'à l'arrivée. L'enquête de proximité nous a apporté une information intéressante. Le 22 décembre à 6 heures du matin Norbert Ledieu est passé en vélo à hauteur de l'église, se rendant à son travail à l'usine d'aliments pour animaux, située à mi-chemin entre Péronne et Berteaucourt-le-Temple. Elle fonctionne en 3x8. Il s'était cassé la figure en vélo à Péronne le jour de Noël, passablement éméché, ce dont il est coutumier. Des passants l'ont relevé et l'ont conduit chez le docteur Perdinot qui l'a recousu. iI est reparti chez lui. À 6 heures il partait donc au travail et il était sobre, selon lui. Il a déclaré avoir croisé un groupe de 5 ou 6 hommes qui montaient dans un genre de grande camionnette noire garée à proximité. Il est incapable de les décrire avec précision mais il a remarqué que l'un d'eux était très grand, près de 2 mètres, un autre était grand également quoiqu'un peu moins. Rien de plus pour ce témoignage et c'est le seul que nous ayons recueilli dans l'enquête de proximité. Les analyses toxicologiques ont montré la présence des mêmes substances, Propofol et Scopolamine, cette fois en quantités plus importantes.

— Nous voici donc en présence de deux hommes âgés, sans histoire ni ennemi connu, assassinés dans des conditions abominables.

Quel est le lien entre ces deux victimes ?

Rien ne semble les relier dans le présent, il faut donc chercher dans leur passé. Or ce lien existe : ils ont tous deux appartenu au même réseau de Résistance pendant la guerre, celui-là même qui a capturé et exécuté ce notaire collaborateur, maître Saint-Servin. Je tiens l'information d'une source sûre que je ne vous dévoilerai pas.

— Il s'agirait donc d'un règlement de compte tardif perpétré par un proche du notaire ? demanda Valadon.

— Je ne le pense pas, répondit Praetorius. Pourquoi si tardif ? Du fait de qui ? Ce notaire était sans famille, personne dans la région ne l'appréciait. Cependant il est exact que ces deux assassinats sont la conséquence tardive de l'attitude du notaire à l'époque.

— La mise en scène très démonstrative de ces deux assassinats doit nous signifier quelque chose d'important, intervint la journaliste.

— Je ne regrette pas de vous avoir intégrée dans l'équipe ! la complimenta Praetorius. Effectivement, c'est un élément capital.

Concernant la première victime, qu'en est-il ? Un corps démembré sur la Table des Sacrifices, autrefois haut-lieu du culte druidique. Comment les fragments de ce corps vous sont-ils apparus ?

— Enchevêtrés, répondit Mortemer.

— Enchevêtrés certes, mais pas disposés n'importe comment. N'y voyez-vous pas un symbole ?

— Non, répondirent de concert les deux hommes, observant les clichés affichés au mur.

Sylvie Verstraete, qui s'était levée et rapprochée des clichés, restait silencieuse, l'air perplexe. Soudain son visage s'éclaira et, se retournant vers Praetorius, elle déclara :

— Un tronc, séparé de la tête d'une part, des membres inférieurs au niveau du bassin d'autre part, et du membre supérieur droit désarticulé au niveau de l'épaule enfin.

Il ne reste que le membre supérieur gauche disposé à angle droit avec le tronc, faisant *équerre*.

Le bassin, auquel sont rattachés les deux membres inférieurs écartés l'un de l'autre, comme *un compas*.

Ces deux parties disposées en opposition et entrecroisées, la tête placée au milieu de cet entrecroisement : c'est le symbole maçonnique de l'équerre et du compas totalement dénaturé er perverti, avec l'œil de la sagesse qui au lieu de dominer le symbole y est entremêlé !

Cette mise ne scène ridiculise la franc-maçonnerie et délivre un signal à qui sait l'interpréter.

— Remarquable ! applaudit Praetorius. Effectivement, on a voulu avilir cet homme en raison de ses convictions et en même temps délivrer un avertissement.

Poursuivez, vous êtes sur la bonne voie. Comment interprétez-vous la mise en scène du deuxième assassinat ?

— Un prêtre catholique pendu tête en bas, comparaison avilissante avec la crucifixion tête en bas de l'apôtre

Pierre à Rome. Là encore, mépris affiché de l'Église et avertissement.

— J'ai peu à rajouter, la complimenta Praetorius.

Deux mises en scène ignobles pour avilir la Franc-Maçonnerie et l'Église, la Table des Sacrifices renvoyant à une référence archaïque des cultes anciens. Ainsi que je l'ai dit dans la clairière après la découverte de la première victime, *le tueur nous vient de la nuit des temps*, au moins pour sa motivation.

Ces deux victimes sont une étape sur la route d'un esprit criminel qui traverse les siècles, aux multiples visages au fil du temps, et qui aujourd'hui s'incarne dans une personnalité particulière qu'il nous faut découvrir, mais qui n'est qu'une des apparences que prend le Mal.

Retrouver l'objectif que poursuit cet esprit criminel nous permettra de l'approcher et de mettre un terme à sa funeste entreprise.

— Quel visage le Mal a-t-il pris aujourd'hui ? demanda Valadon.

— J'ai mon idée, répondit Praetorius, mais je ne veux pas en dire plus pour l'instant. J'ai besoin de preuves pour étayer mon hypothèse. Il nous faut être vigilants car je crains que la série des victimes ne s'arrête pas là.

Passons à un autre volet de cette affaire, je veux dire le contexte historique de deux événements qui se sont déroulés dans cette région : l'étape à Péronne du convoi templier dans sa fuite de Paris peu avant l'arrestation générale commandée par Philippe le Bel et intervenue le vendredi 13 octobre 1307 et l'Entrevue de Péronne entre Louis XI et Charles le Téméraire en octobre 1468.

Comme je vous l'ai précédemment indiqué, le convoi templier emportait à mon avis le fruit de la découverte d'Hugues de Payns et de Godefroy de Saint-Omer sous la forme de ce que j'ai baptisé *le palimpseste d'or.*

Il se pourrait que ce soit ce fameux parchemin que le notaire voulut négocier pour le prix de sa vie, avec l'officier allemand d'abord puis avec la Résistance ensuite. L'officier se trouve être notre Médiéviste, le professeur Klaus von Hagenbach, justement à Péronne en ce moment et qui m'a sollicité pour l'aider à retrouver le parchemin du notaire.

C'est pourquoi, dit Praetorius se tournant vers la journaliste, j'aimerais que vous puissiez interviewer ce professeur afin que nous en sachions plus sur son compte. Lorsqu'il m'a abordé, il m'a demandé tout d'abord mon aide pour élucider *le meurtre d'un ami remontant à de nombreuses années* : je pense bien qu'il s'agit de son officier d'ordonnance retrouvé égorgé au pied de l'arbre où fut pendu le notaire. Ce n'est que plus tard qu'il m'a parlé de sa quête du parchemin.

Alors, mademoiselle Verstraete, toujours partante pour nous accompagner dans cette aventure ? Elle pourrait s'avérer dangereuse…

— Avec enthousiasme ! Je prends dès aujourd'hui rendez-vous avec le professeur von Hagenbach, je pressens un très bel article dans mon journal !

— Vous aurez l'exclusivité de la publication le moment venu, lorsque cette affaire sera résolue, l'assura Praetorius, mais pas un mot avant !

Chapitre 22

Historial de la Grande Guerre, Péronne
28 décembre 2000

Sylvie Verstraete se leva à l'arrivée de von Hagenbach. Elle lui avait téléphoné dès la fin de sa rencontre à la gendarmerie avec le trio d'enquêteurs et rendez-vous avait été fixé pour le lendemain 28 décembre à 10 heures à la cafétéria de l'Historial au Château de Péronne.

Elle s'était présentée au téléphone comme grand reporter en charge d'un article de fond commandé par son journal belge l'Éveil et consacré à *la guerre à l'Est vécue par un officier allemand au cours de la Seconde Guerre mondiale.* Elle lui avait décrit sa tenue vestimentaire afin qu'il l'identifie sans difficulté.

À 10 heures, Sylvie Verstraete entra dans la cafétéria et s'avança vers von Hagenbach assis à une table et qui, à son approche, se leva.

La journaliste lui tendit la main mais ce dernier, s'abstenant de la saisir, la salua d'une brève inclinaison de la tête très prussienne. L'Allemand se rassit sans autre forme de procès et convia d'un geste Sylvie Verstraete à en faire de même. Il héla le garçon et commanda un café. Souriant à la journaliste, il l'invita d'un simple haussement de sourcil à passer commande. Elle demanda un thé, s'efforçant de ne pas paraître déstabilisée par l'attitude de cet homme manifestement habitué à commander et qui semblait vouloir maîtriser la rencontre.

Le professeur von Hagenbach entama la discussion.

« Eh bien, mademoiselle Verstraete, j'ai répondu favorablement à votre requête autant par surprise que par intérêt. Avant tout, veuillez répondre à trois questions :

Comment me connaissez-vous, comment avez-vous su quel était mon hôtel et en quoi serais-je concerné par le sujet de votre reportage ? demanda-t-il dans un français parfait.

— Monsieur von Hagenbach, je tiens à vous remercier vivement d'avoir accepté cette rencontre. Je vais bien sûr répondre à vos questions, mais permettez-moi tout d'abord de me présenter.

Je suis grand reporter au journal belge l'Éveil. Ma présence à Péronne est justifiée par le thème de ces Journées à l'Historial consacrées à l'étude comparative des techniques policières pendant la Grande Guerre. Péronne n'est pas très éloignée de la Belgique et mon journal m'a commandé une synthèse de ce Congrès pour sa rubrique *Histoire et Société*.

En consultant la liste des participants, j'ai remarqué votre nom auquel était attachée votre qualité de professeur d'Histoire Médiévale. De prime abord je fus étonnée qu'un Médiéviste soit intéressé par le thème de ces journées. Si la curiosité est un vilain défaut en règle générale, c'est une qualité première exigée dans mon métier. Je me suis donc renseignée sur vous auprès du service *Documentation* de mon Journal.

C'est ainsi que j'ai pris connaissance de votre passé militaire au cours de la Seconde Guerre mondiale. Or je travaille depuis plusieurs mois sur le vaste sujet des motivations de l'engagement militaire d'officiers des différentes forces belligérantes au cours de ce conflit. Dès lors il m'est apparu indispensable de pouvoir vous interviewer, me permettant ainsi d'avoir le témoignage direct d'un officier allemand de renom. Pendant mon bref séjour à Péronne, j'ai l'opportunité de joindre *l'utile à l'utile*, si vous me permettez cette expression, pour mes deux sujets du moment.

Votre adresse à l'Hôtel de l'Abbaye m'a été tout simplement communiquée par le Comité d'Organisation de l'Historial.

— Tout cela me paraît très clair, mademoiselle, dit von Hagenbach en dégustant son café. Je vous en prie, ne laissez pas refroidir votre thé. »

Manifestement, se dit la journaliste, cet homme veut prendre la main et diriger l'entretien…

Elle reprit, sur un ton très professionnel,

« Plutôt que de prendre des notes, je préférerais enregistrer notre échange afin de disposer de l'ensemble de votre récit au moment de la rédaction de mon article, dit-elle en posant son magnétophone sur la table. Cela ne vous dérange pas ?

— Je suis fier de mon passé militaire et je n'aurai aucune réticence à vous en rapporter l'essentiel. Ma seule exigence est de lire votre projet d'article avant publication, afin de vous donner mon accord définitif. Dieu sait que la guerre que l'Allemagne a menée en Union Soviétique est un sujet encore brûlant et je veux proscrire toute dénaturation des faits que je vais vous rapporter.

Pas de problème pour l'enregistrement, il convient d'être précis.

— Ce n'est pas l'usage pour un journaliste de soumettre son article à l'interviewé. Si quelque chose ne convient pas à ce dernier, il peut exercer son droit de réponse. Mais je conviens que le sujet est sensible et je m'y engage, répondit Sylvie Verstraete en enclenchant son magnétophone.

Je vous écoute.

— Le 22 juin 1941 fut déclenchée par Hitler l'opération *Barbarossa*, nom donné à l'invasion de l'Union Soviétique en hommage à l'empereur Frédéric Barberousse.

Le pacte germano-soviétique, traité de non-agression entre l'Allemagne et l'Union Soviétique signé à Moscou le 23 août 1939 par les ministres des Affaires Étrangères von Ribbentrop et Molotov, permettait à l'Allemagne d'éviter une guerre sur deux fronts et d'avoir ainsi les mains libres à l'Ouest.

La bataille de France fut remportée en moins de deux mois, en mai-juin 40. J'y ai participé.

Jusqu'à la veille du déclenchement de Barbarossa, Staline ne croyait pas à cette invasion, malgré les informations que lui communiquaient ses espions, dont le fameux Richard Sorge installé au Japon. Ce dernier était en fait un agent double, à la fois au service de l'Union Soviétique et de l'Allemagne, mais il servit essentiellement les Russes. Jusqu'à la veille de l'invasion l'Union Soviétique respecta le pacte, continuant à livrer à l'Allemagne des trains entiers de céréales et de minerais.

L'avancée allemande a été foudroyante. Les Russes étaient faits prisonniers par centaines de milliers. Leurs chars étaient bousculés par nos panzers, leur aviation était clouée au sol par notre Luftwaffe, leurs lignes de défense s'effondraient les unes après les autres.

— Quel fut votre engagement personnel au début de l'offensive ?

— J'étais à l'époque Borderführer, chef de char, au sein de la 2. Waffen SS-PanzerDivision *Das Reich*. La division *Das Reich* était sous les ordres du général Paul Hausser et faisait partie du 2. PanzerGruppe commandé par le général Heinz Gudérian, lui-même engagé dans le groupe d'Armées Centre dirigée par le Feldmarschall Fedor von Bock. Les forces allemandes avançaient sur trois fronts : l'Armée Nord vers Léningrad, l'Armée Centre vers Moscou, l'Armée Sud vers Stalingrad pour gagner ensuite le Caucase et s'assurer de son pétrole. L'avance fut d'abord rapide, nous pensions rééditer la *Blitzkrieg* qui nous avait permis de vaincre à l'Ouest en 40. Le haut commandement de l'Armée Rouge avait été décapité par les purges staliniennes et les Russes se battaient sans cohérence.

— Vous avez combattu à Stalingrad ? On dit que cette bataille a sonné le glas de l'opération *Barbarossa*.

— Vous allez un peu vite, mademoiselle, je reviendrai sur cette défaite. Pour répondre à votre question, non, pas vraiment pendant toute la durée de cette bataille car ma division a été déplacée en France fin 42.

— Comment pourrait-on résumer cette bataille de Stalingrad, qui a frappé les esprits à cette époque ?

— Je peux vous la résumer brièvement. Un ami d'enfance, Peter Forblatt, était capitaine de la Wehrmacht dans la 6 ème armée du général Paulus. Il a vécu toute la bataille de Stalingrad du 17 juillet 42 au 2 février 43 et me l'a racontée à son retour de captivité. Il a été fait prisonnier lorsque Paulus a capitulé. Il fut du nombre très réduit des prisonniers revenus de captivité dans les années qui ont suivi la fin de la guerre.

Je vous parlerai ultérieurement des conditions de détention de mes camarades en Union Soviétique.

Nous nous sommes retrouvés en 1955 et il m'a raconté cette bataille qu'il a vécu de bout en bout.

La bataille de Stalingrad a donc duré un peu moins de 7 mois, du 17 juillet 42 au 2 février 43. Nos troupes furent à deux doigts de remporter la victoire. La Wehrmacht occupa presque toute la ville, elle avait atteint le complexe métallurgique *Octobre Rouge* et l'usine d'armement *Barricade* situés à 1 kilomètre de la Volga. Les Russes se battaient avec acharnement. Staline avait donné ses ordres, *pas un pas en arrière* ! Stalingrad, la ville portait son nom. Le NKVD mitraillait dans le dos les soldats qui reculaient. Mais au-delà de cette menace, pour les soldats russes c'était devenu la grande guerre patriotique. La bataille de Stalingrad, c'était pour les Russes comme pour nous tout un symbole. Non moins d'acharnement chez nos soldats. On s'est battu au corps à corps, dans les caves, dans les ruines des maisons éventrées. Leurs tireurs d'élite faisaient des ravages dans nos rangs. Leur fameux sniper, Vassili Zaïtsev, est bien connu. Il a tué plus de deux cents des nôtres avec son fusil Mosin Nagant en deux mois pendant cette bataille.

Nos troupes ont manqué cruellement de ravitaillement en munitions, en vivres, en essence. La Luftwaffe, malgré les rodomontades de son chef, le maréchal Göring, ne fut pas à la hauteur pour apporter à nos troupes les quantités nécessaires : plus de 200 tonnes par jour, alors qu'elle n'en fournissait que 30…

Le 23 novembre 42 fut déclenchée la contre-attaque soviétique. Elle réussit à encercler 250.000 Allemands transis de froid et à court de munitions. Le 1er février le général Paulus a capitulé, il fut fait prisonnier et le lendemain les derniers Allemands se rendaient.

L'encerclement de nos armées avait poussé Hitler à demander en catastrophe l'envoi du II. SS Panzerkorps réunissant les trois divisions blindées Waffen-SS d'élite : *Das Reich*, *Totenkopf* et *Leibstandarte Adolf Hitler*. Mais c'était trop tard. Nous étions déjà repoussés au niveau de la frontière Est de l'Ukraine.

— Quels furent vos engagements après la capitulation allemande à Stalingrad ?

— La *Das Reich* s'est battue vaillamment à Kharkov et à Koursk. J'avais alors le grade d'*Obersturmführer*, lieutenant, quand j'ai combattu à Kharkov. Durant les mois de février et mars 43, cette ville a été prise et perdue à plusieurs reprises tant par nous que par les Russes. Finalement, Paul Hausser qui commandait le II. Panzerkorps a ordonné le repli et nous avons dû abandonner nos positions.

Le Feldmarschall von Manstein, qui commandait à Kharkov, connaissait mon père. Ils avaient combattu ensemble en France lors de la Grande Guerre. Au cours de cette bataille j'ai détruit dix chars russes T 34 aux commandes de mon char Tigre. J'ai dû m'extraire de mon char en flammes touché par le tir au but du onzième T 34. Von Manstein m'a recommandé auprès d'Hausser pour le grade d'Hauptsturmführer, capitaine. Von Manstein était officier de la Wehrmacht, l'armée régulière, alors que j'étais de la Waffen-SS : c'est sur sa recommandation que mon officier supérieur a confirmé le grade.

Si l'armée allemande régulière, la *Heer*, se distinguait de la Waffen-SS, la *SS en armes*, au fur et à mesure des combats à l'Est cette distinction a demeuré mais en pratique leurs relations sur le champ de bataille se sont resserrées : la fraternité des armes !

— Vous disiez avoir combattu ensuite à Koursk. J'ai pu consulter votre fiche dans les archives du Journal. Elle mentionne le grade d'Obersturmbannführer, c'est un grade supérieur ?

— Votre service *Documentation* est à jour sur ma carrière militaire ! Effectivement, j'ai fini avec ce grade, lieutenant-colonel, c'est à Koursk que j'ai gagné ce galon.

— Ce fut la plus grande bataille de chars de la Seconde Guerre Mondiale, d'après les Historiens.

— C'est exact. J'ai pris connaissance des chiffres après la guerre. Ce fut dantesque !

L'Allemagne a aligné dans le Groupe d'Armées Sud commandé par le Feldmarschall von Manstein, auquel mon unité était rattachée, plus de 350.000 hommes, près de 1.300 chars, plus de 300 canons d'assaut et chasseurs de chars.

L'Union Soviétique quant à elle a aligné sur trois fronts près de 2 millions d'hommes, plus de 5.000 chars et canons automoteurs, plus de 28.000 canons, plus de 500 batteries katiouchas, les fameuses *orgues de Staline.*

Le 5 juillet 43 fut déclenchée l'opération *Zitadelle*. Le front russe présentait à Koursk un saillant qui menaçait la stabilité du front allemand. Le général Heinz Gudérian, le vainqueur de la *Blitzkrieg* en France, avait été nommé par Hitler *Inspecteur Général des Forces Blindées*, avec la charge de superviser la rénovation des divisions Panzer. Mais alors que l'Allemagne produisait 25 chars Tigre par mois, l'Union Soviétique produisait plusieurs centaines voire milliers de chars T 34 dans le même temps ! Le T 34 était un bon char, avec sa particularité d'avoir les flancs non pas verticaux comme le Tigre mais inclinés, ce qui lui assurait une meilleure protection. Notre char Panther s'en est inspiré. Mais le Tigre lui était quand même supérieur, avec la puissance de feu de son canon de 88.

Heinz Gudérian s'était opposé à toute offensive d'envergure à l'été 43 en raison des défenses russes importantes et de l'insuffisance de reconstitution de nos armes, alors que d'autres généraux préconisaient des actions fortes. Finalement, Hitler a retenu le principe de l'opération Zitadelle s'attaquant au saillant de Koursk.

Malheureusement pour nous, les forces en présence étaient disproportionnées.

J'avais alors un Tigre de commandement. Nous avons détruit beaucoup de matériels russes, mais les Alliés venaient de débarquer en Sicile et il nous fallait renforcer les lignes italiennes. Ma division a donc quitté le théâtre des opérations russes en 44 et a été déplacée en France pour se reconstituer dans le Sud-Ouest.

Pour ma part, j'ai quitté Koursk le 15 juillet, ayant été rappelé à Berlin. La bataille de Koursk s'est terminée le 17 juillet.

— J'ai lu qu'un officier allemand s'était couvert de gloire lors de cette bataille, un certain Wittmann.

— J'ai bien connu Michael Wittmann. Il était officier dans la Waffen-SS comme moi : lui était dans la Panzer Division Leibstandarte Adolf Hitler. C'était un as de la Panzerwaffe. Aux commandes de son char Tigre il a détruit à Koursk plusieurs dizaines de chars et de canons soviétiques. Il a poursuivi ses exploits sur le front de l'Est en détruisant en 43 et 44 plus d'une centaine de chars rouges. Hitler l'a décoré de la Croix de Chevalier avec feuilles de chêne dans sa *Wolfsschanze*, sa *Tanière du Loup* à Rastenburg en Prusse-Orientale, aujourd'hui en Pologne. Après le débarquement allié le 6 juin 44, il s'est porté volontaire pour combattre en Normandie où il a fait preuve de hauts faits d'armes mais il y a trouvé la mort.

— C'est dans le sud-ouest de la France que votre division *Das Reich* s'est rendue coupable d'exactions, en particulier à Tulle et à Oradour- sur-Glane sur de pauvres victimes innocentes, hommes, femmes, enfants : il s'agit d'un crime de guerre !

— Une unité avait été victime des Partisans, elle s'est vengée sur la population civile. C'est vrai, c'est regrettable…

— *Regrettable* ! Le mot est faible. Je répète, il s'agit d'un crime de guerre !

— Je ne me sens pas concerné personnellement par votre jugement, pour la bonne raison qu'à cette époque je n'étais plus sur le terrain de l'arme blindée. Je vous concède qu'un soldat n'a d'ennemi que celui qui porte les armes contre lui, pas une population innocente. Je réprouve les actes barbares de cette unité.

— Où étiez-vous ?

— La *Das Reich* a été déplacée dans le Sud-Ouest de la France mais pour ma part j'avais rejoint Berlin. Je n'ai pas à m'étendre sur mon activité d'alors.

J'ai été ensuite en poste ici, à Péronne, en charge de la lutte contre la Résistance. Les Alliés venaient de débarquer en Normandie, la Résistance voulait retarder la montée de nos divisions blindées stationnées en France vers le théâtre des opérations.

Je me suis toujours considéré comme un combattant ayant à affronter des ennemis, militaires ou partisans, pas une population civile.

Ultérieurement, j'ai repris le commandement d'une unité de chars lors de la bataille des Ardennes en décembre

44, puis début 45 en Hongrie. En mai 45, à la capitulation de l'Allemagne, j'ai été fait prisonnier par les Américains.

— Vos conditions de détention furent-elles satisfaisantes, selon vous ?

— Je n'eus pas à me plaindre, c'est vrai. Les Anglo-Américains nous ont bien traités.

Les conditions de survie d'un prisonnier de guerre allemand étaient radicalement différentes en Union Soviétique. Nous parlions de Stalingrad tout à l'heure. Savez-vous qu'après la reddition de Paulus qui commandait la 6ème armée, 91.000 survivants devinrent prisonniers de guerre, dont beaucoup moururent de malnutrition et des conditions effroyables de détention dans les mois qui suivirent ? Seuls 6.000 survécurent et furent rapatriés en Allemagne plusieurs années après la fin de la guerre.

Indépendamment des prisonniers de guerre recensés comme *morts* et chiffrés à 1.000.000 entre 1941 et 1952 par une commission ouest-allemande, la Croix-Rouge allemande chargée de tracer les captifs estime que sur les 1.300.000 militaires officiellement *portés disparus,* plus d'un million sont probablement décédés comme prisonniers de guerre en Russie. Au total près de trois millions de soldats allemands ont été capturés par l'Union Soviétique, essentiellement lors de l'avancée de l'Armée Rouge la dernière année de la guerre.

— Nous devons à la vérité historique, monsieur von Hagenbach, que l'Allemagne n'a pas épargné ses prisonniers de guerre russes non plus !

Je savais que cette question des prisonniers de guerre serait abordée et je me suis documentée sur le traitement des prisonniers dans les deux camps.

J'ai vu effectivement vos chiffres concernant les prisonniers allemands en Union Soviétique.

Mais j'ai vu également ceux des prisonniers russes. Sur les plus de cinq millions de soldats de l'Armée Rouge capturés par les armées allemandes, au moins soixante pour cent sont morts dans des conditions de détention inhumaines en camps de travail forcé, de concentration ou d'extermination ! Parfois simplement exécutés de façon sommaire sur le bord des routes !

Cette pratique répondait à une politique affichée de dépopulation à l'Est des Slaves et des Juifs considérés comme des *sous-hommes* afin de permettre la colonisation allemande du *Lebensraum, l'Espace Vital* revendiqué à l'Est par Hitler.

— Vous opposez aux conditions inhumaines imposées aux Allemands par les Russes celles opposées par les Russes aux Allemands.

C'était la guerre, mademoiselle, une guerre *totale* comme l'a proclamé Goebbels. Staline en fit de même. L'Armée Rouge a violé, pillé, massacré lors de son avancée sur Berlin. Personne ne fut en reste !

Vous m'avez demandé pour votre article de vous rapporter mon passé militaire sur le front de l'Est, c'est ce que j'ai fait. Limitons-nous à cela. Laissons aux Historiens le soin de peser le poids des responsabilités respectives des Allemands et des Russes lors de ce conflit, si vous le voulez bien.

— Effectivement, évitons les digressions. Pour conclure, pouvez-vous m'expliquer comment d'officier Waffen-SS on devient un Médiéviste de renom ?

— Très simplement !

Sachez au préalable que beaucoup de militaires engagés dans la Wehrmacht et la Waffen-SS ont retrouvé dans la vie civile, après la guerre, des emplois honorables en rapport avec leurs compétences personnelles.

Pour ma part, j'avais engagé des études d'Histoire avant la guerre dans l'université de Heidelberg, que j'ai reprises après ma libération. Je me suis spécialisé dans la période médiévale en Europe, j'ai soutenu une thèse de doctorat consacrée aux Chevaliers Teutoniques qui m'a fait connaître.

Comme je vous l'ai dit, je fus fait prisonnier par les Américains. Mes deux années passées à la prison de Landsberg près de Munich ne sont pas restées inoccupées. J'avais beaucoup servi sur le front de l'Est, je parlais russe couramment, je savais beaucoup de choses sur les services de renseignement soviétiques et leur police politique, le NKVD. Les Américains étaient très désireux d'apprendre les informations que je pouvais leur apporter. La *Guerre Froide* s'installait, le *Rideau de Fer* tombait sur l'Europe.

— Vous avez été incarcéré à Landsberg. C'est une forteresse qui servit de prison aux Américains pour y détenir des criminels de guerre, dont un certain nombre y fut pendu, ainsi que beaucoup d'officiers SS.

— Les Américains sont des gens pragmatiques. Beaucoup de ces officiers ont été secondairement libérés. Beaucoup d'Allemands ont été ainsi recyclés, si je puis dire. Prenez par exemple l'ingénieur Werner von Braun, le concepteur des V1 et des V2 qui ont bombardé Londres. C'était un nazi convaincu, il est devenu le patron de l'exploration spatiale américaine. De surcroît certains industriels aux États-Unis n'étaient pas si éloignés de notre cause, Henri Ford par exemple.

N'oubliez pas que pour les Américains, après 1945, l'ennemi potentiel était l'Union Soviétique.

Après m'avoir bien utilisé, les Américains ont facilité ma reconversion dans la vie civile en Allemagne de l'Ouest. J'ai poursuivi mon parcours universitaire et je suis devenu professeur d'Histoire Médiévale à l'université de Heidelberg. Au fil des années, j'ai pu nouer des liens avec mes homologues en France, en Grande-Bretagne et aux États-Unis et acquérir la réputation qu'on a bien voulu m'accorder.

Avez-vous là suffisamment de matière pour votre article, mademoiselle ?

— C'est parfait, professeur, répondit la journaliste en éteignant son magnétophone. Comme convenu, je vous adresserai mon projet d'article et je reste ouverte à la discussion si tel ou tel point ne vous semblait pas restituer la réalité. Où puis-je vous écrire ?

— Voici ma carte, dit von Hagenbach en se levant. J'ai été ravi de notre rencontre, mademoiselle. Elle a ravivé en moi de vieux souvenirs. Je vous souhaite une belle fin de journée. »

Comme à son arrivée, von Hagenbach salua d'une brève inclinaison de la tête, cette fois en claquant les talons, vieux réflexe d'officier prussien…et se retira.

En le voyant s'éloigner, Sylvie Verstraete se dit qu'il avait bien sûr répondu à ses questions mais que leur échange n'avait été que l'écume apparente des flots. Il n'avait rien dit des motifs réels de sa présence à Péronne. Elle regretta de ne pas avoir poussé l'entretien à brûle-pourpoint dans cette direction après avoir éteint le magnétophone.

Manifestement cet homme maîtrisait parfaitement sa communication.

Chapitre 23

Péronne
28 décembre 2000

Isaac Lévi posa ses lunettes sur le bureau et se massa longuement les yeux. Le livre de comptes était ouvert devant lui, à la page du jour, 28 décembre 2000. Une lampe en pâte de verre dorée diffusait une lumière tamisée. Isaac n'avait jamais supporté les lumières vives, ses yeux étaient fragiles, usés par tant d'années de travail. Aujourd'hui, à 71 ans, ses yeux avaient vieilli comme le reste de son corps. Il avait surmonté tous les périls, surtout pendant la dernière guerre.

Il se souvint.

Lorsque les SS avaient embarqué toute sa famille-son père, sa mère, ses deux sœurs- ce soir maudit de juin 44, il était malade, fiévreux. Sa mère lui avait fermement ordonné dans la journée de ne pas trainer dans les rues de Péronne, il y avait des bruits de rafle car les Résistants se montraient actifs dans la région.

Elle l'avait couché dans l'abri aménagé au fond de la cave, une sorte de réduit dont l'entrée était masquée par un paravent de caisses et d'étagères encombrées d'objets hétéroclites.

Tremblant de fièvre au fond de la cave, Isaac avait entendu ce soir-là les ordres gutturaux des SS qui avaient enfoncé la porte de la maison et poussaient sans ménagement sa famille au dehors. Ils avaient négligé de piller maison, vitrine et atelier, leurs ordres étaient de réunir dans un premier temps le maximum de personnes identifiées comme juifs, communistes ou suspects de résistance dans la cour du château. Ils reviendraient plus tard pour faire main basse sur les objets de valeur. Isaac avait entendu les aboiements de son chien, *noisette*, et le coup de feu qui y mit fin.

Une demi-heure plus tôt sa mère lui avait apporté un bol de bouillon et lui avait épongé le front trempé de sueur. Le regard brûlant d'Isaac avait croisé le regard apaisant de sa mère.

Plus jamais il ne devait revoir les siens.

A l'aube du lendemain il se leva et sortit de sa cachette. Sa fièvre était tombée. Tout était silencieux dans la maison. Il jeta quelques vêtements dans un sac et pris l'argent contenu dans la boîte en fer blanc que son père cachait sous le coussin du panier de *noisette*. La pauvre bête gisait ensanglantée sur le carrelage. Isaac caressa sa tête, les larmes aux yeux. Il sécha ses larmes et, passant par la porte de derrière qui donnait sur le jardin, il s'enfuit par les ruelles.

Se cachant le jour et ne se déplaçant prudemment que la nuit, il rejoignit le père Athanase au village de Berteaucourt-le-Temple. Isaac fréquentait régulièrement le prêtre qui voyait en lui un adolescent éveillé. Ils avaient des discussions passionnées sur l'Ancien et le Nouveau Testament, Isaac était dans sa période mystique. Les vicissitudes de la vie et son cheminement personnel feraient de lui plus tard un laïc convaincu.

Il avait alors 15 ans.

Il en avait aujourd'hui 71.

Les souvenirs inscrits au fond de la mémoire sont indélébiles pour les événements dramatiques de la vie. Parfois ils remontent à la surface, sans raison apparente. Ce fut le cas ce soir-là.

Avec le père Athanase et d'autres, il participa aux actions de la Résistance. Il aida aux sabotages des lignes téléphoniques, au déboulonnage des voies ferrées, aux renseignements sur les mouvements ennemis transmis à Londres grâce à un poste émetteur-récepteur vite déballé et aussi vite remballé. Combien de fois, inconscient, il avait côtoyé la mort ! Elle n'avait pas voulu de lui. Il souriait maintenant. À 15 ans on lui avait appris le maniement de la mitraillette anglaise Sten dont étaient souvent équipés les Résistants qui bravaient tous les risques lors des parachutages nocturnes. Cette mitraillette s'enraillait si facilement !

Après la guerre, il était revenu à Péronne et avait repris sa vie au domicile familial. Le père Athanase avait obtenu pour lui une place d'apprenti dans la plus grande bijouterie de la ville, où il compléta la formation professionnelle à laquelle son père l'avait initié. Une fois diplômé du certificat d'aptitude professionnelle, il redonna vie au petit magasin de bijouterie-joaillerie familial. Léon Dampierre lui avait prêté l'argent nécessaire. Il voulait poursuivre le métier de son père, le métier séculaire de l'orfèvrerie et de la joaillerie. Il avait usé ses yeux à juger de la limpidité des pierres à travers sa loupe de bijoutier, ou encore ébloui par l'éclat de l'or en fusion dans les creusets de terre cuite.

Pourquoi ce soir-là, ses lunettes posées à côté du livre de comptes et du crayon, ces souvenirs avaient-ils ressurgi ?

Isaac vivait seul, sa tendre épouse Rebecca l'avait quitté 20 ans auparavant et son corps reposait depuis en Israël comme elle l'avait souhaité. C'est à ses côtés qu'Isaac avait demandé à son fils de transférer le sien, le moment venu. Depuis tant de générations ses ancêtres l'avaient proclamé, *l'an prochain à Jérusalem* !

Son fils Samuel venait le voir de temps en temps, quand son travail le lui permettait. Il avait rompu la tradition familiale des Maîtres joailliers. Ainsi qu'il se plaisait à le dire à son père, il avait *passé la vitesse supérieure* ! Expert en pierres précieuses, il travaillait comme négociateur international pour le compte de la société de Beers. De l'Afrique du Sud à la Russie, de l'Asie aux places de Londres et d'Amsterdam, il vivait toujours entre deux avions. Isaac était heureux que son fils semble s'épanouir dans son métier, mais au fond de son cœur il regrettait qu'il ne soit pas resté avec lui pour prendre la suite.

Pour Isaac transformer un métal brut, l'or, en un métal poli, le bijou, c'est faire œuvre de créateur. C'est la même démarche, opérative, que celle spéculative qui l'avait tant enrichi sur les choses et sur les hommes, à commencer par se connaître lui-même.

Isaac fut interrompu dans sa méditation par trois coups frappés à sa porte, selon un rythme immuable répété depuis des siècles. Qui pouvait bien venir à cette heure tardive, frappant les coups symboliques ?

Il fallait que ce soit pour un motif sérieux. Il avait joué pendant de nombreuses années un rôle important dans son cercle philosophique. Mais on le savait aujourd'hui fatigué et on ne le sollicitait plus que pour des raisons impératives. Son jugement faisait toujours autorité. Autrefois il avait toujours tenu le maillet d'une main juste et ferme.

Il s'imposait encore une seule mission qui reposait sur ses épaules, connue de lui seul et qu'il lui faudrait transmettre le moment venu à une personne de confiance. Il y réfléchissait depuis quelque temps.

Prudent, il regarda par l'œilleton de la porte. Le visage de l'homme qui lui apparut ne lui était pas étranger mais il avait du mal à mettre un nom dessus. Les trois coups l'avait mis en confiance, il ouvrit sa porte.

« Qui êtes- vous ? demanda Isaac au visiteur.

— Les arbres me sont connus, comme le chêne et l'acacia » fut la réponse, avant qu'une bouffée de gaz inonde le visage d'Isaac qui sombra dans le néant.

Il reprit conscience lentement. Il se retrouvait assis sur son fauteuil poignets et chevilles entravés, ceinturé au dossier. Son regard embrassa la pièce. C'était son atelier. Le visiteur était assis en face de lui, jambes croisées. Un homme se tenait debout auprès de lui, presqu'un géant. Il devait mesurer près de 2 mètres et avait une forte carrure mais ce qui retenait l'attention, c'était son aspect : très pâle de peau, les cheveux d'un blond extrême presque blanc, les yeux rouges.

Un albinos !

Les lèvres fines, la mâchoire prononcée, le regard glacial : il personnifiait le danger !

« Vous voilà de retour monsieur Lévi » dit le visiteur.

Isaac l'observa attentivement.

Puis il se souvint.

Les mêmes cheveux drus coupés en brosse, autrefois blonds, aujourd'hui blancs. Le même regard bleu acier, qui vous pénétrait comme un fer au plus profond d'une plaie. La même stature hautaine. Les mêmes lèvres fines qui s'ouvraient sur un mince sourire cruel.

Cinquante- cinq ans avaient passé.

L'officier SS qui commandait à Péronne à la fin de la guerre !

Un seau d'eau jeté à la figure par l'albinos le réveilla complètement.

« Vous vous souvenez de moi, monsieur Lévi, bien sûr ! Mon visage ne s'oublie pas. Je suis heureux de vous présenter Helmuth, présent à mes côtés. Helmuth est un fidèle collaborateur, très investi dans notre mission. Certes, il est parfois un peu brutal lorsqu'on ne répond pas aux questions que je pose. Il sait être persuasif. »

Isaac regardait, inquiet, tour à tour les deux hommes.

Que lui voulaient-ils ?

Le plus âgé reprit.

« Je suis l'Obersturmbannführer Klaus von Hagenbach, vous m'avez reconnu. Je n'ai pas eu le plaisir de m'occuper de vous lorsque j'étais en poste à Péronne, votre groupe de Résistants m'a en partie échappé à l'époque. J'aurais aimé vous faire visiter le réaménagement des souterrains du château. Beaucoup de vos compagnons ont eu ce privilège, hélas trop peu de temps pour eux comme pour moi. Certains ne résistaient pas longtemps aux interrogatoires, ils se disaient pourtant *résistant*s… » ironisa von Hagenbach.

Isaac resta silencieux. Il se souvenait de cette époque, qui fut sans pitié des deux côtés, la sauvagerie et le sadisme en plus du côté de l'ennemi.

Von Hagenbach reprit.

« La plupart de vos compagnons avouaient assez rapidement le peu qu'ils savaient. Certains ont forcé mon respect en gardant le silence. Tous ont fini cependant leur existence dans les douves du château.

— Que me voulez-vous ? Vous allez me torturer ? demanda ironiquement Isaac, se disant qu'avec cet homme redoutable il lui fallait jouer au plus fin.

— Mais non, rassurez-vous, monsieur Lévi. Cette époque est révolue ! La technologie moderne nous permet aujourd'hui de faire dire à n'importe qui ce que l'on veut savoir. Les drogues actuelles permettent de conserver une vigilance minimale suffisante pour répondre aux questions tout en bloquant toute velléité de résistance. Helmuth est passé maître dans cet art. »

La manche gauche d'Isaac avait été remontée et une aiguille reliée à un cathéter était plantée dans une grosse veine au pli du coude.

« Monsieur Lévi, je vais vous faire un aveu. Avant de m'intéresser à vous ce soir, j'ai rencontré vos deux derniers compagnons de votre groupe de résistance. Nous tenions à l'époque nos fiches de renseignement très à jour. Maître Saint-Servin, que vous avez exécuté, nous assistait efficacement dans ce domaine. Certes il était très motivé car il en retirait quelques substantiels avantages.

Je vous concède qu'il trahissait sa patrie, ce qui à mes yeux est inexcusable, et que de votre point de vue je peux comprendre le sort que vous lui avez infligé. Mais je ne vous pardonne pas l'exécution de mon officier d'ordonnance et ami, qui a été retrouvé égorgé à ses pieds. Vingt otages ont été fusillés en représailles.

Cela étant dit, je connaissais les noms de l'ensemble des membres de votre groupe.

J'ai donc eu l'occasion d'interroger successivement monsieur Dampierre et le père Athanase, mais malheureusement ils ne connaissaient pas la réponse à la question que je leur ai posée. Je n'ai eu aucun doute sur la réalité de leur ignorance, les drogues sont efficaces et avaient fait leur effet.

Il me reste *vous*.

Vous êtes intelligent et malin, je pense que vous en savez plus qu'eux.

Monsieur Lévi, je ne doute pas que le notaire, quand vous l'avez capturé, ait voulu négocier sa vie contre le parchemin qu'il avait découvert dans le château avant le déclenchement de la guerre, tout comme il le fit avec moi. Vous allez donc me dire où ce parchemin est aujourd'hui caché.

— Je ne sais pas de quoi vous parlez. Quant au notaire, c'était une crapule qui ne valait même pas le prix de la corde utilisée pour le pendre. Il vous a vendu plusieurs de nos compagnons, et même des gens qui n'étaient pas de la Résistance et dont il lorgnait les biens !

— Le sort que vous avez réservé au notaire m'importe peu. Je déplore simplement que son exécution soit intervenue avant qu'il ne me livre le document.

Monsieur Lévi, je vais être précis. Je vais vous expliquer pourquoi ce parchemin a pour moi une importance capitale.

Vous tenez de vos pères l'art de façonner l'or. Le travailler ne m'intéresse pas, c'est le *fabriquer* qui m'importe, et ce parchemin en contient probablement le secret. Je le veux.

— Quelles sornettes ! Vous croyez à la fable de la Pierre Philosophale ?

— Monsieur Lévi, vous vous méprenez sur ma personne. Je sais de quoi je parle. Vous voyez en moi l'officier SS de 1944, cette époque est révolue.

Je suis aujourd'hui un Médiéviste renommé, à ce titre j'ai beaucoup étudié l'Histoire officielle du Moyen Âge.

J'ai effectué de nombreuses recherches dans les écrits de cette période. J'ai passé de longues heures dans la lecture des grimoires des moines copistes des royaumes de France, d'Angleterre, d'Espagne et du Portugal. Je me suis passionné pour l'étude de l'histoire des Templiers qui a traversé ces royaumes. Elle a pris son origine dans celle des Royaumes Latins d'Orient. Dans l'histoire de leur ascension et de leur chute, je me suis surtout passionné pour des événements ignorés du plus grand nombre. Ce qui m'amène à m'intéresser à ce parchemin.

Nous pourrions parler ensemble comme deux êtres intelligents.

— Vous ne pourrez pas me faire oublier le passé avec vos paroles doucereuses.

Certes, j'ai entendu le notaire supplier notre chef qu'on lui laisse la vie sauve en échange d'un document qu'il disait précieux, mais je n'en sais pas davantage et le chef n'en avait cure. Cet ignoble personnage nous avait fait trop de mal et il n'a eu que ce qu'il méritait.

— Bien, je vais vous montrer que je sais de quoi je parle. Faisons brièvement un peu d'Histoire occulte.

À Jérusalem, une fois installés dans le palais que le Roi Baudoin II leur avait octroyé, la mosquée Al Aqsa qui fut érigée sur les ruines du Temple de Salomon, les Templiers ont effectué des fouilles dans les souterrains. Ils y ont découvert rien moins que le secret de la fabrication de l'or. Votre roi Salomon le tenait probablement lui-même de l'Égypte ancienne.

Les Templiers ont consigné ce secret dans un parchemin de façon codée, ce qu'on appelle un *palimpseste*. Ce palimpseste a été préservé lors de la rafle des Templiers survenue dans toute la France sur ordre du Roi Philippe le Bel en 1307. Ce parchemin a été caché dans le château de

Péronne lors de la fuite vers l'Écosse de quelques-uns d'eux emportant plusieurs coffres de documents et d'or.

Il m'apparaît plus que certain que c'est le document auquel il ne comprenait rien que le notaire voulait négocier, avec moi d'abord et vous ensuite. Je sais que vous me cachez quelque chose, et vous allez avouer, d'une façon ou d'une autre.

— Croyez-vous que si j'avais détenu un tel secret je serais resté un petit bijoutier de province ? Je ne sais rien de votre palimpseste !

Même si je le savais, je ne vous dirai rien. Vous pouvez me torturer, ce sera en vain.

— Monsieur Lévi, ne cherchez pas à me tromper avec votre fausse modestie. Je connais parfaitement vos responsabilités et votre réputation : vous êtes en quelque sorte le *Gardien du Temple*.

Ce n'est pas *mon* palimpseste, c'est *LE* palimpseste !

Il ne vous appartient pas de vous enrichir personnellement. Votre vertu vous a distingué et une mission vous a été assignée. Vous êtes le conservateur du secret découvert dans les souterrains du Temple de Salomon. Vous êtes le maillon d'une chaîne qui vous lie à d'autres dans le temps, une chaîne qui vous vient du passé et tend vers l'avenir.

À moi aussi, une mission m'a été confiée, par le Führer lui-même dans son bunker.

Vous connaissez peut-être la devise de la SS, *mon honneur s'appelle fidélité*. Je n'ai jamais failli à mon honneur, et mon honneur est d'accomplir ma mission, celle de retrouver le palimpseste, dit von Hagenbach le visage durci et le regard exalté.

— Et vous pensez qu'un vieil homme juif dont toute la famille a été massacrée va aider un SS qui vient de renouveler son acte de foi à accomplir la mission qui lui a été donnée par Hitler lui-même ?

— J'ai toujours rempli avec succès mes missions, s'enflamma von Hagenbach. J'ai vaillamment combattu à Koursk. J'ai même été remercié une fois personnellement par le maréchal Göring qui m'a offert une toile du XVème siècle, probablement saisie dans une riche famille juive. La toile doit se trouver aujourd'hui dans un musée de Saint-Pétersbourg ou de Moscou. Pour cette mission insigne que le Führer m'a confiée, ma récompense sera de l'avoir accomplie, avoir retrouvé le palimpseste disparu depuis plusieurs siècles !

— Vos histoires de Koursk et de toile de maître ne m'intéressent pas, s'écria Isaac, encore une fois je ne sais rien de ce parchemin !

— Il est fondamental pour notre cause de connaître le secret de la transmutation du plomb en or. Le palimpseste en donne la formule, il me le faut !

— *Votre cause* …Pour dominer le monde avec le pouvoir que vous donnerait une source intarissable d'or ?

Si je connaissais l'existence d'une telle source, je ne vous la révélerais pas ! Je sais trop l'usage maléfique que vous en feriez.

S'il était vraiment possible de produire de l'or à partir du plomb, ma philosophie serait tout autre.

Dans un monde idéal, libéré des conventions matérielles d'une économie source de division entre les peuples, l'or ainsi produit de façon universelle dans toutes les nations et de façon mesurée sous l'autorité de Sages apporterait une relation apaisée entre les hommes dans leurs échanges.

Nous sommes loin des visions de peuples dominateurs et peuples dominés qui vous habitent !

— Votre vision idéale de l'humanité, votre *Jérusalem céleste*, n'est qu'une utopie. Votre profession de foi me convainc que vous connaissez l'existence de ce palimpseste et que vous savez où il se trouve. Vous allez me le dire, d'une façon ou d'une autre.

— Vous ne saurez rien de moi !

— Évidemment ! Je m'attendais à votre réaction, je voulais vous éviter des tourments. Mais puisque vous m'y contraignez, Helmuth va s'occuper de vous. »

Sur un geste de von Hagenbach, son homme de main brancha une seringue de 50 centimètres cube contenant un liquide blanchâtre sur le cathéter. Il poussa les 10 premiers centimètres.

Isaac sentit le liquide s'insinuer dans ses veines et son esprit vaciller. Il s'enfonça dans une douce torpeur. Il entendit comme venant de loin les paroles de son tortionnaire.

« C'est un mélange de substances actives réalisé selon des proportions définies par nos chimistes et qui constitue un véritable sérum de vérité. Il faut doser subtilement le volume et la vitesse d'injection pour obtenir l'effet escompté : trop en une fois, trop vite, et l'on aboutit à la mort par arrêt respiratoire.

Je répète ma question : où se trouve le parchemin ?

— Je l'ignore, répondit Isaac d'une voix pâteuse, tentant de lutter contre l'assoupissement qui l'envahissait. Il sentait son esprit se plier inexorablement à la volonté de von Hagenbach mais il luttait pour résister à l'effet de la drogue.

— Où se trouve le parchemin ? répéta ce dernier alors qu'Helmuth poussait davantage de produit.

— Je…ne…sais…pas, balbutia Isaac.

— Où se trouve le parchemin ? répéta à nouveau von Hagenbach, alors que plus de la moitié de la seringue avait été injectée.

— …sais……pas, gémit Isaac ayant de plus en plus de mal à lutter, la tête affalée sur la poitrine, de la bave s'écoulant aux commissures de ses lèvres.

— Ne m'obligez pas à forcer la dose. Où est le parchemin ? s'obstina-t-il à répéter, tout en faisant signe à Helmuth d'injecter le reste de la seringue et d'en brancher une deuxième.

— Tube…de plomb…gémit Isaac qui sentait ses forces le quitter et son esprit lui échapper.

— Quel tube de plomb ?

— Château…cheminée…

— Le notaire a trouvé un tube de plomb caché dans une cheminée du château, c'est ça ?

— O…oui…

— Le tube contenait le parchemin ? s'écria von Hagenbach.

— O…oui…par…chemin…

— Où est-il ? hurla von Hagenbach au comble de la tension.

— Caché...vous…jamais…re…retrouver…balbutia Isaac, qui ouvrit un bref instant les yeux dans un dernier effort, jetant un regard fugace et brillant sur son tortionnaire.

— Vous savez où il est caché ! Avouez ! hurla von Hagenbach qui gifla le vieil homme alors que centimètre cube après centimètre cube la drogue envahissait le cerveau d'Isaac.

— Pareil....Salomon....Orient...Éternel.......soldat Christ......regarde....midi...septentrion...clé...voûte... étoilée. » balbutia de façon à peine audible Isaac.

Helmuth regarda incrédule von Hagenbach. Que signifiait ce galimatias ? Le Médiéviste avait recopié fébrilement les mots ânonnés par Isaac, se réservant d'en décrypter ultérieurement la signification. Il avait l'habitude de ces formules au sens caché rencontrées dans les grimoires du Moyen Âge et dont raffolaient les copistes. Le silence s'était installé. La tête d'Isaac reposait sur sa poitrine, immobile. La respiration du vieil homme se faisait péniblement, marquée par de longues pauses.

Sur un geste de von Hagenbach, Helmuth poussa en flash la totalité de la deuxième seringue. Isaac ne respira plus, son cœur cessa de battre.

Le vieil homme s'était offert un dernier plaisir, il avait livré à son tortionnaire une énigme dont lui seul connaissait la solution, solution qu'il entraînerait dans sa tombe...

Chapitre 24

Hôtel de l'Abbaye, Péronne
29 décembre 2000

Ce matin du 29 décembre, Praetorius prenait son petit déjeuner à l'hôtel lorsqu'il vit arriver précipitamment dans la salle de restaurant Mortemer et Valadon.

Il leva un regard interrogatif sur les deux hommes passablement agités, qui sans y être conviés s'installèrent d'autorité à sa table.

« Je vous en prie, asseyez-vous, fit Praetorius la mine pincée.

— Une troisième victime, annonça Mortemer, la série continue !

— Qui ? demanda Praetorius.

— Monsieur Lévi, Isaac Lévi, un bijoutier établi à Péronne. Il avait pris la suite de son père après la guerre. La famille avait été déportée en 44, il s'était enfui à temps. »

Praetorius cacha sa tristesse. Il avait apprécié cet homme rencontré chez le Docteur Perdinot, ils partageaient tous trois des valeurs communes.

« Racontez-moi, dit-il sobrement.

— Ce matin à 7 heures, une certaine madame Forgez qui a la clé et qui vient deux fois par semaine faire le ménage depuis le décès de Madame Lévi, c'était le jour, a trouvé étrange que la porte d'entrée ne soit pas verrouillée. Il lui a suffi d'un quart de tour pour débloquer le pêne, la porte avait simplement été claquée. Monsieur Lévi est très prudent et ferme toujours à double tour sa porte, c'est une serrure trois points.

Elle s'est avancée dans le couloir qui donne à son extrémité dans la salle de séjour : personne. Elle a appelé, pas de réponse. Elle est revenue dans le couloir, c'est un long couloir où se trouvent deux portes latérales à droite en entrant. La première donne sur le magasin, elle était fermée à clé. La deuxième donne sur l'atelier : elle n'était pas fermée à clé et madame Forgez a pensé que monsieur Lévi était peut-être au travail et n'avait pas entendu son appel.

C'est là qu'elle l'a découvert, ligoté sur un fauteuil, mort.

Elle a aussitôt téléphoné à la gendarmerie. L'équipe de nuit, qui finissait son service, s'est rendue sur les lieux et m'a prévenu. J'ai informé moi-même le lieutenant Valadon et nous nous sommes retrouvés sur place. La police scientifique et technique fait en ce moment ses relevés, le quartier est circonscrit, personne ne rentre ni ne sort du périmètre.

— Vos constatations ?

— Monsieur Lévi était assis, ligoté, dans un fauteuil. Sa tête était penchée sur sa poitrine, le visage paraissait détendu. S'il n'y avait les liens et le signe, on aurait pu croire à une mort naturelle.

— Quel signe ?

— Une étoile de David, sanglante, avait été gravée au couteau sur son front…

— Et voilà ! Le trio restant du groupe de Résistants a été liquidé…

Cause du décès ?

— Selon les premières constatations du médecin un arrêt cardio-respiratoire. Mais pas naturel. La manche de chemise du bras gauche était déboutonnée, pas la droite. En la relevant le médecin a constaté un point de ponction au pli du coude, la trace d'une piqûre récente. On lui a probablement injecté une drogue. L'autopsie et les recherches toxicologiques confirmeront vraisemblablement la même drogue que pour les deux précédentes victimes.

— Vous souhaitez voir le corps ? demanda Valadon.

— Vous m'avez rapporté l'essentiel, mais effectivement je voudrais le voir et étudier la scène. Un détail vous a peut-être échappé. »

Pendant ces échanges, Sylvie Verstraete était arrivée à l'hôtel dans l'intention de rapporter à Praetorius sa rencontre avec von Hagenbach. Le concierge lui avait indiqué qu'il était en train de prendre son petit déjeuner dans la salle de restaurant.

Elle trouva les trois hommes le visage tendu.

Valadon lui avança un siège et la mit rapidement au courant des évènements récents.

« Installez-vous tous les trois, nous avons besoin de café dit Praetorius en hélant le garçon. Nous allons voir cette troisième scène de crime tout à l'heure, laissons la police scientifique et technique faire son travail mais auparavant nous allons faire le point. »

Il attendit que les cafés soient servis et reprit.

« Les choses se précisent, commença-t-il. Quels sont les faits dont nous disposons aujourd'hui ?

Résumons :

En premier lieu, nous dénombrons trois victimes qui appartenaient au même groupe de Résistance, cela forge des liens étroits.

En deuxième lieu, ces trois hommes étaient les derniers survivants du groupe qui avait exécuté à la fin de la guerre un collaborateur, pendu à un arbre au pied duquel gisait un officier allemand égorgé.

En troisième lieu, ce collaborateur, un notaire véreux, voulut négocier un document qu'il pensait précieux dans un premier temps avec l'officier allemand commandant la place, nous savons de sa propre bouche qu'il s'agit de von Hagenbach, puis dans un deuxième temps avec le chef des Résistants : en vain.

En quatrième lieu, ce von Hagenbach, aujourd'hui Médiéviste réputé, recherche activement ce parchemin. Il m'a demandé de l'aider. Je dirais accessoirement qu'il veut venger la mort de son officier d'ordonnance.

En cinquième lieu, au-delà de leur appartenance commune à la Résistance, les trois victimes ont chacune une personnalité particulière soulignée par la mise en scène de leur assassinat :

- Léon Dampierre, Franc-Maçon, démembré dont le corps a été disposé sinistrement en équerre et compas ;
- Le Père Athanase, Chrétien, pendu comme Pierre qui fut crucifié tête en bas ;
- Isaac Lévi, Juif, marqué au front de l'étoile de David.

— Tout cela correspond à la fois à une vengeance et à un signal destiné au monde.

— Que von Hagenbach s'intéresse au parchemin fait-il de lui le commanditaire de ces assassinats ? demanda Valadon.

— Question pertinente Jérôme ! Je pense que oui.

Tout tourne autour de ce parchemin, que j'ai dénommé le *palimpseste d'or*.

Je ne reviens pas sur mes explications concernant les fouilles menées par les Templiers, la transmutation du plomb en or, la fuite de quelques Templiers emmenant vers l'Écosse un précieux chargement comportant le palimpseste après la rafle de 1307, leur halte à Péronne, l'étrange retournement d'alliance de Philippe de Commynes 165 ans plus tard.

Vous souvenez-vous de la description de la scène qu'a vécue Gédéon dans la clairière ?

— Il devait être passablement alcoolisé, répondit Mortemer, son histoire paraissait surréaliste. Ces *géants qui agitaient leurs longs bras et dont les yeux lançaient des éclairs*, des éoliennes ! Ces *fantômes encapuchonnés*, des hommes faits de chair et d'os travestis pour impressionner les importuns.

— Qui voulez-vous impressionner en pleine nuit dans une clairière, capitaine ? Non, ces hommes n'avaient pas revêtu ces tenues pour impressionner, il s'agissait de tenues rituelles.

Vous souvenez-vous de ce qu'a entendu Gédéon ?

— Il n'a pas compris ce qui se disait à voix basse, répondit Valadon, il a juste entendu le chef parler de cigales à la fin.

— Vous pensez qu'il y a des cigales dans une forêt picarde en décembre, comme l'a judicieusement fait observer Gédéon ? demanda, amusé, Praetorius.

Quelque chose qui ressemble à *cigale* crié par un chef à la fin de ce qui était bien une cérémonie rituelle, repris par ses hommes qui tendaient le bras droit, ça ne vous évoque rien ?

— *Sig Heil* ! s'exclama Sylvie Verstraete, jusque-là silencieuse et attentive, se surprenant à l'avoir crié un peu fort…Le garçon qui débarrassait des tables se retourna étonné.

— Exact ! Phonétiquement Gédéon a compris *cigale* quand il a entendu *Sig Heil* . Je vois que votre enquête journalistique repose sur des connaissances bien établies.

Sig Heil ! Salut à la victoire !

C'est l'exclamation nazie qui conclut toutes leurs manifestations. Le chef dans la clairière, c'était von Hagenbach.

C'est un nazi convaincu.

Mademoiselle Verstraete, vous l'avez interviewé, comment vous est-il apparu ?

— Comme un officier fier de son passé, sans état d'âme ni regret de sa carrière militaire sur le front de l'Est.

C'était l'objet officiel de ma demande d'interview. Il n'a pas évoqué spontanément son activité à Péronne. Je m'en suis tout d'abord voulu de ne pas avoir abordé cette question en fin d'entretien, micro fermé. Mais après réflexion, je pense que j'ai eu sur le coup l'instinct de n'en rien faire. J'avais sollicité le rendez-vous au motif de sa carrière militaire à l'Est, aborder ensuite son affectation à Péronne serait apparu comme hors sujet et finalement suspect.

— Vous avez bien fait, la rassura Praetorius.

— Ce parchemin est donc l'objet de sa convoitise…

Ça se recoupe avec ce que l'on sait du Rapport Maison Rouge.

Il espère trouver la formule de la transmutation du plomb en or pour assurer à son mouvement les moyens financiers d'établir un quatrième Reich, un Reich économique !

— C'est sa *quête du Graal*, assura Praetorius. Il a une double motivation : sa passion d'historien médiéviste et une mission qui lui a été probablement assignée.

Vous avez bien fait d'évoquer le Rapport Maison Rouge.

Dès la première victime j'ai saisi la dimension symbolique de la mise en scène. Les suivantes ne font que conforter l'hypothèse que nous venons d'élaborer.

Nous vivons actuellement le terme d'une longue quête au fil des siècles, qui a commencé avec les tourments infligés à Jacques de Molay pour lui faire avouer où était caché le palimpseste rédigé par Hugues de Payns à la suite de sa découverte lors des fouilles des souterrains du Temple de Salomon.

Probablement la quête de ce palimpseste ne laissait pas indifférent Louis XI quand il est venu se jeter dans la gueule du loup au château de Péronne pour rencontrer Charles le Téméraire, malgré les suppliques de ses conseillers qui le dissuadaient de venir à cette Entrevue.

Le Roi devait connaître l'histoire du palimpseste et la halte des Templiers à Péronne lors de leur fuite vers l'Écosse.

De règne en règne, les rois de France ont eu probablement connaissance de la quête infructueuse de Philippe le Bel.

Louis XI, un homme extrêmement subtil, a pu penser que Charles le Téméraire qui faisait étalage de richesses l'avait peut-être découvert et exploité. Il était prêt à risquer sa vie pour s'en assurer. Je ne pense pas que le Duc de Bourgogne ait eu connaissance du secret, le cours des événements ultérieurs s'en serait trouvé bouleversé. Louis XI est reparti après l'expédition punitive de Liège convaincu que Charles le Téméraire n'en savait rien.

Je reste circonspect sur le renversement d'alliance de Philippe de Commynes. Avait-il découvert le palimpseste dans le château ? C'est possible. Si c'est le cas, qu'en a-t-il fait ? L'a-t-il communiqué à Louis XI ? Nul ne le sait, mais apparemment il serait resté caché dans le château puisque le notaire l'y a découvert.

— Pourquoi les Templiers n'ont-ils pas récupéré leur parchemin ultérieurement ? demanda Mortemer, certains ont survécu aux événements…

— Hélas pour eux, l'Histoire ne leur fut pas favorable. Jacques de Molay périt sur le bûcher le 18 mars 1314. La légende, reprise par Maurice Druon dans son œuvre littéraire *les Rois maudits*, veut qu'il ait proféré une terrible malédiction sur son bûcher :

Pape Clément ! Chevalier Guillaume ! Roi Philippe ! Avant un an, je vous cite à comparaître au tribunal de Dieu pour y recevoir votre juste châtiment ! Maudits ! Maudits ! Tous maudits jusqu'à la treizième génération de vos races !

Certes, le Roi et le Pape moururent dans les mois qui suivirent. Cependant Guillaume de Nogaret était mort l'année précédente. Un témoin de la scène a en fait rapporté une parole différente. Jacques de Molay aurait proclamé sur le bûcher son sentiment d'injustice et son assurance dans la vengeance de Dieu à l'encontre de ses tortionnaires.

L'Ordre du Temple avait été dissous en 1312 et ses biens avaient été assignés par le Pape Clément V à travers la bulle pontificale *Ad Providam* à l'Ordre des Hospitaliers de Saint-Jean.

— En définitive, résuma Valadon,

Trois victimes : un franc-Maçon, un Chrétien, un Juif.

Trois raisons : la richesse, le pouvoir, la vengeance.

Nous sommes au cœur d'un triptyque infernal !

— C'est pourquoi il nous faut maintenant en sortir, mes amis.

Capitaine de Mortemer, vous et vos hommes vous allez mener les enquêtes d'usage pour boucler les dossiers des trois victimes.

Jérôme, vous allez reconstituer l'ensemble du curriculum vitae de ce von Hagenbach, avant-pendant-après la Seconde Guerre mondiale jusqu'à ce jour. Notre amie journaliste a établi une bonne base de départ.

Mademoiselle Verstraete, vous permettez que je vous appelle Sylvie ? Sylvie, vous allez enquêter sur la présence dans la région d'un groupe d'Allemands y séjournant pour un motif quelconque. Von Hagenbach n'a pu agir seul, rappelez-vous le groupe réuni autour de la table des sacrifices.

— Et vous ? demanda Mortemer.

— Moi ? Je vais faire cet après-midi un peu de tourisme…

Je vais aller visiter avec Gédéon les ruines de la Commanderie templière.

D'ici là, allons voir cette pauvre troisième victime.

Auparavant, j'ai un coup de fil personnel à passer.

Chapitre 25

Commanderie templière, Berteaucourt-le-Temple
29 décembre 2000

Un soleil pâle baignait d'une douce lumière la campagne. Il était 14 heures lorsque Praetorius gara son véhicule devant la maison de Gédéon. Il coupa le contact mais ne descendit pas tout de suite. Il resta pensif, affecté par la disparition d'Isaac Lévi, qu'il avait si peu connu et tant apprécié.

Dans la matinée, peu avant de quitter l'Hôtel de l'Abbaye avec ses compagnons, il avait téléphoné de sa chambre au docteur Perdinot et lui avait annoncé la nouvelle de l'assassinat d'Isaac. Ils avaient partagé au téléphone la même tristesse. Il lui avait résumé les éléments de l'enquête qui le conduisaient à soupçonner von Hagenbach. Il avait mis le médecin en garde car sa proximité avec la victime était connue et la visite qu'il avait reçue de von Hagenbach n'était pas à négliger. Il lui conseilla de se tenir sur ses gardes.

Il s'était ensuite rendu chez Isaac Lévi en compagnie de Mortemer, Valadon et Verstraete. La journaliste bénéficiait d'un laissez-passer exceptionnel lui permettant de visiter le lieu du crime, la protection personnelle de Praetorius. Mortemer avait renâclé mais avait dû s'incliner, Praetorius lui rappelant qu'il avait les pleins pouvoirs. Praetorius avait ordonné qu'on ne déplace rien avant sa venue.

Comme précédemment à l'église, une rubalise barrait l'accès à la maison, sous la garde d'un gendarme placé à l'entrée.

À l'intérieur la police scientifique et technique terminait son travail et avait réalisé de multiples prélèvements et photographies. Praetorius eut un moment de recueillement devant le corps de la troisième victime, ses compagnons restant silencieux. L'étoile de David ensanglantait le front du vieil homme, terrible provocation du tortionnaire à l'intention de Praetorius. Il fit le tour de l'atelier, sans exprimer le moindre commentaire. Il s'attarda quelques instants, pensif, devant le fauteuil vide placé face au siège de torture. Les ambulanciers entrèrent en poussant un brancard. Sur un geste de Praetorius les policiers libérèrent le corps de ses liens et le placèrent dans un sac mortuaire. Isaac Lévi fut emporté à la morgue pour autopsie médico-légale.

Assis dans son véhicule en ce début d'après-midi, Praetorius chassa ces images de son esprit.

Le bruit du moteur avait alerté Gédéon, qui écarta le rideau de sa fenêtre. Lorsqu'il reconnut Praetorius sortant de son 4x4, il ouvrit spontanément la porte de sa maison.

« Bonjour monsieur Praetorius. Quel bon vent vous amène ?

— Le vent de l'enquête, mon brave Gédéon. Le tueur en série a fait une troisième victime, monsieur Lévi, un bijoutier de Péronne.

— Je ne le connaissais pas. Pauvre homme. Vous savez, je n'ai pas trop les moyens de fréquenter les bijouteries. Il a été cambriolé et a surpris les voleurs ?

— Non, on n'a touché à rien. Le même genre de mise en scène que pour les deux premières victimes, c'est bien l'œuvre du tueur en série.

En fait, ces trois victimes se connaissaient bien, elles étaient liées par une histoire ancienne remontant à la dernière guerre.

— Ah, bien, ça a sûrement un sens pour le tueur si c'est le même.

— Bien vu, Gédéon. Cette troisième victime, je l'avais rencontrée il y a quelques jours. Elle m'avait raconté son histoire. Ça éclaire mon enquête, et notre petite excursion va, je pense, l'éclairer davantage.

— Quelle excursion ?

— Nous allons ensemble faire une petite exploration des ruines du château sur la colline.

— Les ruines du vieux château ? Pas question, c'est hanté là-haut ! Et puis j'ai à faire, j'ai du travail qui m'attend. J'allais sortir.

— Vos collets attendront, Gédéon. J'ai besoin de me faire une idée précise des lieux. Vous m'avez fait découvrir la sortie du tunnel dans la forêt l'autre jour, il faut que je voie comment sont organisées ces ruines. Nous y allons cette fois par l'entrée principale !

— Je n'y vais pas ! s'écria Gédéon affolé. C'est le repaire du Diable ! J'ai vu ses suppôts l'autre nuit, s'ils sentent ma présence à nouveau ils vont m'emporter en Enfer ! C'est le Diable, je vous dis, pour mettre un homme en morceaux comme ça.

— Calmez-vous, Gédéon. Je vous ai déjà dit que ce que vous avez vu, ce sont des hommes de chair et d'os. Ils ont commis un horrible assassinat, et toute cette mise en scène était destinée à frapper les esprits. Apparemment, ils y sont parvenus quand on voit l'effet que cela produit sur vous !

Ce sont des êtres humains que vous avez vus, et s'ils se montrent ils verront à qui ils ont affaire, dit Praetorius en découvrant sous son blouson son holster d'épaule garni d'un Sig Sauer. Je ne crois pas aux fantômes, mais je crois aux gens dangereux. Je prends donc mes précautions.

Prenez votre grosse lampe, nous en aurons besoin. Nous allons visiter de jour, rassurez-vous nous serons rentrés avant la nuit. La lampe, c'est pour explorer les souterrains. »

La mort dans l'âme, ne pouvant résister au ton convaincant de Praetorius, Gédéon poussa un profond soupir en enfilant sa canadienne. Il s'enroula un gros cache-nez autour du cou, se coiffa d'un bonnet de laine et se saisit de sa lampe ainsi que de la hache posée à côté du poêle.

« Fait sûrement froid là-haut, faut être couvert, dit-il laconiquement, et faut être prudent ! »

Praetorius se mit au volant. Gédéon monta à côté de lui, plaçant le fer de sa hache entre ses pieds. Il lui indiqua la route.

« Vous repartez vers Templeux-le-Guérard. À la sortie du village direction Péronne, il y a une fourche. À gauche, c'est vers Péronne. Vous prenez la branche de droite. La route fait le tour de la forêt et arrive au pied de la colline. Au-delà elle traverse les champs et remonte vers le Pas-de-Calais. Un chemin large part du pied de la colline et monte vers le château. On peut monter en voiture, il y a là-haut un terre-plein avant les murailles. On pourra s'y garer. Après, à Dieu va ! »

Praetorius sourit en silence et mit le contact.

Suivant les recommandations de Gédéon, il parvint sans encombre sur l'esplanade du château où il se gara. Les deux hommes sortirent du véhicule.

Il pensait trouver une Commanderie en état de ruine avancée, mais ce n'était pas le cas. Des pans de muraille étaient certes en partie effondrés, l'intérieur présenterait probablement des bâtiments fort dégradés, mais l'ensemble avait encore fière allure.

La silhouette sombre de la Commanderie aux murs noircis par le temps se détachait sur le fond blanc laiteux du ciel.

Nul bruit.

Pas le moindre chant d'oiseau, pas le moindre souffle de vent, pas le moindre bruissement des arbres de la forêt située de l'autre côté de la colline. L'ambiance était paisible, trop paisible.

Un silence sépulcral…

Gédéon n'était pas rassuré. Il jetait des regards furtifs de droite et de gauche, s'attendant à tout instant à voir surgir les silhouettes fantomatiques qui l'avaient tant effrayé l'autre nuit.

« Vous m'avez dit l'autre jour, quand nous étions dans la clairière, que les ruines étaient dans l'axe de l'entrée du tunnel, vu de là-bas plein nord ?

— C'est ça, répondit Gédéon.

— Nous verrons mieux de là-haut, dit Praetorius en désignant une tour carrée, le donjon, qui surplombait l'ensemble.

— Parce que vous voulez monter là-haut ! s'étrangla Gédéon. C'est dangereux, c'est à moitié éboulé ! »

Soudain une longue plainte s'éleva, rompant le silence absolu qui régnait jusqu'alors. Gédéon sursauta, Praetorius fronça les sourcils.

« Vous avez entendu ? cria Gédéon affolé. Les esprits vous ont entendu les défier, c'est un avertissement. Les esprits des chevaliers qui hantent le château. N'y allons pas, rentrons !

— Allez, pas d'histoire Gédéon, dit Praetorius retenant son compagnon par la manche, prêt à se défiler. Que diable...si j'ose dire...ce n'est que le murmure du vent qui vient de se lever dans les arbres. Vous êtes un homme courageux Gédéon, vous en avez vu de dures dans votre vie, on y va !

— C'n'est pas le vent, c'est les esprits, insista Gédéon. Je crois aux esprits, je crois au destin.

Si mon destin est d'y rester, ajouta-t-il après un instant de réflexion d'un air résigné, j'n'y peux rien. Alors allons-y ! »

Les deux hommes s'avancèrent vers le château.

Praetorius reconnut une belle réalisation de l'architecture militaire du Moyen Âge.

Un large fossé, qui autrefois n'avait probablement pas contenu d'eau car le château était en surplomb sur cette haute colline mais certainement des pieux acérés et qui aujourd'hui était en grande partie comblé, circonscrivait la muraille de pierres haute de près de vingt mètres.

Sur le côté gauche de l'édifice s'imposait la masse sombre d'un bastion.

Au milieu de la muraille la porte de l'enceinte principale était placée à gauche de la tête de pont, pont autrefois *pont-levis* de bois qui avait depuis longtemps disparu. Ce positionnement de la porte par rapport à la voie d'accès avait été conçu par les architectes militaires afin que les assiégeants présentent aux assiégés leur flanc droit, non protégés par les pavois. Ces grands boucliers portés par les assaillants lors des sièges abritaient deux hommes. Le premier tenait le pavois fiché en terre, protégeant ainsi le second qui armait son arbalète ou bandait son arc. Des mantelets de bois montés sur roues pouvaient également les protéger, tant pour lancer des traits que pour manœuvrer le bélier. Les assiégés arrosaient de flèches et de pierres les assiégeants.

La porte d'entrée se découpait dans la muraille et était encadrée par deux tours en demi-cylindre se projetant à l'avant de l'enceinte. Au-dessus de la porte s'ouvrait un assommoir permettant aux assiégés de jeter des pierres sur les assaillants qui tentaient de pénétrer dans le château par cet accès. Une herse de fer aujourd'hui disparue avait certainement complété la protection de l'entrée.

Des tours carrées épaisses renforçaient les angles de l'enceinte en forme de quadrilatère. Des courtines reliaient ces tours, ménageant un chemin de ronde sur les remparts. Les murs étaient couronnés de créneaux et de place en place étaient disposés des mâchicoulis, parapets de pierre en saillie de ces murs permettant aux assiégés de lancer flèches et pierres sur les assaillants situés en contrebas.

Praetorius et Gédéon franchirent l'entrée et pénétrèrent sur une vaste étendue de terre battue gagnée par les mauvaises herbes, la basse-cour dans l'architecture militaire. La mousse recouvrait les pierres exposées au nord, mêlant sa couleur verdâtre au blanc délavé du calcaire des pierres en partie noircies par l'usure du temps.

Des bâtiments de pierre aux toits en partie effondrés étaient appuyés contre les murs d'enceinte, çà et là. Cet adossement aux murs d'enceinte les mettait à l'abri des projectiles qui dépassaient la crête des remparts et allaient se perdre dans la basse-cour. Ces bâtiments intérieurs, fidèles aux finalités architecturales des commanderies templières, avaient plusieurs destinations. Certains étaient les magasins où étaient entreposés le produit des récoltes, les ballots de laine, les bois de coupe, tout ce qui faisait la richesse d'une commanderie. D'autres représentaient le logis des occupants. Les derniers étaient dédiés aux écuries.

Une commanderie était avant tout une exploitation agricole des terres et des forêts collectées par l'Ordre, soit par donation soit par achat. La commanderie se doublait parfois d'une fortification conséquente, véritable château-fort destiné à protéger les biens et les personnes retranchés en son sein. C'était le cas pour cette commanderie.

Praetorius expliqua à Gédéon toute cette architecture et lui apprit que dans l'Ordre du Temple les chevaliers représentaient la force militaire, les paysans et les artisans la force économique, les moines la force spirituelle.

Toute crainte semblait avoir quitté son compagnon, qui marquait un intérêt certain pour ce que lui apprenait Praetorius.

Une deuxième enceinte se dessinait à l'intérieur, circonscrivant la haute-cour au milieu de laquelle se trouvait le donjon. Les vestiges d'un puit étaient reconnaissables. L'accès à l'eau était indispensable, surtout en cas de siège, et le puits exigeait la plus grande protection, expliqua Praetorius à Gédéon.

La tour carrée du donjon semblait en meilleur état de conservation que le reste des bâtiments. Elle faisait près de trente mètres de haut.

« Ce donjon a été entretenu régulièrement, bien au contraire du reste des bâtiments, fit observer Praetorius. Je suppose qu'après la période templière elle a conservé une fonction de guet pour les villages et les fermes en contrebas.

— Je suis né au village, je n'ai jamais entendu dire qu'il y ait eu des guetteurs dans ces ruines.

— Pas dans les temps modernes, Gédéon. Je parle des temps qui ont suivi la chute des Templiers.

Il y a eu la Guerre de Cent Ans, des guerres sous l'Ancien Régime, la Révolution, les guerres de l'épopée napoléonienne. La Picardie a été traversée par toutes ces guerres et les paysans de ces époques devaient être vigilants. On pillait et on massacrait allègrement en ces temps-là.

Vous ne vous êtes jamais aventuré ici, Gédéon ?

— Jamais ! C'est un lieu maudit ! Depuis la clairière, quand je lève mes collets, j'entends parfois comme des plaintes, des gémissements. À vous donner la chair de poule ! Je ne demande pas mon reste dans ces moments - là, je me sauve !

L'endroit est maudit depuis longtemps. On raconte qu'autrefois, à l'époque de la Révolution, les gens du village sont venus chercher des pierres pour bâtir leurs maisons. Ça ne leur a pas porté chance parce que les Bleus ont mis le village à feu et à sang en 93.

— J'ai lu cette histoire dans les archives départementales. Ce fut un massacre en représailles parce que le village avait abrité des Blancs. Les mêmes massacres se sont produits en Vendée, sur une plus grande échelle, 1793 fut une année terrible.

— Peut-être, mais ici on n'est pas en Vendée, on est en Picardie, et c'est le seul village qui a été massacré parce que c'est le seul village dont les habitants ont commis un sacrilège en profanant le château. Les esprits des chevaliers ont été dérangés.

— Décidément, vous n'en démordez pas, Gédéon !

— Et ce n'est pas tout. Il y a 6 mois, des jeunes du village ont voulu jouer les caïds et y passer une nuit pour épater les filles. Ils étaient cinq, des gars de 18 à 25 ans. Ils y ont passé la nuit, c'est sûr.

Le lendemain matin ils sont redescendus au village : ils étaient blancs comme la mort ! Ils avaient du mal à parler. On était tous réunis autour d'eux, à l'auberge. Le patron les a forcés à boire du cognac. J'étais tellement impressionné que j'ai dû en boire deux moi aussi ! Il y en a deux qui ont vomi ! Ils étaient tout tremblants et ont fini par sortir quelques mots.

Finalement on a compris qu'ils étaient montés tout en haut de cette grosse tour, le donjon comme vous dites. Ils ont passé la nuit serrés les uns contre les autres, terrorisés par des cris, des gémissements et même à un moment comme une musique bizarre. Ils n'ont pas osé allumer leurs lampes, ni repartir à pied dans le noir. Ils ont attendu que le jour se lève pour détaler.

— Les villageois n'ont pas réagi ?

— Si. Le maire a réuni une demi-douzaine de gaillards, ils sont montés en fin de matinée avec leurs chiens et leurs fusils.

— Ils sont montés dans la tour ?

— Le maire est monté le premier, suivi par deux hommes avec leurs chiens. Les autres avec leurs chiens inspectaient tout le terrain. Les chiens reniflaient partout. Personne n'a rien trouvé. On a fini par penser que les jeunes s'étaient faits peur tous seuls…

— C'est intéressant cette histoire de *musique bizarre*, murmura Praetorius.

Passons, nous verrons cela plus tard, reprit-il d'une voix plus ferme. Et donc vous dites que l'aubergiste et deux hommes ont pu entrer dans le donjon et sont montés avec leurs chiens ?

— Ben oui, puisque je vous dis qu'ils sont montés tout en haut et qu'ils n'ont rien trouvé.

— Donc ils avaient la clé ?

— Quelle clé, il n'y avait pas de porte !

— Et ça ? demanda Praetorius au pied de la tour alors que Gédéon, qui jusqu'alors s'était tenu à distance, s'était prudemment rapproché.

— Çà alors ! s'ébahit Gédéon.

Une lourde porte de chêne condamnait l'accès au donjon. La porte était manifestement récente, l'acier d'un gros cadenas brillait sous le soleil.

Praetorius sortit un rossignol et s'attaqua au cadenas.

— Pour l'amour du ciel, ne faites pas ça ! s'écria Gédéon.

— Vous préférez attendre ici ou monter avec moi ? » lui répondit Praetorius en ouvrant la porte qui bascula sans bruit, les gonds avaient été graissés.

Gédéon le foudroya du regard, mais entre la peur de rester seul et celle d'aller vers l'inconnu en compagnie de l'enquêteur, il choisit la deuxième solution.

Praetorius prit la lampe de Gédéon et s'engagea le premier dans le donjon.

Ils se retrouvèrent dans une vaste salle vide de tout ameublement, au plafond haut. Un escalier de pierre s'enroulait en colimaçon sur la droite, traversant le plafond afin d'accéder aux étages supérieurs. Le sol était dallé de larges pierres plates avec en son milieu un panneau de bois de chêne vieilli par le temps mais paraissant encore bien solide. Il s'agissait d'une trappe qui devait donner accès aux souterrains. Praetorius décida de visiter l'intérieur de la tour vers le haut avant de l'explorer vers le bas.

Il s'engagea dans l'escalier lampe à la main, suivi par Gédéon toujours sur ses gardes.

Ils accédèrent au premier étage. Une vaste pièce, de la même surface qu'au rez-de-chaussée, totalement vide. Une grande cheminée encadrée de part et d'autre d'une meurtrière occupait une partie du mur orienté à l'ouest, des fenêtres étroites dont les volets avaient disparu perçaient les autres murs. Le plafond était fait de jolies nervures ogivales se réunissant en son milieu par une clé de voûte.

Ils montèrent successivement aux deux étages supérieurs, dont les pièces tout aussi vides avaient une conformation identique, les quatre murs percés de fenêtres étroites.

Ils parvinrent enfin à la plate-forme tout en haut de l'édifice. Les murs d'enceinte étaient découpés de larges créneaux, permettant aux assiégés réfugiés en dernière extrémité dans le donjon de se protéger tout en ripostant à coups de flèches et de pierres aux traits des assaillants qui avaient gagné la haute-cour. Praetorius fit le tour de la plate-forme, d'où le regard portait au loin à l'horizon. Le donjon dominait la commanderie, elle-même édifiée au sommet de la colline.

« Admirez le paysage, Gédéon, la vue est magnifique ! »

Au sud, à l'est et à l'ouest, une forêt dense qui venait mourir sur les premiers mètres des pentes de la colline. Au nord, la route qui les avait amenés traversait les champs.

Plus au loin, encore des champs, des landes et des bois. Dispersés dans le paysage, çà et là, des villages.

« Tenez, Gédéon, voici vos *géants* ! dit Praetorius en désignant les éoliennes dont les pales brassaient l'air. Leurs *yeux* ne s'allument que la nuit pour signaler leur position aux hélicoptères !

Elles m'ont bien fait peur, déplora Gédéon.

— Les Templiers avaient bien choisi l'implantation de leur commanderie. De ce point haut, ils pouvaient surveiller les travaux des paysans et voir venir l'ennemi de loin.

Vous voyez le bastion ? Il est imposant. C'est une terrasse. Les Templiers devaient y avoir installé des machines de guerre de défense, des perrières et des bricoles qui lançaient des pierres de 5 à 10 kg à 50 mètres une à deux fois par minute.

En face les assaillants montaient sur place des machines de guerre beaucoup plus lourdes pour effondrer les murailles. Le mangonneau lançait des pierres de 50 kg à 100 mètres, le trébuchet des pierres de 100 kg à 200 mètres. Il fallait un architecte spécialisé pour les construire et les monter, qui gardait jalousement son secret de construction. Il fallait calculer avec précision les mesures des différentes pièces de bois pour que l'ensemble ne casse pas sous le poids du projectile ni sous la force de tension du lancer. La manœuvre pour lancer ces énormes pierres était longue, pas plus d'un ou deux tirs par heure.

— Quand j'étais gosse, on allait au patronage le jeudi avec l'école. On nous passait des films. J'en ai vu avec des attaques de château. Je me rappelle, *Ivanhoé*, *Robin des Bois*. Ceux qui attaquaient montaient sur des échelles. Ceux d'en haut les faisaient basculer et jetaient de l'huile bouillante dessus.

— Pas de l'huile, Gédéon, l'huile coûtait cher. De l'eau bouillante.

Les attaquants évitaient de s'exposer inutilement. Monter à l'échelle sous les flèches des défenseurs c'était risquer sans protection de se faire tuer. Ils préféraient essayer de faire tomber les murailles pour envahir le château par la brèche. Soit par travail de sape en creusant à la base du mur et en y mettant du bois qu'on faisait brûler pour l'effondrer, soit par travail de mine en creusant un tunnel qui partait de loin, soit par les coups répétés d'un bélier.

Finalement, pour envahir un château, il n'y avait pas que le siège et l'attaque. Les assaillants pouvaient aussi compter sur la corruption ou la trahison. Acheter quelqu'un de l'intérieur ou le convaincre de se rallier pouvait être beaucoup plus rentable. Il ouvrait la porte la nuit, les assaillants faisaient irruption et emportaient la place.

— Vous en savez des choses sur les châteaux ! fit admiratif Gédéon.

— Le Moyen Âge est une époque qui me passionne, répondit Praetorius. De surcroît, nous baignons dans cette époque avec l'affaire qui nous occupe.

Bien, J'en ai assez vu, redescendons ! Les souterrains nous attendent.

— C'est dangereux ! il y a eu des éboulements, on ne sait pas ce qu'on va trouver !

— Raison de plus pour aller voir »

Les deux hommes redescendirent l'escalier en colimaçon.

Au rez-de-chaussée, ils se retrouvèrent autour de la trappe. Praetorius attrapa l'anneau de fer et la souleva sans difficulté. Elle pivota sans bruit, les charnières avaient été fraîchement graissées. Le panneau de bois retomba au sol dans un claquement sec.

Un trou béant s'offrait à eux, plongé dans l'obscurité. Praetorius y dirigea le faisceau lumineux de sa lampe.

Des marches d'escalier en pavés de pierre apparaissaient dans le cône de lumière, se perdant au-delà dans l'obscurité…

Chapitre 26

Commanderie templière, Berteaucourt-le-Temple
29 décembre 2000

Praetorius releva les yeux vers Gédéon, à nouveau saisi d'inquiétude. Il lui sourit et lui tendit la lampe.

« Prenez la un instant » dit-il avant de dégager son arme du holster.

Tenant le Sig Sauer de la main gauche, il reprit la lampe dans la main droite et entama sa descente. Gédéon affermit sa prise sur le manche de sa hache et le suivit.

Ils s'engagèrent prudemment dans l'escalier assez abrupt et descendirent ainsi une trentaine de marches. Arrivés en bas, ils abordèrent un couloir suffisamment large pour accueillir deux hommes de front pouvant se tenir debout sans difficulté. Le sol était dallé de pierres. Les parois étaient maçonnées de briques. Le plafond était étayé solidement. Tout cela ne ressemblait pas à un vieux souterrain en ruine, qui de surcroît avait vu se dérouler à la fin de la guerre des combats à la grenade. Des travaux de consolidation avaient manifestement été réalisés récemment.

« Vous voyez, Gédéon, c'était la sortie de secours pour les occupants du château au Moyen Âge en cas de problème. À l'évidence il a encore servi depuis, et je dirais même récemment.

Regardez ces anneaux de fer disposés régulièrement sur les murs à hauteur d'homme, ce sont des fixations pour y accrocher des torches. Vous sentez ce courant d'air ? Il doit y avoir des cheminées aménagées dans le plafond à intervalles réguliers pour communiquer avec l'extérieur et assurer l'aération du tunnel. Les parois ne sont pas trop humides et nous respirons sans difficulté. On s'y entendait à l'époque pour une construction de qualité ! »

Les deux hommes avancèrent sur une vingtaine de mètres et abordèrent une fourche, le couloir se divisait en deux bras.

Gédéon, de plus en plus inquiet, voulait rebrousser chemin. Praetorius, de plus en plus curieux, voulait aller de l'avant.

« Vous pouvez m'attendre ici si vous ne voulez pas me suivre, je vais explorer ces deux couloirs. Mais je garde la lampe et vous m'attendrez dans le noir… »

C'était exactement ce qu'il fallait dire à Gédéon pour qu'il se décide à suivre Praetorius.

Praetorius s'engagea tout d'abord dans le tunnel de droite, suivi à contrecœur par Gédéon. Au bout d'une dizaine de mètres ils rencontrèrent une porte en bois certes ancien mais solide, maintenue fermée par un simple loquet. Praetorius actionna le loquet et poussa la porte, qui là encore s'ouvrit sans grincement, les gonds avaient été soigneusement graissés.

Ils abordèrent une pièce rectangulaire, mesurant environ huit mètres de long sur quatre mètres de large. Le même sol dallé de pierres, les mêmes murs de briques avec des anneaux pour les torches, le même plafond assez haut soigneusement étayé. Des bancs de bois, un bois récent, étaient disposés le long des murs de droite et de gauche.

Au fond de la pièce, une nouvelle porte, fermée. Sa forme était particulière, ogivale.

Praetorius, l'arme poing et le faisceau de la lampe braquée sur la porte, arriva devant. Là encore, un simple loquet. Le bois de la porte était récent. Praetorius s'effaça et fit signe, en silence, à Gédéon de l'ouvrir. Ce dernier posa sa hache contre le mur et doucement actionna le loquet. Après un instant d'hésitation il poussa prudemment la porte. Pas de bruits, la graisse des gonds remplissait son office. Quelqu'un prenait à l'évidence grand soin de l'endroit…

Leur surprise fut grande !

Une vaste pièce s'offrait à eux, aux dimensions impressionnantes, que l'on ne s'attendrait pas à trouver dans un souterrain. De forme rectangulaire, elle mesurait au moins quarante mètres de long, dix mètres de large et trois à quatre mètres de haut. Toujours le même sol de pierre, les mêmes murs de briques avec leurs anneaux de torches. La nouveauté était que, disposées de façon régulière, des ampoules électriques protégées par une coque grillagée apparaissaient sur les murs de droite et de gauche s'intercalant avec les anneaux de fer. Orientant le faisceau de la lampe vers le plafond, Praetorius y fit jouer la lumière sur des sculptures dispersées sur toute la surface. Des fauteuils de bois étaient disposés de part et d'autre d'une allée centrale courant sur toute la longueur de la salle, les fauteuils de gauche faisant face à ceux de droite. Au fond se distinguait une nouvelle porte, également de forme ogivale et d'un bois récent. Elle était surplombée d'un crochet encastré dans le mur.

L'extrémité de l'allée centrale n'allait pas jusqu'à la porte. Disposées perpendiculairement, entre l'allée centrale et la porte, se trouvaient trois tables, celle centrale plus grande que les deux latérales. Derrière la table centrale, une cathèdre. Derrière les tables latérales, un fauteuil de bois identique à ceux de la salle.

Perplexe, Praetorius considérait l'ensemble de cette salle, inspectant du faisceau de sa lampe le sol, le plafond, les quatre murs.

Gédéon quant à lui, l'air ahuri, coulait des regards inquiets vers la dernière porte, s'attendant à tout instant à ce qu'elle s'ouvre brutalement sur une apparition fantomatique…

Cette dernière porte était fermée à clé. Ce devait être une clé ancienne ouvragée car la serrure de fer était imposante.

« Nous n'irons pas plus loin aujourd'hui, dit Praetorius rompant le silence. Je n'ai pas le nécessaire sur moi pour crocheter cette serrure moyenâgeuse. J'imagine qu'au-delà se poursuit le tunnel qui finit par aboutir dans la forêt. À moins qu'il n'y ait d'autres surprises !

Il faudra poursuivre l'exploration ultérieurement en passant par l'autre extrémité, dans la forêt.

Retournons sur nos pas, il se fait tard et je voudrais jeter un œil dans le tunnel de gauche.

— Il se fait tard et on ferait mieux de rentrer tout de suite avant qu'il n'arrive une catastrophe, répondit Gédéon.

— Ne soyez pas si inquiet, dit Praetorius en tendant la lampe à Gédéon pour rengainer son arme. Un tunnel de secours et des pièces souterraines, on trouve ça dans tous les châteaux, c'est commun. Les pièces servaient de magasins, parfois même de refuge. Ce qui est moins banal, ce sont ces ampoules électriques aux murs. Les Templiers n'avaient pas l'électricité ! Ainsi que tout cet ameublement et ces portes récentes. Tout cela au milieu de ruines soi-disant abandonnées.

Pas si abandonnées que cela, apparemment…

Les lieux sont manifestement fréquentés. Fréquentés par des êtres humains, Gédéon, pas des fantômes. Les fantômes n'ont pas besoin d'ampoules aux murs !

Il s'agit de gens précautionneux, qui assurent la protection des lieux par des portes en chêne, des cadenas, des serrures en fer…et des rumeurs de château hanté qu'ils font circuler ou des bruits inquiétants pour éloigner les importuns. »

Gédéon restait dubitatif.

Les deux hommes rebroussèrent chemin, traversant la première pièce puis le tunnel jusqu'à la fourche.

Praetorius s'engagea dans la branche de gauche. Moins large que celle de droite, elle semblait partir dans la même direction. Au bout d'une dizaine de mètres apparurent une suite de portes de vieux bois, donnant sur de petites pièces totalement nues creusées dans la paroi de gauche. Praetorius en compta neuf. Il devait s'agir d'entrepôts, peut-être pour certaines de cellules. La dernière présentait une particularité, elle n'avait pas de porte et n'était pas vide. Au milieu une forme sombre.

Praetorius s'approcha, Gédéon restant en retrait. Il balaya la pièce du faisceau de la lampe. Rien de particulier sur les murs. Il arriva près de la forme sombre et y concentra la lumière. Une sorte de longue cuve en pierre. Au fond, en son milieu, un trou d'environ dix centimètres de diamètre. Sur les parois, des taches brunâtres…du sang coagulé !

Praetorius poussa un long soupir.

Il comprit.

C'est ici que Léon Dampierre avait été démembré !

Il se retourna vers Gédéon, qui l'interrogeait du regard.

« J'en sais assez, remontons ! » dit- il sans répondre à l'interrogation muette de Gédéon, qui n'insista pas et ne demandait pas mieux que de suivre l'injonction.

Les deux hommes remontèrent le souterrain puis l'escalier de pierre. Praetorius sortit le premier, suivi de près par Gédéon qui ne voulait s'attarder à aucun prix. Il rabattit la trappe en évitant de la claquer.

Ils ressortirent du donjon, dont Praetorius referma soigneusement la porte en crochetant le cadenas. Ils ne laissèrent aucune trace de leur passage.

« Nous repartons tout de suite ? demanda Gédéon.

— J'avais prévenu le lieutenant Valadon de notre expédition. Il doit m'attendre. Je vous dépose chez vous et je le rejoins. Nous avons des dispositions à prendre. »

Les deux remontèrent en voiture. Praetorius démarra et le 4x4 descendit le chemin pour regagner la route.

Au bas du chemin, un véhicule de gendarmerie était stationné. Deux hommes à l'intérieur. Ils descendirent à l'approche du 4x4.

Le capitaine de Mortemer et le lieutenant Valadon.

« Le capitaine cherchait à vous joindre, dit Valadon en s'avançant vers Praetorius. Je lui ai dit que je vous attendais. Il s'inquiétait de savoir où vous étiez, il craignait que vous soyez en danger. Je le lui ai dit et il a voulu vous rejoindre ici, j'ai tenu à l'accompagner.

— C'est très aimable à vous, capitaine, de vous inquiéter pour moi. Ne craigniez rien, je suis capable de me défendre, dit Praetorius en découvrant son arme. Et puis Gédéon m'accompagne, il doit être redoutable quand il manie sa hache !

— Peut-être, mais vous êtes sur mon territoire et j'ai la responsabilité de votre sécurité. Il commence à se savoir que vous êtes l'enquêteur principal pour ces assassinats et le tueur en série pourrait bien vous tomber dessus…

Vous avez trouvé quelque chose d'intéressant dans ces ruines ?

— Pas si en ruines que cela, cette Commanderie. Non, rien d'intéressant. Nous avons fait le tour, c'est une belle construction militaire. La seule chose qui m'intrigue, c'est cette porte neuve fermant l'accès du donjon, avec un gros cadenas. C'est surprenant, au milieu d'un champs de ruines, ou supposées telles.

— Le maire a voulu interdire l'accès au donjon. La tour est en mauvais état et un groupe de jeunes a voulu jouer les héros en y montant pour passer une nuit il y a quelques mois. Rendez-vous compte, si l'un d'eux était tombé de la plate-forme où ils s'étaient réfugiés, il se rompait le cou. Déjà qu'on peut accéder aux chemins de ronde en passant par les tours d'angle, à ses risques et périls parce que les escaliers intérieurs sont en partie effondrés.

Des panneaux d'interdiction d'accès avaient été placés autrefois sur le terre-plein, mais ils ont disparu, les jeunes qui s'enhardissaient à venir les ont détruits par bravade. Le maire avait pris un arrêté d'interdiction de visite des ruines, mais là encore ça n'arrêtait pas les têtes brûlées. Finalement j'ai fait poser une solide porte à l'entrée du donjon.

— Vous avez bien fait, capitaine, on n'est jamais trop prudent !

Chapitre 27

Koursk, Union Soviétique
15 juillet 1943

Le 14 juillet 1943 à midi l'Obersturmbannführer Klaus von Hagenbach s'extrayait de son char Tigre.

En mars de la même année le Haut Commandement allemand avait décidé l'opération *Zitadelle*, l'attaque du saillant de Koursk sur le front Est. Une action combinée des Groupes d'Armées Centre et Sud devait annihiler un saillant de 100 kilomètres de profondeur sur une extension frontale de 400 kilomètres.

L'attaque fut déclenchée le 5 juillet mais dès le 6 l'Armée Rouge contre-attaqua. Ce fut un combat char contre char. Si le Tigre allemand était techniquement supérieur au T 34 soviétique, l'équilibre des forces en présence était en faveur des Russes.

Ce fut la plus grande bataille de chars de l'Histoire.

L'Allemagne ne pouvait avoir le dessus et à la mi-juillet Hitler mit fin à l'opération car il était préoccupé par le débarquement allié en Sicile.

Von Hagenbach s'était à nouveau illustré lors de cette bataille, il avait détruit 14 chars russes en une seule journée !

Une estafette l'attendait au cantonnement. Les lunettes relevées sur le front, le visage noirci par les fumées du combat, von Hagenbach retira ses gants et s'en servit pour battre sa tunique chargée de poussière. L'estafette s'avança vers lui et le salua. Von Hagenbach lui rendit son salut et saisit le pli cacheté qu'elle lui tendait.

Ordre lui était donné de rejoindre Berlin sans délai. Il émanait du chef suprême de la SS, le Reichsführer Heinrich Himmler. Une voiture l'attendrait le lendemain matin à 8 heures au cantonnement.

Au jour et à l'heure indiqués, von Hagenbach découvrit en sortant de son baraquement une voiture avec ses peintures de camouflage, *olivgrün* et *rotbraun*, vert kaki et brun foncé, une Mercedes TYP 770K W150, le véhicule de prestige réservé au Haut Commandement et aux autorités du Parti ! La voiture était ornée de la flamme du Reichsführer en personne. Deux hommes attendaient, debout à côté du véhicule. Ils saluèrent von Hagenbach. Le chauffeur, un sergent SS, l'Unterscharführer Hans Drexler, prit en silence sa cantine qu'il chargea dans le coffre, alors qu'un capitaine SS, l'Hauptsturmführer Franz Hümmel, lui ouvrait la portière arrière. Von Hagenbach s'engouffra dans la voiture, le capitaine prit place à côté du chauffeur qui démarra aussitôt. Aucune parole n'avait été échangée.

La route de Koursk à Berlin était longue, près de 2000 kilomètres. En haut lieu on avait jugé ce trajet plus sûr en voiture, bien que moins rapide qu'en avion, à cause de la chasse soviétique qui maîtrisait les airs dans ces régions. La flamme du Reichsführer ornant la voiture était un laissez-passer qui lui permettrait de franchir sans encombre les points de contrôle. En cas de survol ennemi, la voiture pourrait plus facilement lui échapper en prenant des chemins de traverse.

Tout au long de la route, les villes et les villages traversés offraient le même visage de désolation. Les bombardements alliés avaient défoncé les routes, effondré les maisons, détruit les gares. Des batteries de *Flak*, la défense anti-aérienne, étaient installées dans les villes aux points névralgiques et tentaient de s'opposer aux vagues incessantes des bombardiers anglais et américains qui déversaient chaque nuit des tonnes de bombes. Partout les habitants offraient les mêmes visages hagards et résignés. La voiture croisait régulièrement des convois militaires qui partaient vers l'Est. L'enthousiasme ne se lisait plus sur le visage grave, tendu et fatigué des soldats, toujours plus jeunes, assis à l'arrière des camions débâchés.

La voiture roula sans pause ni repos pour les passagers, ne s'arrêtant que pour refaire le plein ou avaler un morceau. Elle roula même la nuit, les hommes ne s'accordant que trois ou quatre heures de sommeil, la voiture garée à l'abri dans une forêt.

Lorsqu'ils abordèrent les faubourgs de Berlin, presque 4 jours après avoir quitté Koursk, même spectacle de désolation.

Les bâtiments majestueux en pierres de taille qui s'alignaient autrefois fièrement le long des avenues étaient défigurés. Traversant l'immense parc de *Tiergarten* qui aménageait au centre de la ville un vaste espace de verdure, la voiture passa sous la *porte de Brandeburg* et s'engagea sur l'avenue *Unter den Linden*, méconnaissable. La voiture traversa le quartier central où siégeaient différents ministères et aborda l'angle de la Wilhem-Strasse et de la Foss-Strasse pour s'immobiliser devant un impressionnant bâtiment, la Chancellerie du Reich !

Albert Speer, l'architecte favori de Hitler qui avait conçu pour lui le projet *Germania*, la future capitale du

Reich, avait dès 1938 modifié les bâtiments d'origine. En un temps record, un an, il conçut le projet, rasa le quartier et édifia la nouvelle Chancellerie. Son architecture fut pensée pour impressionner le visiteur. La voiture s'arrêta devant un porche monumental, précédé de quatre piliers creusés de cannelures. Deux soldats vêtus de noir et gantés de blanc, la tenue caractéristique de la garde prétorienne SS, fusil à l'épaule et crosse dans la main gauche, montaient la garde.

Le capitaine Hümmel descendit du véhicule et ouvrit la portière arrière, laissant passage à von Hagenbach. Ce dernier s'étonna d'être ainsi amené directement en ce lieu prestigieux sans qu'on ne lui ait permis au préalable de faire sa toilette et d'enfiler un uniforme propre. Le capitaine Hümmel lui expliqua qu'il avait l'ordre de le conduire à la Chancellerie dans sa tenue défraîchie de voyage.

Von Hagenbach lança un long regard admiratif sur l'imposant bâtiment qui symbolisait la grandeur du Reich et de son Chancelier. C'était l'effet recherché !

Les deux hommes gravirent les marches et franchirent le portail de bronze. Ils traversèrent la cour d'honneur. Ils passèrent successivement l'*Antichambre* aux murs recouverts de marbre rouge, puis la *Salle des Mosaïques* couverte de marbre rouge et noir. Ils abordèrent la *Salle Ronde* en franchissant la porte surplombée d'une sculpture d'Arno Breker et s'engagèrent dans une longue galerie de marbre pour s'arrêter à mi-chemin devant une porte monumentale gardées par deux soldats SS, vêtus de noir et gantés de blanc, l'arme au pied, impassibles. Au-dessus de la porte trônait un cartouche en bronze d'où ressortaient en relief les lettres entrelacées A et H, le monogramme du

Führer. Cette porte de 6 mètres de haut donnait accès à son cabinet de travail.

Sur un signe du capitaine Hümmel l'un des gardes frappa discrètement à la porte. Elle s'ouvrit sur l'un de ses battants et un officier d'ordonnance sanglé impeccablement dans son uniforme invita von Hagenbach à entrer. Ce dernier ne laissa rien transparaître de la gêne qu'il ressentit à cause de sa tenue sale et froissée contrastant avec celle de son vis-à-vis, qui quant à lui ne marqua aucune surprise. Sur le pas de la porte le capitaine Hümmel salua von Hagenbach et repartit. Sa mission était d'amener von Hagenbach sans encombre à la Chancellerie, elle se terminait là.

L'officier d'ordonnance se présenta, capitaine Lichtwitz. Il conduisit von Hagenbach jusqu'au centre de la pièce où un groupe de généraux se tenait autour d'une grande table. Ils lui tournaient le dos, penchés sur des cartes couvrant la presque totalité de la table.

Une voix grondante s'élevait au milieu du groupe, émanant d'un personnage central vers qui, à intervalles réguliers, se tournaient tous les regards. Le personnage, sanglé dans son uniforme brun, croix gammée en brassard au bras gauche, la mèche de cheveux rebelle lui barrant le front, agitait les mains au-dessus des cartes en morigénant les généraux qui observaient un silence glacial.

Un deuxième personnage à sa droite, en uniforme noir, toucha le bras du premier et lui murmura quelque chose à l'oreille. Les deux hommes en uniforme, brun pour le premier et noir pour le second, se retournèrent. Les généraux levèrent un regard interrogateur.

Adolf Hitler, accompagné d'Heinrich Himmler !

Le visage jusqu'alors crispé de Hitler s'éclaira. Suivi un peu en retrait par Himmler, il s'avança en souriant vers von Hagenbach, figé dans un garde- à -vous impeccable, le bras droit tendu dans le salut nazi, ce geste que tout un peuple avait fait sien depuis plus de 10 ans. Hitler répondit au salut d'un geste machinal et lui prit frénétiquement des deux mains ce bras tendu.

« C'est vous, von Hagenbach ? Le fidèle Heinrich m'a rapporté vos exploits sur le front de l'Est.

Que n'ai-je vingt divisions de braves comme lui ou comme Wittmann ! lança -t-il aux généraux qui se tenaient silencieux, venant d'essuyer les vifs reproches du Führer sur leur incapacité à emporter la victoire dans l'opération *Zitadelle.*

Regardez, il vient du combat, l'uniforme chargé de la poussière des champs de bataille, sa Croix de Fer de première classe témoignant de ses prouesses. Il n'a que faire des uniformes chamarrés comme les vôtres !

Avec des hommes comme lui, nous aurions depuis longtemps culbuté l'Armée Rouge et repoussé ces sous-hommes de Slaves au fin fond de l'Asie !

Au lieu de cela, il me faut perpétuellement expliquer à cette bande de généraux incapables tout pétris de leur orgueil de nobles prussiens comment il faut mener cette guerre, moi, un simple caporal autrichien ! s'exclama-t-il à l'intention de Himmler et de von Hagenbach.

Le Reichsführer m'a raconté vos faits d'armes sur le front de l'Est au sein de votre division blindée. Il ne tarit pas d'éloges à votre égard, il a des projets pour vous. Il me faut des gens comme vous ou comme Wittmann, un autre glorieux Panzermann !

Le Reichsführer a tenu à vous honorer, j'ai exigé que ce soit moi qui vous décore, et personne d'autre ! »

À ces mots, Hitler se tourna vers Himmler et saisit le contenu du coffret qu'il lui tendait. Dans ce coffret de bois tendu de velours noir se trouvait le cordon de la Croix de Chevalier avec palmes. Hitler passa au cou de von Hagenbach, qui s'inclina, le cordon. Il lui prit à nouveau la main droite qu'il serra chaleureusement des deux mains puis, sans plus, retourna à ses cartes. Les officiers du haut État-Major étaient restés au garde-à-vous pendant la remise de cette décoration. Ils se regroupèrent autour de leur chef qui reprit un long monologue stratégique que personne n'osait contredire sur les mouvements de troupes qu'il dessinait d'un geste large sur la carte.

Von Hagenbach avait compris pourquoi on lui avait ordonné de se présenter en l'état dès son arrivée à Berlin, sans prendre le temps de faire une toilette et de se changer. L'ordre venait de Himmler, qui haïssait tous ces généraux qui longtemps l'avaient méprisé, lui l'éleveur de poulets, mais qui maintenant le craignait, lui qui dirigeait toutes les polices du Reich et avait des dossiers sur tout le monde. Leurs têtes pouvaient tomber facilement du jour au lendemain. Il avait prévu l'impression faite sur Hitler par cet officier dont l'allure respirait l'ardeur des batailles, en instrumentalisant sa présentation sans recherche vestimentaire. La gloire de von Hagenbach rejaillissait sur lui.

Himmler était resté auprès de von Hagenbach. Avant de rejoindre les généraux regroupés autour de Hitler, il glissa subrepticement quelques mots à l'oreille du jeune promu.

« Vous n'allez pas rejoindre votre division immédiatement. Je vous accorde quelques heures de repos. Demain matin à 8 heures précises une voiture vous attendra devant la porte principale de l'Hôtel Adlon où une chambre vous a été réservée. La voiture vous conduira en un lieu dont vous ne devrez parler à personne. Vous aurez à y vivre le moment le plus intense de votre existence, dont vous devrez garder le secret absolu. Cela au péril de votre vie.

Me suis-je fait bien comprendre ?

— Vos désirs sont des ordres, Herr Reichsführer, commandez et j'obéirai ! *Mon honneur s'appelle fidélité*, c'est notre devise ! s'exclama von Hagenbach le bras tendu en claquant des talons.

— C'est bien, c'est bien, von Hagenbach, je ne doutais pas de votre réponse. Allez maintenant, un grand avenir vous attend. »

Himmler fit un signe à l'officier d'ordonnance qui s'était tenu respectueusement à distance. Ce dernier rejoignit von Hagenbach et l'invita à le suivre. Les deux hommes firent en sens inverse le même chemin qui avait amené von Hagenbach jusqu' au cœur du pouvoir nazi.

Au bas des marches de la Chancellerie attendait une voiture qui conduisit von Hagenbach à l'Hôtel Adlon, situé sur l'avenue Unter den Linden qu'il avait parcourue à son arrivée à Berlin.

Pendant ce temps, dans la vaste pièce où quelques instants plus tôt von Hagenbach avait été décoré, Hitler poursuivait fébrilement son rêve chimérique de *Reich de 1000 ans*, qui allait s'effondrer moins de deux ans plus tard.

Chapitre 28

Rhénanie du Nord, Allemagne
21 juillet 1943

Le lendemain matin à 8 heures précises l'*Obersturmbannführer* Klaus von Hagenbach sortit de l'Hôtel Adlon.

La veille, de retour de la Chancellerie, il avait pris possession de la chambre qui lui avait été réservée par le secrétaire particulier de Himmler et s'était longuement prélassé dans le bain. Un uniforme neuf à sa taille était disposé sur le valet de nuit, un ensemble de vêtements et sous-vêtements se trouvait sur la commode, une paire de bottes à sa pointure impeccablement cirées brillait sous la lumière des appliques murales en pâte de verre.

Enveloppé dans sa sortie de bain d'une blancheur immaculée, von Hagenbach s'étendit sur le lit et repensa aux événements qu'il venait de vivre ces derniers jours. La bataille de Koursk, sa longue route pour Berlin, sa réception à la Chancellerie et sa remise de décoration par le Führer Adolf Hitler lui-même, réception manifestement organisée en coulisse par le Reichsführer Himmler. Il connaissait le goût de ce dernier pour les coups de théâtre et les opérations secrètes. Il se demandait ce qu'il pouvait bien avoir concocté pour lui.

Il dina dans sa chambre d'un plat simple de légumes arrosé d'un verre de vin du Rhin et très rapidement s'endormit, accablé par la fatigue accumulée de ces derniers jours.

Le lendemain matin en sortant de l'hôtel, von Hagenbach avisa une Mercedes noire ornée de la flamme du Reichsführer. La voiture stationnait sur le bord du trottoir, encadrée devant et derrière par deux motards de la Feldgendarmerie. Deux SS, le chauffeur et un capitaine, devisaient en fumant une cigarette, appuyés sur la carrosserie de la voiture.

Von Hagenbach se dirigea vers eux. À sa vue, les deux hommes jetèrent leur cigarette et se mirent au garde-à-vous.

« Unterscharführer Ludwig Staube !

Hauptsturmführer Joachim Schumacher !

— Repos, messieurs. Vous ne devriez pas fumer, c'est mauvais pour la santé ! » les apostropha von Hagenbach.

Les deux hommes prirent un air contrit.

Staube se mit au volant tandis que Schumacher ouvrait la portière arrière. Von Hagenbach monta en silence, remerciant d'un bref hochement de tête le capitaine qui referma la portière et s'installa à côté du chauffeur. Les deux Feldgendarmes se placèrent en travers de la chaussée pour arrêter la circulation et permettre à la voiture de quitter son stationnement. Là s'arrêtait leur mission.

La voiture s'engagea dans la circulation, fluide ce matin, et gagna rapidement la porte de Brandeburg toute proche. Une fois franchi le Tiergarten, elle sortit sans encombre de la ville et prit la direction de l'ouest. La destination finale était inconnue de von Hagenbach. Les deux hommes à l'avant ne l'en avaient pas informé et il ne voulut pas s'abaisser à la leur demander, car ils avaient probablement ordre de ne pas la dévoiler.

En traversant Berlin von Hagenbach put à nouveau voir dans certains quartiers défiler le même paysage d'immeubles en partie effondrés, les mêmes visages résignés des habitants qui n'en pouvaient plus de supporter chaque nuit les bombardements anglo-américains, tandis qu'enflait dans la population la rumeur du rouleau compresseur de l'Armée Rouge venant de l'Est et qui avançait inexorablement.

Il repéra rapidement que la voiture prenait la direction de Postdam puis de Hanovre. Il connaissait parfaitement les différentes régions d'Allemagne qu'il avait sillonnées avant la guerre comme étudiant, allant de château en château. La Mercedes croisait régulièrement des troupes de soldats à la mine harassée. L'heure n'était plus aux jours glorieux de la Blitzkrieg qu'il avait connus en France lorsqu'il avançait dans son char sous les ordres du général Gudérian à marches forcées vers Dunkerque. Les soldats de l'infanterie marchaient alors sur les routes de France en ces jours ensoleillés de printemps d'un air joyeux, les manches retroussées, fusil à l'épaule.

Il n'avait jamais compris pourquoi Hitler avait donné l'ordre de stopper avant Dunkerque, alors que l'armée allemande pouvait facilement faire prisonniers des milliers de soldats français et anglais coincés sur les plages. Hitler voulait-il laisser une chance à la Grande-Bretagne de négocier une paix séparée ? Cela se disait, mais en fait on n'en savait rien.

En réalité von Hagenbach était assez indifférent à la fatigue de ces combattants qui se disaient usés par plusieurs années de guerre sur tous les fronts, une guerre qui tournait mal pour l'Allemagne. Il en était même irrité car il estimait que c'était en ces jours sombres que le guerrier allemand devait prouver sa supériorité en ne se laissant pas fléchir par l'adversité. C'était toute sa culture SS profondément chevillée au corps qui lui faisait mépriser le défaitisme qu'il percevait dans le regard éteint de ces hommes. Il ne souffrait pas le défaitisme et voulait croire en la victoire finale.

Hitler et Goebbels l'avaient proclamé, des *Wunderwaffen*, des armes terribles allaient bientôt permettre à l'Allemagne de vaincre l'ennemi. Des armes chimiques et bactériologiques étaient à l'étude dans le secret des laboratoires creusés au cœur des montagnes du Hertz. L'Allemagne avait les meilleurs savants du monde. On parlait même d'une arme absolue en cours d'élaboration par les savants physiciens allemands les plus réputés capable avec une seule bombe de rayer de la carte des villes entières.

Von Hagenbach en était ainsi de sa réflexion, alors que la Mercedes avalait les kilomètres.

Elle parcourut 400 kilomètres. Von Hagenbach sut qu'on se trouvait en Rhénanie du nord. Quelques kilomètres avant Dortmund la voiture prit à gauche vers Rietberg.

Von Hagenbach comprit alors quelle était la destination.

Paderborn et le château de Wewelsburg !

On se trouvait non loin du *Hermannsdenkmal,* le monument érigé au XIX ème siècle à la gloire d'Hermann le Chérusque qui avait défait les légions romaines à la bataille de Teutoburg en l'an 9 après Jésus Christ. C'était un haut lieu commémoratif de la suprématie germanique.

Dans cette région de la forêt de Teutoburg se trouvaient également les *Externsteine, les pierres aux coins étoilés.*

Elles constituaient un site sacré pour les Saxons dans lequel se trouverait l'idole *Irminsul* détruite par Charlemagne. Himmler, voulant renouer avec les traditions germaniques primitives, avait ordonné des fouilles sur ce site qu'il considérait comme sacré pour le national-socialisme.

Quittant la route principale, la Mercedes s'engagea sur le chemin menant au château.

Von Hagenbach avait entendu parler du Wewelsburg. Himmler en avait fait l'acquisition en 1934 pour servir de Centre Symbolique à l'Ordre Noir, à la fois école de formation des cadres, quartier général, lieu de culte, centre d'études sur les origines de la race aryenne.

À l'origine, c'était une forteresse médiévale construite pour protéger la région de l'invasion des Huns. Ce château tenait son nom du chevalier Wewel von Büren. Il avait acquis sa forme caractéristique au XVII ème siècle, une enceinte triangulaire flanquée de trois tours, la pointe orientée vers le nord. La direction nord-sud du château avait frappé Himmler car elle contrastait avec l'orientation est-ouest des églises chrétiennes, cette religion qu'il voulait remplacer par un culte à l'Ordre Nouveau dont il s'autoproclamait le représentant.

La tour nord pointait vers la mythique Thulé, terre natale des Aryens. La forme triangulaire du château évoquait la lance de Longinus qui avait transpercé le flanc droit du Christ et à laquelle on prêtait un pouvoir occulte. Féru d'occultisme, pénétré de la légende arthurienne et de la mythologie germanique, Himmler ne voyait que symboles dans ce château et l'avait fait aménager en conséquence. Le château coiffait une colline dominant une forêt dense.

Deux gardes, vêtus de noir et gantés de blanc, l'uniforme caractéristique de la SS dessiné par Hugo Boss, présentèrent les armes lorsque la Mercedes franchit le portail à 17 heures. Elle s'arrêta dans la cour intérieure. Le capitaine Schumacher quitta son siège et vint ouvrir la portière à von Hagenbach qui le remercia d'un bref salut. Sorti du château et se tenant sur le perron, un officier vint à la rencontre de von Hagenbach et se mit au garde-à-vous.

« Bienvenue au Wewelsburg, Herr *Obersturmbannführer* ! Je suis le *Obersturmführer* Hans von Gehrlich. J'ai été prévenu de votre arrivée et j'ai fait préparer votre chambre. Vous pourrez y prendre un peu de repos avant le dîner, la route a dû être éprouvante.

— Je vous remercie, lieutenant, répondit von Hagenbach admirant les épaisses murailles qui les entouraient. Le Reichsführer a fait un bon choix, ce château défie le temps ! »

Guidé par von Gehrlich, von Hagenbach pénétra dans le vaste hall aux murs recouverts de gigantesques tapisseries. Ils parcoururent les couloirs et les salles du rez-de-chaussée où tout exaltait la culture germanique. Les bibliothèques de chêne massif contenaient des milliers de livres et manuscrits anciens. Des armures rutilantes étaient dressées sur des socles de marbre noir. Les murs étaient surchargés d'épées entrecroisées, de haches d'arme, de hallebardes, de boucliers aux armoiries colorées. La mythologie germanique côtoyait l'Histoire.

Von Hagenbach s'attarda dans la contemplation des armures, chacune identifiée par une plaque de cuivre encastrée dans le socle : Herzog Heinrich von Breslau XIIIème siècle, Herman von Salza Grand Maître de l'Ordre Teutonique dont le heaume portait les ornements en forme de cornes caractéristiques XIII ème siècle,

Hartmann von Kronenberg XIV ème siècle. Il contempla celle de l'empereur Maximilien Ier XVI ème siècle, exposée en majesté. De nombreux tableaux ornaient également les murs, où l'on pouvait reconnaître le panthéon germanique et ses héros : Wotan, Odin, Thor, Freya, Siegfried, les Walkyries.

Les deux hommes empruntèrent un escalier monumental de chêne sombre les menant au premier étage. Du vaste palier partait un long et large couloir dont le sol était recouvert d'un tapis rouge et sur lequel donnaient, à droite et à gauche, plusieurs portes fermées dans l'intervalle desquelles se dressaient majestueusement des armures à l'acier étincelant. Des appliques murales diffusaient une lumière douce jouant avec l'éclat de l'acier.

Von Hagenbach fut conduit jusqu'à l'avant-dernière porte de gauche, que von Gehrlich ouvrit en s'effaçant. Il pénétra dans la chambre.

Elle était assez spacieuse et sobrement meublée. Face à la porte se trouvait une fenêtre ogivale au vitrail lumineux. Devant cette fenêtre, en retrait, trônait un bureau de chêne clair sur lequel étaient disposés un sous-main en cuir vert, un bloc de papier blanc frappé du sigle de la SS, un stylo-plume Pélikan, une bouteille d'encre noire, une lampe de cuivre à l'abat-jour en verre céladon. Un fauteuil tapissé de velours rouge était poussé sous le bureau. Un feu brûlait dans la cheminée située sur le mur de gauche. Perpendiculairement au mur de droite un lit de fer une place avait été préparé, couvert d'un édredon rouge. À la droite du lit se trouvait une table de chevet équipée d'une lampe du même type que celle du bureau, en format plus réduit. Sur cette table, un livre, la référence absolue des occupants du château : *Mein Kampf*...Sur la gauche un valet de nuit accueillait un smoking SS, veste blanche cintrée avec au revers la rune SS en argent, pantalon étroit noir, chemise et nœud papillon de couleur blanche. Une paire de chaussures noires parfaitement cirées brillait au pied du valet de nuit. Une petite porte au bout du mur de droite donnait sur une salle de bain équipée d'une douche, d'un évier et d'un siège de toilette. Des serviettes blanches frappées de la double rune étaient disposées sur une étagère entre le lavabo et la douche. Une tablette placée sous le miroir surplombant l'évier proposait rasoir, savon à barbe, brosse à dents dans un gobelet, dentifrice, eau de Cologne.

Von Hagenbach apprécia le confort de la chambre, il était traité en hôte de marque.

Von Gehrlich prit congé, en précisant qu'il viendrait le chercher pour le dîner à 20 heures.

Von Hagenbach quitta ses bottes et s'allongea, habillé, sur le lit.

Il était pensif.

Que lui avait donc réservé l'Ordre Noir ?

Chapitre 29

Château de Wewelsburg, Rhénanie du Nord
21 juillet 1943

Von Hagenbach s'était endormi.

À 19 heures il se réveilla.

Il se déshabilla et gagna la salle de bain. Il se rasa soigneusement et se doucha, avec une eau très chaude tout d'abord. Basculant la manette, il fit couler une eau très froide qui le revigora. Il se sécha énergiquement, et s'habilla. Il termina ses préparatifs en passant autour de son cou le ruban rouge ligné de noir et blanc au bout duquel pendait la Croix de Fer de Chevalier avec palmes. Il s'assit dans le fauteuil et consulta sa montre, 19 heures 50.

Dix minutes plus tard, on frappait à sa porte. Il se leva et ouvrit. Von Gehrlich se tenait devant lui et le convia à le suivre. Von Hagenbach remarqua qu'il ne portait pas de smoking.

Ils gagnèrent l'escalier qu'ils descendirent rapidement. Von Gehrlich conduisit von Hagenbach devant une double porte fermée. Il frappa. La porte s'ouvrit sur un seul battant. Un majordome en livrée SS pria von Hagenbach d'entrer et referma la porte. Manifestement von Gehrlich n'était pas convié.

Von Hagenbach se retrouva dans une vaste pièce, aux fenêtres ogivales et au plafond à caissons. Un grand feu brûlait dans une profonde cheminée au manteau gravé d'armoiries.

Autour d'une grande table ronde centrale étaient disposés douze fauteuils. Himmler occupait celui situé face à la double porte. Dix fauteuils étaient occupés par des généraux SS. Le douzième, face à Himmler, était vacant.

Une fois la porte refermée par le majordome, von Hagenbach s'avança de quelques pas et fit le salut nazi. Himmler et les généraux, qui s'étaient levés à son entrée, répondirent à son salut. Himmler convia ses invités à se rasseoir et pria von Hagenbach de prendre place face à lui, dans le fauteuil vacant.

« Mon cher von Hagenbach, commença Himmler, je suis heureux de vous accueillir ici, au cœur de notre Ordre. Vous voyez autour de moi les généraux les plus haut-gradés et les plus méritants de la SS. Seuls sont accueillis en ce lieu les nouveaux Chevaliers de l'Ordre. Vous êtes un valeureux soldat et un adepte convaincu de notre nouvelle religion, qui doit balayer toutes les vieilles croyances. Vous avez bien mérité du Reich. Après le dîner une petite cérémonie vous sera dédiée. »

Himmler agita une clochette d'argent. Les portes s'ouvrirent et, venant des cuisines, les serveurs s'activèrent pour le service. Il avait personnellement choisi le menu. Se succédèrent ainsi un foie gras des Landes importé tout spécialement de France pour la table du Reichsführer et arrosé d'un Tokay de Hongrie, un poisson du Rhin accompagné d'une poêlée de poireaux et de girolles servi avec un vin de Moselle et un clafoutis de pommes associé à un vieux cognac.

À l'issue du dîner, Himmler se leva, l'air satisfait. Les onze officiers se levèrent dans un même mouvement. Il se dirigea vers une double porte située au fond de la pièce. Le majordome l'ouvrit, laissant passage aux douze hommes.

Ils gagnèrent *l'Obergruppenführersaal*, une immense salle dont la voûte était supportée par douze piliers et dont le sol était décoré du motif du *Soleil noir* : d'un rond central irradiaient douze rayons doublement cassés à angle droit et circonscrits dans un cercle, l'ensemble de la figure étant de couleur noire. Une grande table ronde entourée de douze sièges occupait le centre de la pièce. Himmler prit place sur le siège principal et convia les onze officiers à s'asseoir, von Hagenbach face à lui.

Il prit la parole.

« Obersturmbannführer Klaus von Hagenbach, entouré de mes généraux les plus prestigieux, c'est ici que je voue un culte aux dieux de notre antique Thulé et que se prennent les décisions de notre Ordre. Elles concernent non seulement le présent mais aussi l'avenir, dans notre lutte séculaire contre nos ennemis de toujours, quels que soient leurs noms au fil des siècles, aujourd'hui les Juifs, les Chrétiens, les Bolchéviks, les Francs-Maçons.

La vocation de notre Ordre est de fonder et de maintenir la civilisation aryenne.

Que je sois clair : tout ce qui va se dire et se vivre ici doit rester secret, sous peine de mort.

Les généraux ici présents et moi-même, nous savons votre courage au combat et votre engagement à notre cause.

Vos connaissances historiques étendues sur l'époque médiévale en Europe, si riche en secrets et en mystères, ont retenu mon attention.

J'ai confié à une équipe spécialisée la recherche du Graal, dont l'histoire est contée dans la légende arthurienne. Comme toutes les légendes, elle doit reposer sur un fond de faits avérés. Cette équipe a travaillé en France, sur le site de Montségur où se réfugièrent les Cathares. J'attends des résultats.

J'ai créé l'institut de l'*Ahnenerbe* pour étudier *l'Héritage des Ancêtres*. Des équipes travaillent non loin d'ici sur le site des *Externsteine,* mais aussi au Danemark et au Tibet. Nos ancêtres les Aryens avaient eux-seuls le génie nécessaire pour créer la Civilisation. Les recherches archéologiques sont menées en ce sens pour le démontrer. Tout ce qui a suivi dans l'histoire de l'Humanité n'a été que pollution de nos origines.

À vous, von Hagenbach, je confie une mission spécifique de la plus haute importance.

J'en ai informé le Führer, qui a donné son accord.

Nos recherches au sein de *l'Ahnenerbe* nous ont conduits à la conviction que les Templiers ont accédé à la connaissance d'un secret très ancien, découvert à la faveur de fouilles effectuées dans les souterrains du palais que leur avait attribué le Roi de Jérusalem. Ce secret a assuré leur fortune et leur puissance. Philippe le Bel, le Roi de France qui a détruit leur Ordre, voulait l'obtenir mais n'y est pas parvenu. Quelques Templiers ont pu échapper et cacher un parchemin, pendant leur fuite, dans le nord de la France.

Je ne sais si nous gagnerons cette guerre, la partie me semble aujourd'hui mal engagée. Je vais essayer de me rapprocher des Américains pour essayer d'obtenir une paix séparée en leur proposant de nous retourner ensemble contre les Russes. Je ne suis pas certain qu'ils acceptent.

C'est pourquoi, si nous ne gagnons pas cette guerre, il nous faudra gagner la paix. Pour cela, il nous faudra beaucoup d'argent. Pour avoir le pouvoir.

Votre mission, von Hagenbach, c'est donc de retrouver le secret des Templiers consigné dans ce parchemin, le secret de la *Pierre Philosophale* !

J'ose espérer que vous l'acceptez ?

— Mon honneur s'appelle fidélité ! s'exclama von Hagenbach en se mettant au garde-à-vous. Je ne promets pas d'essayer, Herr Reichsführer, je m'engage à réussir !

— Je n'en attendais pas moins de vous. C'est bien, des précisions vous seront données ultérieurement.

Maintenant, messieurs, nous allons honorer la mémoire de celui qui nous a quittés. »

Tous se levèrent et se regroupèrent autour d'Himmler.

Von Hagenbach était ignorant de la suite.

Himmler lui posa la main sur l'épaule ;

« Vous occupiez le siège du regretté *Standartenfüher* von Arbeidorf, tombé au combat. Nous allons descendre à la crypte. »

Le groupe descendit à la crypte aménagée sous l'immense salle du *Soleil noir.* C'était une cave à voûtes ogivales où se trouvait un autel de marbre noir orné de deux signes runiques SS en marbre blanc, surmonté de la tête de mort *Totenkopf.* Du pied de l'autel partait un puits garni de deux escaliers de pierre et dont le fond avait la forme d'un coquillage.

Le groupe se disposa autour du puits. Himmler, placé devant l'autel, prit l'urne d'argent qui s'y trouvait et, descendant les marches, la plaça au centre du coquillage. Puis, remontant se placer près de l'autel, il fit le salut nazi, imité en cela par les onze officiers.

Une étrange mélopée s'éleva alors, que von Hagenbach n'avait jamais entendue.

Chapitre 30

Berlin
26 avril1945

Berlin était complètement encerclé par les troupes soviétiques qui continuaient leur progression vers le centre-ville.

Des combats de rue acharnés opposaient l'Armée Rouge, aguerrie par quatre années de conflit, et les défenseurs de la capitale allemande : des enfants de la *Hitlerjugend*, des civils et de vieux soldats de la Première Guerre mondiale du *Volkssturm,* des volontaires français du *Sturmbataillon SS Charlemagne.* Ces Français s'étaient engagés dans la *Légion des Volontaires Français contre le Bolchévisme*, ils seront de redoutables défenseurs du dernier carré hitlérien.

Les faubourgs de Berlin étaient en ruines, des immeubles entiers s'écroulaient sous le feu incessant des canons et des *orgues de Staline.* Au milieu des décombres, à Reinickendorf, une brigade française d'assaut détruisit 90 chars T 34 et *Joseph Staline.* Dans le quartier de Neukölln, les défenseurs avec 1 char *Tigre* et 2 chars *Panther* enfoncèrent les lignes soviétiques mais durent ensuite abandonner le terrain faute de soutien.

Pendant ce temps, à Rechlin, à 60 kilomètres au nord-ouest de Berlin, le *Generaloberst Ritter* von Greim et la femme-pilote Hanna Reitsch s'envolaient pour Gatow, peu avant que les Soviétiques ne s'emparent de l'aérodrome. Ils essuyèrent un tir nourri de la DCA soviétique et von Greim fut blessé au pied, peu avant de se poser sur la seule piste d'atterrissage encore disponible pour les Allemands, l'axe est-ouest dans le Tiergarten, juste devant la porte de Brandeburg. Ils parvinrent à rejoindre le bunker de la Chancellerie, situé au milieu d'un champs de ruines fumantes. Von Greim, tout en étant soigné par le docteur Stumpfegger, s'entretint avec Hitler. Ce dernier voulait le nommer en tant que successeur de Göring à la tête de la Luftwaffe. Göring avait trompé Hitler sur sa capacité à défendre l'espace aérien de Berlin. Himmler également avait trahi Hitler : depuis le 24 avril il avait fait des offres de capitulation aux Américains par l'intermédiaire du comte Bernadotte. Hitler l'avait appris et était entré dans une rage folle. Il se confia aux deux pilotes.

« Tous ces généraux que j'ai couverts d'honneurs m'ont trahi, fulmina-t-il. Staline avait raison, j'admire cet homme qui n'a pas hésité à faire fusiller tous ces chiens d'officiers supérieurs qui ne sont bons qu'à parader et intriguer contre leur chef. Göring, Himmler et les autres, tous ont trahi ! »

Sa main s'agita convulsivement, l'écume aux lèvres, le regard enflammé. Hitler prenait conscience que la fin était proche. Il ordonna à von Greim et à Hanna Reitsch de quitter Berlin par avion dans la nuit du 27 avril pour rejoindre dans le nord de l'Allemagne l'Amiral Dönitz à qui il délégua ses pouvoirs.

Von Greim et Reitsch tentèrent, en vain, de convaincre Hitler de l'emmener par avion se réfugier dans son *nid d'aigle* à Berchtesgaden, dans les Alpes bavaroises.

Peu avant son départ, Hanna Reitsch vit s'approcher d'elle Traudl Junge, la secrétaire de Hitler. Discrètement cette dernière lui fit signe de la suivre. Reitsch et von Greim se trouvaient alors dans la salle des cartes, étudiant la meilleure solution de vol en fonction des signalements des avancées de l'Armée Rouge.

La secrétaire conduisit Reitsch dans le salon particulier de Hitler. Ce dernier était assis sur un sofa en tissu blanc couverts de motifs bleus. Il caressait machinalement sa chienne Blondi.

Lorsqu'Hanna Reitsch se présenta dans l'encadrement de la porte, il se leva et vint au-devant d'elle. Il lui prit les deux mains et l'invita à s'asseoir à côté de lui. Hitler avait une grande estime pour cette femme de 33 ans, pilote d'essai, qui avait même testé les bombes volantes V1 et conseillé les améliorations techniques nécessaires à leur stabilité de vol. Hanna Reitsch était vêtue comme d'habitude d'un pull-over à col roulé noir sur lequel était accrochée sa Croix de fer de première classe. C'était la seule femme ainsi honorée de cette décoration pour héroïsme au combat. Elle était totalement dévouée au Führer.

Hitler plongea son regard bleu glacial dans les yeux de Reitsch, lui tenant toujours les deux mains, et observa un long silence. Reitsch ne dit mot. Puis le regard de Hitler se radoucit et il prit la parole.

« Hanna, j'ai une grande confiance en vous. Je vais vous confier une mission de la plus haute importance et dont vous devrez vous acquitter dans le plus grand secret. J'ai donné ordre à von Greim de contacter Dönitz pour gérer au mieux la fin de notre chute après ma disparition. »

À l'évocation de cette disparition annoncée, Reitsch tenta de protester. Elle avait compris que le Führer voulait mettre fin à ses jours. D'un geste, Hitler lui enjoignit de se taire et de le laisser poursuivre.

« Ma décision est prise, Hanna, et je n'y reviendrai pas. Quitter Berlin pour m'enfuir vers le nord ou rejoindre l'Obersalzberg vers le sud n'a aucun intérêt. Ce serait un répit de quelques jours, sans bénéfice aucun. Le Reich de 1000 ans dont j'ai rêvé prend fin maintenant, et moi avec lui.

Mais pour autant je ne laisse pas l'avenir de l'Allemagne en jachère.

À Dönitz, il appartient de sauver ce qui peut l'être encore, en négociant pour la survie du peuple allemand. Himmler a voulu négocier avec les Américains pour sauver sa peau, c'est méprisable ! À Dönitz de négocier avec les Américains et les Anglais, chez qui nous avons des sympathisants, pour nous retourner ensemble contre les Russes. C'est d'une autre ampleur ! Je suis convaincu que l'alliance des Anglo-Américains avec Staline ne tiendra pas, il va les rouler. S'ils sont clairvoyants, ils sauront où se trouve leur intérêt. Et l'Allemagne renaîtra de ses cendres.

À vous, Hanna, il vous appartient de sauver un homme en qui j'ai fondé de grands espoirs pour donner à l'Allemagne dans le futur les moyens de sa renaissance. Vous le connaissez comme un vaillant soldat. J'ai dit un jour de lui que si j'avais eu vingt divisions d'hommes de cette trempe, j'aurais culbuté l'Armée Rouge. Aujourd'hui, c'est Moscou qui serait en flammes !

Vous allez emmener avec vous *l'Obersturmbannführer* Klaus von Hagenbach. Je l'ai fait venir ici à Berlin, il attend dans une pièce voisine. Je n'ai pas à vous en dire plus, mais cet homme détient le potentiel du renouveau de l'Allemagne.

Vous savez qu'on ne discute pas mes ordres. Mais plus qu'un ordre, c'est une prière : réussissez cette mission ! »

Hitler lâcha les mains d'Hanna Reitsch, se leva et prit dans la poche intérieure de sa veste une enveloppe qu'il tendit à la jeune femme.

« Voici un sauf-conduit rédigé de ma main et revêtu de ma signature. Il ordonne à tout allemand, civil ou militaire, de toute fonction et de tout grade, de se mettre au service de von Hagenbach en toute circonstance et en tout lieu, sur sa simple demande. Vous lui remettrez ce sauf-conduit à votre atterrissage. Il disparaîtra avec vous corps et biens si vous êtes abattus avant. »

Reitsch prit l'enveloppe, que Hitler ne lâcha pas tout de suite. Il sonda de son regard de glace les yeux de la jeune femme, afin qu'elle se sente pénétrée au plus profond d'elle-même de l'importance de la mission qui lui était confiée. Puis il lâcha le document et retourna s'asseoir sur le sofa. Blondi vint se coucher à ses pieds.

« Allez maintenant, je vous souhaite bonne chance ! » dit-il à Reitsch en la congédiant, et il ferma les yeux.

Le soir venu, Erich Kempka, le chauffeur de Hitler, prit la tête d'un petit groupe composé de von Greim, Hanna Reitsch, von Hagenbach et cinq Waffen-SS. Le groupe remonta du bunker à l'air libre dans le jardin de la Chancellerie. Le ciel, obscurci par de lourds nuages de fumée, s'embrasait de toutes parts sous le feu des explosions d'obus. Le canon grondait, menaçant, de plus en plus proche de la Chancellerie. Les sifflements des orgues de Staline vrillaient les tympans.

Le groupe prit la direction de la porte de Brandeburg. Il croisa des combattants qui somnolaient dans l'entrée d'un bâtiment à demi effondré. De temps à autre, des soldats allemands sortaient d'une bouche de métro ou s'y engouffraient, pour circuler dans la ville par les tunnels, échappant ainsi aux tirs d'artillerie et aux mitraillages des avions d'assaut qui volaient au ras des immeubles. À 100 mètres devant le groupe un char T 34 roulait dans la Wilhelm-Strasse. Abrité derrière un pan de mur, un jeune combattant, quinze ans tout au plus, redressa posément son *Panzerfaust*, visa l'avant du char et pressa la détente. Le projectile fusa du tube, crachant une flamme de 2 mètres en arrière de l'arme, et percuta le char près du train de roulement. Sous l'effet de la charge creuse, le blindage fondit et une pluie de métal en fusion se répandit à l'intérieur du blindé, mettant le feu aux obus et provoquant l'explosion finale. La tourelle fut projetée en l'air et s'abattit lourdement à quelques mètres, défonçant le mur d'une maison voisine. Le gamin se retourna fièrement vers le groupe, le regard enfiévré d'une haine meurtrière. Il porta deux doigts à sa casquette en guise de salut. Il s'était dégagé du pan de mur qui le protégeait et se découvrit. Quelque part dans un immeuble proche un tireur d'élite soviétique le prit en joue et tira. Le gamin s'effondra, une balle en pleine tête. Hanna Reitsch jeta un regard fataliste sur le corps du gamin tandis que von Hagenbach fit un dernier salut.

Le groupe s'engouffra dans une bouche de métro voisine.

À l'intérieur du tunnel régnait une atmosphère apocalyptique. Des blessés gisaient à même les quais, dispersés sans ordre au milieu d'une foule de civils hagards. Sur la voie se trouvait un wagon aux vitres brisées. Sans électricité, des militaires s'éclairaient à la bougie, penchés sur les cartes des réseaux du métro et des égouts de la ville, cherchant désespérément des solutions de fuite. Des téléphones de campagne, installés à la hâte et démontés aussi vite au gré des ordres et contre-ordres fusant de toutes parts, permettaient aux petits noyaux de résistance de communiquer. La frayeur se lisait dans le regard des femmes. Des viols collectifs étaient perpétrés par les Rouges, la nouvelle s'était répandue comme une traînée de poudre. Des civils et des militaires se suicidaient, plutôt que de tomber aux mains de l'ennemi.

Les Waffen-SS étaient rompus aux horreurs de la guerre, ils s'en étaient rendus coupables lors de l'invasion de la Russie vis à vis de ces Slaves qu'ils considéraient comme des sous-hommes. Villages brûlés, partisans pendus, femmes violées jalonnaient leurs marches vers Moscou, Léningrad ou Stalingrad, et plus encore lors de leur reflux devant le rouleau compresseur soviétique. Hanna Reitsch, qui n'avait jamais combattu qu'aux commandes d'un avion, n'avait pas l'expérience de ces scènes de désolation. Elle réprima la compassion qui l'étreignait, sa mission passait avant tout. Elle serra les dents et avança, sourde aux supplications qui montaient et aveugle aux mains qui se tendaient vers elle.

Le groupe mené par Kempka parcourut le tunnel du métro et refit surface à l'air libre. Von Greim, Reitsch et von Hagenbach avançaient prudemment vers le Tiergarten sous la protection des cinq Waffen-SS. Ils atteignirent l'avion camouflé sous des branchages, laissé à la garde d'une escouade. Le Fieseler Storch était un biplace. Von Greim et von Hagernbach durent se tasser l'un contre l'autre à l'arrière. Tandis que Kempka et les Waffen-SS rebroussaient chemin vers le bunker en compagnie des hommes qui avaient gardé l'appareil. Hanna Reitsch lança le moteur et commença à rouler sur la piste de fortune.

Chapitre 31

Hôtel de l'Abbaye, Péronne
31 décembre 2000

Praetorius avait dormi d'un profond sommeil réparateur.

Il s'éveilla à 7 heures, en ce dernier jour de l'année. Il avait consacré toute la journée de la veille à ses recherches. La visite de la Commanderie templière l'avant-veille l'avait édifié sur l'importance et la gravité de l'affaire en cours.

Il s'était plongé dans ses notes, avait revu les plans cadastraux. Il avait passé de nombreux appels téléphoniques. Il s'était renseigné, en particulier, auprès de différentes sources sur ce professeur von Hagenbach. Il avait conclu sa journée par la rédaction d'une synthèse sur l'affaire et ses différents protagonistes.

En ce 31 décembre, le capitaine de Mortemer avait rejoint sa brigade. Il n'avait plus de famille et passerait le réveillon à la gendarmerie avec les hommes de permanence.

Le lieutenant Valadon, sur l'insistance de Praetorius, avait regagné Paris où l'attendaient des amis. Il ne voulait pas quitter Praetorius, mais ce dernier avait exigé qu'il prenne un peu de repos et de recul sur l'affaire.

La journaliste Sylvie Verstraete retournait à Bruxelles dans sa famille pour le Jour de l'An. Cette jeune femme pleine d'assurance semblait prometteuse comme enquêtrice.

Praetorius avait rassuré ses deux compagnons, cela ne le gênait en rien d'être seul, il avait à faire. Il les avait conviés à dîner le 2 janvier, ainsi que Sylvie Verstraete, au restaurant *le Faisan et le Grill.*

Praetorius resta plus longtemps que de coutume sous la douche, mettant ses idées en ordre. Les pièces du puzzle de cette affaire hors du commun se mettaient en place. Il se surprit à penser que finalement c'était toujours pour des affaires *hors du commun* qu'on le sollicitait. La dernière en date remontait à 6 mois et la presse nationale l'avait intitulée d'un titre racoleur, *la nouvelle bête du Gévaudan ?* Dans l'accroche, tout était dans le point d'interrogation…

Sortant de la douche, il se sécha énergiquement, se rasa de près et s'habilla : T-shirt en coton blanc d'Égypte, caleçon rayé bleu et rouge, pull-over col roulé noir en cachemire, pantalon de velours noir à fines côtes, chaussettes noires en fils d'Écosse et mocassins de même couleur.

Ainsi apprêté, il s'assit dans le fauteuil qu'il avança près de la fenêtre et parcourut les notes et documents qu'il avait réunis la veille. Il remit le tout dans un dossier cartonné qu'il plaça dans le coffre de la chambre dont il brouilla le code à 4 chiffres. Il enfila son blouson de cuir et sortit, refermant la porte de la chambre à double tour.

L'Hôtel de l'Abbaye appartenait à cette classe d'hôtels qui entretenaient soigneusement le charme d'antan. Ainsi par exemple les portes des chambres fermaient-elles à l'aide d'une clé en laiton et non d'une carte magnétique.

Praetorius croisa dans le couloir la femme de chambre poussant son chariot de linge et la salua aimablement. Elle lui rendit le bonjour avec un grand sourire. La réputation de cet hôte de marque était connue de l'ensemble du personnel de l'établissement, dûment informé par son directeur.

Négligeant l'ascenseur, Praetorius prit l'escalier, tapissé de la même moquette que les couloirs des étages et dont la couleur bleu roi était mise en valeur par le chêne clair des parquets et des marches. Les barres de cuivre fixant la moquette aux angles des marches étaient consciencieusement astiquées tous les matins à la première heure. L'escalier menant du premier étage où Praetorius avait sa chambre au rez-de-chaussée tournait sur la droite, un mur de couleur crème sur la gauche et une main-courante en ferronnerie d'art de couleur noire sur la droite.

Arrivé dans le hall, Praetorius se dirigea vers le concierge dignement installé derrière son comptoir. Il venait ainsi chaque matin relever son courrier.

« Bonjour Firmin, je vois une enveloppe dans mon casier ce matin, dit-il au concierge en lui tendant sa clé.

— La voici, monsieur Praetorius. Elle a été déposée à votre intention tard dans la nuit par le client de la chambre 23, m'a dit ce matin à mon arrivée le veilleur. C'est de la part de ce monsieur von Hagenbach qui loge depuis quelques jours chez nous. Le veilleur m'a dit qu'il a beaucoup insisté pour que ce courrier vous soit remis ce matin sans faute.

— Je vous remercie, Firmin, répondit Praetorius se saisissant de l'enveloppe. Bonne journée à vous. »

Praetorius s'installa dans l'un des fauteuils du hall et décacheta l'enveloppe.

Au recto, le nom et la qualité du personnage, imprimés en belles lettres gothiques :

Klaus von Hagenbach
Professeur d'Histoire Médiévale
Université de Heidelberg, Allemagne

Au verso, un message bref, rédigé d'une écriture anguleuse :

Cher monsieur Praetorius,

Il me serait agréable de vous entretenir de faits nouveaux dans ma quête. Je vous propose de nous retrouver demain matin à 11 heures dans le petit salon de l'hôtel que vous affectionnez tant.
Je compte sur vous.

Le message était daté du 30 décembre, minuit.

Son ton ne laissait pas d'alternative quant au jour et à l'heure du rendez-vous. Praetorius avait le choix d'ignorer l'invitation ou d'y souscrire. Il choisit de s'y rendre, il lui fallait en savoir plus sur les motivations de ce médiéviste dont il cernait maintenant le profil.

Il allait jouer une partie de poker menteur.

Il gagna la salle à manger et s'installa pour le petit déjeuner. Ses goûts étaient connus du serveur. Ce dernier lui apporta son plateau habituel : grand jus d'oranges pressées, bol de céréales arrosées de lait demi-écrémé, double expresso. Tout en déjeunant, Praetorius parcourut la presse locale. Les trois crimes étaient relatés brièvement, sans plus de détails sur les mises en scène particulières, et reliées par le titre racoleur *Un tueur en série dans nos campagnes ?*

Encore une fois, tout était pour le rédacteur de l'article dans le point d'interrogation qui laissait la porte ouverte à toutes les hypothèses. L'identité des victimes était révélée, un résumé de leurs histoires personnelles respectives était rapporté avec une référence à leur passé commun dans la Résistance, un appel à témoins était lancé.

Ayant terminé son petit déjeuner, Praetorius consulta sa montre. Il avait amplement le temps de sortir prendre l'air.

Ses pas le conduisirent vers le château. Le séminaire avait pris fin, l'Historial avait repris le cours habituel de son exposition permanente. Praetorius déambula dans les différentes salles où étaient présentés de façon comparative entre les trois belligérants -France, Grande-Bretagne, Allemagne- des uniformes, des armes, des matériels médicaux. La vie quotidienne dans ces trois pays au cours du conflit était illustrée par des photographies, des affiches publicitaires, des objets de tous les jours.

Praetorius s'installa dans la salle de projection où, par un jeu d'animation de diapositives simulant le mouvement, était relatée la bataille de la Somme en 1916 qui fut pour la Grande-Bretagne ce que fut la bataille de Verdun pour la France. À la vue de ces images, il médita sur le non-sens de cette boucherie qui faucha tant de jeunes hommes : *la guerre est faite par des hommes qui ne se connaissent pas et s'entretuent au profit d'hommes qui se connaissent et ne s'entretuent pas,* selon la formule consacrée.

À l'issue de la projection Praetorius regagna l'hôtel et, à 11 heures précises, pénétra dans le petit salon où l'attendait von Hagenbach. Celui-ci se leva, salua cérémonieusement Praetorius et l'invita à s'asseoir.

« Je suis ravi que vous ayez pu vous libérer, monsieur Praetorius. J'imagine que vous êtes très occupé par cette série de meurtres. J'ai lu le journal ce matin, ce serait donc un tueur en série ? Ces pauvres victimes sont tombées sur un fou !

Votre temps est compté, je ne veux pas vous le faire perdre. L'histoire est extraordinaire : en un mot je vous invite à vous joindre à moi pour une chasse au trésor !

— Si la proposition ne venait pas d'un homme dont la réputation de sérieux m'a été confirmée, je vous aurais répondu que j'ai passé l'âge des gamineries. Il est exact que je suis très occupé, et même préoccupé, par cette série de crimes. Mais vous m'intriguez avec votre insistance.

Je vous écoute.

— Je vous remercie de m'accorder du crédit par référence à ma réputation. En effet, ce que j'ai à vous confier est tout ce qu'il y a de plus sérieux. Je ne poursuis pas un rêve chimérique mais bien une réalité, enfouie au plus profond de l'Histoire depuis plusieurs siècles et que j'ai mise à jour à la suite d'une recherche tenace dans les lieux et les archives les plus improbables.

Avant de vous révéler ce que j'ai découvert jusqu'alors et qui, je l'espère, vous motivera définitivement pour une saine collaboration, je pense qu'il nous faut nous connaître de façon transparente.

Or vous n'êtes pas un homme public et je vous avoue avoir fait des recherches vous concernant.

— Je suis par nature un homme discret, sinon secret, et je ne figure pas dans le *who's who.*

— Certes, monsieur Praetorius. Aussi ai- je contacté quelques amis bien placés, ici en France. Ils m'ont confirmé que vous êtes un enquêteur hors pair, doté de connaissances phénoménales et riche d'un réseau étendu et diversifié de relations à même de vous apporter toutes les informations qui vous sont nécessaires et de vous ouvrir toutes les portes.

C'est pourquoi je pense que notre collaboration ne pourra qu'être couronnée de succès.

Bref, vous êtes pour moi l'associé idéal.

Je ne doute pas qu'après notre première rencontre vous vous êtes renseigné sur moi, n'est-ce pas ?

— Pas de fausse modestie ni de faux fuyant entre nous, monsieur von Hagenbach.

Vous m'avez suffisamment intrigué lors de notre rencontre à l'Historial pour qu'effectivement je prenne quelques renseignements sur vous.

De surcroît, j'ai rencontré cette jeune journaliste belge qui voulait m'interviewer pour un article sur *l'enquêteur idéal*. L'idée lui en est venue en voyant mon nom dans la liste des intervenants aux Journées de l'Historial. Manifestement, elle exploite au maximum le temps de ses quelques jours passés à Péronne pour accumuler de la copie.

Je me suis prêté au jeu en lui donnant quelques pistes de réflexion à la condition *sine qua non* qu'elle ne me nomme pas.

Au fil de l'entretien, elle s'est félicitée de pouvoir boucler trois articles différents alors qu'initialement elle ne venait que pour celui ayant motivé ces Journées. Je lui ai fait dire qu'elle vous avait également rencontré.

— Ce n'est pas très professionnel de sa part de vous avoir parlé de moi !

— Ne vous formalisez pas, mettons cela sur le compte de l'excitation d'une jeune journaliste ayant eu à rencontrer deux fortes personnalités ! En fait, elle ne m'a rien appris sur vous que je ne savais déjà.

— Et donc ?

— Je sais que vous êtes un médiéviste renommé, dont la réputation n'est pas surfaite. Comme votre carte de visite l'indique, vous enseignez à l'université de Heidelberg. Vous êtes spécialisé dans les Ordres militaires, particulièrement l'Ordre des Chevaliers Teutoniques auquel vous avez consacré votre thèse de doctorat, secondairement éditée sous la forme d'un livre qui a connu un grand succès ainsi que nombre d'articles et de conférences.

J'ai également appris votre passé militaire au cours de la Seconde Guerre mondiale : officier supérieur de la division blindée Waffen-SS *Das Reich*, vos faits d'armes sur le front de l'Est, vos fonctions de police à Péronne en charge de la lutte contre la Résistance à la fin de la guerre.

C'est d'ailleurs directement en relation avec cette dernière période que vous m'avez contacté initialement, pour résoudre le mystère d'un crime impuni…

Vous vous souvenez ? »

Von Hagenbach avait écouté en silence Praetorius, le visage fermé. La réputation de son interlocuteur non plus n'était pas surfaite ! Au jeu du chat et de la souris, il savait l'enquêteur redoutable et il lui fallait mesurer en permanence ce qu'il pouvait lui révéler et ce qu'il devait lui cacher, pour atteindre son objectif.

Praetorius quant à lui n'avait livré qu'une partie de ce qu'il connaissait de l'histoire personnelle de l'Allemand. Les conditions de la mise à mort des trois victimes témoignaient du caractère impitoyable de la partie d'échecs qui allait s'engager sur l'échiquier de l'Histoire, l'Histoire occulte qui masquait l'Histoire officielle.

Tout opposait ces deux hommes.

Praetorius avait consacré sa vie au service du Bien. Il sentait que von Hagenbach avait voué la sienne à celui du Mal.

L'échange était pour l'instant à fleurets mouchetés, chacun voulant prendre le pas sur l'autre. Un jour viendrait où la lutte serait sans merci.

Praetorius reprit.

« Je passe sur vos faits d'armes comme officier de division blindée sur le front de l'Est. Je m'attache à vos antécédents à Péronne.

Vous étiez donc l'officier responsable de la lutte contre la Résistance. Vous avez démontré votre caractère impitoyable vis à vis d'eux quand ils tombaient entre vos mains. Quand votre officier d'ordonnance a été retrouvé mort, votre ami dont vous vouliez élucider le meurtre m'avez-vous dit, vous avez fait fusiller des otages en représailles.

Finalement vous avez été fait prisonnier par les Américains, qui ont eu manifestement des égards à votre endroit…

— C'est remarquable, s'exclama von Hagenbach avec un large sourire, vous savez tout de moi !

Comme officier Waffen-SS, je ne ressens aucune honte car j'ai toujours eu un comportement de combattant. J'ai combattu pour un idéal. J'ai toujours mon groupe sanguin tatoué au creux du bras. Certains l'ont effacé quand ils tombaient aux mains de l'ennemi. Je peux le comprendre quand c'était aux mains des Russes.

Notre devise était *notre honneur s'appelle fidélité !*

Savez-vous d'où vient cette formule ?

— Du serment de fidélité prêté à Hitler ?

— D'une certaine façon.

Elle nous vient de la lutte menée contre les SA. Vous savez bien sûr qui étaient les SA ?

— La *Sturmabteilung, Section d'Assaut*, une milice fondée avec Ernst Röhm en 1921 lors de la fondation du parti national-socialiste pour assurer la sécurité des meetings et faire le coup de poing contre les opposants de gauche, en particulier les communistes.

— Exact.

Les SA étaient d'anciens combattants de 14-18 rendus amers par la défaite, *le coup de poignard dans le dos*. Anciens membres des corps francs.

Lorsque Hitler a tenté sans succès son putsch en 1923, il a été emprisonné à Landsberg et la SA et le parti ont été dissous. Une fois libéré, en 1925, Hitler a refondé le parti et créé la SS, *Schutzstaffel,* escadron de protection dédié à sa personne. En 1926 la SA a été à nouveau autorisée. En 1930 Hitler a rappelé Röhm pour diriger la SA. Des incidents se multipliaient entre SA et SS. À Berlin quelques SS se sont interposés pour protéger les membres du parti et se sont fait tabasser. Hitler leur a adressé une lettre de remerciement pour avoir protégé le parti et leur a écrit : *Hommes de la SS, votre honneur s'appelle fidélité !* C'est devenu notre devise.

— Et vous avez prêté serment d'obéissance et de fidélité à Hitler…

— Jusqu'à la mort !

Et puis au fil de la guerre, devant ses erreurs stratégiques qui coûtèrent la vie à beaucoup de combattants en pure perte et devant les menaces d'invasion de l'Allemagne par l'ouest et surtout par l'est, c'est devenu un serment moral de fidélité à la nation et à l'Allemagne. La fraternité des armes unissait les soldats de la Heer et les Waffen-SS.

— Fait prisonnier par les Américains, vous avez en fait travaillé pour eux et une fois libéré, après avoir intégré la vie civile, vous avez été en contact avec la CIA, sous la couverture d'un prestigieux professeur d'Histoire Médiévale…

— Je parle couramment le français, comme vous pouvez le constater. Mais également l'anglais et le russe. Les Américains ont été très intéressés par mon expérience acquise sur le front russe au sujet de leur police politique, le NKVD, et sur leurs systèmes de renseignements.

— Je sais que beaucoup d'Allemands ont été reconvertis des deux côtés du Rideau de Fer, sans grande considération pour leur passé nazi. Surtout des physiciens et des chimistes…

— À Péronne, c'était simple. J'avais en charge la lutte contre la Résistance qui nous causait de gros soucis. Les Anglo-Américains avaient débarqué en Normandie et j'avais la mission de faciliter les mouvements de nos divisions blindées qui remontaient du sud et de l'est en nettoyant le terrain des actions de la Résistance qui cherchait par tous les moyens à retarder leurs déplacements.

— Vous ne pouviez ignorer que les trois victimes de ces assassinats étaient d'anciens résistants, les derniers survivants du groupe qui avait exécuté ce notaire collaborateur qui était venu vous proposer un document, et probablement tué votre officier.

— J'ai découvert le nom de ces trois hommes comme tout le monde dans la presse locale. J'ignorais qu'ils avaient appartenu à la Résistance, affirma avec beaucoup d'assurance von Hagenbach. Dans ce cas, en mettant de côté la mise en scène de leur mort, j'aurais tendance à penser que mon ami est vengé, certes tardivement, mais vengé. »

Par cette dernière phrase, Praetorius eut la preuve de la duplicité de von Hagenbach.

La presse n'avait pas fait état du détail des mises en scène !

Il ne laissa rien transparaître de sa certitude lorsque von Hagenbach lui posa une question.

« Monsieur Praetorius, connaissez-vous l'*Ahnenerbe* ? »

Chapitre 32

Hôtel de l'Abbaye, Péronne
31 décembre 2000

Praetorius marqua un silence avant de répondre.

« L'*Ahnenerbe* ? C'est le délire nazi de *l'Institut pour l'Héritage des Ancêtres*, mis en place par Himmler pour prouver la supériorité de la race aryenne.

— Je vous laisse la responsabilité du mot *délire*, je ne partage pas votre opinion. Mais je ne veux pas polémiquer avec vous sur la finalité de cet Institut, car l'objet de ma recherche dépasse notre différence d'appréciation. Son intérêt est supérieur à nos divergences.

Laissez-moi simplement vous expliquer dans quel contexte j'ai trouvé intérêt dans certains départements de recherche de cet Institut.

Ma passion est l'Histoire Médiévale germanique.

Toute la doctrine de cet Institut était fondée sur la légende de Thulé. La connaissez-vous ?

— Un mythe…

— Cette légende situe Thulé dans le Grand Nord et en fait le centre d'une civilisation brillante, Hyperborée. Ses habitants, les Hyperboréens, étaient détenteurs de tous les savoirs de l'Humanité.

Obligés de fuir à la suite d'un cataclysme, les Hyperboréens ont entamé une longue marche qui les mena en

Inde où ils fondèrent une civilisation souterraine, Agarttha.

Une nouvelle catastrophe poussa ensuite les Aryens, les plus purs descendants des Hyperboréens, à remonter vers le septentrion pour reformer un empire. Un deuxième groupe d'Aryens s'établit sous l'Himalaya y créant une nouvelle capitale.

Les descendants des Aryens se scindèrent en deux groupes. Le premier se plaça sous la *roue du soleil d'or*. Le deuxième sous la *roue du soleil noir*.

Le sens sanscrit du mot *aryen* signifie *noble* et définit plus largement les Indo-Européens qui ont migré à partir de l'Asie centrale vers l'Inde et l'Europe.

— Dans cette mythologie germanique vous avez mentionné *Thulé* comme site géographique. Il a été question, au début du XX ème siècle en Allemagne, d'un *Ordre de Thulé*, me semble-t-il.

— Je vois que mon récit ne vous est pas totalement étranger, apprécia von Hagenbach.

Effectivement, l'Ordre de Thulé, la *Thule Gesellschaft*, fut créé en 1918 par le baron Rudolf von Sebottendorf. Son objectif était de préparer le renouveau de l'Allemagne. Après la Première Guerre mondiale cet Ordre a beaucoup inspiré les hauts dignitaires du parti national-socialiste.

— Vous évoquiez l'intérêt que vous aviez trouvé dans certains départements de l'Ahnenerbe ?

— Le programme de Himmler était d'amasser suffisamment de données archéologiques, historiques, culturelles, religieuses pour prouver que la race aryenne dont les Allemands étaient les héritiers était supérieure à toutes les autres races et que le territoire européen leur appartenait.

Il a, par exemple, missionné Otto Rahn que j'ai bien connu pour rechercher en France dans le Languedoc le Graal tout en envoyant avec l'accord du général Franco une mission secrète en Espagne dans l'abbaye de Montserrat près de Barcelone dans le même but.

— Le saint Graal ! Il manquait à votre exposé !

— Ne soyez pas ironique, c'est une affaire sérieuse.

Le Graal, recherché par les Chevaliers de la Table Ronde pour lesquels Himmler vouait une vénération et qu'il a cherché à imiter, était la coupe dans laquelle Joseph d'Arimathie avait recueilli le sang du Christ coulant d'une blessure au flanc provoquée par le centurion romain Longinus avec sa lance, *la Sainte Lance.*

Ce pourrait être également le calice utilisé par Jésus lors de la Cène, repas qu'il prit avec les Apôtres la veille du jour où il devait être livré aux Romains.

Himmler pensait qu'il pouvait s'agir d'une table-pierre gravée en caractères runiques, équivalent pour les Germains des Tables de la Loi de Moïse.

Otto Rahn avait écrit un premier livre intitulé *croisade contre le Graal* consacré aux Cathares du Languedoc.

— Et son deuxième ouvrage intitulé *la Cour de Lucifer* est une apologie manifeste du nazisme ! s'insurgea Praetorius. La dimension historique du personnage prête pour le moins à discussion…

Les conditions de sa mort sont restées mystérieuses. La version officielle est le suicide, mais peut-être a-t-il *été suicidé…*

— Nous avons tous à cette époque été nourris par le national-socialisme, se défendit von Hagenbach. L'Allemagne se relevait à peine des réparations de guerre imposées par la France à travers le traité de Versailles, lorsqu'elle sombra dans la crise mondiale de 1929. Hitler a été perçu comme un sauveur, redonnant travail et dignité au peuple allemand. Nous y avons tous cru, presque tous, peu nombreux furent les opposants.

— Peu nombreux parce que les nazis les ont éliminés, tués dans les combats de rue ou parqués dans les premiers camps de concentration !

— Regardez les films d'actualité de l'époque, monsieur Praetorius, et pas seulement ceux de Leni Riefenstahl qui sont apologétiques. Ces foules en extase, le bras tendu dans un seul élan…

— Revenons à votre quête, nous ne sommes pas là pour épiloguer sur ce *Reich de 1000 ans* qui n'a duré que quelques années ! Il a été à l'origine du plus grand cataclysme du XX ème siècle.

Venez-en au fait.

— Il m'a semblé nécessaire de vous rappeler tout cela pour que ce que je vais vous révéler vous paraisse crédible.

Si Otto Rahn a cherché à démontrer que Montségur était le *Montsalvat* de la légende arthurienne abritant le Saint Graal, le département d'archéologie de l'Ahnenerbe qui connaissait mon intérêt pour les Ordres chevaleresques m'a orienté vers celui des Templiers.

Pendant la guerre, j'ai ainsi eu l'opportunité d'accéder à l'immense bibliothèque de cet Institut dans un château en Allemagne : des milliers de livres, de grimoires et de parchemins, venant de différents horizons, pays scandinaves, Europe, Proche Orient, Asie. Parfaitement répertoriés, classés de façon thématique.

La consultation d'un certain nombre de ces ouvrages m'a instruit sur l'Ordre des Templiers, de sa création à sa chute, en particulier de faits ignorés de l'Histoire officielle rapportée aujourd'hui dans les ouvrages classiques consacrés à cette question.

Après la guerre, j'ai pu consulter au Vatican les archives secrètes relatant toute la procédure de leur jugement.

Sa fulgurante ascension vers la puissance et la fortune fait encore débat dans les milieux historiques officiels.

Pour moi, le débat est clos.

Mes recherches me permettent d'affirmer que le palimpseste que le notaire voulait négocier est *le parchemin* rédigé par Hugues de Payns après sa découverte lors des fouilles de la résidence templière à Jérusalem.

Ce palimpseste rapporte le secret de la Pierre Philosophale qui permet de transformer le plomb en or !

Il a été caché quelque part à Péronne ou dans les environs. Par le notaire ? Par les Résistants qui l'avaient appréhendé ? Je l'ignore.

Je vous ai révélé l'objet de ma quête.

Vous avez accès à des archives, à des institutions qui me sont fermées. Vous pouvez consulter les documents relatifs à la vie et au parcours de ce notaire et peut-être découvrir une information majeure. De même sur le parcours de ces Résistants.

Voulez-vous m'aider ? »

Praetorius avait écouté avec attention von Hagenbach. Il voyait dans ses propos la confirmation de ses hypothèses. Il constatait que le Médiéviste avait révélé beaucoup de choses, mais n'avait pas tout dit. En particulier il passait sous silence qu'il connaissait les trois victimes, dont il était à l'évidence le commanditaire de leur exécution.

Il les avait certainement interrogés sous l'emprise des drogues qui leur avaient été administrées, espérant recueillir sous l'effet de ces drogues l'information qui lui manquait.

Il avait tenté auprès de Praetorius de minimiser son engagement politique en se décrivant comme un simple combattant défendant un idéal, mais l'enquêteur savait qu'il avait été et qu'il restait un nazi convaincu. Le choix et l'exécution des trois victimes étaient caractéristiques du rejet des trois forces considérées comme les ennemis jurés du parti nazi : la franc-maçonnerie, le christianisme et le judaïsme. La mise en scène de leur mise à mort était un signe délivré à l'intention du monde.

Von Hagenbach attendait une réponse.

Praetorius prit la parole.

« Sur le plan historique, c'est une quête passionnante que vous me proposez là, professeur. La découverte d'un tel document éclipserait, au nombre des grandes découvertes de l'Histoire, celle de la tombe de Toutânkhamon.

La question reste entière : que feraient les Hommes du secret que recèle le palimpseste ?

D'un point de vue moral, nous prendrions une grave responsabilité en rendant publique par une simple publication scientifique la possibilité de transmuter le plomb en or. Vous rendez-vous compte ? Cela déstabiliserait l'économie mondiale. Le détenteur de ce pouvoir pourrait dominer le monde. J'avoue ignorer quelle autorité universelle pourrait se voir attribuer ce pouvoir.

Cela demande réflexion, et en tout état de cause je dois tout d'abord et en priorité conclure cette affaire de meurtres en série. Il me faut mettre la main sur les coupables. »

En prononçant ces mots, Praetorius regarda von Hagenbach droit dans les yeux. Pas un trait du visage de ce dernier ne bougea. Ses yeux bleus exprimaient leur froideur habituelle. Un silence pesant s'abattit entre les deux hommes, que rompit soudain von Hagenbach.

« Quel dommage ! Je suis tellement fasciné par ce palimpseste, je voudrais tellement aboutir ! Je suis convaincu qu'à deux nous y parviendrions !

Mais j'entends votre interrogation morale, elle mérite évidemment réflexion. Je suis désolé de vous paraître obnubilé par la recherche scientifique. Et par ailleurs je comprends l'ordre de vos priorités, vous m'en avez déjà fait état.

Écoutez, voici ma proposition.

Vous savez que je loge comme vous à l'Hôtel de l'Abbaye. Vous avez ma carte, en voici une autre avec mon numéro de téléphone portable. Je vais poursuivre seul pour l'instant mes recherches. N'hésitez pas à m'appeler dès que vous le pouvez. J'attends beaucoup de notre coopération. Nous pourrions, une fois le palimpseste découvert, convenir ensemble de le mettre au secret dans un coffre le temps nécessaire à la juste réflexion que vous avez soulevée.

Qu'en pensez-vous ?

— Vous êtes tenace, cela ne m'étonne pas ! On sent le combattant sous le chercheur en Histoire. Je vais d'abord résoudre mon affaire, et je reviendrai vers vous pour vous informer de ma réflexion.

— Voilà ! cette conclusion me satisfait, vous n'avez pas écarté d'emblée notre coopération. J'attends avec impatience votre appel. »

Sur ces mots les deux hommes se levèrent. Ils se saluèrent d'un bref hochement de tête. Von Hagenbach avait volontairement omis de tendre la main à Praetorius, il savait qu'il ne la saisirait pas. Ils se quittèrent sans autre formalité.

Pensif, Praetorius regarda von Hagenbach s'éloigner.

Chapitre 33

Hôtel des Armoiries, Péronne
2 janvier 2001

De retour de Bruxelles au lendemain du Jour de l'An, Sylvie Verstraete menait sa propre enquête.

Qui étaient réellement ces jeunes Allemands ?

Elle avait repéré les jours précédents à l'Historial un groupe de congressistes se retrouvant régulièrement pendant les pauses, parfois en compagnie de von Hagenbach. Elle s'était renseignée auprès du secrétariat du Congrès, il s'agissait d'étudiants inscrits sous le patronage de l'Université de Heidelberg. Curieusement, certains paraissaient relativement âgés pour de simples étudiants…

L'un d'eux, presqu'un géant, pouvait bien avoir la quarantaine. Sylvie Verstraete marqua un temps d'arrêt lorsqu'elle le vit de près : l'homme était albinos.

En fin de journée, ils regagnaient ensemble leur hôtel. La journaliste les suivit à distance.

Hôtel des Armoiries, non loin du château.

S'approchant à pied de l'hôtel, en ce début de soirée du 2 janvier, elle reconnut de loin von Hagenbach en discussion avec deux d'entre eux sur le trottoir devant la porte de l'établissement. Elle resta en retrait, masquée par une camionnette. Au bout de quelques minutes les trois hommes entrèrent dans l'hôtel.

Elle repartit vers le parking de l'Historial chercher sa Cooper et revint se garer un peu à distance de l'hôtel, le long du trottoir opposé, au milieu d'une file de voitures en stationnement. Elle gardait la porte de l'hôtel dans son champ de vision. Elle s'était absentée peu de temps. Von Hagenbach était-il reparti dans l'intervalle ?

Elle décida de rester en faction et prit son mal en patience. Elle eut la satisfaction de ne pas avoir attendu en vain car à 22 heures elle vit von Hagenbach sortir en compagnie des deux hommes qui l'avaient accueilli. Ils échangèrent quelques mots puis von Hagenbach repartit à pied. Sylvie Verstraete se tassa dans sa voiture lorsqu'il passa à sa hauteur. Il ne lui prêta pas attention. Il semblait marcher mécaniquement en regardant le sol, absorbé dans ses pensées. L'estomac de la journaliste criait famine. Le Médiéviste avait certainement dîné avec le groupe au restaurant de l'hôtel.

Elle avait remarqué que les deux étudiants avaient salué von Hagenbach à son départ d'une façon très raide, toute militaire. Elle attendit un instant avant de démarrer et déboîter de sa file de stationnement. Lorsqu'elle passa rapidement à hauteur de l'hôtel, elle ne vit pas l'albinos debout derrière la porte vitrée de l'entrée. Il l'avait repérée. Il nota le numéro de sa plaque d'immatriculation.

En cette matinée du 3 janvier, Sylvie Verstraete était revenue tôt à l'Hôtel des Armoiries et s'était installée au bar. Elle commanda un café et des croissants et feuilleta le journal mis à disposition sur le comptoir.

Peu après son arrivée, un brouhaha se fit entendre dans l'escalier et elle vit arriver dans la salle le groupe d'étudiants allemands conversant entre eux de façon animée. La journaliste comprenait quelques mots, il était question de *Schloss, château…*

Elle resta les yeux rivés sur son journal.

Le groupe s'installa sur une grande table pour le petit déjeuner, sauf l'un d'eux qui s'approcha de Sylvie. Elle le sentit venir.

L'albinos.

« Bonjour, mademoiselle. Je vous reconnais, vous êtes la journaliste qui s'est renseignée sur nous auprès du secrétariat du Congrès. Nous pouvons quelque chose pour vous ? »

Un peu décontenancée par cet abord direct, Sylvie tenta de ne rien en laisser transparaître. L'homme parlait français correctement, avec un fort accent germanique.

« Vous êtes direct, vous au moins !

C'est vrai, je suis journaliste et je m'intéresse à la sociologie des personnes qui fréquentent ce genre de séminaire, improvisa-t-elle en guise de justification.

— Vous nous avez remarqués, nous vous intéressons ? Helmuth Steinbecker, dit-il avec un grand sourire en lui tendant la main.

— Sylvie Verstraete, lui répondit la journaliste en lui serrant la main. Je dois écrire un article sur les motivations des participants à ce Congrès pour la rubrique *Culture* de mon journal. *L'Éveil*, c'est un journal belge.

Ça vous ennuierait de participer à mon enquête ?

— Pourquoi pas. Rejoignez-nous pour le petit déjeuner, on pourrait parler de tout ça à table.

— Bien volontiers ! Ça ne vous dérange pas si j'enregistre nos échanges ? C'est plus facile pour moi pour écrire ensuite mon article. »

Helmuth acquiesça et l'accompagna à la table où étaient installés ses compagnons. D'autorité il fit une place parmi eux pour la journaliste. Les hommes se levèrent pour la saluer. Elle se retrouva au milieu de ce groupe. Helmuth la présenta, ils se nommèrent successivement : Hans, Ludwig, Ernst, Franz, Joachim, Reinhardt, Wilfrid, Fritz, Bernie, Julius. Sylvie remarqua qu'ils omettaient volontairement de citer leurs noms de famille. La plupart comprenait à peu près le français, sauf deux qui se faisaient traduire.

La journaliste déroulait ses questions. Helmuth traduisait en allemand lorsque leur formulation posait un problème de compréhension à ses compagnons et rapportait leurs réponses. L'échange paraissait bon enfant, Sylvie semblait manifester beaucoup d'intérêt aux motivations avancées par les uns et les autres.

Helmuth était le plus âgé, 43 ans. Il était l'assistant du professeur von Hagenbach et il préparait sa thèse de doctorat en histoire. Les autres, plus jeunes, âgés de 21 à 35 ans, préparaient à des degrés variés des diplômes en histoire, droit ou littérature. Le professeur von Hagenbach avait trouvé intéressant pour eux de venir à Péronne suivre le Congrès de l'Historial, tant pour le thème que pour la pratique de la langue française. Plusieurs avaient indiqué qu'un grand-père avait combattu dans la région, particulièrement la bataille de la Somme, certains de ces soldats y avaient trouvé la mort et y étaient enterrés. La région était en effet parsemée de cimetières militaires de la Grande Guerre : français, allemands, britanniques, australiens, néo-zélandais, canadiens, sud-africains, américains.

À l'issue du petit déjeuner, la journaliste avait recueilli suffisamment d'informations pour nourrir l'article annoncé. Elle s'apprêtait à prendre congé lorsqu'Helmuth lui fit une proposition à laquelle elle ne s'attendait pas.

« Nous allons ce matin sur le site de la Commanderie templière afin de faire des relevés topographiques pour le professeur von Hagenbach. Il nous fait préparer un mémoire sur l'architecture militaire au Moyen Âge.

Ça vous intéresserait de nous voir travailler ? Ce serait bon pour illustrer votre article… »

Sylvie marqua un temps de réflexion avant de répondre. Refuser paraîtrait suspect, compte tenu du motif invoqué pour justifier sa présence. Elle se dit qu'elle pourrait en apprendre davantage sur eux et leurs motivations réelles. Praetorius apprécierait…

« Pourquoi pas, si je ne vous dérange pas dans votre travail ? Je pourrais prendre des notes complémentaires et quelques photos ?

— Pas de problème.

— Vous devez travailler longtemps là-haut ? Parce que je dois être rentrée en fin d'après-midi pour contacter mon journal. Je vais vous suivre avec ma voiture.

— Ce n'est pas nécessaire. Nous disposons d'un minibus, nous pourrons monter tous ensemble et le matériel est dans une remorque. Nous serons rentrés à temps pour vous. »

La journaliste ne pouvait plus se dérober. Tous se levèrent et gagnèrent le parking situé à l'arrière de l'hôtel. Un minibus noir immatriculé en Allemagne y était stationné, une remorque bâchée accrochée à l'arrière.

Helmuth ouvrit courtoisement la portière côté passager à Sylvie avant de s'installer au volant. Franz avait fait coulisser la portière latérale et les hommes s'étaient engouffrés, se répartissant sur les fauteuils. Le minibus sortit du parking et s'engagea sur la chaussée. À cette heure matinale la circulation était fluide. Le véhicule gagna rapidement la sortie de Péronne et prit la route de

Roisel. Le temps était ensoleillé, la matinée était froide. Helmuth connaissait manifestement la route car, ne consultant même pas les pancartes, il roulait rapidement. À l'intérieur du véhicule tous étaient silencieux. Personne ne prenait la peine de bavarder, même pour dire une banalité.

Un sentiment de malaise commençait à gagner la journaliste. Elle faisait mine de s'intéresser au paysage mais en réalité elle n'en menait pas large. En fait, elle ignorait tout de l'activité réelle de ces hommes. Qu'ils soient liés à von Hagenbach n'était pas pour la rassurer. Elle ne s'était pas engagée dans cette aventure de façon inconsciente, mais avait quand même cédé à sa fougue journalistique, toujours à la recherche du scoop.

Helmuth rompit brutalement le silence.

« Je suis sûr que vous allez apprécier votre escapade. L'imprévu n'est-il pas le sel de l'aventure ? »

L'ambiguïté du propos ne rassura pas Sylvie. Elle redoubla de vigilance. Elle avait mis en mémoire sur son téléphone portable plusieurs numéros. Celui de Praetorius correspondait à la touche 1. Discrètement elle glissa sa main droite dans sa poche de blouson et, palpant son téléphone du bout des doigts, appuya sur la touche désirée puis sur le bouton d'appel. Elle avait gardé son téléphone sur silencieux, si bien que la sonnerie d'appel chez Praetorius ne s'entendait pas dans le véhicule, ni le message indiquant le passage sur boîte vocale. Ainsi, tout ce qui allait suivre pourrait s'enregistrer pour Praetorius.

Elle prit la parole.

« Vous êtes un groupe d'étudiants qui travaille depuis longtemps pour le professeur von Hagenbach ?

— Je suis son assistant depuis plusieurs années, répondit Helmuth, je lui suis très attaché car il m'a accompagné dans mes études et en dehors. Les autres ont été remarqués par lui, ils comptent parmi les meilleurs dans leurs disciplines respectives, et c'est un honneur pour tous de travailler avec et pour le professeur.

— Et vous travailler depuis longtemps sur le site de la Commanderie ? Nous y allons en ce moment pour des relevés topographiques, m'avez -vous dit.

— Nous y venons par périodes. En ce moment, c'est surtout un travail de cartographie des extérieurs. Mais les souterrains nous intéressent beaucoup, là aussi à topographier.

— Nous arrivons bientôt ?

— Dans quelques minutes…

— Je suis impatiente ! termina la journaliste. »

Elle espérait que le son cette conversation n'avait pas été trop amorti par le cuir de son blouson et que Praetorius pourrait en prendre connaissance. Il comprendrait qu'elle s'était mise dans un mauvais pas.

Concentré sur sa conduite et distrait par le bavardage de la journaliste, Helmuth n'avait apparemment rien remarqué.

Le véhicule arriva au pied de la colline et entama sa montée. Arrivé sur le terre-plein du château, Helmuth gara le minibus à proximité de l'entrée. Franz fit glisser la portière latérale et les hommes descendirent les uns après les autres. Helmuth descendit le dernier et, faisant le tour par l'avant, ouvrit à nouveau courtoisement la portière à la journaliste. Lorsqu'elle se retrouva côte à côte près de ce géant albinos, perdue au pied de ce château en ruines dans cette froideur de janvier, Sylvie fut envahie d'un sentiment d'impuissance.

Comment avait-elle pu se montrer si imprudente ?

Les hommes avaient débâché la remorque et en sortaient du matériel de relevés topographiques, mais aussi trois grosses malles. Elles paraissaient lourdes, deux hommes par malle peinaient à les soulever. Joachim tendit une sacoche à Helmuth, qui la passa en bandoulière.

Le groupe franchit le seuil de l'entrée du château et, négligeant les bâtiments attenant aux murailles, se dirigea vers le donjon. La journaliste, qui ne pouvait que suivre passivement le groupe, interrogea Helmuth du regard alors qu'il introduisait une clé dans le cadenas de la porte.

« Notre travail aujourd'hui concerne le donjon. Certains d'entre nous vont monter sur la plateforme pour topographier l'ensemble des bâtiments vus d'en haut, pendant que les autres vont s'occuper des souterrains. Nous avons du matériel à y entreposer. »

Pendant que quatre hommes montaient un escalier en colimaçon avec leurs matériels de relevés, Helmuth bascula la trappe d'accès aux souterrains.

Il s'engagea le premier, sacoche en bandoulière d'où il avait extrait une puissante lampe torche lui permettant d'éclairer l'escalier de pierre qui se perdait dans l'obscurité du sous-sol. Debout sur les premières marches, il se retourna et invita la journaliste à le suivre. Les six hommes restants, deux par deux avec leurs trois malles, attendaient qu'elle passe devant eux pour s'engager à leur tour. Tous les six s'étaient équipés de lampes frontales. Ils portaient leurs malles avec beaucoup de précaution, veillant à ne pas heurter les marches.

Que pouvaient-elles contenir ?

Sylvie n'en menait pas large.

« Où allons-nous ?

— Vous allez voir, ces souterrains sont pleins de surprises ! Ils datent de l'époque fastueuse des Templiers.

Ils sont en relatif bon état de conservation, comme le donjon, contrairement aux bâtiments à l'extérieur. Ce sera très original pour votre article ! »

Le groupe avança dans un long et large couloir voûté. Le sol était revêtu de dalles de pierre finement ajustées. Les murs étaient maçonnés de briques. Le plafond paraissait soigneusement étayé. La journaliste se fit la remarque que, si le sol et les murs semblaient dans leur état d'origine, dans un parfait état de conservation, le plafond avait été consolidé plus récemment. Elle sentait un courant d'air : il devait exister des cheminées d'aération. Les Templiers étaient d'astucieux bâtisseurs, dont les connaissances résultaient d'un intelligent mélange des savoirs de l'Occident et de l'Orient.

Au bout du couloir le groupe arriva devant une porte en chêne fermée par un simple loquet. Helmuth l'actionna et le groupe pénétra dans une pièce rectangulaire. Des bancs alignés le long des murs, une porte au milieu du mur de gauche, une autre porte plus imposante, de forme ogivale, au fond de la pièce.

Les hommes en charge des malles les déposèrent au sol et en soulevèrent les couvercles. La journaliste n'eut pas le temps d'en voir le contenu. Helmuth se tenant devant la porte de gauche, elle aussi maintenue fermée par un simple loquet, s'était retourné.

Un pistolet Lüger à la main.

« Assez plaisanté maintenant, mademoiselle la journaliste trop curieuse ! On ne vous a pas appris que la curiosité est un vilain défaut ? Vous vous intéressez un peu trop au professeur. D'abord, vous l'interrogez sur son passé militaire, pour un article imaginaire : nous avons vérifié auprès de votre journal, il n'en a jamais été question. Ensuite, je vous surprends l'autre soir devant notre hôtel, et vous arrivez ce matin la bouche en cœur nous chanter une histoire d'article encore une fois bidon !

Vous vous intéressez aux Templiers ? Vous allez faire connaissance avec le confort de leurs geôles… »

D'un geste de son arme Helmuth fit signe à Sylvie de franchir la porte qu'il venait d'ouvrir. Elle ne pouvait pour l'instant qu'obtempérer. Elle espérait que Praetorius avait pu entendre son échange avec Helmuth tant qu'ils étaient à l'extérieur. Il n'y avait aucune chance qu'une fois dans le souterrain elle puisse imaginer que les ondes continueraient à passer.

Le Lüger dans les reins, poussée par Helmuth, elle se retrouva dans un couloir plus étroit qui semblait courir le long de la pièce qu'ils venaient de quitter. Son état de conservation paraissait médiocre, du salpêtre aux murs, des suintements d'humidité. Le mur de gauche était à intervalles réguliers percé de portes étroites munies d'un judas. Le bois en était ancien mais les gonds avaient été graissés. Helmuth prit un plaisir malsain à jouer les guides.

« Comme vous pouvez le constater, les Templiers étaient des gens prudents. Ces souterrains ménagent une issue de secours en cas de nécessité. Ils permettent également, dans des pièces appropriées, de stocker des réserves et même de se réunir dans une grande salle que vous n'aurez pas le loisir de visiter. Ils ont également prévu des geôles pour les indésirables de l'époque : aujourd'hui vous allez y goûter. »

Helmuth ouvrit l'une d'elles, dont la porte n'était fermée que par un gros verrou extérieur, et y poussa Sylvie. Il referma la porte et tira le verrou. Il regarda la journaliste à travers le judas, un sourire sardonique aux lèvres.

« Le professeur décidera de votre sort. Vous n'allez pas tarder à le rencontrer.

— Sachez que je n'ai jamais été dupe de vos beaux sourires et de votre politesse forcée. Tous autant que vous êtes, je vous ai devinés dès le début comme des êtres malfaisants ! Ne me croyez pas naïve, vous n'êtes pas au bout de vos surprises ! »

Sylvie Verstraete affichait un air bravache mais n'avait pas d'autre espoir que le secours de Praetorius.

Elle avait apostrophé Helmuth, mais ça n'était que pour se rassurer elle-même. En réalité, elle était bel et bien coincée, à la merci de ces hommes, au fond d'un souterrain. Crier et gesticuler n'auraient servi à rien. Elle ne pouvait qu'espérer leur en imposer en affichant une totale absence de peur. Ce qui était loin d'être le cas !

Helmuth repartit en ricanant. La lumière de sa lampe torche s'éloignant, l'obscurité se fit totalement quand il referma la porte de la pièce où ses hommes avaient déposé les malles. Sylvie était dans le noir absolu. Helmuth avait négligé de la fouiller. Sylvie sortit son téléphone portable. Il dispersait une faible lumière. Il n'y avait évidemment aucune barre de réception. Pour économiser l'énergie de son téléphone, elle fit simplement le tour rapide des quatre murs de la geôle. De l'humidité, du salpêtre, des anneaux rouillés au mur du fond. Aucune issue possible, sinon la porte dont le bois était solide. La croix de fer qui barrait le judas était fichée dans le bois.

Sylvie éteignit le téléphone. Elle ne pouvait plus compter que sur Praetorius.

Chapitre 34

Gendarmerie de Péronne
2 janvier 2001

Praetorius avait passé la journée du 1er janvier avec le docteur Perdinot. Dans la matinée, ils avaient évoqué l'affaire au domicile de ce dernier, s'attachant surtout à cerner la personnalité des différents protagonistes. Praetorius avait ensuite invité le médecin à déjeuner au restaurant *le Faisan et le Grill,* puis de retour au salon de l'Hôtel de l'Abbaye ils avaient agréablement passé l'après-midi à jouer aux échecs. Adémar Praetorius remporta toutes les parties, au grand désespoir de Jacques Perdinot. Pour se faire pardonner, il le retint à dîner et ils s'en retournèrent au même restaurant ! La nuit s'écoula sans fait nouveau.

Le matin du 2 janvier, constatant que son téléphone était déchargé, il le posa sur son socle et sortit pour une longue promenade dans la campagne environnante.

Lorsqu'il le récupéra à 15 heures, il se rendit compte que Sylvie Verstraete avait cherché à le joindre. Il passa sur la fonction *messages enregistrés* et tout d'abord fut surpris de ne pas entendre la voix de la journaliste mais un bruit de fond, comme un ronronnement. Intrigué, il resta à l'écoute.

Au bout d'un moment, il entendit la voix de Sylvie, comme venant de loin ou comme étouffée. Puis il entendit une voix masculine, là encore comme étouffée. Il perçut un échange. Toujours le ronronnement de fond.

Il ferma les yeux, et il comprit…

La journaliste était en voiture en compagnie d'un homme. Elle le faisait savoir à Praetorius à l'insu de l'homme. Le téléphone devait être au fond de son sac ou d'une poche. Elle l'avait volontairement enclenché pour informer Praetorius.

Ce dernier reprit l'écoute de l'enregistrement à son départ. Il tendit l'oreille, les mots étaient parfois à peine audibles, parfois hachés. La voix de Sylvie se fit plus nette à un moment, comme si elle avait monté d'un ton pour faire passer clairement son message. Il entendit nettement *Hagenbach, Commanderie, souterrain* puis plus tard dans l'échange *donjon*. Quelques bruits de pas, des bruits métalliques, un claquement, puis le silence.

Définitif.

Praetorius voyait dans sa tête la scène.

Sylvie Verstraete emmenée en voiture par un homme en relation avec von Hagenbach à la Commanderie, tous deux se dirigeant vers le donjon, y pénétrant, la trappe du souterrain relevée puis retombant au sol dans un bruit sec. Puis plus rien. Sylvie et l'homme s'étaient engagés dans l'escalier menant au souterrain, le téléphone ne portait plus.

Elle était en grand danger !

Praetorius appela Valadon et lui demanda de le rejoindre à la gendarmerie. Il appela ensuite Mortemer sur son portable, il était sur répondeur. Il l'appela à la gendarmerie, on lui répondit que le capitaine était en déplacement. Parti seul, rapidement, on ne savait pas où, il n'avait rien dit de sa destination mais il avait précisé qu'il serait rentré en fin d'après-midi.

Tant pis ! Praetorius se passerait de lui.

Il retrouva Valadon à la gendarmerie. Il l'informa de façon confidentielle, à l'écart, de son inquiétude pour la situation dans laquelle devait se trouver la journaliste.

Praetorius avait les pleins pouvoirs, il en usa.

Il fit rassembler tous les hommes disponibles. Sur une carte déployée sur le bureau, il désigna les points stratégiques : la sortie du tunnel dans la forêt, la route départementale au pied de la colline, le terre-plein devant la Commanderie, l'intérieur de l'enceinte, le donjon. Il disposa les gendarmes par petits groupes sur ces différents points.

Sur ces entrefaites le capitaine de Mortemer entra dans le bureau.

Étonné par ce déploiement de forces avec Praetorius manifestement à la manœuvre, il marqua ostensiblement sa surprise et interrogea assez sèchement ce dernier.

« Auriez-vous l'amabilité de m'expliquer ce qui se passe dans *ma* gendarmerie ? Et de quel droit disposez-vous de *mes* hommes ? »

Pour toute réponse, Praetorius sortit de la poche intérieure de son blouson une feuille de papier pliée en quatre. Il la tendit au capitaine, qui la déplia.

Mortemer pâlit et un tic nerveux agita ses lèvres.

Papier à double en-tête : à gauche, ministère de l'Intérieur ; à droite, ministère des Armées. Au bas du texte, signatures des deux ministres…

Mortemer rendit le papier à Praetorius en silence. Ce dernier prit seulement alors la parole, froidement.

« En vertu du droit des pouvoirs qui m'ont été conférés par les autorités de tutelle »

Puis, se faisant plus aimable,

« Détendez-vous, capitaine, j'ai pris les devants, vous étiez injoignable. Je n'ai nulle intention de vous tenir à l'écart. Nous devons organiser dès maintenant une opération sur la Commanderie templière. J'ai de bonnes raisons de penser que la journaliste Sylvie Verstraete y est retenue prisonnière par les responsables de ces assassinats.

— Qu'est-ce qui vous permet de le penser ? demanda Mortemer. »

Praetorius l'informa de l'échange surpris entre la journaliste et un inconnu grâce à l'enregistrement opéré discrètement par la jeune femme. Simple oubli ou omission volontaire, il ne cita pas le nom de von Hagenbach.

« Mademoiselle Verstraete aurait, selon vous, été enlevée par les assassins des trois victimes ? s'étonna Mortemer.

Vous la pensez en danger entre les mains d'un inconnu. Soit, il faut la retrouver. Mais qu'est-ce qui nous dit qu'il s'agit des assassins que nous recherchons ? Et pourquoi la Commanderie ?

— Tout tourne autour de cette Commanderie, capitaine.

N'oubliez pas les silhouettes aperçues par Gédéon. Nous savons maintenant qu'elles venaient du souterrain de la Commanderie s'ouvrant dans la forêt.

Souvenez-vous des jeunes terrorisés par leur nuit passée sur la plate-forme du donjon : on a voulu les affoler.

Tout est fait pour écarter les importuns du château.

Les trois victimes appartenaient au groupe de Résistants qui s'y sont réfugiés. Elles étaient les seuls survivants des combats qui se sont déroulés dans les souterrains.

Je le répète, tout tourne autour de ce château.

Quant à la journaliste, elle enquêtait sur les mouvements néo-nazis. Elle avait repéré des gens suspects à Péronne, étrangers à la région. Elle m'en avait parlé, elle pensait qu'il pouvait s'agir des hommes aperçus par Gédéon dans la clairière. Elle voulait creuser de ce côté-là. Je lui ai demandé d'être prudente, mais elle n'a pas froid aux yeux et je crains qu'elle se soit jetée directement dans la gueule du loup.

— Puisque vous semblez prendre les choses en main, comme vous en avez le pouvoir ainsi que vous me l'avez rappelé, que préconisez-vous ?

— Je vais pénétrer dans les souterrains par la forêt. Vous, capitaine, vous assurerez ma couverture avec un groupe de vos hommes en vous tenant dans la forêt à proximité. Disposez le reste de vos hommes par petits groupes, soigneusement cachés.

Un premier groupe à l'embranchement de la route départementale et du chemin qui monte au château. Un deuxième sur le terre-plein devant l'enceinte. Un troisième à l'intérieur de l'enceinte. Un quatrième près du donjon. Tous les groupes communiquent par talkie-walkie, vous coordonnez l'ensemble. S'il y a des fuyards, par l'une ou l'autre sortie, ordre d'arrestation immédiate.

Quant à nous trois, pour communiquer entre nous, voici une petite merveille de technologie. »

Praetorius sortit de sa sacoche trois petits boîtiers, devant le regard incrédule de Mortemer.

« Ce sont des émetteurs-récepteurs haute définition ultra-miniaturisés. Le laboratoire de recherches des Armées les a mis à ma disposition sur autorisation spéciale du ministère. Il suffit de le porter sur soi, dans une poche. Vous placez dans une oreille cette petite pastille. Elle tient toute seule. Il vous suffit de chuchoter pour être entendu. En retour vous entendez parfaitement l'interlocuteur. Ces appareils sont tous les trois en phase. Ça porte même sous terre jusqu'à une certaine profondeur. Prenez en grand soin, ils valent une petite fortune. »

Praetorius appuya sur un petit voyant qui s'alluma en vert et tendit à Valadon et Mortemer chacun son exemplaire.

« Pour le déconnecter, il suffit d'appuyer sur le même voyant, il passe au rouge cinq secondes avant de s'éteindre. Ne le faites pas, ça va les déphaser et c'est compliqué de rétablir leur connexion. »

Valadon empocha son boîtier, Mortemer regarda le sien avec circonspection avant de l'empocher également. Ils se mirent chacun la pastille dans l'oreille et s'éloignèrent aux deux extrémités du bureau. Mortemer chuchota quelque chose, Valadon l'entendit très clairement et sourit, sous le regard amusé de Praetorius.

« Votre appréciation ? demanda Praetorius.

— Formidable ! répondit Valadon, c'est aussi net que si le capitaine m'avait parlé en face à face.

— Et que vous a -t-il dit qui vous a fait sourire ?

— Il m'a dit dit que la technologie c'est bien beau, mais faudra voir à ne pas oublier son calibre !

— Sage précaution, capitaine, sage précaution.

Bien, ajustons nos montres. Nous devons être en position à 21 heures précises. Je rentrerai seul dans le souterrain par la forêt. Jérôme, vous resterez en faction dans la clairière.

Capitaine, vous avez à donner vos ordres de positions à vos hommes et à désigner un responsable par groupe qui aura à vous rendre compte.

Jérôme, vous venez avec moi à l'hôtel, nous avons avant notre opération un dossier reçu de Paris à consulter. »

Praetorius et Valadon saluèrent Mortemer et ses hommes et quittèrent la gendarmerie. Ils regagnèrent l'Hôtel de l'Abbaye dans le 4x4 de Praetorius qui, en chemin, expliqua son plan.

« Je ne soupçonne plus, je suis certain que notre Médiéviste joue un rôle de premier plan dans cette affaire. La journaliste a raison, c'est pour cela qu'elle a été enlevée. Les groupes néo-nazis sont à l'œuvre et le chef d'orchestre est Klaus von Hagenbach, un nazi convaincu qui se sent investi d'une mission, celle de retrouver le palimpseste.

Lors de notre dernier entretien je l'ai provoqué en laissant filtrer mes soupçons.

Vous et moi, nous allons jouer notre partie d'une façon singulière que je n'ai pas dévoilée devant les gendarmes pour qu'ils n'interviennent pas de façon intempestive et risquent de tout faire capoter.

Les groupes de la gendarmerie doivent être positionnés à 21 heures. Vous et moi, nous arriverons par la forêt à l'entrée du souterrain à 20 heures 30. Nous laisserons au préalable ma voiture dans une grange que j'ai repérée à côté de la maison de Gédéon. Je l'ai prévenu.

Je pénétrerai comme je l'ai dit, seul, à 21 heures. Mais vous ne serez pas positionné dans la clairière. Vous vous tiendrez soigneusement caché dans les fourrés à proximité de l'entrée du souterrain pour assurer mes arrières. Vous devez être invisible et rester en observation. Vous me verrez pénétrer dans le souterrain. Je pense que l'un des comparses de von Hagenbach sera à proximité en position de guetteur et, me voyant entrer, me suivra. Vous vous glisserez alors très prudemment derrière lui pour me couvrir. Ça risque de chauffer à l'intérieur et il nous faudra nous équiper en conséquence.

Dernière chose, les trois boîtiers sont phasés pour communiquer ensemble comme je l'ai expliqué tout à l'heure à la gendarmerie. Le vôtre et le mien ont une phase indépendante qui nous permettra de communiquer à nous deux seuls. Donnez-moi votre boîtier, dit Praetorius en se garant dans le parking de l'hôtel. »

Valadon lui tendit son boîtier, Praetorius sortit le sien. Il prit les deux boitiers et appuya pour l'un et pour l'autre sur un petit voyant situé sur le côté. Le voyant clignota en jaune 5 secondes puis se stabilisa.

« Voilà, en vert à trois avec Mortemer, en jaune nous deux. L'appareil fait automatiquement la connexion. Si l'un de nous deux prononce en introduction le mot *update,* il est automatiquement et spécifiquement connecté avec l'autre. Si nous ne disons rien, nous sommes connectés à trois. N'oubliez pas, *update.* »

Impressionné, Valadon rempocha son boîtier. Les deux hommes sortirent du véhicule et gagnèrent leurs chambres respectives. Il était convenu de se retrouver à la voiture à 19 heures.

Ils s'équipèrent et à l'heure convenue se retrouvèrent devant le 4x4 de Praetorius. La nuit était tombée.

Entièrement vêtu de noir, Praetorius s'était lourdement armé. Le holster d'épaule droite bouclé sur son pullover à col roulé contenait un pistolet Sig Sauer 9 mm Parabellum avec chargeur à 15 coups. À la ceinture garnie de balles était bouclé sur le côté gauche un holster contenant un revolver Colt Police Python 357. Des sacoches étaient accrochées à la ceinture, contenant des chargeurs supplémentaires pour le pistolet. Les bas de pantalon étaient rabattus sur des bottines en cuir souple à semelles de crêpe. Sous la jambe gauche de pantalon était fixé un poignard de commando. Le boîtier émetteur-récepteur miniaturisé était placé dans la poche-poitrine gauche de son blouson. Un bonnet de laine coiffait sa tête dont le visage avait été maquillé de cirage de camouflage.

Valadon n'était pas en reste. Blouson et pantalon de camouflage, cagoule, rangers. Il s'était armé d'un pistolet Glock, avec suffisamment de boîtes de balles dans ses poches.

Les deux hommes montèrent dans le véhicule et Praetorius prit la route de Berteaucourt-le-Temple. Ils n'échangèrent pas un mot pendant le trajet, se concentrant sur leurs missions respectives. Praetorius avait l'air de savoir dans quoi il s'engageait, mais pour Valadon il lui semblait qu'il y avait une part d'inconnu, donc potentiellement de danger, pour l'enquêteur. Il lui appartenait de veiller sur son mentor qui s'en remettait à lui pour protéger ses arrières.

Praetorius gara le véhicule dans la grange qu'il avait repérée. Les deux hommes descendirent et gagnèrent la maison de Gédéon. Praetorius toqua trois coups discrets à la porte, qui s'ouvrit aussitôt. Gédéon ne parut pas effarouché par la tenue des deux hommes. Valadon se dit que Praetorius avait dû l'informer de leur venue. Lui en avait-il dit davantage ? Valadon l'ignorait.

Il savait que Praetorius était passé maître dans l'organisation d'une mission périlleuse, informant les acteurs au moment opportun de ce qu'ils avaient juste besoin de savoir. Il déplaçait ses pions et ses pièces sur l'échiquier en préparant sa stratégie plusieurs coups à l'avance. Praetorius dit quelques mots à Gédéon, qui acquiesça.

Les deux hommes repartirent, Gédéon referma la porte avec un hochement de tête à l'intention de Praetorius.

Ils empruntèrent le chemin qui menait à la forêt. Nul bruit. Le ciel était clair sous la pleine lune. Ils avancèrent sans nécessité d'allumer leurs lampes jusqu'à l'orée de la forêt. Ils s'engagèrent alors entre les arbres, Praetorius ouvrant la marche, le faisceau de sa lampe dirigé vers le sol. Ils parvinrent à la clairière, dépassèrent la table des sacrifices et pénétrèrent à nouveau dans la forêt. Ils avancèrent prudemment, sans faire de bruit, jusqu'aux broussailles qui cachaient l'entrée du souterrain. Praetorius appuya sur le voyant jaune de son boîtier et demanda à Valadon d'en faire de même.

Il dégagea l'ouverture pendant que Valadon prenait position au cœur d'un massif d'épais buissons. Lorsque Praetorius s'apprêta à pénétrer dans le souterrain, il se retourna une dernière fois pour constater que Valadon était invisible. Satisfait, il entra en prononçant *update*.

Il retrouva les premiers mètres qu'il avait parcouru quelques jours auparavant avec Gédéon. Il s'aventura au-delà du point limite qu'ils avaient atteint. Gédéon avait craint que la terre du plafond et des parois, ravinée par les pluies, ne s'effondre et les engloutisse. Praetorius constata que le souterrain présentait un tout autre aspect au niveau qu'il venait d'atteindre. Le sol était pavé de pierres plates. Les murs étaient maçonnés de briques et le plafond était solidement étayé.

Le même aspect que celui rencontré lors de l'exploration du souterrain à partir du donjon. Les mêmes anneaux de fer encastrés dans les murs, à hauteur d'homme, disposés à intervalles réguliers et destinés à accueillir des torches. Le même courant d'air qui permettait de respirer sans difficulté. Le souterrain était large et le plafond haut, deux hommes pouvant se tenir côte à côte debout sans difficulté. Praetorius retrouvait la qualité de l'architecture militaire des Templiers.

Le souterrain n'était pas en ligne droite mais s'incurvait, tantôt à droite tantôt à gauche, certainement selon les accidents du terrain et la nature du sous-sol dans lequel il avait été creusé plusieurs siècles auparavant. Puis se présenta une fourche du chemin : la voie de gauche était large, celle de droite plus étroite. Praetorius s'engagea dans celle de gauche.

Au détour du chemin, le faisceau lumineux de sa lampe éclaira devant lui une porte. Le même type de porte qu'il avait rencontré lors de son exploration à partir du donjon. Le même type de loquet de fer.

C'est alors que Praetorius ressentit le canon d'une arme appuyé contre se reins.

« Je vous en prie, monsieur Praetorius, ouvrez cette porte. Il suffit d'actionner le loquet ! »

Chapitre 35

Commanderie templière
2 janvier 2001

Praetorius ne manifesta aucune surprise. Il actionna le loquet et poussa la porte.

Devant lui s'ouvrait une vaste pièce rectangulaire éclairée par des appliques murales. Il perçut un ronronnement continu, certainement un groupe électrogène situé non loin de là, de l'autre côté du mur. Au fond de la pièce se découpait une porte de forme ogivale, en bois de chêne vieilli par les siècles, fermée. Sur le côté gauche se trouvait une large table du même bois, recouverte de documents, derrière laquelle était assis dans une cathèdre un personnage de haute taille. Devant la table étaient disposés en arc de cercle plusieurs sièges en bois sans dossier, de type médiéval.

Le personnage se leva, sourire ironique aux lèvres, et invita d'un geste Praetorius à s'asseoir. À côté de lui se tenait, debout, un géant albinos. L'homme qui avait fait irruption dans le dos de l'enquêteur l'encouragea à obéir d'une pression appuyée de son arme dans les reins.

« Bonsoir, monsieur von Hagenbach, je pensais bien vous retrouver ici. Et bien le bonsoir, capitaine de Mortemer ! dit Praetorius sans se retourner et restant debout.

Capitaine de Mortemer, ou capitaine von Totensee, devrais-je dire !

— Vous ne paraissez pas surpris de me retrouver ici, répondit von Hagenbach. Cela ne m'étonne guère connaissant votre réputation de fin limier. Mais j'avoue ma surprise devant le nom de mon ami que vous venez de prononcer. Mais je vous en prie, asseyez-vous !

Helmuth, ayez l'œil sur lui et restez près de moi.

Vous aussi, Peter, asseyez-vous, sans vous départir de votre vigilance bien entendu. Nous savons cet homme plein de ressources. Et soulagez-le de ces armes qui lui sont bien inutiles. Cela nous évitera bien des désagréments s'il lui venait à l'idée de tenter une action désespérée.

— Ainsi, fit Praetorius à Mortemer qui le délestait de son revolver et de son pistolet pour les déposer sur la table devant von Hagenbach, vous êtes bien Peter von Totensee, d'origine allemande, et non Pierre de Mortemer.

Vous devez être le petit-fils du lieutenant Hans von Totensee, l'officier d'ordonnance de l'Obersturmbannführer Klaus von Hagenbach ici présent. Officier d'ordonnance qu'on retrouva égorgé au pied de l'arbre du pendu.

— Je rends une nouvelle fois hommage à votre sagacité, monsieur Praetorius, apprécia von Hagenbach.

— Je le soulage également de son émetteur-récepteur, dit von Totensee en agitant son Lüger sous le nez de Praetorius.

— N'oubliez pas de couper la connexion, lui conseilla Praetorius, sinon notre ami Valadon ne perdra rien de notre charmante conversation…

— Je n'y aurais pas manqué, répondit von Totensee en basculant le commutateur sur *off* avant de déposer l'appareil sur le bureau à côté des armes.

— Peter est effectivement le petit-fils de mon regretté ami Hans. Lorsque mon ami a été assassiné, son fils Wilfrid avait un an : je l'ai recueilli. Il s'est marié à 22 ans et a eu un fils, Peter.

Hélas Wilfrid et son épouse sont décédés dans un accident de voiture quelques mois après la naissance de Peter. Cette famille a été cruellement frappée par le destin.

J'ai recueilli Peter comme j'avais recueilli son père Wilfrid. Mon épouse n'avait pas eu d'enfant, ce fut une joie pour elle d'élever successivement Wilfrid et Peter.

— Comment avez-vous fait pour intégrer la gendarmerie nationale en France ? demanda Praetorius avec une sincère curiosité.

— Mon grand-père, l'officier d'ordonnance de monsieur von Hagenbach, était né en Alsace en 1915. À cette époque, l'Alsace était allemande. Mon père est né allemand en 43 car mon grand-père avait fait le choix de rester allemand lorsque l'Alsace est redevenue française en 1918.

En 1964, à sa majorité, mon père a demandé sa naturalisation française en se revendiquant de son origine alsacienne. Il l'a obtenue et a francisé son nom, *Totensee* est devenu *Mortemer.*

— Vous semblez vouer une fidélité sans faille à celui qui a protégé deux générations après la mort de son ordonnance, constata Praetorius.

— Effectivement, Peter m'est très attaché, intervint von Hagenbach, il m'est dévoué corps et âme.

— Au point qu'il s'est laissé entraîner dans vos aventures diaboliques…

— Elles n'ont rien de diaboliques, elles sont commandées par un idéal.

Peter a toujours été subjugué par l'uniforme. Ses yeux d'enfant brillaient lorsque je lui racontais nos faits d'armes, ceux de son grand- père et les miens, en Russie.

Il se sentait proche de ce grand-père qu'il n'a pas connu. Il a adhéré à ma foi dans l'avenir de la race aryenne et s'est totalement consacré à notre cause. La découverte du palimpseste est le garant de notre suprématie à venir pour établir le quatrième Reich, cette fois un Reich de 1000 ans dont a rêvé notre Führer ! »

À cette évocation, le regard de von Hagenbach s'enflammait et son protégé le regardait avec admiration. Ils étaient tous les deux exaltés.

« Retrouver le palimpseste ? À cause du pouvoir qu'il représente… marmonna Praetorius le regard perdu.

— Vous n'imaginez pas ce qu'il représente pour notre cause ! s'exclama von Hagenbach.

L'Allemagne a perdu militairement la guerre il y a 55 ans, elle domine déjà aujourd'hui économiquement l'Europe et doit gagner demain, grâce au pouvoir du palimpseste, la suprématie mondiale !

Il faut un Ordre nouveau mondial guidé par une Allemagne puissante aux commandes de laquelle doivent se retrouver des hommes inspirés par l'idéal national-socialiste.

La mission, qui m'a été affectée par le Führer lui-même dans le bunker de la Chancellerie lors des derniers jours de la résistance de Berlin à l'invasion bolchévique, fut de retrouver ce palimpseste.

L'institut de l'Ahnenerbe avait réuni une bibliothèque faite de milliers de livres, de grimoires et de parchemins venant de tous les horizons et dont vous ne soupçonnez pas la richesse. C'est là que nous avons découvert la réalité de l'existence du palimpseste.

Ce document donnera aux hommes nouveaux les moyens de la suprématie d'une Allemagne nouvelle.

— Vous n'êtes toujours pas en possession du palimpseste, constata Praetorius. Vous m'avez sollicité à plusieurs reprises sans succès. Pourquoi vous aiderais-je alors que je suis totalement opposé à votre vision du monde, à vos méthodes criminelles, à tout ce que vous représentez ?

Je laisserais volontiers dormir ce parchemin là où il se trouve.

— Bien des gens considéreraient qu'avoir son nom associé au mien pour une découverte historique majeure, d'une ampleur au moins égale à celle de la découverte du tombeau de Toutânkhamon, serait une raison suffisante. La gloire et la fortune leur seraient assurées.

Mais vous n'êtes pas ainsi, vous ne courez pas après les honneurs ni la fortune.

Vous serez plus sensible, je pense, à un argument affectif de taille.

Votre amie journaliste a commis l'imprudence de mettre son nez dans mes affaires. Elle goûte en ce moment le confort d'une cellule voisine.

Vous avez pu constater les compétences particulières en dissection anatomique de mon fidèle Helmuth…

Vous ne souhaiteriez pas retrouver mademoiselle Verstraete sur la table des sacrifices, n'est-ce pas ?

— Vous êtes un être abject ! fulmina Praetorius, tout en se disant qu'il lui fallait jouer finement avec von Hagenbach pour gagner du temps.

Qu'attendez-vous de moi exactement ?

Vous imaginez bien que remonter dans le passé pour savoir ce que ce notaire a pu faire, qui il a pu rencontrer, pour cacher quelque part le palimpseste n'est pas une mince affaire. Les archives de police à la Libération, même si je peux y avoir accès, peuvent très bien ne rien révéler. Même chose pour ses archives notariées : que sont-elles devenues ? quelle étude en a hérité ?

C'est un travail fastidieux et de longue haleine, sans garantie de succès.

— Laissons de côté le notaire et ses archives, monsieur Praetorius. Lors de notre dernière rencontre, je vous ai dit qu'en attendant votre réponse j'allais poursuivre de mon côté mes recherches. Il m'a été donné de pouvoir m'entretenir avec le dernier survivant de ce groupe de Résistants, monsieur Lévi.

— Vous êtes l'auteur de cette série de crimes abominables ! Vous avez torturé ces pauvres gens pour obtenir d'hypothétiques aveux, sans succès.

— Ils n'ont pas été torturés, rassurez-vous. La torture est pour moi une méthode d'un autre temps. La chimie moderne nous apporte aujourd'hui les moyens de faire parler les gens contre leur volonté.

— L'état dans lequel vos victimes ont été retrouvées, vous n'appelez pas cela de la torture ?

— Je vous concède que ces mises en scène ont été faites pour frapper les esprits et lancer un avertissement aux forces de leurs obédiences qui voudraient s'opposer à nous, qu'il s'agisse des francs-maçons, des chrétiens ou des juifs.

Helmuth a fait preuve de créativité en la matière…

Mais je peux vous assurer que ces hommes n'ont pas souffert au moment de leur mort car ils étaient sous l'effet des drogues. Sauf peut-être, il est vrai, Léon Dampierre pour lequel l'effet des drogues s'était probablement en partie estompé lorsque Helmuth s'est occupé de lui.

— Atroce ! Vous êtes vraiment un pur produit du Mal ! Sous une couche apparente d'universitaire policé, il ne faut pas gratter beaucoup pour voir réapparaître le nazi que vous avez toujours été.

— Laissons de côté votre rejet de mon idéal. Revenons à mademoiselle Verstraete. Ou vous m'aidez, ou Helmuth s'occupe d'elle : à vous de choisir.

— Comment voulez-vous que je vous aide, je viens de vous dire que cela me paraît impossible de remonter dans le temps !

— Il ne sera pas nécessaire de *remonter* dans le temps, parce que, voyez-vous, *c'est le temps qui est venu à nous !*

— Que voulez-vous dire ?

— Vous m'avez dit tout à l'heure que j'avais *torturé sans succès* ces trois hommes.

Je vous ai expliqué qu'ils n'ont pas été torturés pour les faire avouer ce qu'ils étaient susceptibles de savoir, mais traités chimiquement. S'il est exact que Louis Dampierre et le père Athanase n'ont eu rien à m'apprendre, parce qu'ils ne savaient rien, ce ne fut pas le cas d'Isaac Lévi.

— Qu'a-t-il bien pu vous dire, le pauvre homme ?

— Pour vous prouver ma bonne volonté, parce que je suis certain que vous voulez éviter à mademoiselle Verstraete bien des désagréments et que vous finirez par accepter de m'aider, je vais vous dire ce que j'ai obtenu de Lévi.

Avant de rendre l'âme, il a fini par me livrer quelques mots, c'est assez confus, certes, mais cela signifie pour moi que ce Lévi a obtenu du notaire l'information de la cachette du palimpseste, ce qui malheureusement pour lui n'a pas empêché sa pendaison.

Et je pense que Lévi a gardé pour lui cette information. Il doit se croire le *gardien du temple*, en quelque sorte !

— Vous pensez que ces mots révèlent le lieu de la cachette ?

— Vous me paraissez soudain intéressé, monsieur Praetorius ? fit observer avec un sourire narquois von Hagenbach.

— Finissons- en !

— Bien, voilà une bonne parole !

Les mots ont été prononcés péniblement, de façon hachée. Il était question de Salomon, de ciel étoilé, d'orient et de points cardinaux. Que pensez-vous de tout cela ?

— Ça me paraît effectivement bien confus, je ne vois pas le lien entre tous ces mots. Ça mérite réflexion…

— Vous allez avoir tout le loisir d'y réfléchir pendant quelques instants, et pour aider à votre réflexion vous allez rejoindre cette journaliste trop curieuse dans sa cellule.

Juste le temps de quelques préparatifs pour une cérémonie. Une cérémonie en votre honneur, monsieur Praetorius !

Une cérémonie au cours de laquelle je vous réserve une surprise…

Vous aurez alors tout le loisir de nous livrer le fruit de votre réflexion.

Vous en savez maintenant trop, sur nous et sur cette énigme que nous a livrée Lévi. Donc que les choses soient claires entre nous.

Ou vous adhérez à ma proposition, vous ne savez pas encore laquelle, vous allez l'apprendre bientôt, et nous trouvons le palimpseste : vous avez dès lors tous les deux la vie sauve et un bel avenir devant vous.

Ou vous n'adhérez pas et ce sera la table des sacrifices pour mademoiselle Verstraete, un message délivré aux fouineurs, et une balle dans la nuque pour vous qu'on retrouvera étendu au pied de la table. Vous finirez cette affaire là où vous l'avez commencée, dans la clairière du pendu !

Fin de la carrière du célèbre Adémar Praetorius !

— L'alternative est claire, je vous l'accorde.

— N'est-ce pas ?

Une dernière chose.

Je sais que Peter brûle du désir de savoir comment vous l'avez identifié sans vous retourner. Il a quelques qualités, dont celle de pouvoir modifier l'intonation de sa voix. Il l'a beaucoup travaillée pour endosser son uniforme de gendarme et ce n'était pas cette voix-là, que vous auriez pu reconnaître, lorsqu' il vous a intimé l'ordre de me rejoindre. Il avait quitté sa voix de Mortemer pour retrouver celle de Totensee.

— Pas très compliqué. J'ai assez rapidement pu reconstituer le fil des événements lors de ces derniers jours de votre présence à Péronne en 44.

Le notaire pendu par les Résistants à la lisière de la clairière, sa tentative infructueuse de négociation avec vous puis avec les Résistants, l'ami dont vous vouliez retrouver la trace de son assassin, ami qui se trouvait être votre officier d'ordonnance retrouvé égorgé…

J'ai eu accès à des archives militaires en Allemagne, quelques coups de téléphone m'ont suffi pour apprendre le nom de cet officier : Wilfrid von Totensee.

Totensee, Mortemer : simple traduction littérale !

À partir de ce moment-là, je n'ai plus eu de doute sur le rôle ambigu de notre gendarme ici présent. Vous sembliez avoir toujours une longueur d'avance. Je connais Jérôme

Valadon de longue date et je n'ai aucun doute sur lui. Nous partagions à trois, Valadon, Mortemer et moi, les informations au fil de l'enquête. Les fuites ne pouvaient venir que de lui. Lorsque j'eus connaissance du nom de votre ordonnance, l'affaire était entendue. Comme vous l'avez souligné vous-même, je suis *persona grata* auprès de nombreuses autorités et j'ai eu accès sans difficulté au dossier militaire du capitaine Pierre de Mortemer.

— Tout simplement ! reconnut von Hagenbach.

Vous savez, monsieur Praetorius, le rapprochement franco-allemand après la Seconde Guerre mondiale avait vocation à effacer de vieux souvenirs douloureux et à estomper l'inimitié chronique entre les deux peuples qui ont connu trois guerres en moins de cent ans.

— J'aurais pu tenir ces propos !

Le problème, c'est qu'il est resté malheureusement des nostalgiques de cette funeste époque, comme vous, qui ont trouvé un terreau fertile en la personne de ces néo-nazis ultra-nationalistes qui exaltent les vieux démons. Vous m'avez-vous-même décrit la fascination exercée sur ce Totensee ici présent à l'évocation de vos faits d'armes.

— Notre idéal n'est pas mort avec la chute de Berlin en 45 ! s'enflamma von Hagenbach. Un réseau s'est constitué dès la fin de la guerre. Mes *vieux compagnons* et moi, nous l'avons structuré et développé. Aujourd'hui, de nombreux sympathisants à notre cause y adhèrent, de l'Argentine et du Brésil aux États-Unis et à l'Europe, particulièrement en Allemagne et en France.

— Je n'en doute pas. Vos *vieux compagnons* se sont réfugiés à la fin de la guerre, pour la plupart, en Amérique du Sud. Vos U-boots les y ont transportés avec des caisses de lingots d'or volés en Europe. L'Allemagne de l'Ouest a recyclé d'anciens nazis qui ont occupé des postes importants, avec la bénédiction des Américains, car l'urgence était alors pour l'Ouest de se protéger de l'Union Soviétique dans le contexte de la Guerre Froide. Tout comme les savants allemands récupérés par l'Ouest ou par l'Est. »

Von Hagenbach se saisit d'un petit boîtier électronique posé sur son bureau, tout en désignant l'émetteur-récepteur miniaturisé de Praetorius que Mortemer avait posé à côté des armes.

« Vous avez votre petit bijou de technologie, dit von Hagenbach, en voici un autre. Nous avons installé un système d'alarme infra-rouge à la sortie du souterrain que vous avez emprunté pour venir jusqu'ici. Ce voyant vert indique que le système est actif. Il clignote en rouge lorsque le faisceau est rompu. J'ai été informé de votre arrivée dès l'instant de votre entrée dans le tunnel, puis de celle de Peter.

— J'ai donné ordre à mes hommes, tant dans la forêt qu'aux abords du château, de n'intervenir qu'à mon appel, intervint Mortemer. Quand nous en aurons terminé avec vous, d'une façon ou d'une autre, je leur indiquerai que la mission est annulée et que chacun rentre chez soi.

— Peter a visité votre chambre après votre départ, dit von Hagenbach en se saisissant d'un dossier cartonné fermé par une sangle de toile. Il n'a eu aucun mal à se faire ouvrir le coffre par le directeur de l'hôtel. L'autorité de l'uniforme !

— Je vois que mes notes vous intéressent, s'amusa Praetorius.

— Certes, vous avez réalisé un travail d'enquête remarquable, répondit von Hagenbach en feuilletant le contenu du dossier. Je l'ai consulté attentivement. Entre autres des notes de synthèse sur la Commanderie, la fin des Templiers, la fuite de quelques-uns avant l'arrestation générale, l'Entrevue de Péronne et Philippe de Commynes, les structures atomiques respectives du plomb et de l'or, des plans de la région, et même mon curriculum vitae et celui de Peter !

Il est synthétique mais assez complet. Je vais le garder en souvenir si vous ne souscrivez pas à ma proposition lors de la cérémonie que je vous réserve.

— Mes notes ne vous serviront pas à grand-chose, vous n'y avez trouvé aucune information qui vous permette de localiser le palimpseste.

— Au risque de vous surprendre, j'apprécie la valeur de l'adversaire. Cela m'a bien aidé en Russie. Vous avez des qualités rarement réunies chez une même personne. Pourquoi d'adversaires ne deviendrions-nous pas alliés ?

Réfléchissez- y dans votre cellule en compagnie de cette effrontée journaliste, et n'oubliez pas les talents d'Helmuth qui va vous y conduire. »

Sur un geste de von Hagenbach, Helmuth qui s'était tenu silencieux pendant toute la durée de l'entretien, fit le tour de la table et vint se placer devant Praetorius qu'il enjoignit de se lever, sous la menace de l'arme de Mortemer. Il passa les menottes aux poignets de l'enquêteur et lui fit geste de repartir vers le couloir. Mortemer, le Lüger pointé sur Praetorius, ouvrit la porte et ce dernier sortit, précédé par Mortemer et suivi par Helmuth.

Von Hagenbach s'était levé, avait contourné la table et s'y appuyant regardait, pensif, repartir les trois hommes.

Quelle décision Praetorius allait-il prendre ?

Personne ne vit le boîtier d'alarme, qui jusqu'alors était vert, se mettre à clignoter brièvement en rouge…

Chapitre 36

Commanderie templière
2 janvier 2001

Suivant les instructions de Praetorius, Valadon se tenait soigneusement caché dans un massif de broussailles, aux abords de l'entrée du souterrain.

L'enquêteur l'avait prévenu : peu après lui, une silhouette apparaîtrait et s'y engagerait à son tour. Valadon devait attendre au moins une demi-heure pour lui laisser le champ libre, avant de suivre le même chemin avec grande précaution.

Une fois dans les lieux, il avait l'opportunité de l'initiative selon les circonstances du moment. Il ne devait pas se faire de souci pour Praetorius, mais qu'il prenne garde, l'entreprise était dangereuse !

Comme le lui avait prédit Praetorius, Valadon vit une silhouette s'engager dans le souterrain.

Il ne put l'identifier.

Respectant le délai imparti, il entra à son tour.

Prenant soin de ne faire aucun bruit, il avança prudemment en voilant le faisceau de sa lampe. Il parcourut ainsi tout le chemin emprunté précédemment par Praetorius et parvint devant une bifurcation.

Il entendit alors dans son oreillette des mots hachés, perdus dans un grésillement général. Il crut reconnaître les noms de *von Hagenbach* et *Mortemer*. Praetorius lui demandait-il de contacter le capitaine ? Mais alors pourquoi ne s'était-il pas connecté sur le canal vert et était-il resté sur le jaune ? Cela n'était pas clair. Praetorius lui avait laissé l'initiative de la décision en cas de problème. Valadon décida de s'abstenir et de poursuivre son chemin en silence.

Il prit la voie de gauche, la plus large, et continua d'avancer. Il arriva devant une porte fermée par un simple loquet. Il tendit l'oreille, aucun bruit de l'autre côté. Il actionna avec précaution le loquet et entrebâilla la porte. Elle s'ouvrit facilement sans grincement. Valadon remarqua les gonds graissés. Il risqua un œil.

La pièce qui s'offrait à lui était plongée dans l'obscurité. Il la balaya du rayon de sa lampe torche. Il détailla une grande table chargée de papiers sur le côté gauche, un grand fauteuil de bois derrière et des tabourets à la forme curieuse devant. Il identifia les armes de Praetorius et son boîtier électronique posés sur la table. Praetorius était en danger !

Au fond de la pièce une porte de forme ogivale avec une grosse serrure en fer.

Il avança.

Il perçut des bruits de voix derrière cette porte.

Se retournant, il découvrit une petite porte qu'il n'avait tout d'abord pas remarquée, nichée dans l'angle du mur sur le côté droit de la porte qu'il avait franchie. Là encore, un simple loquet. Valadon l'actionna et pénétra alors dans un couloir étroit, plongé dans l'obscurité, et qui prolongeait le tunnel de droite qu'il avait négligé au niveau de la fourche. Sur sa gauche, le mur de séparation d'avec la pièce qu'il venait de quitter. Il longea ce mur et comprit qu'il se trouvait au bout de plusieurs mètres de l'autre côté d'une nouvelle pièce, celle d'où il avait perçu précédemment des voix.

Sur sa droite, le mur était percé à intervalles réguliers de 9 portes en bois vétuste, dont 5 munies d'un judas barré d'une croix de fer : manifestement des geôles.

Elles étaient toutes vides.

Il poursuivit plus avant dans cet étroit couloir et se retrouva dans un souterrain plus large, maçonné à l'identique de celui qui l'avait amené à la première pièce. Il avança dans ce souterrain qui se prolongeait apparemment en droite ligne vers le château.

Il revint sur ses pas dans cette voie plus large et trouva une nouvelle porte, de facture ancienne, là encore fermée par un simple loquet. Nul bruit de l'autre côté. Il ouvrit la porte.

Une nouvelle pièce, de dimensions similaires à celles de la première.

Personne.

Des bancs de bois le long des murs, une porte ogivale au fond, fermée par une serrure de fer.

Valadon comprit alors l'architecture des souterrains.

La Commanderie communiquait avec l'extérieur, du côté de la forêt, par un large couloir qui donnait successivement sur trois pièces en enfilade.

La plus importante, d'où venaient les voix, étaient en situation médiane, les deux plus petites de part et d'autre. Un couloir plus étroit longeait les murs en enfilade des trois pièces et s'ouvrait à ses deux extrémités sur le large couloir. De la première pièce, qu'il avait rencontrée, on pouvait accéder directement à l'étroit couloir donnant sur les petites pièces et les geôles.

Les Templiers étaient prudents et imaginatifs. Ils avaient aménagé les souterrains en plusieurs salles, des geôles et deux voies de secours parallèles.

Un plan simple et efficace.

Il retourna dans la salle des bancs de bois et s'approcha de la porte ogivale, fermée, qui donnait sur la grande salle d'où venaient les voix. Il remarqua sur le pan de mur situé sur le côté droit de la porte des briques disjointes, dont le mortier s'effritait. Il gratta délicatement de la pointe de son canif les joints d'une petite brique située à hauteur d'homme et put la retirer. Il put ainsi entendre nettement ce qui se disait dans cette salle et avoir une vue sur l'intérieur, avec des angles morts cependant.

Cette grande salle était éclairée par des appliques murales dont la lumière était réduite. Valadon percevait le ronronnement d'un groupe électrogène à proximité. Il n'y avait tout d'abord pas prêté attention lorsqu'il parcourait l'étroit couloir, mais le groupe devait se trouver dans l'une des petites pièces.

Ce qu'il vit par l'ouverture qu'il avait aménagée le stupéfia !

La porte ogivale du fond de la pièce était surmontée d'un grand tableau représentant le *soleil noir* : Praetorius lui en avait expliqué la symbolique dans la mythologie de l'Ordre noir de la SS.

De la porte d'entrée à côté de laquelle Valadon avait son poste d'observation partait une allée centrale allant jusqu'à un grand plateau situé sous le *soleil noir*. De part et d'autre de ce plateau central se trouvaient deux plateaux latéraux, plus petits. De part et d'autre de l'allée centrale étaient disposés des sièges de bois manifestement anciens, alignés de chaque côté sur deux rangs, se faisant face.

Certains sièges étaient vides. D'autres étaient occupés par des silhouettes revêtues d'un longue robe noire descendant jusqu'aux pieds, un large capuchon percé de deux trous à hauteur des yeux rabattu sur la tête.

Derrière chaque plateau se tenait une silhouette, revêtue de la même façon. Devant elle brûlait une chandelle de cire noire. Sur le plateau central, à côté de la chandelle, étaient plantés deux poignards entrecroisés. Deux runes SS en argent étaient accolées devant la chandelle. Le personnage siégeant à ce plateau portait au cou une chaîne se terminant par un svastika en or. Les personnages occupant les plateaux latéraux portaient au cou une chaîne se terminant par un svastika en argent.

Au bout de l'allée, devant le plateau central, étaient assises deux personnes, un ruban noir bandant leurs yeux, les mains entravées par des menottes dans le dos.

Valadon reconnut Praetorius et Verstraete.

Le personnage central releva sa capuche.

Von Hagenbach !

Ses deux voisins firent de même.

Deux inconnus, âgés.

Von Hagenbach prit la parole.

« Monsieur Praetorius, je viens de vous exposer solennellement les objectifs de notre Ordre.

J'ai plaidé auprès de nos compagnons ici présents l'intérêt pour notre Ordre de votre adhésion, au regard de vos compétences et de vos relations. J'ai obtenu leur accord pour une attitude bienveillante à l'égard de votre amie journaliste, dès lors qu'elle accepte de servir notre cause dans les médias.

Vous m'avez jusqu'à présent opposé votre refus de coopérer pour retrouver le palimpseste, notre priorité absolue.

Si vous persistez dans ce refus, vous connaissez la sentence.

Si vous acceptez notre offre, nous devons cependant nous assurer de la sincérité de votre choix. Les compagnons ici présents vont vous poser des questions dont vos réponses nous éclaireront sur la réalité de votre engagement.

Nous attendons votre réponse.

— J'ai déjà eu l'occasion de vous dire combien je ne partageais pas vos objectifs ni vos méthodes. Pour autant, la vie est un bien précieux et, au-delà de la mienne, j'ai conscience que persister dans mon refus de coopérer engage celle de mademoiselle Verstaete, dont je me sens responsable.

Posez vos questions, cela m'intéresse de savoir quelle philosophie sous-tend réellement votre mouvement. Peut-être pourrons-nous trouver un compromis qui ne m'engage pas à adhérer mais vous permette d'obtenir ma coopération uniquement sur la quête du palimpseste.

— Dans cette salle sont réunies des personnalités qui occupent une fonction importante dans la société civile et dans le monde politique de nos deux pays, la France et l'Allemagne. Elles sont totalement dévouées à notre idéal.

Elles ne se dévoileront à vous que si votre adhésion est pleine et entière. Elles en jugeront selon la sincérité de vos réponses. Elles apprécieront également votre suggestion de compromis éventuel. Chez nous les décisions ne sont pas en demi-teinte, c'est blanc ou noir. La décision finale relèvera de la majorité. En cas d'égalité des votes, ma voix est prépondérante.

Il va vous falloir maintenant répondre aux questions. En ma qualité de Magister je vais faire circuler la parole. »

Des mains se levèrent dans l'assistance. Von Hagenbach désigna silencieusement les intervenants successifs. Praetorius se prêta au jeu sans faiblir, il lui fallait gagner du temps.

Les questions et les réponses se succédèrent.

« Privilégiez -vous le droit du sang au droit du sol ?

— Tout homme a le droit de vivre là où il naît, il n'est pas responsable du lieu de sa naissance. Le droit du sang est une notion virtuelle, battue en brèche par les brassages de population qui se sont immanquablement produits lors des siècles précédents.

Un murmure réprobateur parcourut l'assistance.

— Les populations des pays pauvres qui n'ont aucune communauté civilisationnelle avec les pays riches peuvent-elles les envahir sans limite ?

— Il appartient aux pays riches de veiller à la sécurité alimentaire, sanitaire et économique des populations déshéritées. C'est la meilleure façon de se préserver des situations de déséquilibre dans les pays prospères.

Le murmure s'amplifia. Von Hagenbach le fit cesser d'un geste.

— La race blanche est-elle supérieure aux autres races ?

— Tous les êtres humains ont le sang rouge. La race dite *aryenne* se dit d'origine indo-européenne. La peau des habitants de l'Inde n'est pas spécialement blanche. Et ne dit-on pas que le berceau de l'humanité est l'Afrique ? »

Un grondement de mécontentement parcourut la salle.

Praetorius reprit la parole.

« Laissez-moi vous dire que votre idéal n'est qu'une utopie, au service de laquelle vous avez développé une entreprise criminelle. Vous ne reposez sur aucun fondement scientifique ni moral.

Vous ignorez délibérément l'humanisme, l'empathie, la bonté, tout ce qui fait la richesse de l'Homme.

Comment pouvez-vous croire un seul instant que je puisse adhérer à votre fausse religion ?

Comment pouvez-vous croire que je vais vous apporter la moindre aide pour atteindre vos objectifs ?

Ma vie entière a été consacrée au service du Bien. Vous personnifiez le Mal. Vous n'êtes que haine et violence. Allez au Diable, c'est votre maître ! »

Sylvie Verstraete, qui n'avait jusqu'alors rien dit et à qui personne ne s'était adressé, éclata de rire.

Un brouhaha agita l'assistance. Von Hagenbach y mit fin d'un geste. Il se leva et s'adressa à Praetorius.

« Monsieur Praetorius, je vous l'ai déjà dit à plusieurs reprises, décidément vous me décevez…

Comment un homme tel que vous peut-il refuser les perspectives qu'offre la découverte du palimpseste et par ailleurs condamner inexorablement sa propre vie et celle de sa compagne ?

La vie, la gloire et la fortune vous attendaient.

Pour cette jeune journaliste, la notoriété et une vie garantie.

En cas de faux pas de votre part, si vous aviez adhéré à notre cause, nous aurions su vous retrouver et mettre en œuvre la solution qui va maintenant vous être appliquée.

Votre refus réitéré m'amène à demander le vote de l'assemblée sur la peine de mort. »

Valadon, muet d'impuissance, ne savait que faire pour sauver Praetorius et Verstraete. L'enquêteur l'avait enjoint de ne prendre aucune initiative inconsidérée, vouée à l'échec. Se ruer l'arme au poing dans la pièce pour tenir en joue von Hagenbach avait peu de chances de succès. Il serait inévitablement arrêté dans son élan par les premiers individus qu'il allait rencontrer. Il serait assailli par le nombre et réduit à l'impuissance. Tirer dans la foule pour n'en abattre que quelques -uns serait vain. Von Hagenbach et ses sbires auraient le temps d'exécuter Praetorius et Vertstraete.

Pendant que Valadon, désemparé, restait perplexe, Von Hagenbach reprit la parole.

« Mes chers compagnons, ce profane a décliné notre offre pourtant généreuse. Pire, il a déclamé une profession de foi hostile à toutes nos valeurs. Il oppose la Jérusalem céleste de nos ennemis héréditaires à notre bien-aimée Thulé éternelle.

Quelle est votre décision ?

— La mort ! fut un cri unanime.

— Il vient de sceller son sort et celui de sa compagne. Frères Aryens, dignes descendants de nos pères Hyperboréens, la règle de notre Ordre est impitoyable : la fidélité ou la mort ! »

Sur un geste de von Hagenbach, l'ensemble de l'assistance se leva dans un même élan.

Von Hagenbach fit le salut hitlérien en claquant des talons. Tous l'imitèrent. Il déclama :

« Que vive l'Ordre de Thulé, notre honneur s'appelle fidélité ! Sig Heil !

— Que vive l'Ordre de Thulé, notre honneur s'appelle fidélité ! Sig Heil ! » reprit l'assistance.

Valadon ne pouvait voir que Praetorius, bien qu'entravé et condamné à mort, souriait étrangement.

« La mort ne semble pas vous effrayer, lui dit von Hagenbach, je dois reconnaître que j'admire votre courage et déplore votre inconscience. Quel dommage !

Allez, ajouta- t-il à deux de ses comparses, raccompagnez nos invités dans leur cellule et que leur destin s'accomplisse. »

Deux hommes se saisirent de Praetorius et de Verstraete et les conduisirent à la porte ogivale située derrière von Hagenbach que ce dernier ouvrit.

Valadon comprit que les deux prisonniers accompagnés de leurs gardes allaient regagner leur cellule en passant par la pièce voisine et sa communication avec l'étroit couloir. Il se retira aussitôt de son poste d'observation et gagna rapidement ce couloir, se cachant dans l'obscurité d'une encoignure. Il vit les deux gardes encadrant Praetorius et Verstraete devant une geôle. L'un des hommes ouvrit la porte. Les deux prisonniers furent poussés à l'intérieur sans ménagement. Ils n'offrirent aucune résistance. Ils avaient toujours les yeux bandés et les poignets menottés dans le dos. Les gardes négligèrent de les enchaîner aux anneaux de fer fixés dans le mur du fond, les entraves suffisaient. Ils refermèrent la porte et tirèrent le verrou. Ils repartirent vers la salle rejoindre leurs comparses. Helmuth viendrait bientôt s'occuper d'eux…

Caché dans le couloir derrière son encoignure, Valadon attendit quelques minutes afin de s'assurer de la liberté des lieux. Rassuré, il s'avança jusqu'à la porte de la geôle. À voix basse, il se fit reconnaître de Praetorius à travers le judas et tira le verrou. Il entra et posa sa lampe au sol, coincée contre le mur, pour éclairer l'intérieur de la cellule.

« Je vais vous libérer de ce lieu infect, dit-il en retirant le bandeau de Praetorius puis de Verstraete, qui clignèrent des yeux à la lumière.

— Tout se passe comme je l'avais prévu, Jérôme, ne vous inquiétez pas. Nous allons nous extraire de ce guêpier sans difficulté. Ayez la gentillesse de prendre le poignard que j'ai caché sous ma jambe gauche de pantalon. Ces imbéciles ont négligé de me fouiller, dès lors qu'ils m'ont soulagé de mon pistolet et de mon revolver.

Faites sauter le fermoir de ces menottes, ajouta -t-il en tournant le dos, je commence à m'ankyloser. Sylvie ne dit rien, elle est remarquable d'abnégation, mais je suis certain qu'elle trouve le temps long !

— Vous aviez prévu de vous retrouver prisonnier ? s'étonna Valadon, vous ne manquez pas de cran !

— Je savais que notre ami Mortemer allait me suivre et pensait me surprendre…

— Mortemer ! l'interrompit Valadon, c'est lui qui est entré derrière vous dans le souterrain ?

— C'est bien lui. J'avais démasqué son double jeu dès que j'ai appris son véritable nom, en fait le nom de son grand-père, cet officier d'ordonnance égorgé par les Résistants. Notre capitaine de gendarmerie est très lié à von Hagenbach qui a facilité sa mutation à Péronne pour préparer le terrain de sa recherche du palimpseste. »

Valadon fit sauter les menottes de Praetorius et Verstraete, tout en restant étonné de la tournure des événements. Praetorius s'amusa de son air dubitatif.

« Jamais très agréables, ces bracelets ! fit Praetorius d'un air bourru en se massant les poignets.

— Je faisais la fière, mais j'ai bien cru que ma dernière heure était arrivée ! dit Verstraete avec soulagement. Il faut mettre un terme aux agissements de ces horribles individus.

— Ne vous inquiétez pas, tous les deux, répondit Praetorius. Tout est prévu, tout est sous contrôle. Regagnons le donjon, nous sommes attendus. Vous n'êtes pas au bout de vos surprises ! »

Valadon et Verstraete furent interloqués. Ils s'attendaient plutôt à fuir vers la forêt. Mais Valadon connaissait la maîtrise de Praetorius sur les événements et il le suivit sans discussion. Verstraete fit de même, elle avait confiance en cet homme.

Depuis son poste d'observation, Valadon ne pouvait voir dans la salle de réunion un personnage placé dans un angle mort, juste à côté de la porte d'entrée. Après le départ de Valadon parti porter secours à ses amis, alors que les gardes les emmenaient vers leur geôle, ce personnage s'était levé et avait gagné la salle où Praetorius avait été désarmé.

Les membres de l'assistance étaient restés dans la grande salle et discutaient âprement des propos que Praetorius leur avait infligés.

Seul dans la pièce qui servait de bureau à von Hagenbach, l'homme se dévêtit de sa longue robe noire. Le capitaine de Mortemer, car c'était lui, revêtit son uniforme de gendarme, quitta la pièce et prit le souterrain en direction de la forêt. Les armes de Praetorius étaient restées sur la table.

Convaincu que le destin de Praetorius et Verstraete était arrêté, confiés aux mains expertes de Helmuth, il avait pour sa part à congédier ses hommes de façon crédible. Il devait auprès d'eux assumer son rôle d'officier jusqu'à la découverte du palimpseste. Sa fonction était importante pour son mentor, von Hagenbach, dont il devait faciliter les recherches. Il lui appartenait de régler les problèmes éventuels.

Il lui fallait aussi conclure officiellement l'enquête sur les trois crimes. Il saurait trouver dans la région un pauvre hère, suffisamment simple d'esprit, qu'il chargerait de cette responsabilité à coups de fausses preuves.

Il lui fallait enfin dans un premier temps expliquer à Valadon la disparition de Praetorius au motif d'un *appel en haut lieu* exigeant sa présence sur une autre affaire d'importance, avant de le faire disparaître à son tour. Helmuth serait là encore bien utile.

Le capitaine Pierre de Mortemer, né Peter von Totensee, ignorait alors la surprise que lui réservait Praetorius.

Chapitre 37

Commanderie templière
Nuit du 2 au 3 janvier 2001

Adémar Praetorius, Jérôme Valadon et Sylvie Verstraete fuirent par l'étroit couloir des geôles et remontèrent le souterrain en direction du donjon. Praetorius marchait en tête, s'éclairant avec la lampe de Valadon. Ce dernier fermait la marche, l'arme au poing, surveillant ses arrières. Pour l'instant ils n'étaient pas poursuivis.

Ils parvinrent au pied de l'escalier de pierre. Praetorius s'immobilisa et, se tournant vers Valadon, lui demanda son émetteur-récepteur miniaturisé. Il en modifia la bande de fréquence et parla à voix basse dans l'appareil.

« Nous sommes au pied de l'escalier. Vous êtes prêt à intervenir ?

— J'attendais votre appel, répondit une voix. Tous les hommes sont à leurs postes.

— Parfait ! ouvrez la trappe et descendez. Hâtez-vous, ils vont bientôt s'apercevoir de notre évasion. »

Valadon et Verstraete regardaient Praetorius avec étonnement. Ce dernier souriait.

« Je vous avais dit que la situation était sous contrôle. Tout se déroule comme prévu. Attendez-vous à une surprise, mes amis ! »

En haut de l'escalier, la trappe s'ouvrit.

Un puissant faisceau lumineux déchira l'obscurité qui régnait dans l'escalier. Il descendit progressivement, balayant les marches de pierre au rythme balancé du porteur d'une lampe torche.

Bientôt apparurent deux hommes, se suivant étroitement. Le premier, porteur de la lampe, se protégeait derrière un bouclier transparent. Le second était armé d'un fusil d'assaut FAMAS, reposant sur l'épaule gauche du premier. Tous deux étaient casqués, visière abaissée, armure de protection en kevlar. Ils avancèrent vers Praetorius qui recula pour leur laisser le passage. Une dizaine d'hommes suivaient, lampes frontales allumées, tous équipés et armés de la même façon.

Lorsque le groupe fut au complet au pied de l'escalier, Praetorius fit avec un grand sourire les présentations à l'intention de Valadon et de Verstraete.

« Je vous présente le commandant Jean Vermeulen, du GIGN, Groupe d'Intervention de la Gendarmerie Nationale, à la tête de son peloton. »

Un dernier homme descendit, en civil, protégé par un gilet pare-balles en kevlar et armé d'un pistolet-mitrailleur mini-Uzi.

De haute taille, cheveux bruns coiffés en brosse, yeux noirs, menton volontaire, la quarantaine.

« Vous devez être Adémar Praetorius, fit l'homme, s'adressant à l'enquêteur.

— Et vous Samuel Lévi, enchanté de vous rencontrer ! Votre père m'a beaucoup parlé de vous. Je suis heureux qu'il m'ait donné votre numéro de téléphone confidentiel afin que je puisse vous joindre en cas de nécessité. Vous êtes un homme transparent ! Sans cela, j'aurais eu beaucoup de difficultés à vous trouver. »

Praetorius se tourna vers Valadon et Verstraete. Il leur devait quelques explications.

« Sam est le fils d'Isaac Lévi. Son père m'a parlé de lui, une première fois quand nous avons déjeuné ensemble chez le docteur Perdinot. Il en était très fier. Puis lors d'un entretien téléphonique le lendemain. Il était inquiet. Il craignait pour sa vie depuis l'assassinat de ses deux derniers compagnons de la Résistance. Il m'a donné le numéro de téléphone de Sam, en me précisant pourquoi son numéro devait rester confidentiel.

Négociateur en pierres précieuses pour le compte de la société De Beers, compétence qu'il a réellement et qui lui permet de voyager officiellement dans le monde entier sans soupçon, Sam est en réalité capitaine du Mossad, le service secret israélien. Avec son unité, il fait la chasse aux criminels de guerre nazis.

Il était sur la trace de von Hagenbach. Le Mossad pensait que, sous couvert de sa réputation internationale de Médiéviste, ce dernier animait en réalité des réseaux néo-nazis résurgents et poursuivait des objectifs assignés à la fin de la guerre.

J'ai contacté Sam pour l'informer de la mort de son père et de mes soupçons sur la responsabilité de von Hagenbach dans cette série d'assassinats. Il m'a appris ce qu'il savait du personnage.

— Par le biais de nos ministères respectifs des Affaires Étrangères, nos hiérarchies se sont mises d'accord sur la présence du capitaine Lévi dans cette opération, intervint le commandant Vermeulen. Il m'a été précisé, monsieur Praetorius, que c'était sur votre recommandation.

Cependant que les choses soient bien claires.

Sur le territoire national, la présence officielle du capitaine Lévi est tolérée en qualité d'observateur, et uniquement à ce titre. Citoyen étranger, Il a été admis qu'il porte une arme mais à n'utiliser qu'en cas de légitime défense lors de cette opération. L'action offensive appartient au GIGN, en coordination avec vous, monsieur Praetorius, secondé par le lieutenant Valadon.

Me suis-je bien fait comprendre, capitaine Lévi ?

— Reçu cinq sur cinq, commandant ! répondit avec amusement Sam en caressant son mini-Uzi, le pistolet-mitrailleur israélien. Plusieurs chargeurs de vingt coups étaient accrochés à sa ceinture. Je n'en ferai usage qu'à bon escient !

Un petit cadeau du Mossad à votre intention, monsieur Praetorius, pour nous avoir permis de traquer ce nazi ! ajouta Sam en décrochant un deuxième Uzi de son épaule pour l'offrir à l'enquêteur avec une petite sacoche de chargeurs.

— Sensible à cette délicate attention ! remercia Praetorius en passant la sacoche en bandoulière et en armant le pistolet-mitrailleur.

— Mes ordres sont d'intervenir sous votre commandement, monsieur Praetorius, rajouta le commandant Vermeulen.

— Vous avez disposé vos hommes comme je vous l'ai demandé ? interrogea Praetorius.

— Nous avons étudié les cartes que vous m'avez communiquées avec mes chefs de groupes.

Je suis avec le groupe numéro 1 à vos côtés.

Le groupe numéro 2 est positionné dans la forêt près de la sortie du souterrain, sous l'autorité du capitaine Fontanelle.

Le groupe numéro 3 fait barrage sur la route, au pied de la colline, sous celle du capitaine Sylvius.

Le groupe numéro 4 occupe le terre-plein devant la Commanderie, sous celle du capitaine Rocher. Plusieurs grosses cylindrées sont garées sur cette esplanade. Mes hommes ont relevé les immatriculations, certaines sont françaises, d'autres allemandes. Les identifications des propriétaires sont en cours.

Le groupe numéro 5 tient l'intérieur de la Commanderie, en particulier les abords du donjon, sous celle du capitaine Bonoeuil.

Les chefs de groupe sont en interrelation permanente et coordonnés avec moi.

Personne ne pourra s'échapper.

— Et qu'en est-il des hommes que Mortemer avait disposés ? demanda Praetorius.

— Mes chefs de groupes les ont interceptés, sur leurs positionnements respectifs, et les ont informés de la situation. Ils sont tombés de haut quand ils ont appris la forfaiture de leur officier. Le capitaine Pierre de Mortemer a été officiellement démis de ses fonctions avec effet immédiat par le ministère. Il sera appréhendé dès que nous mettrons la main sur lui. Mes chefs de groupes ont produit à ses hommes copie de l'avis écrit qui m'a été transmis.

— Bien ! Tout est en place, action ! » lança Praetorius.

Rebroussant chemin dans le souterrain, Praetorius prit la tête du groupe. Il était protégé par un bouclier porté par l'homme à ses côtés éclairant le passage à l'aide d'une puissante lampe. Les rayons lumineux des lampes frontales et les laser rouge de pointage des armes des hommes du GIGN balayaient l'obscurité du souterrain dans un ballet irréel et fascinant.

Valadon restait en protection de Sylvie Verstraete, au milieu du groupe. La journaliste avait manifesté sa contrariété d'être ainsi chaperonnée alors qu'elle voulait être en tête du peloton pour vivre au cœur de l'action. Mais elle avait dû se résoudre à l'injonction combinée d'Adémar Praetorius et du commandant Vermeulen. Le ton de l'enquêteur n'admettait aucune réplique, la sécurité de la journaliste primait sur sa recherche du scoop. Le commandant Vermeulen se tenait derrière l'homme au bouclier, près de Praetorius.

Le groupe d'intervention atteignit la fourche du chemin. Le commandant Vermeulen, à qui Praetorius avait expliqué le plan des souterrains, positionna deux hommes à l'entrée du couloir étroit menant aux geôles. Le reste du groupe s'engagea dans le couloir large menant à la première pièce, celle où Praetorius avait constaté la présence de bancs et qu'il avait dénommée *le parvis*. Cette même pièce d'où Valadon avait suivi la cérémonie présidée par von Hagenbach à travers la brèche aménagée dans le mur.

Praetorius actionna le loquet et ouvrit la porte. Les hommes entrèrent en silence. Leurs armes étaient déverrouillées. Ils étaient prêts au combat. Ils avancèrent vers la porte ogivale, derrière laquelle s'entendaient des bruits de discussions.

Praetorius et Vermeulen s'écartèrent, laissant place à deux hommes chargés d'un bélier portatif. Ils assurèrent leur geste et d'un seul élan explosèrent la porte. Un autre gendarme lança dans la pièce une grenade assourdissante. L'explosion sema la panique dans la foule, prise totalement au dépourvu.

Les hommes du GIGN s'engouffrèrent en hurlant dans la grande salle.

Leur irruption sema la confusion parmi les occupants. La plupart d'entre eux était encore revêtue de leurs robes, capuchons relevés découvrant des visages figés par la stupeur. Certains avaient déjà quitté leurs accoutrements et, un instant auparavant, devisaient tranquillement ou fumaient une cigarette sans imaginer les événements qui allaient suivre.

Praetorius vit à travers la foule qui s'interposait plusieurs hommes fuir par la porte du fond de la salle. Il avait identifié parmi eux von Hagenbach et Helmuth.

La porte se referma.

Totalement hébétés et ne comprenant rien à ce qui advenait, les fidèles de l'Ordre noir n'offrirent aucune résistance. Ils furent rapidement menottés et regroupés dans la salle du parvis.

Praetorius, Valadon, Lévi, Vermeulen et trois gendarmes s'approchèrent de la porte par laquelle von Hagenbach et ses comparses avaient fui. Sylvie Verstraete restait en retrait, toujours soumise à l'injonction de Praetorius de ne pas s'exposer. Des cliquetis d'armes étaient audibles derrière la porte. Les hommes au bélier entrèrent en action et la porte vola en éclats après le deuxième impact.

Un feu nourri d'armes automatiques venant des fuyards balaya l'ouverture béante de la porte. Praetorius et ses compagnons avaient prévu le danger et s'étaient protégés, en retrait derrière les murs. Un gendarme lança une grenade lacrymogène à travers l'ouverture, protégé par un feu de couverture de ses compagnons dont la riposte avait été immédiate.

Un nuage blanc de gaz avait rempli la pièce dont les occupants toussaient et larmoyaient, dans l'incapacité de se servir de leurs armes. Les gendarmes protégés par la visière rabaissée de leurs casques prirent possession des lieux. Les malfaiteurs furent rapidement désarmés et menottés. Dans cette brève fusillade, il n'y eut aucune victime à déplorer chez les gendarmes, on compta trois blessés dans le camp adverse.

Von Hagenbach et Helmuth n'étaient pas du nombre des prisonniers.

N'étant pas équipés de casques de protection, Praetorius, Valadon et Lévi s'étaient tenus en retrait, le temps que le nuage de gaz commence à se dissiper. L'air circulait librement dans les souterrains, grâce à l'ingéniosité des Templiers dans l'architecture de leur Commanderie.

Tous les prisonniers avaient été regroupés dans la salle du parvis et étaient sous bonne garde. Sylvie Verstraete leur tenait compagnie et commençait une série de photos.

Von Hagenbach et Helmuth avaient fui de la salle de réunion par la pièce où ils avaient interrogé initialement Praetorius et d'où ils avaient opposé une faible résistance à l'assaut des gendarmes. Ils n'avaient que deux options pour s'échapper : soit prendre le souterrain en direction de la forêt en sortant par la porte principale de cette pièce, soit prendre la petite porte latérale qui menait au couloir des geôles et de là rebrousser chemin vers le donjon. Ils présumaient certainement que les deux extrémités du souterrain, côté forêt et côté donjon, étaient gardées.

Les deux portes étaient ouvertes…

Pour semer le doute dans l'esprit des assaillants ?

Praetorius prit l'initiative de la décision.

« L'hypothèse la plus probable est qu'ils aient fui vers la forêt, car ils doivent se douter que le château est cerné côté donjon. Ils pensent certainement qu'ils ont plus de chances de s'en tirer en pleine nuit dans la forêt, même s'il s'y trouve des gendarmes dispersés aux alentours de la sortie du souterrain.

La petite porte ouverte est un leurre, sauf s'ils ont divisé leurs forces, chacun tentant sa chance de chaque côté.

— Divisons les nôtres, suggéra le commandant Vermeulen, j'informe mes chefs de groupes de la situation.

— Je prends avec le commandant la direction de la forêt. Jérôme et Sam, remontez vers le donjon par le couloir des geôles puis le souterrain principal.

Soyons tous sur nos gardes, von Hagenbach est un nazi impitoyable et le dénommé Helmuth un sadique qui lui est dévoué corps et âme. »

Le commandant Vermeulen lança ses ordres dans son émetteur-récepteur. Tous les groupes extérieurs avaient pris position à leurs postes respectifs depuis le début de l'action et se tenaient maintenant en alerte.

Praetorius et Vermeulen avancèrent prudemment vers la forêt, l'arme au poing.

Ils entendirent plus avant des cris, des sommations, des coups de feu.

Puis le silence se fit.

Les hommes du capitaine Fontanelle, positionnés dans la forêt, avaient suivi les ordres du commandant Vermeulen. Ils s'étaient engagés dans le souterrain et avançaient à la rencontre du (ou des) fuyard(s). Le contact avait manifestement eu lieu.

Praetorius et Vermeulen s'étaient immobilisés et restaient aux aguets. Un halo lumineux se dessina devant eux dans l'obscurité du souterrain. Un groupe avançait vers eux. Un officier ouvrait la marche, suivi par deux gendarmes encadrant un homme tenu en respect sous leurs armes. Le reste du groupe suivait. Les lampes frontales faisaient danser leurs rayons lumineux au rythme des pas.

Le prisonnier avançait, les poignets menottés, en claudiquant.

Von Hagenbach.

« Votre course folle à la recherche du palimpseste a pris fin, il me semble, dit Praetorius.

— Je n'ai qu'un regret, répondit avec amertume von Hagenbach, c'est d'avoir failli à ma mission.

— Vous n'avez pas mis la main sur le palimpseste, et c'est heureux ! répondit Praetorius. Retournons dans la grande salle, et voyons si nous pouvons élucider ce mystère. »

Soudain retentit le bruit d'une violente explosion !

Chapitre 38

Commanderie templière
Nuit du 2 au 3 janvier 2001

Jérôme Valadon et Samuel Lévi s'étaient engagés prudemment dans le couloir des geôles, plongé dans une totale obscurité. Ils s'éclairaient de leurs lampes torches, ignorant s'ils étaient à la poursuite d'un ou de deux fuyards, ou de personne. Valadon ouvrait la marche. Les deux hommes, l'arme au poing, avançaient prudemment car ils savaient l'adversaire redoutable.

Ils approchaient de la dernière geôle lorsque plusieurs coups de feu claquèrent. Plusieurs balles sifflèrent à leurs oreilles lorsque Valadon subitement s'effondra.

Sam se coucha au sol derrière Valadon dont le corps obstruait le passage et, passant la main au-dessus de son compagnon, lâcha au jugé plusieurs rafales de son Uzi.

Un cri retentit. Le bruit d'une course précipitée dans le couloir s'entendit.

Valadon au sol gémissait.

Sam l'examina.

Son compagnon n'était pas mort. Une balle l'avait atteint à la cuisse droite, un autre l'avait frappé à hauteur de la poitrine dans le gilet en kevlar. Valadon avait été renversé sous l'effet de l'impact mais le gilet pare-balles lui avait sauvé la vie.

Le tireur, dont Sam ignorait pour l'instant l'identité, s'était caché dans la dernière pièce, et avait simplement passé la main hors de son abri pour tirer à l'aveugle dans le passage.

Sam était indemne et Valadon, passé le choc de l'impact, retrouvait ses esprits. Il n'était que blessé. Il saignait cependant de sa plaie et son état réclamait des soins. Sam, agenouillé près de son compagnon, retira sa ceinture et lui fit un garrot à la racine de la cuisse. Son geste stoppa l'hémorragie. Valadon le remercia d'un sourire crispé et lui fit signe de poursuivre le fuyard. Au son des pas dans le silence du souterrain, il apparaissait qu'il s'agissait d'un homme seul. Sam avait fugacement aperçu sa silhouette, un géant.

Sam installa Valadon dos au mur le plus confortablement possible et se releva. Il plaça un nouveau chargeur dans son arme et avança en position de commando, tous les sens en alerte.

Une explosion retentit soudain, plus avant.

Lorsque Sam atteignit la jonction du couloir des geôles et du souterrain principal, il comprit.

Deux corps étaient étendus au sol, morts, au milieu des gravats.

Les deux gendarmes que le commandant Vermeulen avaient mis en faction à la fourche des souterrains.

Le fuyard avait lancé une grenade.

Sam serra les dents et avança, lampe éteinte. Il savait le souterrain rectiligne pour l'avoir emprunté à l'arrivée dans l'autre sens. Il était nyctalope et voyait se dessiner au loin dans un halo lumineux l'ombre gigantesque d'une silhouette aux contours déformés. L'ennemi avançait tranquillement, convaincu d'avoir dissuadé ses poursuivants de toute velléité d'intervention.

Arrivé une dizaine de mètres derrière le fuyard, Sam s'arrêta et lança une sommation. La silhouette suspendit sa marche, marqua un temps d'arrêt, fit mine de lever les bras et soudain se retourna pour mitrailler son poursuivant.

Sam s'attendait à ce genre de réaction. Il se jeta au sol alors que les premières balles sifflaient au-dessus de lui et lâcha une brève rafale.

Légitime défense.

La silhouette s'effondra.

Sam avança prudemment, l'arme pointée sur l'homme étendu au sol et qui gémissait.

Sam arriva à sa hauteur.

L'homme était couché sur le dos, plusieurs impacts de balles trouaient sa poitrine. La flaque de sang au sol s'élargissait. Ses yeux se révulsaient.

Il agonisait et allait bientôt mourir.

Sam détailla l'homme dans le faisceau de sa lampe. Un géant, près de 2 mètres. Une peau très pâle, des cheveux blancs. Un albinos.

L'homme de main de von Hagenbach, dont Valadon lui avait parlé.

Le tortionnaire, le meurtrier de son père et de ses deux vieux amis de la Résistance qui avaient combattu ensemble les nazis.

Le dénommé Helmuth, qui rendit l'âme dans un dernier soupir.

Sam s'agenouilla près du corps sans vie. Il posa son arme et dégaina le poignard de commando caché sous sa jambe droite de pantalon. De la pointe du couteau il traça quelque chose sur le front d'Helmuth. Puis, comme si le tortionnaire pouvait l'entendre au-delà de la mort, Sam lui chuchota à l'oreille : *de la part d'Isaac…*

Après le bruit de l'explosion de la grenade, des hommes du GIGN s'étaient engagés dans le couloir des geôles. Ils avaient trouvé Valadon adossé au mur du souterrain, conscient, attendant patiemment les secours. Deux gendarmes le rapatrièrent vers la salle de réunion où l'infirmier du groupe d'intervention lui prodigua les premiers soins. Le garrot posé par Sam avait été efficace. La blessure était finalement bénigne : la balle avait traversé les muscles, le pédicule vasculaire fémoral et l'os n'avaient pas été touchés. Praetorius accueillit son protégé avec soulagement. L'explosion les avaient tous inquiétés, étant dans l'ignorance des événements se déroulant dans le souterrain.

Valadon informa Praetorius et le commandant Vermeulen que Samuel Lévi s'était lancé seul à la poursuite du fuyard. Il pensait que Sam avait probablement été rejoint maintenant par le reste du groupe d'intervention, dont deux hommes s'étaient détachés pour le ramener.

De fait, une dizaine de minutes plus tard, Sam entra dans la salle, suivi par les gendarmes qui l'avaient effectivement rejoint. Deux d'entre eux portaient sur une civière le corps sans vie d'Helmuth.

Praetorius, Valadon, Verstraete et le commandant Vermeulen constatèrent l'existence d'une plaie ensanglantée sur le front du mort.

Une croix gammée avait été gravée au couteau…

Ils ne firent aucun commentaire et ne posèrent aucune question. Samuel Lévi leur en fut gré. Il se contenta de préciser, en désignant le corps de son arme :

« …légitime défense… ».

La grande salle où Praetorius et Verstraete s'étaient trouvés en fâcheuse posture peu de temps auparavant était maintenant comble.

Adémar Praetorius se tenait assis derrière le plateau central, occupé peu de temps auparavant par von Hagenbach maintenant assis face à lui, menotté et encadré par deux gendarmes. Les rôles étaient inversés !

Le commandant Jean Vermeulen et Samuel Lévi se tenaient assis derrière les plateaux latéraux.

Sylvie Verstraete était assise sur le côté droit, à proximité des trois hommes, et veillait sur Jérôme Valadon étendu sur une civière militaire posée à même le sol, le bras droit sous perfusion d'une solution macromoléculaire. L'état du blessé était stable et ses jours n'étaient pas en danger. Praetorius avait souhaité le faire évacuer mais le jeune officier de police s'y était fermement opposé. Il voulait assister à l'épilogue de cette aventure.

Tous les prisonniers étaient regroupés le long du mur situé à la gauche de Praetorius, poignets menottés, tenus fermement en respect sous la garde des gendarmes alignés le long du mur de droite.

Le cadavre d'Helmuth recouvert d'une bâche reposait sur une civière militaire posée à même le sol à côté de von Hagenbach. Ce dernier avait eu un bref regard sur le cadavre de son homme de main lorsque les gendarmes le ramenèrent dans la salle.

Le groupe du GIGN de la forêt commandé par le capitaine Fontanelle s'était joint au groupe du commandant Vermeulen pour surveiller les prisonniers.

De puissants projecteurs montés sur batterie avaient été amenés par les hommes du groupe des extérieurs de la Commanderie et installés dans la salle, maintenant éclairée comme en plein jour.

Tous les hommes positionnés initialement par Mortemer avaient rejoint les groupes respectifs du GIGN.

Le commandant Vermeulen se pencha à l'oreille de Praetorius.

« Mortemer introuvable, lui chuchota-t-il.

— Nous finirons par le retrouver, le rassura Praetorius. Diffusez son portrait sur l'ensemble du territoire. Mise en alerte des gares, des aéroports, des ports maritimes et fluviaux, des péages d'autoroutes. Affichage dans toutes les gendarmeries et tous les commissariats de France.

— Je donne immédiatement les ordres nécessaires, répondit le commandant Vermeulen en se tournant vers son opérateur radio.

— J'ai l'impression qu'il manque quelqu'un à cette petite réunion de famille, ironisa von Hagenbach à qui le manège de Vermeulen n'avait pas échappé. Peter est un homme plein de ressources, vous ne le retrouverez pas et il poursuivra mon œuvre ! Là où j'ai échoué, il poursuivra ma quête et trouvera le palimpseste !

— Ne vous souciez pas de cela, répondit Praetorius, nous finirons par lui mettre la main dessus. Quant à poursuivre votre œuvre, cela m'étonnerait beaucoup qu'il retrouve le palimpseste dans la mesure où nous allons le découvrir sous peu ! Vous allez même avoir le privilège d'assister à sa révélation…

Ici- même ! »

Un silence absolu s'installa dans la salle.

Von Hagenbach roulait des yeux, comme un homme ivre qui ne réalise pas ce qu'il vient d'entendre. La bouche entr'ouverte, il regardait d'un air hébété Praetorius.

Ménageant ses effets, tel un professeur dispensant un cours magistral, Adémar Praetorius posa un long regard sur l’ensemble de l’assistance. Gendarmes et prisonniers, tous avaient les yeux braqués sur lui.

Avant de commencer son exposé, il se pencha vers le commandant Vermeulen et lui fit un signe d’assentiment. L’officier leva la main vers l’un de ses hommes au fond de la salle et, d’un geste, lui signifia son ordre. L’homme repartit dans le souterrain en direction du donjon.

Praetorius restait silencieux.

Quelques minutes plus tard, le gendarme revint, accompagné d’un homme relativement âgé, aux cheveux blancs et aux yeux vifs derrière des lunettes à monture d’acier, suivi de près par Gédéon. Le gendarme l’accompagna jusqu’auprès de Praetorius, lui avança un siège et reprit sa place au fond de la salle. L’homme remercia d’un petit hochement de tête et sourit à Praetorius. Ce dernier lui rendit son sourire. Pas un mot n’avait été prononcé. Gédéon, impérial, s’était placé de lui-même au milieu des gendarmes.

Von Hagenbach jetait un regard haineux au nouveau venu.

Praetorius prit alors la parole.

« J’ai le plaisir de vous présenter le docteur Jacques Perdinot et mon ami Gédéon Fauchère qui m’a courageusement accompagné dans cette aventure dont il fut à l’origine.

Le docteur Perdinot connaissait très bien et de longue date les trois victimes, il était en amitié très profonde avec Isaac Lévi. Ne serait-ce que pour cette raison, il m’a semblé légitime de l’inviter à assister à la conclusion de cette affaire. Nous nous connaissons depuis peu, mais je peux dire que j’ai rencontré une personne de qualité avec laquelle je partage des valeurs communes.

Une raison supplémentaire justifiant sa présence est qu'il a des connaissances historiques étendues et qu'il aura, le moment venu, l'opportunité de nous apporter une information cruciale.

Cette aventure funeste, qui a coûté la vie à trois hommes et une femme qui méritent notre respect et qui furent les victimes innocentes d'un système démoniaque que tout être civilisé se doit de rejeter, trouve son origine dans un passé fort lointain.

Lorsque me fut montré le corps martyrisé de la première victime, Léon Dampierre, reposant sur la table des sacrifices dans la clairière du pendu, le lieutenant Valadon a avancé l'hypothèse d'un tueur psychopathe, en présence du capitaine de Mortemer. Je lui ai répondu *pas du tout, c'est au contraire un tueur froid, calculateur et intelligent, nous venant de la nuit des temps.*

Vous tous ici présents, qui avez participé à tout ou partie de cette aventure, vous méritez d'en connaître les tenants et aboutissants.

Résumons les faits, et accolons-y des hypothèses plausibles pour les informations qui nous manquent.

1. Il est historiquement établi que l'Ordre du Temple, dès ses débuts, s'est vu octroyer par Beaudoin II, roi de Jérusalem, comme lieu de résidence son palais établi dans la mosquée Al Aqsa, édifiée sur les ruines du temple de Salomon. Cela en remerciements de l'engagement de l'Ordre dans la défense des Lieux Saints et des pèlerins. Ce qui lui valut son nom, *Ordre des Pauvres Chevaliers du Christ et du Temple de Salomon.*

2. Dès leur installation, sous l'autorité de Hugues de Payns et de Godefroy de Saint-Omer, les Templiers ont

entrepris des fouilles dans les souterrains du palais. Ils y ont fait une découverte sensationnelle, qu'ils ont tenue secrète.

3. Cette découverte assura leur grandeur et causa leur perte. Le vendredi 13 octobre 1307 le roi Philippe le Bel ordonna leur arrestation générale, dont très peu réchappèrent. Ils furent accusés des crimes et des méfaits les plus horribles, qu'un grand nombre avoua sous la torture pour échapper à la mort. En réalité, la torture et les faux témoignages eurent raison de ces valeureux moines-soldats.

4. Leur Grand Maître, Jacques de Molay, fut gardé emprisonné plusieurs années, torturé à maintes reprises, pour le faire avouer. Avouer quoi ?

Officiellement ses crimes et méfaits.

Mais pourquoi tant d'années ?

Parce qu'en réalité Philippe le Bel voulait obtenir le secret des Templiers, le secret qui avait assuré leur fortune. Il avait sans cesse grand besoin d'argent. Il écrasait d'impôts la population, il dévalorisait la monnaie au point qu'on a pu ultérieurement le qualifier de *roi faux-monnayeur !*

Toutes ces années de torture en vain. Jacques de Molay ne parla pas.

Par dépit Philippe le Bel ordonna son exécution. Condamné à mort comme relaps, Jacques de Molay fut brûlé vif et emporta son secret dans les flammes du bûcher…Non sans avoir proféré une malédiction à l'encontre du Roi et du Pape, qui de fait moururent peu de temps après.

5. Or il est établi que quelques jours avant l'arrestation générale, Jacques de Molay averti de cela fit partir du

Temple de Paris un convoi de quelques chariots emportant de l'or et des documents précieux.

6. Du propre aveu de monsieur von Hagenbach ici présent, un parchemin codé qu'on appelle un palimpseste faisait partie de ces documents. Il tient cette information pour certaine à partir des recherches d'un institut nazi qui pendant la dernière guerre a accumulé les livres, les grimoires et les parchemins pillés dans l'Europe entière et contenant bien des secrets cachés tout au long de l'Histoire. Je reviendrai ultérieurement sur son contenu, la nature du secret des Templiers.

7. Des Templiers voulurent se réfugier en Écosse, leur présence y est attestée. Mon hypothèse est qu'il s'agit du convoi qui a quitté Paris. Ces Templiers, sur la route les menant vers la côte, firent étape à Péronne car il y a à proximité une importante Commanderie, celle-là même où nous nous trouvons. Ils préférèrent cacher à Péronne le palimpseste contenant leur secret, par crainte de sa perte irrémédiable en cas de naufrage.

La Commanderie n'était cependant pas le lieu le plus sûr, les hommes du Roi pouvaient intervenir à tout moment. L'autre endroit susceptible d'être garant d'une sécurité certaine à Péronne était le château.

Le palimpseste doit y avoir été caché.

8. Fait avéré, un notaire peu scrupuleux a trouvé avant la dernière guerre, caché dans le château, un parchemin qu'il a voulu négocier avec l'officier allemand avec lequel il collaborait, monsieur von Hagenbach. Mais il n'eut pas le temps de conclure car il fut capturé par les Résistants. Il voulut à nouveau négocier sa vie contre le document. Sans succès : il fut pendu.

Notre prisonnier est convaincu qu'il s'agit du palimpseste.

9. Fait avéré, le château vit se dérouler en 1468 une entrevue célèbre entre Charles le Téméraire, Duc de Bourgogne, et Louis XI, Roi de France. Leurs destins respectifs se jouaient lors de ces journées célèbres. Louis XI s'en est sorti de justesse.

Or quelques années plus tard le conseiller du premier, Philippe de Commynes, passa au service du second.

Les historiens s'interrogent sur ce revirement. Aucune explication claire ne s'est imposée.

Hypothèse : aurait-il découvert le palimpseste ?

Postulons que ce fut le cas et qu'il en comprit le pouvoir. Qu'en a-t-il fait ? Il a jugé préférable de servir le Roi de France qui lui paraissait plus politique que le Téméraire : voulut-il lui apporter le parchemin en gage de fidélité ? Mais alors pourquoi le retrouva-t-on caché dans le Château ?

Je n'ai aucune réponse à ces questions.

10. Quel était donc ce terrible et merveilleux secret découvert par les Templiers ?

Avec monsieur von Hagenbach, je partage la conviction qu'il s'agit de la Pierre Philosophale, cette mythique formule qui permet la transmutation du plomb en or !

Un secret qui nous vient de la nuit des temps ! »

Praetorius fit une pause.

Il promena son regard sur la foule, l'air satisfait de son petit effet dramatique. Tous, gendarmes et prisonniers, étaient attentifs. Le docteur Perdinot souriait. Valadon, Verstraete, Lévi et Vermeulen étaient captivés. Même von Hagenbach ne cachait pas son intérêt pour l'exposé auquel il venait d'assister.

Praetorius reprit la parole, s'adressant à von Hagenbach.

« Vous m'avez dit que monsieur Lévi avait balbutié quelques mots qui vous sont apparus incohérents. Je vous prie de les répéter, s'il vous plaît.

— Totalement incohérents. Il était question de l'Éternel, ce Dieu comme les Juifs le désignent, de Salomon, de l'orient, de points cardinaux, d'étoiles... C'est incompréhensible, mais je suis convaincu qu'il savait quelque chose.

— C'est tout à fait exact ! fit une voix forte, celle de Samuel Lévi qui jusqu'alors était resté silencieux.

— Qui est cet homme ? demanda von Hagenbach en levant les yeux vers Sam.

— Je vous présente Samuel Lévi, fils d'Isaac que vous avez assassiné, répondit Praetorius. Sam est par ailleurs capitaine du Mossad et traque les criminels de guerre nazis. Il se trouve que vous êtes en bonne place sur sa liste.

— Je ne suis pas un criminel de guerre, je suis un combattant ! s'exclama von Hagenbach. Les Américains n'ont retenu aucune charge contre moi lorsque j'étais leur prisonnier, un prisonnier de guerre.

— Vous êtes un *criminel de guerre* ! affirma avec force Samuel Lévi.

Vous vous êtes rendu coupable en Ukraine d'exécutions sommaires. Nous avons un dossier bien documenté sur vos méfaits. Vous vous prévalez de vos exploits glorieux dans des batailles de chars mais vous avez également mené des opérations de représailles en Russie contre les populations civiles. Les Américains avaient besoin de vous dans l'immédiat après-guerre, ils ont fermé les yeux sur cet aspect particulier de vos exploits, qui après tout concernait surtout des Russes.

— Ces trois victimes que vous m'attribuez, je les revendique ! s'insurgea brutalement von Hagenbach, les yeux enfiévrés de haine. Ils sont les représentants des ennemis héréditaires de la cause que je défends avec honneur : les Francs-Maçons, les Chrétiens, les Juifs !

— Votre haine n'a d'égale que votre folie, asséna Praetorius. De ces crimes, vous et vos complices vous en serez châtiés !

Mais auparavant, vous allez souffrir dans votre orgueil car vous allez voir apparaître le palimpseste des Templiers !

Sam, voulez-vous nous répéter ce que votre père vous a confié lorsqu'il vous a appelé, craignant pour sa vie ?

— Il m'a téléphoné alors que j'étais à Londres. Il m'a dit avoir perdu ses deux derniers vieux compagnons de l'époque de la Résistance et il craignait effectivement pour sa vie. Il sentait une menace peser sur lui. Je lui ai dit que j'allais sauter dans le premier avion pour le rejoindre mais il a refusé formellement. Il craignait que je sois emporté avec lui dans la tourmente et il préférait que je reste en retrait. Il se disait encore capable de se défendre seul. Il m'a parlé de vous, monsieur Praetorius, en me disant qu'il vous avait beaucoup apprécié lors d'une récente rencontre et il fondait de grands espoirs en vous pour combattre le mal qui rôdait.

— Il vous a délivré un message sibyllin, m'avez-vous dit. Quel est-il ?

— Ça n'avait pas grand sens pour moi mais il tenait à ce que je le mémorise, car il ne voulait pas de trace écrite. Il m'a dit que vous sauriez en faire bon usage.

C'est une sorte d'énigme.

Elle devait permettre de découvrir un document précieux qu'il avait caché dans un vieux château en ruine près de Berteaucourt-le-Temple. Il ne pouvait pas m'indiquer le lieu exact au téléphone mais il a ajouté que vous, vous sauriez comprendre.

— Citez -la, les mots précis, et dans le bon ordre, c'est important.

— *Depuis l'Orient éternel, pareils au roi Salomon les soldats du Christ contemplent son oeuvre du septentrion au midi et découvrent la clé de voûte étoilée.*

— Je savais bien que ce vieux Juif me cachait la vérité, pesta von Hagenbach, il avait mis la main sur le parchemin du notaire et n'avait rien dit aux autres. Il le voulait pour lui seul !

— Vous n'avez rien compris, pauvre vieux fou de nazi, lâcha avec mépris Praetorius. Maître Saint-Servin, pris de panique à l'idée de mourir, se raccrocha à ce jeune garçon de 15 ans qui lui manifestait un peu d'empathie. Il lui confia, désespéré, le secret de sa cachette. Isaac, à 15 ans, n'avait aucune autorité sur ses aînés. Il a assisté en silence à l'exécution. Sa famille avait été arrêtée et déportée par ceux que ce notaire crapuleux servait. Il s'est tu. Après la guerre il a récupéré le document. Toute l'histoire de sa vie démontre qu'il n'en a tiré aucun bénéfice. »

Praetorius marqua une nouvelle pause. Tous ces échanges et tous ces rebondissements tombaient en cascade sur l'assistance qui avait du mal à assimiler cette masse d'informations.

La journaliste croulait sous ce flot de scoops potentiels. Elle noircissait fébrilement son bloc-notes.

Valadon regardait Praetorius avec admiration.

Sam lançait des regards impitoyables sur von Hagenbach. Ce dernier semblait finalement le plus à l'aise pour suivre les explications de Praetorius car, de fait, il avait consacré une partie de sa vie à la quête de ce parchemin. La cohérence du raisonnement de Praetorius lui apparaissait indiscutable. Il se demandait comment ce diable d'homme allait faire apparaître le palimpseste.

Praetorius reprit.

« Docteur Perdinot, je suis sûr que vous allez nous éclairer sur la suite de cette histoire.

— Bien après la fin de la guerre, ce devait être en 1980 ou 81, Isaac est venu me voir un soir. J'étais rentré de mes visites et je lisais. Je me souviens, c'était le livre consacré à Louis XI dans *l'Histoire de France* de Michelet, avec un bon whisky à portée de main.

Il voulait me confier un secret qui commençait à lui peser. Nous étions bons amis et même plus, on peut dire *frères* d'une certaine façon, et nous avions appris à nous apprécier.

Je lui ai versé un whisky et lui ai dit toute mon attention.

Il m'a tout d'abord raconté son histoire familiale, puis toute sa vie au cours des dernières années de la guerre dans la Résistance. Il ne s'en était jamais ouvert autant à moi depuis que nous nous connaissions. Un grand moment d'émotion nous a traversés tous les deux quand il a raconté sa dernière rencontre avec sa mère, au fond de la cave de leur maison, les cris des hommes et les aboiements des chiens dans l'heure qui a suivi cette rencontre, alors que toute sa famille était embarquée par les Allemands.

Je sentais bien que depuis un moment il hésitait à poursuivre. Je me suis dit qu'en fait tout ce qu'il venait d'évoquer n'était qu'une façon maladroite quoique très personnelle et très émouvante d'en venir à l'objet réel de sa visite. Quelque chose le préoccupait, mais dont il avait du mal à accoucher. Excusez ce terme, déformation professionnelle, c'est un vieux médecin qui parle. Il me fallait l'aider *à accoucher.*

Je lui ai dit combien des souvenirs douloureux sont parfois difficiles à extirper du passé, mais qu'il en était comme d'une balle qui vous fait souffrir, encore plus quand on l'extrait : après, on est submergé d'une sensation de bien-être. Lui qui avait vu pendant la guerre des combattants blessés qu'on devait soigner à même le sol devait savoir cela.

Est-ce ce lien avec sa vie de Résistant et mon image de balle à extraire qui l'ont débloqué ? C'est possible. Toujours est-il qu'il m'a raconté la suite.

La suite, c'est ce notaire collabo que son groupe avait décidé de pendre, et qui se traînait à ses pieds en pleurant pendant qu'on préparait la corde. Isaac m'a parlé de ce fameux parchemin, dont le notaire lui a avoué la cachette, dans sa cave à l'intérieur d'un trou de brique soigneusement rebouché. Il lui a indiqué l'emplacement précis. Et puis l'homme a été pendu.

Jusqu'alors, à 15 ans, Isaac dans la Résistance avait aidé à déboulonner des rails, à couper des fils télégraphiques, à se cacher dans les fourrés au bord des routes pour noter les mouvements de troupes. Mais il n'avait jamais tué personne, ni vu de près un homme supplier et mourir. Cette scène l'avait bouleversé et il ne pouvait l'effacer de sa mémoire.

Une nuit, après la fin de la guerre, Isaac s'est introduit dans la maison laissée à l'abandon. À cette époque, personne n'aurait voulu reprendre la maison d'un collabo qui avait dénoncé à l'ennemi tant d'honnêtes gens. Il est descendu à la cave et a retrouvé aisément l'emplacement de la cachette. Il a dégagé la brique et extrait un tube de plomb. Un bouchon de cire avait été rompu et grossièrement replacé. Il a retiré le bouchon et à la lumière de sa lampe il a sorti un rouleau de ce qu'il croyait être un papier épais. Il n'avait jamais vu de parchemin. Il ne comprenait rien à ce qui était écrit dessus.

Je lui ai demandé ce qu'il en avait fait ensuite. Il l'avait tout simplement rapporté chez lui et l'avait mis dans le tiroir de son bureau.

Où il se trouvait jusqu'à ce soir-là.

Il s'est alors penché vers sa sacoche posée à ses pieds. Il en a actionné le fermoir et s'est redressé.

Il tenait entre ses mains un tube de plomb gris bouché à la cire rouge !

J'en ai eu le souffle coupé !

Il tenait entre ses mains un objet vieux de plusieurs siècles !

Devant moi, le passionné d'Histoire !

Il a déposé le tube sur la table basse et retiré délicatement les bouchons de cire. J'ai enfilé une paire de gants blancs en coton. J'ai fait glisser sur la table le rouleau de parchemin. Il n'était pas racorni mais gardait toute sa souplesse. Je l'ai déroulé en tremblant. Isaac a poussé son fauteuil contre le mien et nous nous sommes penchés sur ce merveilleux document.

Il était rédigé en vieux français, d'une écriture régulière et serrée. J'avais l'habitude de ces caractères et de cette langue, ayant beaucoup travaillé à mes heures perdues sur les vieux grimoires du Moyen Âge à la Bibliothèque nationale où j'étais connu et où j'avais mes entrées. Il m'a été donné de commettre quelques modestes articles dans des revues spécialisés à l'issue de mes travaux personnels.

Ce qui m'a immédiatement frappé, ce fut la signature : *Hugues de Payns*, le fondateur de l'Ordre du Temple, son premier Grand Maître !

J'avais un véritable trésor entre les mains. »

Toutes les personnes présentes autour du docteur Perdinot étaient suspendues à ses lèvres. Adémar Praetorius restait impavide.

Il demanda

« Vous avez pu déchiffrer le parchemin ?

— Nous avons passé la nuit à essayer d'en comprendre le texte. À l'évidence c'était un palimpseste. Le texte original avait été gratté en partie, çà et là, et les mots manquants avaient été remplacés par d'autres mots et par des chiffres. C'était une façon codée de transmettre des messages secrets au Moyen Âge.

À l'origine, je pense que ce devait être le rapport comptable de l'activité agricole d'une année dans une commanderie. Il y avait beaucoup de chiffres, mais qui me semblaient souvent incohérents avec le produit de récoltes ou d'abattages de forêts. Parfois très bas, insignifiants, parfois au contraire très élevés, disproportionnés.

Et puis il y avait des mots qui pouvaient avoir double sens, et d'autres qui n'avaient pas leur place dans une activité agricole. Un mot pouvait être compris comme signifiant *l'or*, ce qui peut avoir sa place dans un document comptable. Les produits agricoles sont destinés à être vendus, les pièces d'or étaient la monnaie de référence à l'époque. Mais les mots *plomb* et *chaleur*, n'ont pas leur place. Et puis des mots m'étaient totalement inconnus.

Au total, à la fin de la nuit, j'ai acquis une conviction. Nous étions en présence d'une formule sensée permettre la transmutation du plomb en or ! La fameuse Pierre Philosophale !

J'ai beaucoup étudié le courant alchimiste qui a traversé tout le Moyen Âge et cette quête de la Pierre Philosophale n'avait d'égale que celle du Saint-Graal.

Ce que nous avions sous les yeux, était-ce réellement la formule magique ou un leurre destiné à détourner l'attention de ceux qui dans le futur ambitionneraient de détruire l'Ordre ?

Le parchemin avait été rédigé par Hugues de Payns, c'est un fait, mais rapportait-il le contenu de ses fouilles dans les souterrains du palais ?

Voilà deux faits avérés, mais la relation de cause à effet n'est que pure hypothèse. Il n'y a pas de preuve historique connue permettant de l'affirmer.

— Au terme de votre travail nocturne de déchiffrage, qu'avez-vous fait du palimpseste au petit matin ? demanda Praetorius.

— C'est la question que j'ai posée à Isaac. Qu'allons-nous faire maintenant ? Le parchemin, en quelque sorte, maintenant lui appartenait. Il lui revenait d'en décider.

Il a longuement réfléchi à ma question, en silence. J'imaginais les idées tourner dans sa tête, peut-être contradictoires. Il restait penché sur le parchemin.

Finalement il a relevé la tête. Son regard était clair et son air décidé.

Il m'a remercié de l'avoir aidé, à parler tout d'abord et à se délivrer de ce poids qui l'obsédait. À comprendre la valeur du texte ensuite, qui pour lui était inaccessible. Il a eu un joli mot d'humour : *Je ne dirais pas que pour moi c'était de l'hébreu ce texte, parce que çà je l'aurais compris !*

Il a estimé que ce parchemin, dont on ne pouvait dire si son contenu correspondait à une réalité ou à une utopie, et qui avait dormi dans l'oubli des hommes depuis des siècles, devait pour le moment y retourner.

Pour lui, l'humanité n'était pas prête pour l'instant à recevoir une telle découverte. Selon l'usage que l'on en ferait, si son bonheur était possible, le risque de son malheur ne pouvait être écarté.

Il m'a dit qu'il prendrait le moment venu des dispositions pour le transmettre à une personne jeune et sage qu'il jugerait digne de poursuivre sa tâche, la mission qu'il s'était dorénavant assignée, être en quelque sorte le *Gardien du Temple*. Il aimait jouer avec les mots.

Il m'a demandé de remettre le parchemin dans son tube de plomb. J'ai scellé les extrémités avec les bouchons de cire rouge. Il l'a remis dans sa sacoche, en me remerciant à nouveau. Nous nous sommes salués et il est rentré chez lui.

— Il a conservé le palimpseste chez lui de nombreuses années, mais il sentait rôder un danger autour de lui et il l'a déplacé dans une cachette qu'il jugeait plus sûre.

D'où l'énigme et son message adressé à son fils.

Depuis l'Orient éternel, pareil au roi Salomon les soldats du Christ contemplent son œuvre du septentrion au midi et découvrent la clé de voûte étoilée.

Von Hagenbach avait été très attentif à ces échanges. Il restait silencieux et depuis un moment paraissait plongé dans une profonde réflexion. Il regardait autour de lui, il scrutait le plafond, perplexe. Le Médiéviste avait l'habitude de cette littérature ésotérique dans les écrits du Moyen Âge, dont Isaac Lévi s'était amusé à s'en inspirer.

Son attitude n'avait pas échappé à Praetorius. Il interpella, goguenard, von Hagenbach.

« Vous commencez à comprendre ? dit-il à l'Allemand qui resta silencieux.

— Moi je ne comprends pas, intervint Samuel Lévi. Expliquez-nous. Mon père était franc-maçon. L'Orient éternel et la voûte étoilée, je comprends. Il m'a fait assister plusieurs fois à des tenues blanches ouvertes. Mais le reste est incompréhensible…

— Commandant Vermeulen, auriez-vous une boussole ? » demanda Praetorius.

L'officier fouilla les poches de sa veste et en sortit une, qu'il tendit à Praetorius. Ce dernier ouvrit le couvercle et regarda l'orientation de l'aiguille. Il se leva et se dirigea vers l'autre extrémité de la pièce, parcourant l'allée centrale entre le rang des gendarmes d'un côté et celui des prisonniers de l'autre. Tous le suivaient du regard, s'attendant à une révélation extraordinaire.

Comme d'habitude Praetorius ménageait ses effets.

Il se plaça dans l'ouverture de la porte ogivale qui menait vers le donjon et se retourna.

Il embrassa du regard l'ensemble de l'assistance. Le siège de von Hagenbach avait été retourné pour qu'il puisse suivre la démonstration de Praetorius, qui signait de fait l'échec du Médiéviste.

Il prit alors la parole.

« Pour un franc-maçon, le passage à l'Orient éternel marque le passage de la vie à la mort. Salomon est mort il y a bien des siècles. *Salomon est à l'Orient éternel*.

Pour Isaac, Salomon fut le Roi des Juifs le plus sage et le plus puissant, il est sa référence absolue. Son Temple fut le lieu de la découverte du secret des Templiers, les pauvres soldats du Christ.

La *voûte étoilée* symbolise le ciel. Regardez le plafond de cette salle. Des étoiles y sont sculptées.

Cette grande salle, pour les Templiers de cette Commanderie, était leur salle capitulaire. Là où se jugeaient les conflits, où se prenaient les décisions, où s'entretenaient les secrets de l'Ordre.

La boussole m'indique que je me tiens au nord dans cette salle, c'est à dire au *septentrion*. La porte qui me fait face, à l'autre extrémité de la salle, est au sud, c'est-à-dire au *midi.*

Isaac Lévi a fait un jeu de mots avec le mot *voûte*, le docteur Perdinot nous a dit il y a quelques instants qu'il en était amateur.

Vous voyez dans cette salle la *voûte étoilée*, c'est-à-dire le plafond sculpté d'étoiles, et vous voyez les portes ogivales aux extrémités, avec une pierre taillée faisant *clé de voûte* au sommet de la porte.

Commandant Vermeulen, je me tiens au septentrion et je regarde vers le midi, où vous vous trouvez.

Voulez-vous déplacer un siège dans l'ouverture de la porte, monter dessus et voir si la pierre qui fait office de clé de voûte au-dessus de vous peut être mobilisée. Soyez prudent dans vos mouvements. Ne déplacez surtout pas le soleil noir accroché en surplomb. »

Le commandant Vermeulen s'exécuta. Il commença tout doucement à mobiliser la pierre. Elle bougeait. Il la retira complètement sans difficulté et la confia à l'un de ses hommes.

Il glissa une main dans l'ouverture et sentit un contact dur. Il retira délicatement un objet de sa cachette.

Un tube de plomb !

Von Hagenbach, dont le siège avait de nouveau été retourné, poussa un cri de rage.

« Pauvre monsieur von Hagenbach, fit Praetorius, vous cherchiez désespérément le palimpseste, et vous l'aviez au-dessus de votre tête quand vous siégiez sous votre soleil noir ! »

Praetorius regagna sa place. Le commandant Vermeulen avait déposé religieusement le tube de plomb sur le plateau central.

Praetorius retira délicatement les bouchons de cire puis enfila une paire de gants blancs en coton. Il sortit du tube le parchemin et le déposa sur le plateau. Il lui sembla que la signature d'Hugues de Payns irradiait, mais peut-être était-ce un effet de son imagination…

Von Hagenbach était livide, les yeux exorbités fixés sur le parchemin. Verstraete et Lévi s'étaient rapprochés et contemplaient, émerveillés, le parchemin.

Von Hagenbach bondit de son siège et, bien qu'entravé par les menottes, voulut se saisir du parchemin, ne serait-ce que pour le toucher. Les deux gendarmes qui l'encadraient le maîtrisèrent et le forcèrent à se rasseoir.

Il jeta un regard désespéré vers Praetorius et l'interpella.

« Nous aurions pu réunir nos efforts dans cette quête, nous aurions fait de grandes choses ensemble, déplora-t-il. J'ai failli à ma mission. Mais d'autres viendront et prendront ma relève pour le succès final de notre cause, un Reich de mille ans !

Mon honneur s'appelle fidélité ! »

Sur ces paroles, von Hagenbach eut un curieux mouvement de mâchoire et se mit à trembler de tous ses membres. De la bave s'écoula de ses lèvres et il s'effondra, le corps agité de mouvements convulsifs. Les deux gendarmes qui l'encadraient se précipitèrent sur lui, inutilement. Les convulsions cessèrent. Le visage était figé dans un rictus de souffrance. Von Hagenbach s'était donné la mort.

« Cyanure, dit laconiquement Praetorius, une capsule cachée dans une fausse dent. »

Devant la mort de leur chef, les prisonniers commencèrent à s'agiter. Sous la menace de leurs armes les gendarmes leur intimèrent le calme.

C'est alors que plusieurs coups de feu retentirent, les balles explosant les projecteurs. Une grenade éclata non loin, probablement dans la pièce où se trouvait le groupe électrogène. La salle capitulaire se trouva plongée dans le noir absolu.

Puis une grenade assourdissante et une grenade lacrymogène furent lancées dans la salle. Les yeux en pleurs et les tympans sidérés, tous se retrouvèrent brutalement annihilés.

Chapitre 39

Commanderie templière
Nuit du 2 au 3 janvier 2001

Profitant de l'obscurité et de la confusion, les prisonniers voulurent fuir par la porte donnant sur la salle du parvis et s'échapper vers le donjon. Ils bousculèrent les gendarmes qui, dans la mêlée générale, ne firent pas usage de leurs armes par crainte de se blesser mutuellement.

Des lampes torches et les lampes frontales furent rapidement allumées et les gendarmes, visières de leurs casques rabaissées, se précipitèrent à la poursuite des fuyards. Les rayons lumineux et les laser de pointage de leurs armes déchiraient l'obscurité.

Les prisonniers n'iraient pas bien loin, pris en tenaille entre leurs poursuivants et les gendarmes du groupe positionné sur les extérieurs de la Commanderie. Les ordres fusaient dans les émetteurs-récepteurs. Le groupe extérieur allait pénétrer à partir du donjon dans le souterrain. Les fuyards étaient coincés. Entravés par les menottes, ils n'avaient pas les moyens de résister.

Praetorius ne se faisait pas de souci à leur sujet, ils seraient rapidement repris. Plus préoccupante était cette attaque qui les avait tous surpris. Les effets du gaz commençaient à se dissiper, ces hommes en avaient vu d'autres.

Sylvie Verstraete était plus affectée. Valadon, bien que blessé, venait à son aide.

Samuel Lévi arma son Uzi. Il saisit de l'autre main le tube de plomb. Il s'en sentait responsable, voire dépositaire. Ce parchemin que son père avait préservé de la folie des hommes.

Praetorius, Vermeulen et Lévi passèrent dans la salle d'où étaient venus les tirs et les grenades. Elle était vide. Sur la table se trouvaient toujours les armes et le microboîtier électronique de Praetorius. Il récupéra le tout. Son dossier que von Hagenbach avait compulsé, ainsi que d'autres documents, étaient également sur la table. Le commandant Vermeulen demanda à l'un de ses hommes de les emporter.

« C'est Mortemer-Totensee qui a fait sauter le groupe électrogène et créé cette joyeuse pagaille, affirma Praetorius. Il devait être caché dans un recoin du souterrain pendant l'assaut initial, il n'était pas au nombre des prisonniers, tout comme von Hagenbach et Helmuth. Chacun des trois a voulu tenter sa chance séparément.

Praetorius, Vermeulen et Lévi s'engagèrent dans le couloir des geôles. Les trois hommes avançaient prudemment. Ils étaient assurés que leur adversaire n'aurait aucun état d'âme. Il avait suivi la démonstration de Praetorius et assisté au suicide de son protecteur. Son objectif était certainement de venger sa mort et de poursuivre son œuvre. Il était donc doublement dangereux.

Le commandant Vermeulen avait insisté pour ouvrir la marche. Praetorius suivait, puis Lévi.

Ils parvinrent devant l'une des pièces dont la porte était ouverte. Vermeulen éclaira l'intérieur. Le groupe électrogène, ou ce qu'il en restait, s'y trouvait.

Explosé par la grenade.

Vermeulen et Praetorius y pénétrèrent prudemment afin de voir si Mortemer se cachait à l'intérieur. Elle était d'assez grande dimension. Entre le souterrain et ses recoins d'une part, les différentes geôles et pièces d'autre part, Mortemer pouvait se trouver n'importe où.

Alors que Vermeulen et Praetorius terminaient leur inspection, un cri retentit.

Ils sortirent précipitamment.

Samuel Lévi gisait au sol, à moitié évanoui. Il se redressa péniblement en se massant le crâne.

« Il m'a attaqué par derrière. Il devait être caché dans l'une de ces geôles, je ne l'ai pas entendu venir. Il m'a volé le parchemin…

Il a fui vers la forêt.

— Poursuivons-le, il ne doit pas nous échapper ! » cria Praetorius.

Ils s'élancèrent à la poursuite de Mortemer. Les pas saccadés de leur course rythmaient les soubresauts des faisceaux lumineux.

Au loin, devant eux, se dessinait dans un halo la silhouette de Mortemer qui fuyait vers la sortie de la forêt.

Se sachant poursuivi, Mortemer se retourna et lança une grenade. Les trois compagnons virent le geste et se jetèrent au sol. La grenade avait été lancée dans la précipitation, trop haut. Elle heurta le plafond du souterrain avant de retomber très court, trop court pour atteindre les trois hommes. Ce lancer incertain leur sauva la vie.

L'explosion ébranla violemment le souterrain. Des fissures apparurent dans le plafond, se creusant rapidement. Des poutres du soutènement se disloquaient. Des briques se détachaient des murs. Un grondement sourd s'accentuait.

« Cette partie du souterrain va s'effondrer ! cria Praetorius. Vite, rebroussons chemin avant qu'il ne soit trop tard ! »

À peine les trois hommes avaient-ils amorcé leur retraite que le grondement s'amplifia jusqu'à un terrible fracas, au milieu duquel il leur sembla entendre un cri.

Une partie du souterrain venait de s'écrouler, ensevelissant Mortemer et le palimpseste.

Lorsque les ébranlements du terrain cessèrent, les trois hommes attendirent encore un moment. Une fois la situation stabilisée, ils s'avancèrent au milieu d'un nuage de poussière qui les prenait à la gorge. Très vite ils se heurtèrent à une barrière infranchissable, faite de briques, de poutres et de terre enchevêtrés.

Le souterrain était totalement obstrué.

Mortemer et le palimpseste avaient été ensevelis.

Praetorius, Vermeulen et Lévi regagnèrent la salle capitulaire où les fuyards avaient été regroupés par les hommes du GIGN.

Tous s'engagèrent dans le souterrain en direction du donjon. Le commandant Vermeulen, Praetorius et Lévi en tête, suivis par deux gendarmes portant la civière de Valadon, Sylvie Verstraete à ses côtés. Un premier groupe de gendarmes suivait, puis les prisonniers étroitement encadrés par le deuxième groupe. Fermant la marche, les corps des deux gendarmes, de von Hagenbach et d'Helmuth étaient évacués sur des civières. Divers matériels étaient restés à l'arrière et seraient récupérés secondairement.

La remontée de l'escalier de pierre se fit lentement. Les porteurs de civières gravirent péniblement les marches mais s'acquittèrent de leur tâche avec force et volonté. Le commandant Vermeulen avait lancé ses ordres et les hommes du groupe extérieur avaient pris position à l'intérieur du donjon. La trappe avait été relevée, les arrivants étaient attendus.

Les uns après les autres, tous refirent surface à l'air libre avec soulagement.

Ils sortirent du donjon et se regroupèrent dans l'enceinte du château, les prisonniers sous bonne garde. Le jour était naissant.

Des hommes avaient été appelés en renfort. Ils prirent en charge les prisonniers. Des bus cellulaires stationnés sur le terre-plein les attendaient. Ils se remplirent rapidement et redescendirent la colline pour prendre la route à destination de la prison d'Amiens. Deux motards précédaient le convoi, une voiture de gendarmerie gyrophare allumé le suivait.

Les différents groupes du GIGN regagnèrent leurs véhicules respectifs. Les hommes se déchargèrent de leurs protections et de leurs armes dans les coffres et s'installèrent à bord. Tour à tour les voitures redescendirent de la colline et prirent la route de Péronne.

Les grosses cylindrées stationnées sur le terre-plein ne reverraient pas leurs propriétaires. Elles seraient enlevées dans la journée.

Jérôme Valadon fut pris en charge par une ambulance et dirigé vers le centre hospitalier d'Amiens.

Adémar Praetorius, Sylvie Verstraete, Samuel Lévi, Gédéon Fauchère et le commandant Jean Vermeulen étaient restés en retrait. Ils assistaient, silencieux, à ces diverses opérations.

La place s'était progressivement vidée. Ils étaient seuls.

Ils redescendirent à pied, le long du chemin qui avait vu se dérouler tant de mouvements au cours des dernières 24 heures.

Une camionnette de la gendarmerie les attendait.

Adémar Praetorius prit ses compagnons à témoin.

Ils se retournèrent vers la Commanderie, qui les dominait de sa masse imposante.

« Les Templiers bâtirent un véritable empire, étendu à travers l'Europe et le Proche-Orient, dit-il en contemplant le château. Ils firent des envieux et des jaloux et périrent de leur puissance.

Venant de l'Occident, ils furent au contact de l'Orient. Qui peut dire à quelles connaissances encore aujourd'hui méconnues ils ont pu accéder à l'union de ces deux civilisations ?

Le palimpseste fut peut-être l'une d'elles.

S'il détenait réellement le secret de la Pierre Philosophale, ce secret qui venait du fond des temps se trouve maintenant à nouveau enfoui dans un souterrain, comme il le fut dans celui du palais des Templiers.

Il semblerait que son destin soit d'apparaître et de disparaître régulièrement, comme s'il voulait tenter la cupidité des hommes pour mieux leur échapper ensuite.

Extrait d'un souterrain en Orient, il disparut dans un château en Occident pendant plusieurs siècles pour revenir à la surface à la faveur d'événements dramatiques, puis pour à nouveau disparaître dans un autre souterrain d'un autre château.

Laissons-le y dormir, l'humanité ne me semble pas encore prête à recevoir un tel don de l'Histoire. »

Ses compagnons acquiescèrent.

Adémar Praetorius donna son aval à Sylvie Verstraete pour qu'elle rédige en exclusivité un article destiné au grand public sur les événements récents. Il ne serait évidemment pas question de *palimpseste d'or* mais d'un groupe néo-nazi qui sévissait dans la région, responsable de l'assassinat de trois anciens Résistants, et qui avait été démantelé par une action coordonnée de différents services de la police et de la gendarmerie. Un célèbre Médiéviste, ancien Waffen-SS, en était l'animateur et avait trouvé la mort au cours de l'assaut final des forces de l'ordre.

Praetorius exigea que son rôle soit passé sous silence et pria la journaliste de bien vouloir lui soumettre son article avant publication.

Sylvie Verstraete ne put se soustraire à cette demande si courtoisement formulée…

Samuel Lévi devait rejoindre Londres, d'où il rédigerait son rapport pour le Mossad. Le nom de l'Obersturmbannführer Klaus von Hagenbach pourrait être retiré de la liste des criminels de guerre nazis encore recherchés.

Avant de monter dans la voiture de la gendarmerie, Praetorius, Verstraete, Lévi, Fauchère et Vermeulen jetèrent un dernier regard vers le Château.

Le jour se levait.

Les rayons du soleil répandaient une lumière d'or sur les ruines de la Commanderie templière.

Chapitre 40

Château de Péronne, Picardie
Nuit du 7 au 8 août 1472

Les premières lueurs de l'aube filtraient à travers l'espace ménagée entre les deux pans de la tenture de velours grenat. Commynes avait rabattu les volets de bois et entr'ouvert la fenêtre pour laisser pénétrer l'air frais du matin. La chandelle sur la table de chêne était presque totalement consumée.

Il s'était redressé contre le dossier de sa cathèdre et réfléchissait.

Avait -t-il fait le bon choix ? Avait -t-il pris la bonne décision ?

Philippe de Commynes avait compris le sens ésotérique du palimpseste, le secret terrible et merveilleux qu'il contenait : le secret de la Pierre Philosophale.

Après mûre réflexion, il avait fait le choix de quitter le service du Duc de Bourgogne pour celui du Roi de France.

Mais en fin politique, il avait pour principe de se donner un temps de réflexion supplémentaire pour envisager toutes les options et peser à nouveau les avantages et les inconvénients d'une décision. Ainsi, il avait parfois perçu dans un second temps un élément qu'il n'avait pas appréhendé de prime abord.

Philippe de Commynes était un homme sage et réfléchi. Il reconsidéra une nouvelle fois les personnalités respectives des deux hommes les plus puissants de leur temps.

Il se remémora la bataille de Montlhéry en 1465, de ce qui la précéda et de ce qui s'en suivit. Il se souvenait des moindres détails. L'attitude des deux hommes fut le reflet de leurs personnalités.

Il était alors au service de Charles.

Ce dernier n'avait pas supporté que son père, alors Duc de Bourgogne, ait cédé les Villes de la Somme au Roi de France, Louis XI. En 1463, Louis avait négocié avec Philippe le Bon, père de Charles, le rachat possible des Villes de la Somme cédées précédemment par la France à la Bourgogne par le traité d'Arras. L'une des clauses de ce traité prévoyait leur rachat éventuel pour l'énorme somme de 400.000 écus d'or. Philippe le Bon croyait alors que le Roi de France mettrait des années à réunir cette somme. Or le Roi avait économisé dans ce but. Il disposait déjà de 200.000 écus et pour le reste il mit à contribution Paris, les grandes villes et l'Église. Louis XI se rendit au château d'Hesdin, près de Saint-Omer, dans le plus modeste appareil. Philippe le Bon quant à lui étalait sa magnificence. Le roué Louis cajola Philippe, plein de sa suffisance, qui comprit tardivement qu'il avait été dupé. Il ne pouvait faire machine arrière, ce d'autant qu'il avait grand besoin d'or. Charles éclata de colère mais il était trop tard.

Louis visita les villes redevenues françaises, en particulier Amiens où son entrée fut triomphale. Il admira les tableaux vivants que lui offrait la ville. Cette ville seule valait pour lui plus que les 400.000 écus.

En réaction, Charles constitua *la Ligue du Bien Public* en réunissant autour de lui les grands seigneurs qui ne supportaient pas l'autorité de Louis. Il déclara alors la guerre au Roi de France.

Curieuse bataille que cette bataille de Montlhéry, dont les deux camps s'estimèrent vainqueurs !

Charles se dépensait sans compter sur le champ de bataille. Il commit plusieurs erreurs stratégiques malgré les conseils de Commynes qui en fut témoin. Charles se lança à la poursuite d'une partie de l'armée royale en fuite, laissant le terrain au Roi. Il réalisa tardivement son erreur et rebroussa chemin. Plusieurs fois il manqua de perdre la vie. C'est au cours de cette bataille que sa fougue lui valut le surnom de *Téméraire.*

Louis ne fut pas en reste dans le combat. Il s'y lança comme un simple chevalier, faisant montre d'un grand courage.

Mais une nouvelle fois il dupa la Bourgogne.

La nuit venue, sous les murailles de Montlhéry, il fit allumer de grands feux pour faire croire à la présence de l'armée royale mais en réalité il se retira. Le lendemain matin, Charles ne put que constater qu'il restait seul avec son armée sur le champ de bataille. Il dut admettre à regret la fin bien curieuse de l'affrontement. Chaque camp revendiqua la victoire.

En 1465, par le traité de Conflans proclamant l'armistice, Louis XI rétrocéda les Villes de la Somme à la Bourgogne et accorda la Normandie à Charles de France, son propre frère pourtant acquis à la cause de Charles le Téméraire. L'objectif du Duc de Bourgogne, à travers ses alliances, était d'étendre ses territoires et surtout de les réunir géographiquement. Louis XI n'avait cure de rendre les Villes de la Somme, il saurait ultérieurement les récupérer.

Par la ruse et par l'or qu'il savait distribuer généreusement, Louis XI parvint à rompre la Ligue du Bien Public en semant la discorde et en provoquant des retournements d'alliance. Il réussit à isoler Charles le Téméraire.

Commynes avait vécu plusieurs années au plus près du Téméraire. Il le connaissait bien. Charles était un grand travailleur, un homme pieux et chaste, un musicien jouant de la harpe, un féru de littérature chevaleresque, un combattant fougueux et vaillant, *téméraire*, amateur de tournois. Mais il était aussi un personnage complexe, au regard tantôt dur tantôt mélancolique, passionné à entreprendre mais manquant de sens et de malice pour réussir, accueillant et bienveillant avec ses amis et ses invités mais rageant de colère quand ils s'opposaient à lui, ne parvenant pas à se maîtriser. Commynes en avait été le témoin lors de l'entrevue de Péronne à l'annonce de l'insurrection des Liégeois.

Louis dépassait Charles en intelligence. Il était un véritable homme d'État qui voulait affirmer la royauté contre les intérêts particuliers des grands seigneurs féodaux. Rusé, sans scrupule pour déchirer les accords passés, achetant les alliances, jouant d'une apparence modeste pour mieux duper ses adversaires, il n'hésitait pas à utiliser tous les moyens à sa disposition pour atteindre ses objectifs. Il savait mesurer les risques qu'il encourait et les avantages qu'il pouvait tirer de toute situation. Ainsi, lorsque les Anglais persistaient à revendiquer la double couronne d'Angleterre et de France, la guerre n'était pas terminée mais les intérêts commerciaux ne devaient pas être ignorés aux yeux de Louis. L'Angleterre vendait à la France ses draps et ses salaisons et lui achetait son vin, son blé et son huile. Louis connaissait la concurrence exercée par les Flamands et voulait protéger les intérêts français.

Au terme de sa réflexion, Commynes fit le choix définitif du Roi de France.

Mais restait une question.

Devait-il communiquer le secret dès maintenant, ou était-il préférable d'attendre un peu ?

Il savait que plus haute est la grandeur, plus profonde est la chute. *N'oublie pas que la roche tarpéïenne est proche du Capitole*, répétait à l'oreille du vainqueur l'aurige menant son char lors de la cérémonie du triomphe à Rome.

L'Histoire l'avait prouvé pour ceux qui détinrent le secret de la Pierre Philosophale dans les siècles passés.

Or le conflit entre Charles et Louis n'était pas encore apaisé.

Le pouvoir que conférait le palimpseste reposait uniquement sur ce seul vieux parchemin. Dérobé, il pouvait tomber entre de mauvaises mains. Détruit, le secret était perdu à jamais.

Commynes se décida.

Il saisit un parchemin vierge et patiemment recopia le texte original. Il apposa au bas du document sa signature, indiquant au-dessous qu'en cette nuit du 7 au 8 août 1472 il avait reproduit fidèlement le texte signé par Hugues de Payns.

Il reprit le tube de plomb dont il avait extrait le palimpseste, l'y replaça et en scella les deux extrémités avec de la cire rouge.

Il se leva et prit sur une étagère un nouveau tube de plomb. De retour à sa table, il enroula son propre parchemin et le glissa dans ce tube dont il scella les deux extrémités avec de la cire verte.

Il se leva à nouveau, emportant avec lui le tube scellé de cire rouge, et se dirigea vers la cheminée.

Tout avait commencé lorsque la veille au soir, transi de froid, il s'était appuyé sur le linteau pour se réchauffer au feu brûlant dans la cheminée. Tout à ses pensées, en faisant jouer machinalement ses doigts sur les moulures de la pierre, il avait déclenché par hasard le mécanisme d'ouverture d'une cachette. Intrigué, il y avait glissé les doigts et en avait retiré un vieux tube de plomb scellé de cire rouge…

Commynes actionna à nouveau le mécanisme et remit en place le palimpseste d'Hugues de Payns.

Puis il se dirigea vers la porte, dont il tourna par deux fois la clé dans la serrure pour en débloquer le pêne. Il retourna à sa table et reprit place dans la cathèdre. Il agita une clochette.

Quelques instants après, son fidèle secrétaire Guillaume entra et s'inclina respectueusement devant son maître.

Commynes lui tendit le tube scellé de cire verte, un pli cacheté et une bourse d'écus d'or.

Il ordonna.

« Voici un document précieux. Sur ta vie je te le confie. Pars immédiatement et secrètement pour La Rochelle. Voici un sauf-conduit et une bourse. Au port, tu demanderas un passage pour l'île de Ré. Une fois accosté, tu te rendras à l'abbaye des Châteliers où tu demanderas le frère Benoît. Tu te feras connaître de lui par mon sauf-conduit. Tu lui remettras ce tube de plomb en lui demandant de ma part de le mettre sous la protection de la croix pattée. Il comprendra. Tu me rendras compte à ton retour. La bourse est pour toi. »

Guillaume s'inclina et se retira en silence.

Commynes avait confiance en Guillaume. Son secrétaire s'acquitterait de sa mission ou mourrait en chemin sous le fer d'un brigand ou d'une soldatesque. Si son parchemin tombait entre de mauvaises mains, il serait incompréhensible au profane. Dans cette éventualité, la reconnaissance de sa signature lui vaudrait probablement une demande de rançon. Mais il n'y avait pas de raison de s'inquiéter outre mesure, Guillaume était habile et connaissait son affaire.

Philippe ferma les yeux.

Le sort du palimpseste était maintenant entre les mains de Dieu.

DISTINGUER LE VRAI DU FAUX !

Écrire un roman policier fondé sur des événements historiques suppose d'entremêler harmonieusement la réalité et la fiction, de façon à rendre la fiction crédible.

Pour le lecteur désireux d'en savoir plus quant aux événements historiques relatés dans cet ouvrage, l'auteur recommande les références suivantes qui lui ont été indispensables pour la rédaction de cette histoire.

On cherchera en vain sur une carte de la Picardie le village de Berteaucourt-le-Temple. Il est fictif, son nom est inspiré de réels villages de la Somme : Berteaucourt-les Dames et Berteaucourt-les-Thennes dans les environs d'Amiens. Les villages de Templeux-la-Fosse et Templeux-le Guérard cités dans le roman sont par contre bien réels, dans les environs de Péronne, et d'origine très vraisemblablement templière.

A PROPOS D'AKHÉNATON

Akhénaton, que le XIXème siècle qualifia de *Pharaon maudit*, fut à l'origine d'une révolution religieuse fondée sur la croyance en un Dieu unique, Aton. D'aucuns voient en lui le précurseur du monothéisme de l'Ancien et du

Nouveau Testament. Après sa mort, l'Égypte revint au panthéon initial. Les cartouches d'Akhénaton furent effacés, ses représentations martelées, le condamnant à l'oubli.

Ignoré pendant des siècles, il compte aujourd'hui avec Toutânkhamon (son fils) et Ramsès II parmi les trois Pharaons les plus connus.

Lectures recommandées :

° Dimitri LABOURY, LES GRANDS PHARAONS : AKHÉNATON, Pygmalion 2010

° De nombreuses revues, généralistes pour des articles thématiques et historiques pour un sujet spécifique, publient régulièrement à propos de l'Égypte antique et de ses Pharaons. Citons en particulier l'article de Guillaume DUCROT, AKHÉNATON TOUTÂNKHAMON RAMSES II, La Marche de l'Histoire, novembre 2012

A PROPOS DU TEMPLE DE SALOMON

La Bible nous dit que le Temple de Jérusalem a été édifié par Salomon sur le mont Moriah pour en faire la maison de Yahvé et y abriter l'Arche d'Alliance contenant les Tables de la Loi sur lesquelles étaient inscrits les Dix Commandements donnés à Moïse sur le mont Sinaï.

Le Temple de Salomon a été détruit par Nabuchodonosor en 587 avant Jésus Christ et les Juifs furent emmenés en captivité à Babylone. L'Arche d'Alliance disparut alors. Il n'existe aucune trace archéologique de ce Temple de Salomon, dont certains travaux scientifiques vont jusqu'à mettre en doute l'existence.

Un deuxième Temple fut construit par Zorobabel sur l'emprise du premier au retour de captivité, autorisé par Cyrus le Grand alors que les Perses avaient conquis Babylone.

Un troisième Temple fut bâti par Hérode en 19 avant Jésus Christ, étendant le deuxième. Il fut détruit en 70 par Titus qui emporta à Rome la Ménorah, le chandelier à sept branches du Temple, pour son triomphe. Il en subsiste les fondations, dont le mur de soutènement occidental, appelé autrefois *Mur des Lamentations,* dénommé aujourd'hui mur occidental.

Sur cet emplacement fut bâtie tout d'abord une église, détruite au VIIème siècle par les Arabes pour laisser place à la Mosquée Al Aqsa.

Après la prise de Jérusalem par les Croisés en 1099, le Roi Baudoin II fit de la Mosquée Al Aqsa son palais. De ce palais, donné en jouissance aux Templiers, ces derniers en tirèrent leur dénomination :

Pauvres Chevaliers du Christ et du Temple de Salomon

A PROPOS DE LOUIS XI, CHARLES LE TÉMÉRAIRE, PHILIPPE DE COMMYNES, ET DE L'ENTREVUE DE PERONNE

Philippe de Commynes fut successivement le conseiller de Charles le Téméraire puis de Louis XI. Il a effectivement changé de maître en 1472, pour des raisons non élucidées.

Ses Mémoires rapportent fidèlement les personnalités respectives de Charles le Téméraire et de Louis XI ainsi que les événements dont il fut parfois l'acteur, toujours le témoin. Elles constituent un document de référence précieux pour la connaissance des hommes et des événements de cette époque.

Les filiations des Rois de France et des Ducs de Bourgogne, la querelle de succession à la couronne de France, le jeu des alliances et mésalliances respectives de Louis XI et Charles le Téméraire, la prise de Péronne par Pierre d'Hagenbach, les appropriations et pertes successives des Villes de la Somme, les Journées de l'Entrevue de Péronne, la fin de Charles le Téméraire sont rapportées conformément à la vérité historique.

Un palimpseste est effectivement un parchemin dont le texte original a été gratté pour une seconde utilisation, car le parchemin coûtait cher.

La découverte fortuite par Philippe de Commynes au château de Péronne d'un palimpseste rédigé par Hugues de Payns, reprenant un texte hébreu écrit sur des tablettes d'argile par Salomon à la suite du papyrus d'Akhénaton, relève de la pure fiction, constituant la trame de ce roman.

Lectures recommandées :

° Robert EMBRY et René LAVALARD, LOUIS XI ET PERONNE, Essais d'Histoire Locale, Tome 9, Société Archéologique de la Région de Péronne,1996
Remarquable ouvrage très documenté sur l'Entrevue de Péronne, les journées qui les ont précédées et celles qui ont suivi, et dont la lecture fut le déclencheur de ce roman.

° Georges BORONOVE, LOUIS XI, LES ROIS QUI ONT FAIT LA FRANCE, Pygmalion, 1986

° Jules MICHELET, HISTOIRE DE FRANCE LOUIS XI, Le Monde Éditions, 2021

° Bart Van LOO, LES TÉMÉRAIRES, Flammarion, 2020

A PROPOS DES TEMPLIERS

Une multitude d'ouvrages historiques et romanesques, de films et de bandes dessinées ont été consacrés aux Templiers, ces moines-soldats qui réalisèrent un trait d'union entre l'Occident et l'Orient au Moyen Âge et qui connurent puissance et fortune avant une chute brutale.

Le palais qui leur fut attribué par le Roi de Jérusalem Baudoin II est effectivement la mosquée Al Aqsa, édifiée sur les ruines du Temple de Salomon.

Les fouilles réalisées dans les souterrains de ce palais par les premiers Templiers sont possibles, probables, mais hypothétiques. Une découverte exceptionnelle l'est plus encore, aucune preuve documentée ne le relate. Ce thème fut cependant à l'origine de diverses histoires romanesques.

La description de la Première Croisade aboutissant à la prise sanglante de Jérusalem en 1099 ainsi que celle de l'histoire des *Pauvres Chevaliers du Christ et du Temple de Salomon* ici brièvement résumées sont conformes à la réalité.

Il semblerait qu'un petit nombre de Templiers ait pu effectivement fuir de Paris avant l'arrestation générale du vendredi 13 octobre 1307, emportant un mystérieux chargement.

La présence ultérieure de Templiers en Écosse est attestée, en témoigne ne serait-ce que la chapelle de Rosslyn avec ses sculptures et les tombes de son cimetière.

La durée de la détention de Jacques de Molay pendant plusieurs années reste inexpliquée et se prête à la fiction de ce roman.

La présence du palimpseste de Hugues de Payns dans ce convoi et l'étape de Péronne relèvent de la fiction.

Lectures recommandées :

° Alain DEMURGER, Les Templiers : une chevalerie chrétienne au Moyen-Âge, Le Seuil, 2005
° Alain DEMURGER, Jacques de Molay, le crépuscule des Templiers, Payot, 2007
° Michael HAAG, La tragédie des Templiers : l'ascension et la chute, Ixelles éditions, 2014
° Nicolas NEUVILLE et Christian WYTTYNCK, Le troisième Templier : Payen de Montdidier, édition à compte d'auteurs, Imprimerie du Plateau Picard, Montdidier, 2020
° Bernard CROCHET, Commanderies et villages templiers en France, Éditions Ouest-France, 2019
° Frances GIES, Le chevalier dans l'Histoire, Les Belles Lettres, 2021
° Maurice DRUON, LES ROIS MAUDITS, Plon, 2019

Parmi un très grand nombre de revues, deux très complètes :

° L'histoire secrète des Templiers, Guerres et Batailles dans l'Histoire du Monde, hors- série 9
° Les Templiers, Châteaux et Histoire de France, Éditions 21, numéro spécial 13s

Sur l'architecture militaire médiévale :

° Châteaux-Forts au Moyen Âge, Éditions Ouest-France, 2021
° Prosper MERIMEE, Donjons et Forteresses, Éditions Decoopman, 2017

A PROPOS DE LA SECONDE GUERRE MONDIALE

Les événements rapportés concernant le pacte germano-soviétique, l'invasion de l'Union Soviétique, les batailles de Stalingrad et de Koursk, les traitements inhumains infligés aux prisonniers de guerre russes et allemands par le camp adverse, les engagements de la Panzer Division Das Reich, la chute de Berlin sont conformes à la réalité.

La dimension mystique des origines germaniques, le culte païen de la SS voulant supplanter dans l'esprit délirant de son chef Heinrich Himmler le Christianisme, le Wewelsburg haut-lieu de l'ésotérisme nazi, l'Ordre de Thulé, la considération des Slaves et des Juifs comme étant des sous-hommes, l'installation d'un institut dédié à ces recherches - l'Ahnenerbe - sont malheureusement des réalités.

Les personnages de Klaus von Hagenbach (lointain descendant du sanguinaire Pierre d'Hagenbach !) et des différents officiers allemands désignés dans la terminologie SS de leurs grades (par ailleurs exacte) sont purement fictifs, sauf Michaël Wittmann et les personnes présentes dans le bunker de Berlin aux derniers jours du IIIème Reich.

Wittmann, né en 1914, est entré dans la Waffen SS à 20 ans. Il s'est illustré sur le front de l'Est, en particulier à Koursk où il s'est révélé un as des blindés aux commandes du célèbre char Tigre. Il a mené des combats audacieux en Normandie, où il a trouvé la mort le 8 août 1944. Il totalisa près de 300 chars et canons automoteurs détruits et fut le chef de char le plus décoré d'Allemagne.

Lectures recommandées :

° Antony BEEVOR, STALINGRAD, CALMANN-LÉVY, 2019
° Jean LOPEZ, STALINGRAD la bataille au bord du gouffre, Economica, 2008
° Jean LOPEZ et Lasha OTKHMEZURI, BARBAROSSA 1941 la guerre absolue, Passés Composés, 2019
° Jean LOPEZ, KOURSK les quarante jours qui ont ruiné la Wehrmacht, Economica, 2011
° Heather PRINGLE, OPÉRATION AHNENERBE, Presses de la cité, 2007
° Georges BERNAGE, BERLIN 1945 l'agonie du Reich, Heimdal, 2009 : très complète description de la Chancellerie du Reich, de la chute de Berlin, des événements et des personnes lors des derniers jours du bunker de Hitler
° Plusieurs revues consacrées à la Seconde Guerre mondiale sont publiées sous diverses appellations et apportent une foule d'informations détaillées.

Citons : Ligne de Front, Batailles et blindés, Histoire du Second Conflit Mondial, Soldats-Unités-Armements, La Grande Histoire de la Seconde Guerre Mondiale, 39-45.

Au Moyen Âge, la recherche par les Alchimistes de la Pierre Philosophale permettant la transmutation du plomb en or fut une quête incessante dont on ne sait si elle fut couronnée de succès.

Le plomb est proche de l'or dans la table de Mendeleiev, à quelques électrons près !

Cela ouvre la porte à toutes les aventures…

REMERCIEMENTS

Mêler la fiction et la réalité est l'essence-même du roman policier historique.

J'ai toujours été passionné par l'Histoire et la Littérature policière. L'écriture d'un nombre important d'articles scientifiques médicaux a précédé celle de ce roman. Or ces deux types de rédaction procèdent de la même méthode : une importante bibliographie, des termes simples pour un texte clair, une progression vers une conclusion finale. On pensera que la fiction est étrangère à l'écriture scientifique : certes, mais parfois l'imaginaire en est la source...

Mes remerciements vont à mes Instituteurs, ces Hussards noirs de la République qui ont éveillé tant de consciences enfantines sanglées dans leurs blouses grises : ils m'ont fait découvrir l'Histoire.

Ils vont à Renaud pour m'avoir enseigné les Humanités, à Jean-Pierre et René pour m'avoir appris à lire et écrire dans ma discipline.

Je ne peux oublier Sylvie qui, au cours des décennies passées, eut la patience de me savoir retiré plus que de raison (familiale) dans mon bureau pour lire et écrire, table et sol jonchés de livres et d'articles.

Je remercie mon Éditeur, Patrice DUFOSSÉ, qui a ouvert les portes de NORD AVRIL pour accueillir la première enquête d'Adémar PRAETORIUS.

Le palimpseste d'or

Arsène Papazian

Dépôt légal : mai 2023

ISBN : 9782367901510

Maquette : Filigrane Studio (Bourghelles) et Nord Avril
Impression dans l'U.E.
Distribution : Editions Nord Avril

Les Editions Nord Avril
388, rue de la Lombarderie 59870 Bouvignies
Tel. 03.27.90.54.90
Courriel : patrice.dufosse@wanadoo.fr

Pour d'avantage d'informations, veuillez consulter le site :
www.nordavril.com

Membre de l'Agence Régionale du Livre et de la Lecture, de l'Association des éditeurs des Hauts-de-France